KB260702

처음인가요?

처음인가요? —갈색 곰탱 사건

초판 1쇄 찍은 날 § 2008년 3월 7일
초판 1쇄 펴낸 날 § 2008년 3월 17일

지은이 § 이수림
펴낸이 § 서경석

편집장 § 문혜영
편집책임 § 이종민
편집 § 한지윤

펴낸곳 § 도서출판 청어람
등록번호 § 제1081-1-89호
등록일자 § 1999. 5. 31
어람번호 § 제5-0185호

주소 § 경기도 부천시 원미구 심곡1동 350-1 남성B/D 3F (우) 420-011
전화 § 032-656-4452 팩스 § 032-656-4453
http://www.chungeoram.com
E-mail § eoram99@chollian.net

ⓒ 이수림, 2008

ISBN 978-89-251-1222-0 03810

처음인가요?

· 이수림 지음 ·

도서출판 청람

─프롤로그─
사건 발생

뭔가 다르다.

승열은 몽롱한 와중에 깨달았다. 뭔가 좀 다른데……. 물론 코가 삐뚤어질 때까지 부어라 마셔라를 실천한 다음날 아침은 지금처럼 속이 불편하고, 머리가 아프며, 몸 전체가 물에 젖은 솜처럼 무거운 게 정상이었다. 하지만 오늘은 뭔가가 더 달랐다. 몸 위에 무언가가 있었다.

뭔가가 몸을 누르고 있다면 무겁고 짜증이 나야 마땅하겠지만, 승열은 그런 느낌은 받지 못했다. 가벼운 무언가는 따듯하고 말랑말랑한, 아니, 부드럽다는 말이 더 적합했다. 이게 대체 뭐지? 아니, '뭐' 가 아닌 것 같은데…….

순간, 안개가 낀 듯 흐릿하기만 한 머리를 강타하듯 떠오른 생각이 있었다. 승열은 눈을 번쩍 떴고, 보았다.

그의 몸 위로 여자가 누워 있었다. 더 정확하게 표현하자면, 그의 '벗은' 몸 위로 역시 '벗은' 여자가 등을 보여준 채로 누워 있었다.

허거걱.

승열은 입만 헤 벌린 채, 숨조차 제대로 쉬지도 못했다. 약 오분 정도의 시간이 흐른 뒤, 그는 움직여야 된다는 걸 깨달았다. 충격 속에서도 여자의 벗은 몸의 감촉이 고스란히 느껴졌으니까. 더군다나 눈 또한 계속 여자의 매끈한 등과 가는 허리, 그리고 침이 고이게 만드는 엉덩이를 맴돌고 있었다.

움직이자. 옷을 입자. 그리고…… 어쩌지?

머릿속이 핑핑 도는 가운데 그는 슬금슬금 움직이기 시작했고, 손끝으로 여자의 어깨를 슥슥 밀었다. 다행스럽게도 여자는 깨어나지 않고 엎드린 자세 그대로 옆으로 내려갔다.

승열은 가슴 위를 따듯하게 데워주던 체온이 사라지자 몸이 싸늘하게 식는 것을 느끼며 잽싸게 일어났다. 침대 밑으로 내려서서 근처에 아무렇게나 널려 있는 옷을 주웠다.

대충 옷을 입은 채로 그는 방문만 바라보다가 주먹을 꼭 쥐며 뒤를 돌았다. 여자는 여전히 등을 보여준 채로 잠들어 있었다. 아직 채 동이 트지 않은 새벽이었고 불도 켜지 않았기에 여전히 어두웠지만, 승열은 여자가 누구인지 알고 있었다.

"미치겠네…… 어쩌지……."

말은 그렇게 했지만, 승열은 사실 어떻게 해야 하는지 알고 있었다. 그는 다시 여자의 엉덩이로 향하는 눈을 애써 올려 천장을 바라보며 침대로 걸어갔다. 그때, 여자는 추운지 몸을 살짝 떨었다. 여자가 깨어난 것이라 생각한 승열은 흠칫 놀랐지만, 여자가 여전히 눈을 감고 있는 것을 보고는 가슴을 쓸어내렸다. 그러고는 여자의 다리를 가리고 있는 이불을 살짝 올려 어깨까지 덮어주었다. 동시에 승열은 시트에서 어젯밤의 흔적을 발견했다. 저건…….

다시 오 분의 시간이 지난 뒤, 승열은 그제야 정신을 차렸다. 그리고 다시 결심했다.

"우 검사."

승열은 찬희의 어깨를 살짝 흔들며 이름을 불렀다.

"아빠, 나 오 분만 더……."

찬희는 투덜거리면서 고개를 저었다. 승열은 굳게 마음을 먹고 다시 말했다.

"우 검사, 일어나 봐."

"음…… 박 검사?"

찬희는 눈을 비비면서 몸을 일으켰다.

"네가 왜 아침부터 우리 집에……."

잠기운으로 가득했던 찬희의 눈은 승열의 심각한 표정을 본 뒤 확 달라졌다. 그녀는 모텔 방 안을 둘러보고, 아주 천천히 고개를 밑으로 내려 어깨에 걸쳐져 있는 이불 아래로 아무것도 입고 있지 않다는 사실을 확인했다.

"어…… 아……."

찬희는 금붕어마냥 입을 벌려 신음 같은 짧은 말만 토해냈다.

"우 검사, 우리……."

승열은 결심한 것을 말했다.

"결혼하자."

―첫 번째 파일―
그의 진술

찬희와 그 운명적인 밤을 보내기 전까지, 서른두 해를 살아온 박승열은 동정(童貞)이었다.

대한민국에서 그렇게나 나이를 먹은 남자가 동정이라면 문제가 있다는 말이 있기 마련이지만, 승열은 그런 경우가 아니었다. 그가 아주 보수적인 남자인데다가 시간도 없었고, 기본적으로 결혼에 대한 생각이 없었기 때문이다.

열여덟 살 때, 부모님이 뺑소니 교통사고로 돌아가신 뒤 결국 범인을 못 잡고 종결된 것을 보면서 승열은 경찰의 윗선인 검사가 되고 싶었다. 그러나 현실은 여의치 않았다.

돌아가신 부모님을 제외하고 승열의 가족이자 형제는 총 일곱 명이었는데, 당시 두 살 위인 승안 형이 집을 나간 상황이었기에 가장 나이가 많은 그가 다섯 명의 어린 동생들을 부양할 의무가 있었기 때문이었다.

물론, 처음에는 충격 때문에 정신이 하나도 없었기에 의무를 떠올릴 생각조차 하지 못했었다. 하지만 쌀이 없어서 막냇동생이자 집안의 유일한 여자인 열 살짜리 승리가 배를 곯는 지경이 되자, 그때야 승열은 자신이 돈을 벌어야 한다는 것을 깨달았다. 막 자퇴서를 내려고 했을 때 집을 나갔던 승안이 돌아왔다.

당시 스무 살이었던 승안은 몸이 부서져라 일하면서 하루하루 어린 동생들을 먹여 살렸다. 승열은 그런 형을 돕고 싶어서 고등학교를 그만두고 돈을 벌려고 했으나 승안은 결사적으로 동생을 말렸고, 도와주고 싶다면 공부를 더 열심히 해달라는 당부를 했다.

교사들까지도 전국 10위권 내인 승열을 말리자, 승열은 더 열심히 공부했고 국내 최고의 대학에 수석 합격의 영광을 안았다. 여러 경로를 통해 등록금은 물론 생활비도 지원 받았기에 마음만 먹으면 미팅 정도는 할 수 있었지만, 시간이 없었다. 대학 공부는 물론 사법고시 공부도 미리 철저하게 해놔야 했으며 그나마 남는 시간에는 돈이 없어 과자 하나 제대로 사먹지 못하는 동생들을 위해 고액과외를 뛰어야 했기 때문이다.

졸업할 때인 스물세 살 때, 네 살 아래의 동생 넷째 승연이 메이저리그로 가면서 십억이 넘는 상당한 금액의 계약금을 받은 것을 계기로 가족들 전체가 빈곤에서 벗어나긴 했다. 또한 그 뒤로 승안 형의 사업이 성공에 성공을 거듭했기에 집은 풍족해졌다. 하지만 돈의 여유는 승열로 하여금 형제들에게 빚을 졌다는 느낌을 더 강하게 했고, 그래서 다른 것에 한눈을 파는 대신 이를 악물고 공부에만 파고들게 했다.

그리하여 스물네 살, 졸업한 다음해에 승열은 목표한 대로 사법고시에 동차(同次)로 합격했다. 한때 그는 변호사가 되어 돈을 벌 생각을 했었지만, 승열이 원래 검사를 지망했다는 것을 잘 알고 있고, 부모님의 뺑소니 사고에 대해 분노하고 있는 다른 형제들은 승열이 검사가 되기를 바랐다. 형제들의 설득에 승열은 결국 검사를 택하게 되었고, 사법연수원에 들어가서도 피 튀기는 경쟁이 그를 기다리고 있었지만 자신을 지지해 주는 형제들을 위해 열심히 공부해서 뛰어난 성적으로 군법무관에 합격했다.

물론 사시에 합격한 뒤 마담뚜를 비롯해서 여기저기에서 선이 물밀듯이 들어오긴 했다. 주로 집에서 먹고 노는 부잣집 딸들이 대상이었는데, 승열은 고생을 모르고 자란 그런 여자들은 싫었다. 그리고 사실, 기본적으로 결혼을 하고 싶은 생각이 없었다. 왜냐하면 승안 형이 결혼하지 않았기 때문이었다.

승열은 승안 형을 세상에서 가장 존경했다. 비록 승안은 자신이 입양됐다는 사실을 알고 십대 때 방황하기는 했으나, 부모님이 돌아가신 뒤 정신을 차리고 피가 섞이지 않은 동생들을 위해 몸과 마음을, 어쩌면 영혼까지도 다 바쳤다. 그런 형이 결혼은커녕 여자 한 명 만나고 있지 않은데, 어떻게 자신이 여자를 만나 결혼해서 인생을 즐길 수 있겠는가?

그리하여 스물여덟 살에 사법연수원을 졸업한 뒤 삼 년 동안 군법무관으로 복무하고 전역 후 검사로 임관된 뒤에도 승열은 밀물처럼 들어오는 선 자리를 족족 거절했다. 물론 동정을 떼버리고 싶은 충동이 들지 않은 건 아니었다. 사실 아주 강하게 들었으나, 방법이 없었다.

대한민국에서 가장 쉽게 성경험을 할 수 있는 방법은 매춘이었다. 그러나 그건 승열의 가치관으로는 상상도 할 수 없는 일이었고, 그럴 돈이 있다면 동생들에게 용돈으로 주는 게 100배는 더 생산적인 일이었다.

매춘 말고는 사귀는 여자와 하는 방법이 있었지만, 결혼 생각이 없는데 사귈 수는 없는 법이었다. 클럽이나 바에 가서 원나잇을 하는 방법도 있긴 했다. 하지만 애초에 클럽이나 바같이 세속적인 장소는 절대 그의 취향이 아니었다. 물론 그런 곳이 아니라 검찰청 같은 근엄한 장소에서도 그에게 노골적으로 접근하는 여자들이 있긴 했다.

190cm에 달하는 큰 키에 곰이 연상될 만큼 거대한 덩치가 상당히 위압적이기는 했으나, 승열은 자신이 괜찮게 생겼다는 것을 알고 있었다. 물론 옷을 엄청 못 입는 터라 한때는 촌스러움의 극치를 달리기는 했지만 패션에 일가견이 있는 동생들이 코디를 해준 다음부터는 그럴듯하게 보였고, 그에게 눈길을 주는 여자들도 더 많아졌다.

마음만 먹는다면 그 여자들과 하룻밤을 보낼 수도 있었을 것이다. 하지만 승열은 그럴 수가 없었다. 아무리 상대 여자가 원나잇을 쉽게 생각한다고 해도, 그는 그렇게 생각하지 않았으니까.

　더군다나 결혼을 구체적으로 생각해 본 적도 없고, 결혼할 생각
도 없긴 했지만 승열은 만약 먼 훗날에 승안 형이 결혼을 한 후에
자신도 결혼을 하게 된다면 아내가 처음이길 바랐다. 물론 처음이
아니라면 어쩔 수 없긴 하지만, 어쨌든 아내가 처녀이길 원한다면
자신도 처음이어야 하는 게 공평하지 않은가?

　그런 생각 속에서 총각 그대로 살아가게 되었는데, 건강한 남자
로서 가끔 미칠 듯한 욕구를 느끼기는 했다. 혼자서 해결하는 건
한계가 있으니까. 그래서 그는 실수하지 않기 위해 조심 또 조심
했다.

　문제가 생길 수도 있기에 검사들은 회식을 해도 단란주점이나
룸살롱 같은 곳엘 거의 가지 않았고, 가더라도 여자를 끼고 술을
마시지 않는데, 승열에겐 그게 참 다행이었다.

　어쩌다가 여자가 옆에 있게 되더라도, 그가 워낙 술에 강한 터
라 실수를 할 여지가 없긴 했다. 하지만 사람 일은 모르는 것이었
고, 가끔 미칠 것 같은 때에 자신이 실수를 하게 될지도 모른다는
걸 승열은 잘 알고 있었다. 물론 그렇게 될 경우, 그는 책임질 생
각이었다.

　승안 형이 그랬다. 진정한 남자는 책임질 수 있는 일만 해야 하
고, 만약 실수를 하게 된다면 마땅히 책임을 져야 된다고.

　그래서 그는 언제나 극도로 조심하고 있었다. 술집 여자들도 마
찬가지였고, 검찰청 여자 직원들은 물론이거니와 동료인 여자 검
사들과도 항상 거리를 두었다. 그렇게 선을 긋고 있는 여자들 가
운데, 그의 동정을 가져간 찬희도 있었다.

우찬희.

그와 동갑으로 같은 해에 대학에 들어왔고, 졸업한 다음해에 동차합격한 것도 같은, 사법연수원도 함께 보낸 동창이자 동기.

교차점이 많았지만 승열은 항상 여자들과 거리를 두어왔기에 찬희와도 친구라고 말할 수 없는 사이였다. 그래도 거의 십 년이 넘게 봐왔고, 대화도 몇 번 해봤기에 다른 여자들보다는 조금 더 알고 있는 편이긴 했다.

더군다나 찬희는 원래부터 유명했다. 그녀가 차석 합격으로 들어왔다는 것 자체는 큰 화젯거리가 아니었지만, 찬희의 아버지인 우안리는 법조계에서 아주 유명한 사람이었다. 당시 인천지검 차장검사로 일하고 있던 우안리는 여러 굵직한 사건을 공명정대하게 처리한 사람으로 장차 검찰총장이 될 게 확실한 아주 유능한 존재였다. 덕분에 우안리의 외동딸인 찬희는 대학교를 다니는 내내 주변 사람들의 시선을 많이 받았다. 더군다나 미인이었으니까.

몸이 약해서 그런지 찬희는 대학 초기 때는 좀 가냘프기까지 해서, 승열의 생각으로는 말 그대로 '보호본능을 자극하는 미인' 이었었다. 하지만 몇 년에 걸쳐 꾸준하게 운동이라도 했는지 승열이 졸업식장에서 봤을 때쯤에는 아주 건강해 보였다.

그저 지나갈 때 인사나 하는 사이이긴 했지만 찬희가 처음에 얼마나 연약했는지 기억하고 있는 승열은 찬희가 힘든 검사를 지망했다는 사실에 조금 놀랐다. 그런 몸으로 버틸 수 없을 것이라고 생각했고. 하지만 그의 생각과는 달리, 찬희는 검사로서 아주 잘해 나갔다. 게다가 검사로서 성공하기 위한 필수 요건인 '주당' 으로서의 자격 또한 훌륭하게 갖추게 되었다.

서울중앙지방검찰청이 워낙 거대한 조직이다 보니 담당하는 부서가 다르고 개인적인 친분이 없다면 같이 술을 마실 기회는 거의 없었다. 그래도 승열은 소문으로 찬희가 술을 잘 마신다는 말을 듣긴 했었다. 하지만 여전히 연약한 이미지로 기억하고 있었기에 승열은 그 말을 흘려들었는데, 바로 그게 '운명의 밤'의 시초이기도 했다.

사실, 그날은 아침부터 뭔가가 좀 다르긴 했다.

"좋은 아침."

아침 여덟 시, 평소처럼 한 시간 일찍 출근한 승열은 중앙지검 건물의 로비 엘리베이터 앞에서 찬희를 발견한 뒤 일반적인 인사를 건넸다. 오늘따라 엘리베이터 앞에는 찬희밖에 없었다.

"박 검사도 좋은 아침."

찬희의 목소리는 언제나 그렇듯이 조용했고, 다소 낮았다. 그리고 다른 사람들에게 인사할 때처럼 그에게도 아주 조그만 미소를 지어주었는데 그것도 평소와 같았다. 검은색의 단정한 정장을 입은 것이나, 긴 뒷 머리칼을 말끔하게 틀어 올린 것도 같았다. 하지만…… 뭐라 딱 꼬집어 말할 수 없는 무언가가 좀 달랐다.

"우 검사, 요새 연애해?"

승열은 고개를 갸웃하며 물었다. 얼마 전에 다른 직원에게 여자가 달라 보이는 건 사랑을 하기 때문이라는 말을 들은 적이 있기 때문이었다.

"그렇게 보여?"

찬희의 대답은 평소의 목소리 톤보다 더 낮았다. 뭔가 이상하다
는 생각을 또 하며 승열은 고개를 끄덕였다.

"아니야. 술 마실 시간도 없는데 연애를 언제 해."

이번 대답을 하는 찬희의 목소리 톤은 조금 높았다. 그 차이를
알기 전, 승열은 찬희가 술 이야기를 꺼냈다는 사실에 놀랐다.

"왜 그런 표정이야?"

"너 대학교 다닐 때는 한 방울도 못 마셨지 않아?"

찬희는 한쪽 눈썹을 치켜뜨며 반문했다.

"그걸 기억해?"

"네가 워낙 유명하잖아."

승열은 어깻짓을 하면서 말했다. 그는 찬희와 함께 엘리베이터
에 탔다. 승열이 닫힘 버튼을 눌렀을 때, 문득 색다른 시선이 느껴
졌다. 시선을 따라가니 찬희는 뭔가를 생각하는 듯한 눈길로 그를
뜯어보고 있었다.

"내 얼굴에 뭐 묻었어?"

"아니. 참, 너 술 잘 마시지?"

"어느 정도는."

"그럼 우리 술내기 할래?"

승열은 찬희를 쳐다보았다. 찬희의 얼굴에는 뭔가 표정이 떠올
라 있었지만, 그는 찬희가 어떤 생각을 하는지 읽을 수 없었다.

"내가 이기면 이철형 사건, 나한테 줘."

"우 검사, 그건—"

"여자한테 이길 자신 없어? 천하의 박 검사께서."

찬희가 일부러 그런다는 건 알았지만, 승열은 순간 발끈했다.
찬희는 그의 표정을 보고 쿡 웃더니 엘리베이터에서 내렸다.

"이따 퇴근하고 봐."

"야, 우 검사—"

승열의 말이 이어지기도 전에 엘리베이터는 쿵 소리와 함께 닫
혔다.

여자와 무슨 술내기를 해? 더군다나 연약한 찬희와.

승열은 내내 그렇게 투덜거리며 약속을 취소해야겠다고 생각했
지만, 이날따라 일이 무지막지하게 몰려들어 정신을 차릴 수가 없
었다. 퇴근할 시각이 한참 넘어서야 찬희와의 약속이 기억났는데,
그때쯤에는 스트레스가 머리끝까지 올라온 터라 시원한 맥주 한
잔이 간절했다. 그래서 퇴근하자는 찬희의 문자에 별 거부감 없이
찬희가 단골이라는 어느 술집으로 갔고, 여자와 단둘이서 술을 마
신다는 사실이 처음에는 좀 불편했지만 찬희가 사건 이야기를 꺼
내자 스스럼없이 한 잔씩 걸치기 시작했다. 그리고 내기를 한다
어쩐다 하면서 죽죽 마시다가…… 필름이 끊겼다.

그 운명의 밤은 그렇게 끝이 났다. 전혀 기억이 나지 않았지만,
이유가 뭐가 됐든 실수한 건 사실이었다. 마땅히 그는 책임을 져
야 했다.

하지만 찬희의 반응은 완고했다.

[싫어.]

"우 검사."

[싫다고 했잖아.]

휴대폰을 통해 들려오는 찬희의 목소리는 얼음 그 자체였다.

"하지만 우 검사, 이건—"

[나 일해야 돼.]

승열이 뭐라 더 말하기 전, 전화가 뚝 끊겼다. 승열은 얼굴을 있는 대로 찌그렸다. 삼 일 전부터 찬희의 반응은 한결같았다.

싫다.

딱 그 말만 계속, 그리고 계속 내뱉었다. 물론 이해가 안 가는 건 아니었다. 원나잇을 별거 아니라고 생각하는 입장이라면 말 그대로 하룻밤 실수에 불과한데 결혼한다는 건 말이 안 될 테니. 하지만 그는 그렇게 생각하지 않았다. 그리고 찬희 또한 자신처럼 생각할 가능성이 높았다.

어쨌든, 일단 '대화'부터 해야 했다.

〈퇴근할 때 전화해.〉

승열은 커다란 손으로 문자를 꾹꾹 눌렀다. 하지만 그날 내내 전화는 오지 않았다. 그래서 다음날 아침, 승열은 검찰청 로비에 기대서서 찬희가 출근할 때까지 기다렸다.

"여기서 뭐 하세요?"

같은 사무실에서 그와 함께 일하는 마수영 참여계장이 승열에게 인사하며 다가왔다.

"그냥 서 있어요."

승열은 씩 웃으며 어깻짓을 했다. 마 계장이 올라가자고 말했지만 승열은 좀 이따 들어가겠다고 대답했다. 마 계장이 고개를 갸웃거리며 엘리베이터 쪽으로 갈 때, 찬희가 로비의 문을 열고 들어왔다.

찬희는 평소와 같았다. 깔끔해 보이는 검은색 정장, 엷은 화장. 하지만 사 일 전처럼 뭔가가 달라 보였다. 아니, 사 일 전보다 더 달라 보였다.

"우 검사."

찬희의 얼굴에 시선을 고정하고 있었기에 승열은 자신을 발견한 찬희가 순간 놀라서 눈을 크게 뜬 것을 볼 수 있었다. 토끼마냥 눈을 동그랗게 뜬 것을 승열이 귀엽다고 생각했을 때 찬희는 순식간에 평소처럼 무표정에 가까운 얼굴로 둔갑했다.

"아, 박 검사."

"음, 좋은 아침."

"좋은 아침."

승열이 또 무슨 말을 해야 할지 고민할 때, 찬희는 찬바람이 휭 돌 만큼 몸을 휙 돌려서 엘리베이터로 또각또각 걸어갔다.

"우 검사."

걸음이 왜 이렇게 빠른 거야. 다리가 길어서 그런가?

승열은 빠르게 뒤따라가며 흘긋 다리를 훔쳐보았다. 무릎까지 오는 검은색 스커트 밑으로 보이는 찬희의 종아리는 눈처럼 새하얗다. 몸 전체가 저렇게 하얀 걸까? 필름이 끊긴 데다가 사 일 전 새벽에는 어두웠기 때문에 잘 보지 못했다. 만약 그렇다면—

"박 검사님, 안 타세요?"

승열이 멍하니 딴생각에 빠져 있자, 엘리베이터 앞에서 문이 닫히지 않게끔 버튼을 누르고 있던 마 계장이 그를 불렀다. 승열은 퍼뜩 정신을 차리고 엘리베이터에 타며 다시 흘끗 찬희를 관찰했다. 찬희는 무표정한 얼굴이었다. 문이 닫히기 직전, 찬희는 손을 뻗어 열림 버튼을 누르고는 밖으로 쌩하니 도망치듯 나갔다.

"우 검사."

승열은 바늘 가는데 실 따라가듯 찬희를 뒤따라갔다.

"우 검사."

다시 그녀를 부르며 승열은 건물 오른쪽 후미진 곳으로 빠르게 걸어가는 찬희를 뒤쫓았다. 주변 사람들에게 이상하게 보이지 않기 위해 조심하면서 걸어가 오른쪽 모퉁이를 돌자, 막 다른 곳으로 통하는 문 쪽으로 달려가다시피 하는 찬희의 뒷모습이 보였다.

"우찬희!"

주변에 아무도 없는 것을 보고 승열은 버럭 소리를 내질렀다. 문을 열려던 찬희가 움찔거리자 승열은 그 틈을 타 성큼성큼 뛰어가 그녀의 어깨에 손을 올렸다.

"이야기 좀 해."

승열은 손에 힘을 주어 자신과 마주 보게끔 그녀를 뒤돌게 했다. 찬희의 얼굴은 평소처럼 무표정에 가까웠지만, 엷은 핑크빛 립스틱이 칠해진 입술을 한일자로 다물고 있었다.

"찬희야."

문득, 승열은 여자를 이름만으로 부른 게 처음이라는 사실을 깨달았다. 선배면 선배, 후배면 후배라고 불렀고 같은 나이대의 모든 여자들은 '어이' 혹은 성과 이름을 붙여서 불러왔으니까. 찬희의 경우, 검사로 임관된 뒤부터는 그녀를 '우 검사'라고만 호칭했었다.

"무슨 이야기?"

찬희는 승열의 손을 탁 쳐서 어깨를 놓게 만든 뒤 팔짱을 턱 꼈다.

"결혼……."

"싫다고 했잖아."

찬희는 얼음 같은 어조로 그의 말을 싹둑 잘랐다. 그러더니, 주저하는 기색으로 입을 열었다.

"박 검사, 난 네가 말을…… 많이 하는 남자가 아니라는 걸 알아. 그러니까……."

"네가 걱정할 일은 없어."

찬희가 낮게 읊조리는 말에 승열은 바로 대답했다. 검찰청이라는 게 워낙 남성 중심의 사회다 보니 여성들에 대한 배려는 거의 없었다. 또한 여자라는 이유만으로 별거 아닌 일로 큰 타격을 받기도 한다는 것을 승열도 어느 정도는 알고 있었다. 더군다나, 이번 일은 절대 별거 아닌 일이 아니었다.

"사 일 전에 있었던 일에 관해 누구에게도 말하지 않겠어. 맹세해."

그는 찬희의 눈을 똑바로 바라보며 한 글자 한 글자 또박또박 말했다. 그제야 찬희는 안도의 한숨을 길게 내쉬었다.

"하지만 찬희야, 결혼 이야기는 분명하게 하고 넘어가야 해."

"무슨 이야기를 더 해? 실수였잖아. 그렇게 생각하지?"

찬희의 질문은 직접적이었다. 승열은 생각할 겨를 없이 답했다.

"그래. 나도 실수라고 생각해. 하지만……."

"그러니까, 거기서 끝내자고."

"왜 싫은 건데?"

승열은 결국 고함을 칠 수밖에 없었다. 혹시 누군가 들을지도 몰랐기에, 조금 작은 목소리로.

"그래, 서로 실수인 건 맞지. 그래도 그냥 넘어갈 생각이 없어. 난 실수를 했고, 책임질 거야. 더군다나 너……."

승열은 아주 작은 목소리로 말했다.

"처음이었잖아."

사 일 전 새벽, 어두웠지만 그는 분명히 보았다. 시트에 뚜렷하게 남아 있던 건 그의 흔적, 그리고 혈흔이었다.

찬희든 누구든, 실수를 하게 된다면 결혼할 생각이었다. 책임지는 게 당연하니까.

경험이 아주 많은 여자라고 해도 책임질 생각인데, 찬희는 더군다나 처음이었다. 그가 처음이었던 것처럼.

기필코, 책임질 것이다.

"그게 어쨌다는 건데?"

이번에 소리친 건 찬희였다. 그녀는 팔짱을 낀 손을 풀고 주먹을 꼭 쥐었다.

"그렇다고 결혼해야 된다는 거야?"

"책임질게."

승열은 다시 말했다.

"내가 책임질게."

"실수로 잔 여자마다 다 책임지는 버릇이 있는 거야?"

"무슨 말을 하는 거야?"

승열은 통명스럽게 말했다.

"실수로 그런 건 네가 처음이야."

"그러면? 실수로 안 그런 건 몇 명인데?"

승열은 잠시잠깐 입을 꾹 다물었다. 찬희가 어떤 성격인지 잘 몰랐지만, 아무리 보수적이라고 해도 대한민국에서 서른둘이나 먹은 건강한 남자가 동정이었다는 말을 들으면 뭔가 문제가 있다고 생각할지도 모른다.

승열은 말을 얼버무렸다.

"어쨌든, 난 우찬희 너 책임질 거야. 더군다나, 임신…… 했을지도 모르잖아."

희미하게 보일락 말락 했던 홍조가 찬희의 뺨에 분명하게 피어올랐다.

"가임기간 아니었어! 그리고, 가능성없어."

"확실해?"

"확실해. 주기가 일정하지 않아서 약을 먹고 있는데…… 암튼, 확실해."

이런 이야기까지 해야 되나 싶은지, 찬희의 얼굴은 새빨갰다.

"그러니까 걱정 안 해도 돼."

"그래, 임신은 안 됐다고 생각하자. 그래도 이야기는 해야 해."

승열이 다시 그렇게 강하게 말할 때, 찬희의 휴대폰이 울렸다. 찬희는 승열의 시선을 피한 채 바닥만 바라보며 휴대폰을 들었다.

"우찬희입니다. 네. 네, 곧 갈게요."

찬희는 종료 버튼을 누른 뒤 휴대폰 액정으로 시간을 보았다.

"가봐야 돼. 나중에 이야기하자. 너도 바쁘잖아."

승열은 그녀의 앞을 가로막았다.

"나중에 언제? 너 계속 피했잖아."

"오늘 퇴근하고."

찬희는 고개를 들어 그를 올려다보며 천천히 이어 말했다.

"퇴근하고 이야기하자. 나 오늘 좀 바빠."

"오늘은 도망가기 없기야."

찬희는 한쪽 눈썹을 치켜뜨더니 걷기 시작했다. 승열은 자신의 옆을 지나는 그녀의 팔목을 붙들었다. 생각보다 더 가늘었다.

"대답해."

"그래, 그래. 안 도망갈게."

찬희는 체념한 듯한 어조로 중얼거리듯 대답했다. 승열은 피식 웃고는 천천히 손목을 놔주었다. 찬희는 그를 흘겨보고는 빠르게 걸어갔다. 승열은 남들의 시선을 생각해서 찬희와 적당히 떨어져서 걸었다. 그러면서 그는 스리슬쩍 찬희의 다리에 다시 시선을 고정했다.

정말 몸 전체가 저렇게 하얄까?

승열은 찬희를 퇴근할 시각인 자정 때쯤에나 보게 될 거라고 생각했지만, 그보다 좀 더 이르게 오후쯤에 먼저 만나게 되었다.

"이철형 사건이 제 담당이 아니라고요?"

"자네가 양보했다고 우 검사가 말하던데, 아닌가?"

승열이 속한 마약·조직범죄수사부를 관찰하는 제3차장검사는 안경을 치켜올리며 물었다. 승열은 뭐라 답해야 할지 알 수 없었다. 사 일 전에 이철형 사건을 두고 술내기를 한 건 사실이었지만, 필름이 끊겨서 결과를 알지 못했으니까.

찬희는 결과를 아는 건가?

"어떻게 할 건가?"

"우 검사와 다시 이야기해 보겠습니다."

"그래. 그리고 말일세……."

차장검사는 목소리를 줄이더니, 고개를 흘긋 돌려 문이 잠겨 있는 것을 확인하고는 작은 목소리로 말했다.

"우 검사의 아버님이 누군지 알지?"

"네."

우안리 부산중앙지검의 검사장. 청렴결백에다가 성실, 유능으로 소문난 최고의 검사였는데 직접 마주친 적이 없어서 개인적으로 어떤 사람인지 알지 못했다.

그러고 보니, 찬희의 아버지로군.

"우 검사장님이 곧 서울로 오실 거야. 알고 있지?"

"네."

우안리가 서울중앙지검의 새로운 검사장으로 발탁됐다는 건 누구나 다 알고 있는 사실이었다.

"그러니까, 우 검사와 말 좀 잘해. 그 사건 가벼운 거던데 우 검사가 원하면 넘기는 것도 좋지 않겠어? 더군다나 우리 부서가 다룰 사건이 아니잖아."

이철형 사건은 뺑소니 사건이었다. 차장검사의 말대로 조직범죄수사과인 그가 처리할 사건이 아니었다.

"그럼 왜 제게 배당된 겁니까?"

승열은 차장검사에게 질문을 던졌다. 불구속 사건은 부장이, 이철형 사건 같은 구속 사건은 그 부를 주관하는 차장검사가 배당하게 되어 있었다. 애초에 형사부 사건이 그에게 배당됐다는 사실 자체가 좀 이상하긴 했다.

"나도 모르겠네. 지난달에 사직한 내 선임자가 배당한 거잖아? 아무튼, 우 검사가 원하니 우 검사한테 넘겨. 사람이 말이야, 처신을 잘해야 살아남는 거라고."

"그런 식의 처신은 하고 싶지 않습니다."

승열은 딱 부러지게 대답했고, 차장검사는 혀를 찼다.

"자넨 능력은 있는데 그런 점이 문제야. 적당히 인맥이 있어야 출세하는 거야."

승열도 모르지 않았다. 아무리 그가 능력이 있다고는 하나, 좀 더 강한 인맥이 있어야 윗자리까지 올라갈 수 있을 터. 하지만 그는 그런 식으로 행동하고 싶지 않았다.

"그럼, 가보겠습니다."

승열은 정중하게 인사한 뒤 사무실을 나왔다. 그는 잠시 생각한 뒤 찬희의 검사실로 갔다.

쿵쿵 노크를 하자, 들어오라는 찬희의 차분한 목소리가 들려왔다. 승열은 문을 열고 안으로 들어갔다. 찬희의 사무실은 그의 사무실과 크기와 배치가 모두 같았다. 왼편에 검찰수사관인 참여계장과 보조 여직원의 책상이 하나씩 있었고, 중앙에 검사인 찬희의 책상이 있었는데 다른 직원들은 없었고, 찬희 혼자만 자리에 앉아 커다란 일지로 얼굴을 가린 채 일하고 있었다.

"무슨 일이죠?"

승열이 사무실과 붙어 있는 회의실에 슬쩍 시선을 줘서 아무도 없다는 것을 확인할 때 찬희는 여전히 일지로 얼굴을 가린 채로 질문을 던졌다.

"이철형 사건, 이제 네가 주임검사인 거야?"

승열의 목소리가 울리자, 찬희는 일지 위로 고개를 휙 들었다. 그녀의 얼굴에는 까만색의 두꺼운 뿔테 안경이 걸려 있었다.

"안경 쓰네?"

"가끔."

다시 찬희의 눈이 왕방울만하게 커진 것을 보고 승열이 귀엽다고 생각할 찰나, 찬희는 얼버무리더니 눈에 보이지 않을 정도의 빠르기로 잽싸게 안경을 벗었다.

행동이 빠르군.

"이철형 사건에 대해 질문하러 온 거야?"

"방금 부장님이 네가 이 사건 가져갔다고 하시더라. 내가 내기에서 진 거야?"

"맞아."

“너도 그날 밤 일이 기억 안 난다고 하지 않았어?”

왠지, 승열은 피고인을 심문할 때 같다는 느낌을 받았다. 그러나 찬희는 안경을 벗은 뒤로는 평소처럼 아주 침착했다. 피고인들은 보통 저렇지 않았다.

“네가 나가떨어진 것까지는 기억해. 그래서 내가 가져온 것이고.”

“이 사건 별로 중요한 것도 아니잖아? 그냥 뺑소니 사건인데, 왜 넘겨 받고 싶어하는 거야?”

“형사부 사건이잖아.”

찬희는 다시 일지를 내려다보며 대답했고, 승열은 재차 물었다.

“안 그래도 일 많을 텐데, 형사부 사건이라는 이유 하나로 떠맡겠다고?”

검찰청 부서 가운데 가장 일이 많은 곳이 바로 찬희가 소속된 형사부였다. 그야말로 사건에 치여 죽는다는 말이 나올 만큼 어마어마한 업무량을 자랑해서 기피 부서로 손꼽히는 곳이었는데, 그 사실을 잘 아는 만큼 승열은 찬희의 대답을 이해할 수 없었다.

아무리 워커홀릭이라고 해도, 안 그래도 일에 깔려 압사당하기 직전일 텐데 사건을 더 끌어오다니?

“다른 이유가 있는 것 아니야?”

“박 검사. 난 효율성을 가장 우선해야 된다고 생각해. 형사부 사건이 다른 부서로 배당된 건 여러 면에서 비효율적이야.”

다시 고개를 든 찬희는 짜증을 내듯 이어 말했다. 승열은 그녀가 무언가를 결심하듯 한쪽 주먹을 꾹 쥐는 것을 보지 못했다.

"미안한데, 이만 가줘. 이따가 퇴근 빨리 하려면 나 일해야 해. 너도 마찬가지잖아."

승열은 그제야 퇴근 후의 약속을 기억해 냈다. 그는 더 질문하고 싶었지만, 참고인이 올 시간이었다.

뭔가 이상한데…….

승열은 그렇게 생각하면서도 등을 돌렸다. 그래서 그는 찬희가 안도의 한숨을 길게 내쉬는 것을 보지 못했고, 그에게는 들리지 않을 정도로 아주 작은 목소리로 중얼거리는 것을 듣지 못했다.

"이건 내가 처리해야 해……. 승열이 널 위해서라도."

〈곧 퇴근할 수 있을 것 같아. 어디에서 이야기할까?〉

자정에 가까워졌을 무렵, '우 검사'로 저장되어 있는 번호로부터 문자가 왔다. 승열은 고민에 빠져들었다.

자정에 가까운 시간이라 만나서 이야기를 할 장소는 술집밖에 없을 것이다. 하지만 찬희에게 실수를 한 뒤로는 술은 쳐다보기도 싫었다. 주변의 시선을 신경 안 쓰고 조용하게 둘이서만 이야기할 수 있는 곳은…….

승열이 〈한강 둔치 어때?〉라는 문자를 커다란 손으로 툭툭 칠 때, 아직 퇴근하고 있지 않았던 마 계장이 호기심 어린 목소리로 물었다.

"누구와 문자 주고받으시는 거예요? 혹시…… 우 검사님?"

"어떻게 알았어요?"

"어떻게 알긴요, 딱 보면 알지. 혹시 우 검사님이랑 연애해요?"

당황한 승열은 입만 벙긋거렸다.

"아니에요? 아침에 보니까 두 분 사이가 좀 멜랑꼴리한 게 딱 연인들이 싸운 듯한 분위기던데. 언제부터 사귄 거예요? 전혀 이야기 없었잖아요."

"음, 아니에요, 사귀는 거."

승열은 자리에서 벌떡 일어난 뒤 휴대폰을 확인했다.

〈그래. 서래섬 근처에 가서 전화할게.〉

"이만 퇴근할게요. 계장님도 어서 퇴근하세요."

"데이트하러 가는 거죠?"

"그런 거 아니에요. 그냥 잠깐 보는 건데 데이트는 무슨."

엉겁결에 승열이 사실을 털어놓자 마 계장은 씩 웃었다.

"솔로인 남자와 여자가 만나는 게 데이트인 거죠."

그런가?

승열이 고개를 갸웃거릴 때, 마 계장이 음흉한 얼굴로 물었다.

"사귀는 건 아니라고 했으니…… 그럼 누가 먼저 데이트 신청한 거예요? 박 검사님이 먼저?"

오늘 퇴근한 뒤 만나자고 한 건 찬희인데. 그럼 찬희가 데이트 신청을 한 게 되는 건가? 물론 결혼에 대해 이야기를 하자고 조른건 나지만.

승열은 사 일 전에 찬희와 단둘이서 술을 먹은 것을 떠올렸다. 그때도 찬희가 먼저 만나서 술을 마시자고 했었다. 그럼 그게 데이트 신청이었나?

잠깐 생각을 해보다가 승열은 고개를 저었다. 데이트 신청은 무슨. 술내기였지.

"그런 거 아니라니까요."

마 계장이 등 뒤에서 파이팅을 외치는 것을 들으며 승열은 잽싸게 빠져나와 운전해 나갔다. 늦은 시간대라 그런지 차는 거의 없었다.

가는 도중 승열은 잠시 편의점에 들렀다. 동작대교 근처에 주차한 뒤 문 밖으로 나가 휴대폰을 들 때였다. 옆으로 천천히 다가오는 차가 있었다. 까만색의 차분해 보이는 차에서 내린 사람은 찬희로, 그녀는 잠시 멈칫하더니 그의 차의 조수석으로 왔다.

"내 차는 너한테 좁을 거 같네."

찬희는 승열의 넓은 어깨를 바라보며 말했다. 불평이 담겨 있는 말은 아닌 듯했지만 승열은 운전석에서 순간적으로 어깨를 움츠리고 말았다.

그러고 보니, 덩치 큰 남자를 싫어하는 여자들도 많던데.

승열이 알기로 요즘 인기가 있는 남자 스타일은 가늘가늘하고 여자처럼 예쁘게 생긴 기생오라비들이었다. 그와는 완전히 반대 타입인.

찬희도 그런 남자를 좋아하는 걸까?

"뭐 좋아해?"

승열은 찬희가 어떤 스타일의 남자를 좋아하는지 궁금했지만 질문을 참으며 뒷좌석에 놔두었던 비닐봉지를 앞으로 가져왔다.

"커피? 녹차? 아니면 홍차? 골라봐."

"목말라서 사 온 거야?"

찬희는 플라스틱 병의 녹차를 골랐다. 승열은 그녀가 녹차를 좋아한다는 것을 기억해 두며 대답했다.

"아니, 너 목마를까 봐."

그 말에 찬희는 고개를 슬쩍 들어 그를 묘한 눈빛으로 바라보았다.

"왜 그래? 내 얼굴에 뭐 묻었어?"

"……아무것도 아니야."

숙.

찬희가 녹차 뚜껑을 따자, 작은 소리가 차 안에 흘렀다. 승열은 찬희의 시선이 엷은 보랏빛과 푸른빛으로 아름답게 반짝이는 동작대교에 머무르는 것을 지켜보았다.

"박 검사, 아니, 승열아."

찬희는 시선을 여전히 밖에 둔 채로 입을 열었다.

"실수를 책임지겠다는 의미로 결혼하자는 게 맞지?"

그게 사실이었지만, 승열은 바로 대답할 수가 없었다. 그로서는 알 수 없는 뭔가 다른 의미가 깃들어 있는 질문이었으니까.

"난 네가 그날 밤을…… 책임지길 원하지 않아. 그건 그냥 실수였어. 기억도 나지 않는 실수."

찬희의 말에는 그가 알 수 없는 어떤 것이 담겨 있었지만, 승열은 깨닫지 못했다.

"다시 말하는데, 그러니까 그냥 잊자."

"그럴 수 없어!"

승열은 들고 있던 비닐봉지를 뒷좌석에 던지듯 내려놓고, 두 손으로 찬희의 어깨를 잡아 돌려 세웠다.

"우찬희. 난 그렇게 못해. 더군다나 너 처음이었고, 어쩌면 임신했을지도 몰라. 그런데 어떻게 잊을 수 있어?"

그런 데다가, 아무리 기억이 나지 않는다고 해도 찬희는 그의 첫 여자였다. 그리고 실수이긴 하더라도 찬희 또한 처음이었던 건…… 마초적인 생각이라는 건 알고 있었지만 솔직히…… 기뻤다.

아주 예전에 어렴풋하게 신붓감의 조건에 대해서 생각했을 때, 그는 미래의 아내가 처음이길 바랐었다. 자신이 처음인 것처럼.

그리고 찬희는 처녀였다.

유일하게 생각했던 조건에 들어맞는 존재. 문득, 승열은 다른 것도 깨달았다. 찬희는 괜찮은 아냇감이었다.

아버지가 유능한 존재라는 사실 이외에 집안 환경이 어떤지, 그녀의 실제 성격이 어떤지 정확하게는 몰랐다. 가까운 사이가 아니었으니까. 하지만 십여 년 동안 주변에 있었지만 그는 찬희에 대한 나쁜 이야기는 거의 듣지 못했고, 대신 성실하고, 일도 끝내주게 잘하며, 성격도 좋다는 말은 아주 많이 들었다.

100% 확신할 순 없었지만 괜찮게 잘살 수 있을 가능성은 높았다.

"결혼은 책임감 때문에, 실수했다고 하는 게 아니야."

찬희는 또박또박 말을 이었다.

"서로 사랑해서 하는 거지."

"그건 그래. 하지만 사랑이 우선이라고는 생각하지 않아. 사랑은 결혼하고 나서 싹틀 수도 있는 거잖아."

"그럴 수도 있지. 하지만……."

"하지만 뭐?"

찬희는 잠시 머뭇거렸다.

"……난 네가 사랑하는 여자와 결혼할 수 있을지도 모르는 기회를 포기하게 만들고 싶진 않아."

승열은 잠시 생각한 뒤, 물었다.

"너 혹시…… 마음에 담고 있는 사람 있어?"

"뭐?"

"남자 있냐고."

찬희는 짧게 한숨을 쉬더니 고개를 저었다. 승열은 안도했다. 다른 남자를 좋아하는 여자와 그런 실수를 한 게 아니라서.

"이러단 끝이 안 나겠어."

찬희는 다시 한숨을 내쉬며 말했다. 승열은 고개를 끄덕이다가, 문득 그녀의 하얀 얼굴이 더 새하얘 보인다는 것을 깨달았다.

"피곤한 것 같네. 괜찮아?"

"괜찮아. 음……."

찬희는 녹차를 한 모금 마셨다. 그러더니 혀를 조금 내밀어 아랫입술에 묻은 녹차 방울을 살짝 핥았다. 그 순간, 승열은 자신이 그녀의 핑크빛 입술을 뚫어져라 쳐다보고 있다는 것을 깨달았다.

입술. 찬희의 입술.

"사실, 이렇게 이야기가 끝이 안 날 거라는 걸 알고 생각을 좀 해봤어."

"무슨 생각?"

찬희는 고개를 오른쪽으로 슬쩍 돌려 다시 밖을 바라보았다. 승열은 그녀의 얼굴을 반쪽 정도밖에 볼 수 없는 데다가 입술에만 시선을 고정하고 있었기에 그녀의 뺨이 희미하게 붉어졌다는 것을 알지 못했다.

"사실…… 나도 결혼에 대해 아예 생각이 없는 건 아니거든. 언젠가는 하겠거니 라고 생각하면서 일하다 보니 이 나이까지 혼자이고, 엄마는 갈수록 선이라도 보라고 등 떠밀고 있고…… 남편감에 대해 구체적으로 생각했던 건 아니지만, 난 일이 좋아. 내가 늦게까지 일하는 걸 이해해 줬으면 하는 바람이 있어. 네가 어떻게 생각하는지 몰라도 적어도 넌 같은 검사니까 다른 직업보다는 이해해 줄 것 같다는 생각도 드는데…… 물론 오히려 더 용납 못할 수도 있지만……."

찬희는 흐린 어조로 줄줄 말하기 시작했고, 그래서 승열은 정신을 차렸다. 지금 찬희가 횡설수설하는 건가? 승열은 빠르게 말했다.

"물론 이해해. 게다가 같은 직업이면 말도 통하겠지."

그러고 보니, 같은 검사니 서로 말도 아주 잘 통할 것이다. 또 하나의 장점.

"짧은 시간이지만 이것저것 생각해 봤는데…… 그래도 난 바로 결혼할 생각은 없어. 일단…… 네가 어떤 사람인지도 잘 모르고, 그건 너도 마찬가지잖아. 책임감이니 실수니 뭐니 제쳐 두더라도 서로 취미가 뭔지도 모르는데 이대로 결혼할 수는 없어."

찬희의 말도 맞는 말이었다. 승열은 잠자코 그녀가 하는 말을 경청했다.

"그래서 생각해 봤는데, 음, 우리가 말이야, 서로가 어떤 사람인지 알 수 있는 시간이 있었으면 좋겠어."

"나중에 결혼하자는 말이야?"

"아니, 그렇다기보다는……."

찬희는 이번에는 아주 길게 한숨을 내쉬더니, 눈을 감았다. 그러고는 결심한 듯 눈을 번쩍 뜨고 고개를 휙 돌려서 그를 마주 바라보았다.

"일단 사귀자."

"사귀자고?"

찬희는 다소 격해 보일 정도로 고개를 세차게 끄덕였다.

"일단 삼 개월만."

"삼 개월?"

승열은 앵무새마냥 찬희의 말을 따라했다.

"삼 개월 동안 사귀면서 서로가 결혼 상대로 좋은지 생각해 보자. 괜찮다면 삼 개월 뒤에 결혼에 대해 진지하게 이야기하자는 말이야."

"괜찮지 않다면?"

“그럼 결혼 안 하는 거지.”

승열의 얼굴이 찌그러지자, 찬희는 황급히 말을 이었다.

“생각해 봐. 서로가 어떤 사람인지도 모르는데 실수했다고 결혼한다는 건 말이 안 돼. 결혼은 인생에 단 한 번뿐인 아주 중요한 일이잖아. 그렇게 중요한 일을 어떻게 실수했다고 그냥 해?”

이성적으로 생각한다면 찬희의 말이 맞긴 맞았다. 하지만…….

“아냇감으로 어떤 사람을 원하는지 모르지만, 나름대로 생각해 본 게 있지?”

“형제들을 좋아해 줬으면 좋겠어.”

사실 생각해 본 건 형제들에 대한 게 아니었지만 사실대로 이야기했다가는 찬희가 그에게 어퍼컷을 날리는 게 아닐지 걱정이 됐다. 그래서 승열은 순간 떠오른 것을 말했다.

“난 부모님은 안 계시지만 형제들이 좀 많아. 힘든 시집살이 같은 걸 해달라는 게 아니라 말 그대로 내 형제들을 좋아해 줬으면 좋겠어. 최소한, 싫어하지는 말았으면 해.”

“그것 봐. 너도 생각해 놓은 게 있잖아. 만약에 그냥 결혼했는데 네 형제들과 내가 아주 사이가 나쁘거나 그러면 정말 곤란할 거 아니야. 삼 개월 동안 만나면서 서로를 알아보고, 바라는 점에 대해 조율하는 게 좋다고 생각해.”

“너는?”

승열은 질문을 던졌다.

“너는 남편감에게 어떤 걸 바라는데?”

“좋은 사람.”

찬희는 그를 뚫어져라 바라보며 즉각 대답했다.

"그냥, 좋은 사람이었으면 해."

좋은 사람이라…….

장담할 수는 없었지만, 승열은 자신이 '좋은 사람'에 해당한다고 생각했다.

뭐, 내가 싫은 건 아니겠군. 결혼하면 되겠네.

"그럼…… 삼 개월 뒤에 결혼하는 거다."

승열은 그렇게 결론 내렸다.

"삼 개월 뒤에도 괜찮으면 결혼하는 거지."

"그거나 그거나 같은 거지."

찬희는 승열의 말에 풋 웃음을 터뜨렸다.

"그럼, 오늘부터 사귀는 거야."

"그래. 참, 그런데 부탁이 있어. 우리 사귀는 거 비밀로 하자."

"왜?"

승열은 얼굴을 살짝 찌그러뜨리며 되물었다. 주변 사람들을 속이면서 사귄다니, 이해할 수 없는 일이었다.

찬희는 얼굴에 미안한 빛을 띤 채 이어 말했다.

"우린 사내연애라고 할 수 있어. 사내연애 하다가 만약의 경우에…… 결과가 안 좋으면 여자가 특히 더 힘들어."

"결과가 안 좋을 리 없어."

"그래, 그래. 근데 결과는 그렇다치더라도, 음, 내가 외동딸이라 우리 아빠가 날 많이 아끼시거든. 곧 우리 지검으로 오실 텐데 사귄다는 게 알려지면 네가 많이 힘들 거야."

“난 상관없어.”

승열의 딱 부러지는 대답에 찬희는 한숨을 내쉬었다.

“내가 상관있어. 그러니까 비밀로 하자.”

찬희는 손을 뻗어 그의 팔을 꾹 잡고는 그의 눈동자를 깊이 바라보며 속삭였다.

“부탁이야. 응?”

슈트와 셔츠 아래로 찬희의 체온이 전해졌다. 희미한 온기는 그의 팔을 간지럽게 유혹하기 시작했다. 그리고 그를 바라보는 찬희의 눈동자는 아주 맑았고, 아주…… 촉촉했다.

“응…….”

찬희가 손을 놓았고, 체온이 멀어지자 그제야 승열은 자신이 대답을 했다는 것을 깨달았다.

“그럼, 일단 이야기된 거다? 나 요새 계속 야근해서 많이 피곤하거든. 이만 들어가 볼게.”

찬희는 그대로 휙 뒤돌더니 문을 열고 나가 버렸다. 승열은 저도 모르게 그녀를 따라 문을 열고 밖으로 나갔다.

“찬희야.”

“응?”

찬희는 그녀의 차 문을 열던 자세 그대로 그에게로 고개를 돌렸다. 동작대교의 보랏빛 조명이 그녀의 하얀 얼굴 위에서 아름답게 일렁거렸다.

“왜?”

“……아니야. 아무것도.”

승열은 씩 웃으며 손을 흔들었다.

"조심해서 들어가."

찬희는 작은 미소를 짓더니, 차를 타고 떠났다. 승열은 잠시 한 강을 쳐다본 뒤 운전석으로 들어가 풀썩 앉았다.

두근.

그는 심장 위에 손을 얹었다.

갑자기 왜 이렇게 뛰는 거지?

집으로 운전하는 동안 생각해 보았고, 그러다가 승열은 답을 알게 되었다. 물론 결혼을 위한 준비이긴 했지만…… 삼십이 년 동안 솔로의 길을 달려온 그에게 드디어 여자 친구가 생긴 것이다.

승열은 저도 모르게 헤벌쭉 웃었고, 그날부터 그는 찬희의 입술을 가끔 떠올리게 되었다.

―두 번째 파일―
그녀의 진술

찬희는 곰이 좋았다.

정확한 이유는 알 수 없었다. 어렸을 때 처음으로 부모님이 사준 장난감이 곰인형이라 친근해져서 그런 건지, 아니면 태생적으로 곰을 좋아하는 돌연변이 유전자를 타고난 건지 알 수 없었지만 어쨌든 찬희는 곰이 좋았다. 그것도 아주 많이.

사실 동화책에 나오는 예쁜 곰 그림과 귀여운 곰인형에 익숙해진 어린아이들은 동물원에서 하루 종일 뒹굴거리고만 있는 곰 실물을 보면 대개 실망하거나 혹은 거대한 덩치에 놀라 울음을 터뜨리곤 했다. 하지만 여섯 살 때, 처음으로 동물원에 가서 곰 실물을 본 찬희는 그 어느 쪽도 아니었다.

어쩜 저렇게 사랑스러울까.

찬희는 돌 위에 다리를 다 뻗고 멍청하게 누워 있는 곰에게 홀딱 반했고, 이 뒤로 틈만 나면 부모님에게 곰을 보러 가자고 졸랐다. 동물원까지는 멀었기에 부모님은 정색했지만 금지옥엽이 눈물을 줄줄 흘리며 간청하자 들어줄 수밖에 없었다.

그리하여 혼자서 버스를 타고 다닐 수 있게 된 열두 살이 되기 전까지, 찬희의 가족들은 한 달에 한 번, 혹은 적어도 두 달에 한 번은 꼭 동물원으로 곰을 보러 가게 되었다. 그리고 열다섯 살 때부터는 찬희는 혼자 전국의 여러 동물원에 곰을 보러 다녔고, 또한 실물 곰만이 아니라 다른 종류의 곰에도 애정을 갖기 시작했다.

한마디로, 곰 스타일의 남자에게 시선을 주기 시작한 것.

열여섯 살 때 찬희는 옆집에 사는 곰 같은 오빠에게 홀딱 반하고야 말았다. 사귄 것도 아니고 어쩌다가 마주칠 경우 기어들어가는 목소리로 '안녕하세요'라고 인사하는 게 고작인 사이였지만, 어쨌든 옆집 오빠가 일 년 뒤에 어디론가로 이사 가기 전까지 찬희는 사춘기 시절의 첫사랑에 끙끙 앓고야 말았다.

이 경험을 통해 찬희는 자신이 곰 타입의 남자에게만 끌린다는 것을 알아차렸다. 그리하여, 첫사랑이 끝난 뒤 학생답게 공부에 열중하면서도 찬희는 드문드문 주변에서 곰 타입의 남자를 찾아보았다. 하지만 곰도 곰 나름이지, 돼지같이 배만 너무 튀어나온 곰이나 몇 주 굶은 듯한 바싹 마른 곰, 너무 흉폭해 보이는 곰 타입은 딱 질색이었다. 그녀의 취향은 너무 돼지스럽지도, 너무 마르지도 않으면서 선한 인상의 곰이었다.

상당히 까다로운 타입이었는데, 그래서 그런지 열아홉 살 때까지 그런 곰은 단 한 명도 보지 못했다. 그러다가 열아홉 살 되던 해 3월, 대학교 입학식에서 딱 그런 곰을 발견했다.

박승열.

아빠가 엄마를 처음 봤을 때, 엄마한테서 빛이 나는 걸 봤다고 했었다. 찬희는 승열을 보기 전까지 아빠의 그 말이 과장이라고 생각했었지만, 그건 사실이었다.

승열을 본 순간 찬희는 찬연한 빛을 보았다. 그리고 그 빛에 홀딱 반하고야 말았다. 더군다나 승열은 완벽히 그녀 취향의 곰이었다. 190㎝에 달하는 큰 키, 웬만한 남자 두 명 분에 해당하는 넓은 어깨, 우람한 팔뚝과 굵은 다리……. 게다가 인상도 좋았다. 얼굴을 찌그러뜨리면 악귀가 생각날 만큼 아주 무시무시하게 변하긴 하지만, 찬희는 그런 승열의 표정을 봐도 하나도 무섭지 않았다. 오히려 귀여웠다.

갖고 싶다!

찬희는 이 세상 무엇보다 승열이 갖고 싶어졌다. 하지만 문제가 있었다. 가지기 위해서는 적어도 어느 정도 관계가 성립되어야 되는데, 그녀는…… 승열에게 말도 걸 수가 없었다.

너무 떨렸으니까.

50m 앞에서 발견하기만 해도 심장이 튀어나올 것같이 쿵쾅쿵쾅 뛰었고, 10m 앞에서는 온몸이 굳어버려 석상이 될 것 같았다. 그러니 인사조차 제대로 나눌 수 없고, 애인은커녕 친구조차 되지 못한 건 당연지사.

일 년이 지나도록 그런 상황이었기에 찬희는 매일매일 마음을 졸였다. 그녀처럼 곰 집착병에 걸린 여자가, 아니, 남자 보는 눈이 조금이라도 있는 여자라면 승열에게 침을 흘리는 건 당연하니까.

그녀의 예상대로 승열은 은근히 인기가 많았다. 뭐가 그리 바쁜지 강의 시간에만 겨우 볼 수 있었는데 그 커다란 덩치로 성큼성큼 강의실에 들어와서 열심히 공부만 하다가 가는 그 우직한 모습에 여자 동기들은 시선을 많이 빼앗겼다. 더군다나 말이 별로 없긴 했지만, 열심히 노트 필기한 것도 잘 빌려주었고, 가뭄에 콩 나듯 술자리를 함께하게 될 경우 술에 취해서 지저분하게 구는 다른 놈들에게서 여자들을 아주 잘 방어해 주었으니까.

그리하여 노력에 노력을 거듭한 찬희가 지나가다가 승열과 마주쳤을 경우 개미만한 목소리로 '안녕'이라는 말 한마디를 할 수 있게 된 대학교 2학년 2학기 때, 찬희가 알기로 법학과만 따져도 무려 네 명이나 승열을 짝사랑하고 있었다. 물론 자신을 제외한 숫자였다.

3학년 1학기가 되어 승열에게 '시험 잘 봤어?'라는 말까지만 겨우 할 수 있게 된 찬희는 그 네 명을 전전긍긍하며 경계했지만, 그렇다고 속이 타 들어갈 정도로 그들의 존재가 괴로웠던 건 아니었다.

승열은 전혀 그들에게 관심이 없었으므로. 그리고 정말 바빴으니까.

찬희는 승열에 대해 하나라도 더 정보를 얻기 위해 주변 사람들에게 슬쩍슬쩍 승열에 대해 질문을 던지거나, 승열이 술자리에 올

때면 그의 목소리가 들리는 곳으로 슬금슬금 다가가 이런저런 이
야기를 열심히 엿들었다.

그리하여 알 수 있게 된 몇 가지 사실은 첫째, 부모님이 안 계시
고 둘째, 큰형과 함께 동생들 다섯을 책임져야 하며 셋째, 고액과
외로 번 돈은 동생들에게 용돈으로 주느라 새 옷을 한 번도 사본
적이 없다는 사실이었다.

그 이야기를 듣고 나서야 찬희는 승열이 왜 바쁜지 알게 되었
고, 여자들한테도 왜 관심을 안 두는지 알게 되었다. 연애를 시작
하거나, 하다못해 미팅을 하게 된다면 돈이 들기 마련이니까.

승열이 고생하는 게 안타까웠다. 그리고 못된 생각이기는 했으
나 찬희는 약간 안심하고야 말았다. 저런 상황이면 다른 여자에게
눈을 돌릴 수 없을 테니까.

하지만 그렇다고 완전히 마음을 놓을 수 없었기에, 그녀는 승열
에게 더 많이 말을 할 수 있게 노력했고, 그리하여 졸업할 때쯤에
는 사시에 대해 이런저런 이야기를 오 분이나 나눌 수 있을 정도
까지 진화했다. 또한, 졸업식 때는 사람이 많고 정신없는 틈을 타
무려 사진까지 같이 찍었다. 그리고 그 사진은 찬희의 보물 중에
하나가 되었다.

승열의 목표는 사법고시 동차합격이었다. 학교를 다닐 때 과외
를 다니느라 그렇게 바쁘면서도 사 년 내내 수석 자리를 놓치지
않은 그를 보면서, 찬희는 그게 가능할 거라는 사실을 알게 되었
다. 그래서 사법연수원에 같이 들어가기 위해 노력했다.

물론 찬희는 원래도 공부를 잘했고, 특히 아버지에게 물려받은

기억력은 타의 추종을 불허하는 데다가 승열을 생각하며 더 열심히 노력했기에 그녀 또한 좋은 성적으로 동차합격을 했다. 졸업 후, 거의 일 년 만에 3차 시험장에서 다시 만났을 때 얼마나 기뻤던가.

승열 또한 기뻐해 줬고, 그 자리에서는 악수까지 했었다. 그날 밤 찬희는 잠을 이루지 못했다.

사법연수원에서 이 년을 보내는 동안, 피 튀기는 경쟁을 하느라 제대로 대화할 시간이 없긴 했지만 연수원을 졸업할 때쯤 찬희는 승열과 이런저런 대화를 잘 나눌 수 있게 되었다. 덕분에 승열이 검사 임관을 목표로 삼고 있다는 것을 알아낼 수 있었고, 찬희는 같은 길을 걸어갈 수 있다는 게 너무 기뻤다. 그녀 또한 검사가 목표였으니까.

아빠가 워낙 대단한 인물인지라, 찬희 주변에는 법조인들이 가득했다. 덕분에 찬희는 어려서부터 자연스럽게 검사를 꿈꾸게 되었다. 승열도 검사가 된다면, 또 운이 좋으면 같은 지검에서 근무할 수 있을 것이다.

그리하여 찬희는 연수원을 졸업한 후 제대로 된 '승열 곰 공략'에 나설 계획을 세웠다. 하지만 승열은 연수원 졸업 후 횅하니 군법무관으로 가버렸다. 그녀에게 말 한마디 없이.

물론 승열이 찬희에게 말을 하고 가야 할 의무가 있는 것도 아니고, 군대를 어떻게 할 건지 미처 물어보지 못한 건 그녀의 실수이긴 했다. 하지만…… 무려 삼 년 동안 보지 못하게 되자, 그 시간 동안 찬희는 마음이 아프기도 했고, 무엇보다…… 화가 났다.

대체 언제까지 짝사랑만 해야 되는 걸까?

승열에게 홀딱 반한 지 무려 구 년이나 되었다. 그러나 여전히 그들은 친구라고 말할 수도 없는 사이였던 것이다. 물론 원인은 그녀에게 있었다. 두 사람이 제대로 된 대화를 할 수 있게 된 것도 사법연수원에서 함께 공부할 때부터니까.

하지만 그렇다고 승열이 야속하지 않은 건 아니었다. 삼 년 동안 내내 그림자도 보지 못하게 되자 찬희의 마음속에는 승열에 대한 그리움과 더불어 미움이 스멀스멀 차 오르기 시작했다. 더군다나 주변 친구들이 하나둘씩 결혼하게 되니, 짝사랑만 하느라 아직까지 연애 한 번 해보지 못한 자신이 한심해지기도 했으니까.

날 그냥 동기로만 생각하는 남자를 이렇게 계속 짝사랑할 이유가 있나? 더군다나, 친구로서는 모르지만 과연 그 이상의 사이가 될 수 있을까?

찬희는 그 부분을 장담할 수 없었다. 그리고 그녀가 고백한다는 건 상상도 할 수 없는 일이었다. 승열이 싫어했기 때문이다.

사법연수원 1년차 2번째 학기, 힘든 시험기간이 끝난 뒤 간단하게 술자리가 있었다. 언제나 그래 왔듯이 찬희는 승열의 자리 근처에 잠입해 몰래 이야기를 엿들었다.

"야, 고백 받았다면서?"

짓궂기로 소문난 동기 하나가 승열의 어깨를 툭 치면서 부럽다는 듯 물었다. 승열은 난처한 표정을 짓더니 고개를 저었다.

"에이, 아니에요. 그런 적 없어요."

"없기는 뭐가 없어. 뭐야, 너 개 보호해 주는 거야?"

동기는 낄낄 웃더니 더 캐묻기 시작했다.

"예쁘고 몸매도 끝내주는 애인데 왜 차버렸어? 걔네 집, 부자야. 나 같으면 확 물어버리겠구만. 뭐, 난 여자가 먼저 고백하는 게 좀 그렇긴 하더라. 너 이제까지 고백 많이 받아봤다면서? 여자들이 먼저 고백하는 거 싫냐?"

"뭐, 좀 그렇긴 하네요."

승열은 그렇게 얼버무렸다. 더 대화하기 싫어서 한 말일지도 모르지만…… 이 대화를 듣고 '승열은 여자가 먼저 고백하는 걸 싫어한다' 라는 사실이 찬희의 머릿속에 박혀 버렸다. 물론 그렇게 딱 박힌 건 그것만이 아니었다.

2년차 마지막 4번째 학기가 드디어 끝났을 때, 마지막으로 종파티가 열렸다. 시험이 다 끝나 긴장이 풀어질 대로 풀어진 그 술자리에서 승열은 친한 다른 동기와 결혼에 대해 이야기하고 있었다.

"여자도 없긴 하지만…… 난 결혼할 생각 없어. 적어도 당분간은."

"왜? 너 집 이제 괜찮다면서. 네 동생 무지 유명하더라. 돈 많이 벌잖아."

"돈이 문제가 아니야. 동생도 그렇고, 형도 성공했거든. 하지만……."

승열은 들고 있던 소주잔을 한 번에 쭉 비웠다.

"형만 생각하면 미안해서 가슴이 너무 답답해. 피도 안 섞인 우리 형제들을 위해 모든 걸 희생했어. 그런 형이 결혼을 안 하고 있는데 내가 어떻게 해. 어떻게 나만 여자랑 잘살 수가 있겠어……."

승열의 회한 섞인 말은 찬희의 마음까지 아프게 만들었다. 승열은 한동안 말없이 소주잔만 계속 비웠다.

"야, 그만 마셔. 너 벌써 세 병이나 마셨어."

"괜찮아. 보드카 섞은 것도 아닌데 뭐."

승열은 씩 웃은 뒤—동기에게 웃어 보인 것이었지만, 찬희의 심장은 쿵쾅쿵쾅 울렸다—소주잔을 더 기울였다.

"보드카?"

"응. 나 보드카에만 약해. 특히 쏘맥(소주+맥주의 폭탄주)에다가 보드카 넣은 거 먹으면 완전히 가. 필름 확 끊어지더라. 저번에 한 번 그렇게 먹어봤다가 큰일날 뻔했다니까."

승열은 고개를 절레절레 흔들며 동기에게 비밀 이야기를 하듯 말했고, 이 정보는 찬희의 머릿속에 고스란히 입력되었다. 물론 그 당시에 가장 중요하게 생각한 정보는 '여자가 먼저 고백하는 걸 싫어한다' 였다. 그래서 승열에게 고백할 생각조차 하지 못했으며 승열이 군법무관으로 가 있는 동안 찬희는 삼 년 동안 이래저래 고민만 했다.

짝사랑을 그만둬야 하나? 다른 남자랑 선이라도 볼까?

검사로 임관된 뒤 적응하느라 정신이 하나도 없는 가운데 그나마 시간이 좀 날 때면 승열에 대해 이런저런 고민을 하느라 뚜렷한 결론을 내지 못했다. 그러는 가운데 삼 년은 눈 깜짝할 사이에 지나갔고 그러다가 삼 년째, 승열은 그녀와 같은 지검에서 근무하는 검사로 발령이 났다.

"아, 오랜만이네."

더 남자다워진 승열은 활짝 웃으며 찬희에게 인사했다. 그 순간, 찬희는 다른 남자를 만나볼까 하는 생각 따윈 저 멀리 안드로메다로 날려 버리고 말았다.

이 곰이 갖고 싶다. 이 곰만 갖고 싶다…….

하지만 어떻게 가질 수 있을까?

찬희는 고민하고 고민했다. 여자가 고백하는 걸 싫어하니, 그렇다면 승열로 하여금 그녀를 좋아하게 할 수밖에 없었기에 먼저 익숙해지게끔 찬희는 승열이 출근하는 시간을 알아내 매일 아침 인사를 나누었다.

그런 일을 반년쯤 했으나, 더 이상 진전이 없었다. 물론 형이 아직 결혼을 하고 있지 않기에 그도 결혼 생각이 없는 것일 테고 그러니 여자들에게 시선을 안 주는 거겠지만…… 이건 너무 심했다.

승열과 같은 지점에서 일한 지 일 년째 되는 날, 결국 그녀는 인정할 수밖에 없었다.

평생 이렇게 짝사랑만 하다 끝날지도 모른다.

주변에서 선을 보라는 압박이 심해지자 찬희는 결정을 내려야 한다는 걸 깨달았다. 십이 년 동안 짝사랑만 해왔지 않은가. 저 둔탱이 곰한테 더 이상 인생을 낭비할 수는 없다.

그리하여, 찬희는 마지막으로 화끈하게 끝을 내기로 했다. 어차피 몇 달 뒤에는 다른 지점으로 발령이 날 테니, 고백을 하자. 고백을 하더라도 승열은 성격상 다른 사람들에게 소문도 내지 않을 테니 괜찮을 것이다.

산산이 부서질 그녀의 심장은 문제겠지만.

사실 둘이서 만나자는 말도 못 꺼낼 줄 알았다. 하지만 승열은 '우 검사, 요즘 연애해?' 라는 소리로 사람 속을 완전하게 뒤집어놓았고, 그리하여 화르르 타오른 찬희는 이철형 사건을 미끼로 승열을 술자리로 불러냈다. 이 부분까지 찬희는 정말 뛸 듯이 기뻤다. 십이 년 만에 단둘이 만나다니! 그러나,

"선 자리는 많이 들어와."

승열이 낯설어하는 것 같아 일단 쏘맥을 대령해 놓고 마시면서 이런저런 사건 이야기를 하다가 슬쩍 물어보니, 승열은 그렇게 대답했다.

"차장님도 물어보시더라. 근데 아직 생각이 없어."

뭐, 여기까지는 이해했다. 그녀가 그를 짝사랑하고 있다는 걸 모르니 주변에서 제의를 많이 하고 있다는 말로 일부러 그녀의 심장을 찌른 건 아닐 것이다. 하지만,

"우 검사는 어때? 누구 만나는 사람 있어?"

"아까 없다고 했잖아."

"아, 그랬었지?"

저 무심함은 진짜 짜증났다. 그런 데다가,

"맞다. 동부지검에 있는 녀석이 너한테 관심이 아주 많더라. 소개시켜 줄까? 나중에 잘되면 밥이나 한 끼 사줘."

라는 말까지—무려 웃으면서!—하는 승열을 보며, 찬희는 깨달았다.

난 안 되는구나.

심장이 조각나는 듯한 고통도 잠시, 온몸으로 미칠 듯한 분노가 퍼져 나갔다. 그리고 정신이, 아니, 십이 년 동안 꽁꽁 감춰두기만 했던 어떤 감정의 회로가 완전히 나가 버렸다.

동시에 찬희는 몇 년 전에 몰래 엿들었던 어떤 사실을 불현듯 떠올렸다. 정신을 약간이나마 차리고 보니, 자신은 승열이 화장실에 잠시 간 사이 직원을 불러 보드카를 가져오게 해서 이제까지 마시던 쏘맥 피처에 따른 후였다. 그것도 콸콸.

"이거 맛이 좀 이상한데?"

자리에 돌아온 승열이 한 잔 마시고 나서 고개를 갸웃거리자, 마음 한구석이 뜨끔거렸으나 찬희는 여자인 난 괜찮은데 겨우 그거 마셔놓고 취했냐고 그를 놀렸고, 순간 발끈한 승열은 코웃음을 치더니 열심히 마시기 시작했다. 순식간에 피처가 텅 비자 찬희는 미리 직원에게 몰래 말해놓은 보드카를 섞은 맥주와 소주 폭탄주 피처를 더 주문했고, 그와 함께 계속, 그리고 계속 마셨다. 그렇게 승열은 맛이 갔다.

처음부터 모텔로 갈 생각이었던 건 아니었다. 보드카 때문에 먼저 나가떨어진 승열이 졸려 죽겠다고 계속 중얼거렸고, 몸도 제대로 가누지 못했기에 찬희는 직원의 도움을 빌어 승열을 질질 끌다시피 바로 옆에 있는 모텔로 데려갔던 것뿐.

푹신하고 커다란 킹사이즈의 모텔 침대 위에 승열을 내려놓은 뒤 직원은 찬희에게 입막음 대가를 두둑하게 받고 나서야 사라졌다.

문이 닫히자 폐쇄된 공간에 남은 건 단둘뿐이었다. 그것도 그냥 공간이 아니라 바로 모텔, 아니, 러브호텔에.

알코올로 흠뻑 젖은 심장이 다시 두근거리기 시작했다. 불을 끈 뒤 찬희는 침대 중앙에 대자로 누워 있는 승열을 내려다보았다.

자는 걸까.

찬희는 손을 승열의 감긴 눈 위로 가져가 흔들었다. 반응이 없자…… 묘한 생각이 두둥실 떠올랐다.

키스해 보면 어떨까?

결국 고백을 못하긴 했지만, 어차피 고백한다고 해도 소용없었을 것이다. 이게 끝이다. 십이 년 간의 짝사랑의 종말.

너무 허무했다.

그러니 키스라도 하는 게 어떨까? 짝사랑의 대가치고 너무 소박하긴 했지만 뭐, 그래도 아무것도 안 하고 이대로 물러서는 것보다는 나았다.

자신이 술에 취했다는 건 잘 알고 있었다. 그래서 찬희는 술기운을 핑계 삼아 침대 가장자리에 앉아 몸을 승열에게 숙였다. 한참 동안 망설인 뒤, 천천히 손을 뻗었다. 까만색의 앞머리 끝을 살짝 쓰다듬고 반듯한 이마를 집게손가락 끝으로 문질렀다. 전기가 지르르 오자, 그녀는 한순간 호흡을 멈추었다.

승열의 눈썹은 굵고 짙었다. 찬희는 손끝으로 눈썹을 살짝 훑은 뒤 강한 콧날을 따라 죽 밑으로 내렸다. 코 밑의 부드러운 인중을 톡 건드렸다. 그러고는 윗입술로 손끝을 가져갔다.

사람의 입술은 부드럽다. 트지도 않고, 마르지도 않은 상태의 승열의 입술은 현재 그녀의 입술이 그런 것처럼, 부드러웠다. 그리고…… 뜨거웠다.

찬희는 머뭇거렸다. 하지만 결국 자석에 이끌리듯 몸을 숙일 수밖에 없었고, 곧 그녀는 그에게 입을 맞출 수 있게 되었다.

첫키스.

십이 년 동안 찬희는 승열에 대해 수없이 많은 상상을 해왔다. 그중에 하나가 바로 그와 키스를 하면 어떨까였다. 심장이 터질 것 같다고 생각해 왔는데…… 아니었다.

심장은 떨리지 않았다. 대신 영혼이랄까…… 뭔가 더 깊고 거대한 것이 뿌리째 흔들렸다.

사실 그저 '뽀뽀' 정도였으니 그녀의 착각에 불과한 것이겠지만, 찬희는 평생 이 느낌을 잊지 못하리라는 것을 깨달았다.

그리고 더…… 원했다.

찬희는 그의 몸 위로 완전히 몸을 숙인 채 왼손은 그의 얼굴 왼쪽 부분 침대에, 오른손은 그의 오른뺨에 두었다. 오른손 끝으로 뺨을 살짝 매만진 뒤 그의 턱을 잡고 살짝 밑으로 당기자, 잠에 든 상황이었음에도 승열은 순순히 입을 열어주었다.

서른한 살이나 먹었지만 한 번도 프렌치키스를 해본 적이 없었다. 방법도 몰랐다. 하지만 찬희는 더 원했기에 영화에서 본 것을 떠올리며 본능대로 행동했다. 그의 아랫입술을 살짝 깨물고는 조심스럽게 혀끝으로 고른 치아를 훑은 뒤 잠들어 있는 그의 혀를 톡 건드렸다.

잠자는 공주를 깨운 건 왕자의 키스였다. 그리고 잠자는 승열을 깨운 건 찬희의 키스였다.

뭔가 짜릿하고 달콤한 게 입 안으로 흘러들어 오고 있었다. 승열은 더 원했다. 그래서 그는 조심스럽게 물러나는 그것을 쫓아갔다. 그의 혀가 그녀의 혀를 붙잡았고, 그의 손이 본능적으로 그의 몸 위에 올라와 있는 따듯한 누군가를 더 가까이 끌어왔다.

허리를 잡아끄는 강한 손길에 찬희는 중심을 잃었고, 발끝이 바닥에서 떨어지는 동시에 승열의 몸 위로 완전히 올라오게 되었다. 그리고 그의 입 안으로 더 깊게 들어가게 되었다.

키스란 두 명의 타인이 입술로 만나는 행위였다. 타액과 타액이 섞이는 만큼 어떻게 보면 더럽게 느껴질 수도 있는 행위. 그러나 승열과 찬희가 느끼는 감정은 그런 것과는 거리가 멀었다.

두 사람은 치아와 치아가 약하게 충돌할 만큼 키스 자체도 서툴렀다. 그러나 그 작은 아픔을 외면할 만큼 절실했다. 이 여자의 혀는, 이 남자의 혀는 어떻게 이렇게 아찔한 쾌감을 안겨다 주는 걸까.

"하아……."

얼마나 시간이 흘렀는지 알 수 없었다. 서로의 잇몸을 핥고, 치아를 건드리고, 혀를 빨아 넘기기를 수없이 반복한 뒤 승열과 찬희는 누구랄 것 없이 길게 숨을 흘리며 입술을 마지못해 뗐다.

자정이 지났지만 주변이 워낙 번화가라 번뜩이는 원색의 여러 조명이 커튼 사이로 들어와 방 안은 그리 어둡지 않았다. 그래서 침대에 누워 있는 찬희는 그의 얼굴을 또렷하게 볼 수 있었다.

"승열아, 난……."

눈물이 나왔다.

"난 너 좋아해. 처음 봤을 때부터 좋아했어. 그러니까……."

눈물이 그녀의 마음처럼 그에게로, 그의 입술로 뚝뚝 떨어졌다.

"이번뿐이야."

이 무심한 곰탱이에게 더 이상 인생을 낭비할 수는 없었다.

이 밤이 십이 년간의 짝사랑의 종지부가 될 것이다. 그러니……
딱 한 번만 가지면 어떨까.

욕망.

이전에도 승열이 갖고 싶었다. 우람한 팔뚝을 만져 보고 싶었고,
그 너른 가슴팍에 안겨보고 싶었다. 하지만 자신의 몸 밑에서 뜨겁
게 일렁이는 그의 육체를 이토록 생생하게 느껴본 적은 없었다.

이것은 욕망이다. 아무리 경험이 없더라도, 찬희는 모르지 않았
다. 욕망. 사랑의 다른 이름.

"마지막으로…… 오늘 밤만 가질래. 네가…… 갖고 싶어."

찬희는 승열의 눈동자를 내려다보았다. 보드카 때문인지 탁했
고, 흐릿했다. 그녀가 누군지도 모르는 기색으로 그의 눈동자는 그
저…… 욕망으로 이글거리고 있었다. 상대방이 누구인지 알고 있
는 찬희와 달리, 그녀가 누구인지도 모르는 채 길고 뜨거운 키스를
주고받았기에 하늘 높이 치솟은, 잠자고 있다가 깨어난 욕망.

그러나 존경스럽게도 온몸이 열기로 활활 타오르고 있었건만
승열은 움직이지 않고 있었다. 그래서 찬희가 움직였다. 그녀는
떨리는 손길로 그의 넥타이를 풀어내 바닥으로 던졌고, 슈트 재킷
을 옆으로 펼치고는 단추도 끄르지 않고 하얀 셔츠를 젖혔다.

승열의 강한 쇄골이 드러났고, 탄탄한 흉근이 드러났다. 손의

떨림이 거짓말처럼 가라앉자 찬희는 천천히 손가락 끝을 그의 심장 위에 올려두었다.

온몸을 태워 버릴 듯한 열기가 그녀의 손끝에서 발끝까지 관통한 순간, 바로 그 순간에 승열이 움직였다. 그는 몸을 퉁기듯 일으키고는 한 손으로 찬희의 두 손목을 붙잡아 침대에 내리눌렀다. 그러고는 그녀의 입술을 빼앗은 채로 셔츠를 찢다시피 벌렸고, 치마 또한 밑으로 강탈하듯 벗겨냈다.

찬희는 아무 생각도 할 수 없었다. 그의 거친 손길이 무섭기는 했다. 처음 해보는 행위가 두려웠고, 긴장되었다. 그러나 이 남자는 승열이었다.

사랑하는 남자.

찬희도 술을 아주 많이 마신 상황이었고, 승열이 다시 그녀의 입술을 앗은 뒤부터는 사고회로가 정지되었기에 찬희는 그 다음 일은 제대로 기억하지 못했다. 아팠다는 것, 그것 하나만 뚜렷하게 기억했다.

그 아픔이 싫었던 건 아니다. 몽롱하게 정신을 잃으면서, 그녀는 띄엄띄엄 생각했다. 아, 드디어 승열을 가졌구나……. 그렇게 기뻐하면서도 기절하듯 잠에 빠져들었다.

물론 다음날 새벽에 깨어났을 때는 전혀 기쁘지 않았다.

내가 미친년이지.

평소에 찬희는 비속어를 싫어했다. 하다못해 '바보'라는 말도 싫어해서 절대 쓰지 않았다. 하지만 다음날 새벽, 승열이 그녀를 깨우자 0.1초 만에 전날 밤 일을 기억해 내고는 스스로에게 직격으로 비속어를 날렸다.

아무리 술을 그렇게나 마셨고 마지막 밤이라고 해도 대체 무슨 짓을 한 거야? 내가 진짜 미쳤지, 미쳤어!

"결혼하자."

머리를 쥐어뜯던 찬희는 무슨 말인가 싶어 고개를 들었다.

"미안해. 이런 실수를 저지르다니……."

얼굴은 일그러져 있었으나, 승열의 눈동자는 또렷하고 명확했다. 결심을 내린 사람의 눈동자.

"결혼하자. 책임질게."

"싫어."

찬희는 내뱉고 나서야 자신이 무슨 말을 했는지 알았다. 후회가 들었지만, 그녀는 다른 말은 할 수가 없었다.

결혼이라고?

물론 원했다. 하지만…….

"우 검사."

"나가줘. 옷 입어야 해."

승열은 망설였지만 나갔고, 찬희는 어젯밤 승열을 만졌을 때만큼이나 떨리는 손으로 옷을 주워 입었다. 승열이 방 밖에 서 있었지만 그녀는 그를 외면한 채 가버렸다. 그러나 그 다음날부터 승열은 그녀에게 계속 요구했다.

결혼하자고.

사실 어처구니가 없긴 했다. 물론 승열이 보수적이고 고지식한 남자라는 건 잘 알고 있었다. 하지만 조선시대도 아닌데 하룻밤 그랬다고 책임지겠다니? 물론 처녀혈을 본 데다가, 기억이 나지 않는지 자신의 실수라고 100% 확신하고 있으니 더한 책임감을 느끼는 건 당연할 것이다.

하지만 결혼이라니. 평생을 함께 보내자고 하다니.

기뻤다. 짝사랑 십이 년 인생에 결혼이라니! 미치도록, 믿기지 않을 만큼 기뻤다!

이대로 눈 딱 감고 그가 하자는 대로 하고 싶은 충동이 폭풍처럼 몰아닥쳤다. 하지만…… 찬희는 거대한 기쁨에 짓눌려 겨우 끝자락만 남아 있는 이성의 신음을 무시할 수 없었다.

이런 식으로 발목을 잡을 수는 없었다.

만약 이대로 결혼한다고 치자. 과연 그가 행복할까? 아니, 내가 행복할까?

찬희의 부모님은 사랑해서 결혼했고, 그 사랑을 통해 행복한 가정을 꾸린 모범적인 부부였다. 어렸을 때는 잘 몰랐지만, 자라면서 찬희는 가정에서 사랑이 얼마나 중요한지 알게 되었다.

승열이 그녀를 사랑하지 않는다면, 아빠가 엄마에게 주는, 엄마가 아빠에게 주는 그런 사랑을 그에게서 받지 못한다면…… 불행해질 것이다. 찬희는 그 사실을 잘 알고 있었다.

하지만 승열이 갖고 싶다.

그날 밤 마지막이라고 했던 건…… 거짓말이었다. 무려 십이 년이다. 그 긴 세월 동안 그를 바라봤으니, 대가를 얻어도 될 터.

하지만 이대로 결혼할 수는 없다.

그 운명의 날에서 사 일이 지난 뒤, 승열과 한강 근처 서래섬에서 만나기까지 찬희는 여러 생각 속에 빠져들었다. 그러다가 결론을 내렸다.

일단 사귀자.

사랑해서 하는 게 아니라면 불행해질 가능성이 큰 게 바로 결혼이었다. 그러나 좋아해서 하는 결혼은 책임감만으로 하는 결혼보다는 행복할 것이다. 그렇지 않은가?

삼 개월이면 괜찮을 것이다. 승열의 평생을, 자신의 평생을 불행 속에 빠뜨릴 순 없었다. 그동안 승열이 그녀를 사랑할, 아니, 적어도 좋아할 수 있게 하자. 책임감만을 느끼게 하지 말자.

만약 삼 개월 후, 승열이 여전히 책임감만 느끼고, 그녀가 그에게 맞지 않는 여자라는 게 확실해진다면…… 그땐 확실하게 마음을 접자. ……가능하다면.

그렇게 해서 찬희는 짝사랑을 시작한 지 십이 년째 만에 승열과 비공식적으로 사귀게 되었다. 그리고 그날 밤 찬희는 너무도 설레어 잠을 거의 자지 못했다. 그녀는 칠 년 전에 침대 파트너가 되어준 '여리' 라고 이름 지은 크고 시커먼 곰인형을 껴안고 뽀뽀하다가 새벽녘에야 겨우 잠들었다.

승열과 연애한다!

그러나 하늘 끝까지 치솟은 기대감은 하루가 지나고, 이틀이 지나고, 나흘이 지나도록 승열이 문자 하나 보내지 않자 와르르 무너져 내렸다.

─세 번째 파일─
사건 수사 시작

"**어**떻게 이럴 수가 있지?"

"네?"

같은 사무실에서 일하면서 찬희를 도와주는 여직원 이영순이 되묻자, 찬희는 그제야 자신이 소리 내어 말했다는 것을 알아차렸다.

"아니야, 아무것도."

얼굴은 웃으면서 그렇게 말했으나, 찬희의 속은 분노로 활활 타오르고 있었다.

어떻게 사귀기로 해놓고 문자 한 통 없을 수가 있는 거야?

물론 정상적으로 시작된 연애는 아니었다. 하지만 '진짜 연애'인 건 사실인데, 어떻게 사 일 동안 문자 하나 안 보낼 수 있는 거지? 더군다나 오늘은 토요일이었다. 이런 날 데이트를 하지 언제 한단 말인가?

내가 먼저 연락해야 되나?

찬희는 오전 내내 휴대폰을 노려보았지만, 휴대폰은 여전히 조용하기만 했다. 휴대폰이 울린 건 다음날인 일요일 정오 때였다. 휴대폰 액정에 떠오른 '박승열 검사'를 본 순간, 침대에 누워서 편하게 책을 읽고 있던 찬희는 바닥에 튕긴 공처럼 벌떡 일어났다. 그녀는 휴대폰이 다섯 번 울릴 때까지 기다린 다음에야 받았다.

"우찬희입니다."

[나야, 박승열.]

"그래."

찬희는 기다렸다.

[음. 잘 지냈어?]

"잘 지냈어."

찬희는 입술에 침도 바르지 않고 거짓말을 했다. 승열은 요즘 일찍 출근하는지, 아침에 얼굴 한번 보지 못했다. 그런데 어떻게 잘 지낼 수 있단 말인가? 더군다나 남자 친구라는 인간이 문자 한 통 안 보내고 있지 않은가?

찬희는 매일 밤마다 껴안고 자는 곰인형 여리의 튀어나온 배를 주먹으로 툭 쳤다.

[찬희야, 시간 괜찮으면 저녁 먹을래?]

"오늘?"

여리의 배를 다시 한 번 치며 찬희는 관심없는 척 되물었다.

[피곤하면 다음으로 할까? 너 일 많잖아. 오늘쯤에는 피곤이 풀렸을 것 같아서 오늘 전화한 건데.]

뭐야? 나 배려한다고 그동안 조용했던 거였어? 그래도 문자 한 통 안 보내다니, 너무한 거 아닌가?

찬희는 여리를 노려보았다.

"피곤한 건 아니야."

[그럼 다른 약속 있구나.]

승열이 이대로 끊을 것 같자 찬희는 빠르게, 하지만 너무 빠르지 않게 말했다.

"아니야, 오늘 저녁 괜찮아."

[그래?]

승열은 편한 시간을 고르라고 제안했고, 찬희가 대답하자 이따가 보자면서 끊었다. 찬희는 잠시 휴대폰을 쳐다보다가 여리를 꼭 껴안고 뽀뽀를 선사한 뒤 휴대폰을 들고 어디론가 전화를 걸었다.

"나야, 지금 시간 있어?"

찬희의 집 앞에 도착한 뒤, 승열은 마지막으로 계획을 점검해 보았다.

근사한 곳에서 저녁식사를 하고, 역시 근사한 곳에서 커피를 마신 뒤에 집 앞까지 데려다 준다.

완벽한 데이트 계획이었다. ……확신할 수는 없었지만.

여자란 종족에게 관심이 없던 건 아니었으나 경험이 없으니 승열은 어떻게 데이트를 하는 건지 당연히 몰랐다. 물론 기본적인

상식은 있었기에 계획은 세울 수 있었지만.

뭐, 대충 그렇게 하면 되겠지. 장소만 다를 뿐 친구와 만나는 거랑 다를 게 뭐가 있겠어.

승열은 찬희에게 내려오라고 전화를 하며 속으로 투덜거렸다.

그냥 연애 안 하고 바로 결혼하면 안 되나?

찬희의 말이 그른 건 아니었다. 서로 잘 모르니 알아보는 건 좋았다. 하지만 그런 건 결혼하고 나서도 할 수 있는 것 아닌가?

일주일에 한 번씩은 분위기있는 곳에서 데이트를 해야 할 텐데, 승열은 생각만 해도 좀 귀찮았다. 사실 일요일은 월요일부터 토요일까지 격무에 시달리는 자신을 위해 집에서 쉬는 날이었다. 그런데 이런 날 마음껏 쉬지도 못하고 저녁에 나오게 되다니.

찬희에게 다음 주부터는 토요일에 만나자고 할까?

승열은 이런저런 생각을 하다가 찬희가 이십 분째 내려오지 않고 있다는 것을 알아차렸다. 그가 흘긋 손목시계를 다시 확인할 때 등 뒤에서 구둣발 소리가 들려왔다. 승열은 뒤를 돌았고, 보았다.

찬희는 검찰청에서는 항상 머리칼을 큰 핀 같은 것으로 뭉쳐서 올렸었다(사실 제대로 본 적이 없어서 그게 맞는지 몰랐지만, 어쨌든 이 설명이 대충 맞을 것이다). 하지만 지금은 머리칼을 가슴까지 길게 늘이고 있었는데 어떻게 한 건지 알 수 없었지만 끝이 부드럽게 웨이브 되어 있었다.

풍성한 웨이브는 찬희의 갸름하고도 새하얀 얼굴을 완벽하게 감쌌고, 목이 얼마나 길고 가는지도 강조했다. 우아한 쇄골을 살짝 가리는 크림색의 원피스는 찬희의 봉긋한 가슴을 드러내고는 잘록한 허리와 풍만한 엉덩이에 찰싹 달라붙어 있어 있었다. 무릎 아래로 보이는 다리는 길쭉했으며, 얇은 발목 밑으로는 역시 달콤한 크림색의 구두가 반짝이고 있었다.

으와.

승열은 입을 다물 수가 없었다. 찬희가 이렇게 예뻤었나?

물론 찬희는 미인이었다. 십이 년 전 대학교 입학식에서 처음 봤을 때부터 분명히 알고 있는 사실. 하지만 이렇게까지 예쁜 사람, 아니, 여자인 줄은 몰랐었다.

"왜 그래?"

거울 앞에서 십여 분간 연습한 대로 찬희는 웨이브진 머리칼 끝을 손가락으로 살짝 꼬며 짐짓 아무것도 모르는 척 물었다.

"내 얼굴에 뭐 묻었어?"

"응? 아니, 아니."

승열은 그제야 자신이 입을 벌리고 찬희를 머리끝부터 발끝까지 뚫어져라 쳐다보고 있다는 것을 알아차렸다. 그는 찬희에게 예쁘다고 칭찬해 주고 싶었지만, 입이 떨어지질 않았다. 결국 그는 차에 타라는 고갯짓만 겨우 할 수 있었다.

승열이 아무 말도 못하는 자신을 바보라고 욕하며 조용히 운전만 하고 있을 때, 찬희 또한 조용했지만 그녀는 속으로 웃고 있었다.

저렇게 아무 말도 못하고 딱 굳어져 있다니. 승열과 약속을 잡자마자 근처에 사는 사촌 효원을 불러 코디를 부탁한 보람이 있었다. 효원은 화장과 패션에 일가견이 있었는데, 덕분에 이렇게 차려입을 수 있었다.

역시, 여성적인 외모로 승부해야 되는 건가?

찬희는 승열이 여자들과 거리를 두고 있다는 걸 알고 있었다. 여자에게 관심이 없어서가 아니라, 여자로 보이기 때문이었다. 그렇다면 여자라는 점을 더 부각시키는 게 다가갈 수 있는 방법이라고 예상했는데, 역시 그게 먹힌 모양이었다.

찬희는 운전하면서 승열이 흘긋흘긋 사이드미러를 통해 자신을 훔쳐보는 것을 눈치 빠르게 알아차렸다. 물론 그의 귀 끝이 살짝 붉게 변한 것도 놓치지 않았다.

좋아. 앞으로도 최대한 여성적인 면을 부각하는 거야.

"이탈리아 음식 좋아해?"

목소리가 너무 낮자, 승열은 기침을 해서 목을 가다듬은 뒤에 이어 말했다.

"여자들은 이탈리아 음식을 좋아하던데. 예약해 뒀어."

여자들은?

찬희는 승열의 말을 분석하기 시작했다.

이제까지 사귄 여자들이 최소 두 명 이상이라는 말이로군. 그 여자들 모두 이탈리아 음식을 좋아했나?

기쁨이 순식간에 녹아내리기 시작했을 때, 한강 근처에서 차가 멈췄다. 찬희는 얼굴을 살짝 굳히고는 승열을 따라 차에서 내린 뒤 어느 높은 건물로 들어갔다. 승열이 예약한 레스토랑은 이십오 층 꼭대기에 있었다.

"와……."

2면의 벽이 모두 유리창으로 되어 있는 직사각형의 레스토랑은 완벽한 스카이라인을 펼쳐 보이고 있었다. 저 하늘 높은 곳에는 은은하게 존재를 알리는 금색의 보름달과 반짝이는 별들이 있었고 밑으로는 매혹적인 조명 빛을 받아 부드럽게 일렁이는 한강이 있었다.

찬희는 감탄할 수밖에 없었다. 레스토랑은 실외의 스카이라인만이 아니라 실내의 인테리어 또한 매력적이었다. 촛불 모양의 황금색의 짙은 조명은 어두웠지만 은은하게 레스토랑 전체를 감싸고 있었기에 동행하는 이를 최대한 신비롭게 보이게 만들었으며, 아름다운 재즈의 선율 또한 귀에 착 달라붙어 묘한 흥분을 불러일으켰다.

승열이 예약한 자리는 창가였는데, 특이하게도 테이블이 유리창에 붙어 있어 승열과 찬희는 밖을 바라보면서 옆으로 나란히 앉게 되어 있었다. 의도적인 건 아니었으나, 찬희는 앉으면서 손을 내리다가 그의 손등 위에 손을 얹게 되었다.

뜨거운 전류가 손등에서 튀어오르자, 승열은 저도 모르게 움찔거렸다. 그와 접촉했다는 사실을 다소 당황스럽게 생각하면서도 찬희는 그의 반응을 기억하며 손을 떼었다.

승열은 주먹을 쥐었다 편 뒤, 테이블로 안내한 잘생긴 직원이 주는 메뉴판 두 개를 받았다.

찬희 또한 승열의 손등에 얹었던 손을 다른 손으로 매만지며, 아무렇지도 않은 척 메뉴판을 펼쳤다. 이탈리어만이 아니라 영어로도 메뉴가 씌어 있었는데 특이하게도 가격은 보이지 않았다.

이런 고급 레스토랑은 커플이 오면 여자에겐 가격이 안 쓰여 있는 메뉴판을 준다더니 정말이구나.

호기심이 일자 찬희는 슬쩍 눈을 돌려 승열의 메뉴판을 훔쳐보았고, 순간 잘못 본 줄 알았다. 비쌀 줄은 알았지만, 저 정도라니?

찬희는 이렇게 비싼 레스토랑은 처음이었다. 사실 그녀는 된장찌개나 김치찌개만 좋아하는 순수 토종으로, 서양 음식들은 안 좋아했다. 부모님이나 친구들도 다들 식성이 비슷해 이런 레스토랑엔 거의 와보질 않았는데, 특히 코스 하나에 정장 한 벌 값을 육박하는 이런 레스토랑은 정말 처음이었다.

"골랐어?"

"응? 응. 이거."

승열의 물음에 찬희는 가장 싼 것을 골랐다. 월급을 빤히 다 알고 있는데 더 비싼 걸 주문해서 승열의 주머니를 축낼 생각은 조금도 없었다.

"B코스가 더 맛있어. A코스는 메인 메뉴의 재료가 좀 그렇잖아."

재료가 뭔지는 제대로 안 봐서 몰랐지만 B코스가 A코스보다 1.5배가 더 비싸다는 건 알았다. 찬희는 굳건하게 말했다.

"아니야, 이게 먹고 싶어. 이게 좋아."

"염소고기 좋아하나 보네. 그럼 그걸로 하자."

염소? 염소를 먹는단 말이야?

찬희가 경악하는 사이 그녀의 표정을 보지 못한 승열은 직원을 호출해 음식을 주문했다. 직원은 좋은 시간을 보내라면서 샴페인을 따라주고 갔다. 그리고 둘만 남았다.

무슨 말을 해야 할까.

승열은 이 로맨틱한 레스토랑에 온 게 처음이 아니었다. 하지만 여자와 온 건 처음이었고, 데이트를 한 것도 처음이었다. 아까부터 그랬듯이 입이 잘 떨어지질 않았다.

침묵이 계속되는 동안 찬희는 동물원에서 본 그 예쁜 염소를 먹는다는 충격에서 헤어나려고 노력하며 밖의 스카이라인을 보는 척 유리창에 비친 승열을 훔쳐보았다. 그는 끙끙대며 고민하는 듯한 표정이었는데, 귀 끝은 아직 빨갰다.

정말 귀여웠다.

찬희는 저도 모르게 손을 뻗었고, 승열은 화들짝 놀라 움찔거리고야 말았다.

"뭘 그렇게 놀라? 귀에 뭐 묻은 거 같아서 닦아주려고 그런 건데. 잠깐 있어봐."

찬희는 입에 침도 바르지 않고 거짓말을 하며 그의 귀 끝을 엄지와 검지로 살짝 문질렀다. 승열의 귀 전체가 새빨개졌다.

이 남자 왜 이렇게 순진한 거지? 역시 여자 경험이 적은 건가?

승열의 나이 서른둘이었다. 아무리 이제까지 결혼 생각이 없었다고 해도 한두 명쯤은 사귀었을 터. 하지만 지금 반응을 보건대 아무리 많았어도 세 명 이상은 아닌 듯싶었다.

내가 승열의 마지막 여자가 될 수 있을까? 아니면 나도 몇 번째 여자로 남고 마는 걸까?

찬희가 다소 우울한 생각을 떠올렸을 때, 승열은 의자에서 일어나더니 손을 씻고 오겠다며 화장실로 휙 사라졌다.

찬희는 승열의 뒷모습을 보다가 스카이라인으로 고개를 돌렸다. 아까 승열과 함께 보았을 때와는 달리 눈에 잘 들어오지 않았다.

정말 나 중증이네…….

짧게 한숨을 내쉴 때 문득 찬희는 어떤 시선을 느꼈다. 유리창을 통해 보니 등 뒤에서 한 여자가 다가오고 있었다.

여자는 10㎝가 훌쩍 넘는 하이힐을 신고 있었는데, 키는 작아 보였지만 몸매는 환상적이었으며 귀염성있는 큰 눈이 인상적인 미인이었다. 이십대 초반 특유의 싱그러운 젊음의 기운 또한 상당히 매력적이었다.

"안녕하세요."

여자는 찬희 앞에 서더니 생긋 웃어 보였다. 악의는 없어 보였으나 뭔가 모르게 관찰하는 시선이었기에 찬희는 웃음으로 답할 수가 없었다.

"실례지만 누구시죠?"

뭐라 딱 꼬집어 말할 수 없는 어떤 부분이 낯익었다. 찬희는 질문하면서 빠르게 기억을 더듬었지만, 알 수 없었다. 어디서 봤더라?

"그건 저도 궁금한 점인데요. 그쪽이야말로 누구시죠? 혹시……."

여자는 재밌다는 기색으로 이어 물었다.

“승열 오빠랑 사귀는 사이인가요?”

“네.”

찬희는 바로 대답했다.

“박승열이 내 애인이에요.”

찬희는 턱을 쳐들고 눈꼬리를 올렸다.

열 살은 차이가 나는 것 같은데, 승열이 이렇게 어린 여자애와 사귀었다니 믿을 수가 없었다. 저 나쁜 곰탱이! 첫 데이트에 전 애인이 들락거리는 레스토랑으로 날 데려와?

“우와!”

찬희가 타오르기 시작했을 때, 여자는 보름달마냥 눈을 동그랗게 뜨고는 짧게 환호성을 질렀다. 그러더니 화분으로 가려진 자리로 쏜살같이 달려가 그 자리에 앉아서 찬희에게 시선을 보내고 있던 어떤 남자의 팔을 잡고 일으켜 세웠다.

“승열 오빠 애인이래!”

“그걸 어떻게 믿어. 저기, 진짜예요?”

남자는 내키지 않은 듯 여자에게 질질 끌려왔지만, 찬희 앞으로 오자마자 대뜸 질문을 던졌다. 찬희는 남자의 얼굴을 알아보았다.

“우리 둘째 형 애인 맞아요? 진짜로— 어…… 우 검사님?”

서초경찰서 형사과 강력범죄수사팀의 박승원이었다. 사건 때문에 몇 번 본 적이 있었는데, 아직 젊은 만큼 다혈질이긴 했으나 장래가 촉망되는 신참 형사였다. 승열의 일곱 살 아래 동생이기도 하고, 승열만큼이나 귀여운 곰이라 눈여겨봤었다.

“우 검사님 맞죠? 와, 우 검사님 이렇게 미인이신 줄 몰랐는데요. 못 알아봤어요.”

“우 검사님? 승열 오빠랑 같은 검사인가 봐요. 같은 지검에서 일하시나요? 와, 사내연애네.”

여자는 박수까지 치더니, 손을 내밀었다.

“안녕하세요. 전 승열 오빠의 막냇동생 박승리예요. 승원 오빠랑 이란성 쌍둥이구요.”

찬희가 손을 잡자 승리는 두 손으로 꼭 잡고 흔들었다.

“와와, 승열 오빠한테 애인이 생기다니. 이럴 수가, 이럴 수가. 언제부터 사귀었어요? 어떻게 사귀게 된 거예요? 오빠가 먼저 사귀자고 한 건가요? 우리 승열 오빠 진짜 둔한데, 오빠가 먼저 언니 좋아했나 봐요? 오빠가 고백했나요? 어떻게 고백했죠? 참, 언니라고 불러도 되죠?”

승리는 승열의 자리에 풀썩 앉더니 속사포처럼 질문을 내쏘기 시작했다. 찬희가 대답할 틈을 찾고 있을 찰나, 승열이 뒤에서 불쑥 등장했다.

“어어, 니들 여기서 뭐 해?”

“오빠, 오빠~”

승리는 자리에서 발딱 일어나더니 승열을 덥석 안았고, 승열은 막냇동생을 꼭 안아주었다. 진심으로, 찬희는 승리가 부러웠다.

나도 저렇게 안겨봤으면.

“언제부터 사귄 거야? 정말 축하해. 오빠가 먼저 고백했어?”

“애인 아니야.”

승열은 비밀로 하자고 했던 찬희의 말을 기억해 내고 그렇게 말했다. 그러자 당황한 승리와 승원은 입을 딱 다물 수밖에 없었고, 찬희는 승열을 한 대 쳐주고 싶은 충동을 필사적으로 억제했다. 승리가 그 큰 눈동자를 떼구루루 굴려 눈치를 보는 것을 발견하고 찬희는 애써 미소를 지었다.

"승열아, 네 가족들한테는 사실대로 말해도 돼."

"그래? 음, 인사들 해. 우찬희 검사, 같은 중앙지검에서 일해. 삼 개월 뒤에 결혼할― 윽."

"결혼을 전제로 만나보기로 했어요."

찬희는 하는 수 없이 하이힐 끝으로 승열의 구두 앞부분을 찍어 눌러 말을 중간에 가로챘다. 찬희의 하이힐의 위치를 본 승리의 얼굴에 재밌다는 표정이 떠올랐다. 승리는 곧 찬희에게 더 환한 미소를 보냈다.

"말 놓으세요, 언니. 나이가 어떻게 되세요? 스물…… 일곱?"

찬희는 아까 승리에게 느꼈던 적의와 분노 따윈 까맣게 잊고 말았다.

"아니, 승리 오빠보다 한 살 적어. 생일이 빨라서 학교는 같은 나이에 들어왔지만."

찬희는 말하면서 슬쩍 승열의 얼굴을 보았다. 눈을 껌뻑이는 걸 보니 역시 몰랐던 모양이었다.

역시 나에 대해 아는 게 하나도 없군. 나쁜 곰탱.

승열은 동생들을 구박하듯, 하지만 따듯한 목소리로 물었다.

"니들 여기에 왜 왔어?"

"여기 B코스 무지 맛있잖아. 양도 많고. 그거 먹으러 왔어. 이런 차림은 불편하지만."

대답한 건 정장이 답답한 듯 넥타이를 자꾸 만지작거리는 승원이었다. 승열과 꼭 닮은 승원은 씩 웃을 때 눈가에 살짝 주름이 잡히는 것까지도 비슷했다.

판박이 곰 형제로군.

막내만 홍일점으로 여자라고 들었는데, 그렇다면 7남매 가운데 승리를 제외한 여섯 명이 전부 다 이런 곰이라는 뜻이었다. 저렇게 귀여운 곰들이 와글와글 모여 있는 걸 볼 수 있다면 얼마나 황홀할까.

"실례합니다."

직원이 접시를 들고 와 세팅을 시작했고, 승리는 눈치 빠르게 승원을 잡아끌었다.

"데이트하는데 방해했네. 우린 식사 다 했으니 이만 가볼게요. 꼭 다음에 또 만나요, 언니."

"꼭 봐요~ 꼭이요~"

승리와 승원은 나가면서 신신당부를 했다. 찬희는 두 쌍둥이들이 시야에서 사라질 때까지 계속 손을 흔들어주었다.

"미안. 동생들이 방해했네."

승열은 미안한 기색으로 말했다.

"동생들 귀엽네. 만나서 좋았어. 동생들 때문에 여기 알게 된 거야?"

"응. 승리가 여자들이 여길 좋아한다고 말한 게 기억나서 온 건데, 마음에 들어?"

승열은 찬희가 슬쩍 던진 미끼를 덥석 물고 사실대로 털어놓았다. 찬희는 마음속에서 기쁨이 솟는 것을 느꼈다. 다른 여자와 왔던 게 아니었군.

"아주 마음에 들어."

"다행이다."

승열은 씩 웃으며 식사를 시작했다. 동시에 갑자기 휭하니 적막이 흘렀다.

무슨 이야기를 하지?

승열은 다시 머리를 팽팽 돌리다가 간신히 한 가지를 생각해 냈다.

"연쇄 살인 사건에 대해서 어떻게 생각해?"

"음, 글쎄……."

정말로 첫 데이트 때 연쇄 살인 사건에 대해 토론하고 싶은 건가?

찬희는 순간적으로 표정 관리를 하지 못했고, 승열은 그녀의 표정을 읽고야 말았다.

망할, 실수했군. 그래. 데이트 때 그런 이야기를 하긴 그렇지. 근데 다른 어떤 걸 이야기하지?

승열이 머리를 싸매고 싶다는 표정을 짓자, 그의 표정을 읽은 찬희는 화제전환을 할 겸 목기침을 일단 한번 한 뒤 빙긋 웃으며 입을 열었다.

"난 외동딸이야."

"그래?"

"응. 그래서 형제가 많은 사람들이 부럽더라. 동생들 이야기 좀 해봐. 박 형사와 승리가 이란성 쌍둥이라고?"

"걔들은 이란성이고, 내 바로 밑의 셋째와 넷째는 일란성이야."

승열에게 여섯 형제들은 아주 쉽고 편한 대화 주제였다. 찬희가 다소곳한 자세로 그의 이야기를 경청하자, 승열은 곧 긴장을 털어버릴 수 있었다. 덕분에 찬희가 예상했던 대로, 그리고 다행스럽게도 대화는 끊어지지 않고 물 흐르듯 진행되었다. 덕분에 식사가 끝날 즈음—물론 찬희는 염소고기는 먹지 않고 남겼다—에는 둘 사이는 한결 편안해졌다.

"근처에 괜찮은 카페가 있는데 거기로 가자."

천천히 진행된 식사가 끝나자 승열이 제안했다. 찬희는 그렇게 하자고 즉각 대답하고픈 마음을 누르고 시계를 보았다.

"어머, 벌써 열 시가 넘었네."

찬희와 승열 모두 시간을 보고 놀랄 수밖에 없었다. 그렇게 길게 이야기한 것도 아니고, 얼마 지나지 않은 것 같은데 벌써 세 시간 반이나 흘렀다니. 찬희는 더 있고 싶었지만 승열이 아쉬워하는 것을 보고는 애써 마음을 다잡았다.

아쉬움을 좀 줘야 다음에 만날 때 더 반가워하겠지?

"내일 출근해야 하잖아. 이만 들어가자."

"그래."

승열은 아쉬움의 한숨을 누르며 일어났다. 이렇게 즐거울 줄이야.

상대가 찬희이기 때문이다.

데이트를 해본 적이 없기에, 당연히 승열은 여자와 단둘이서 이렇게 개인적인 이야기를 몇 시간이고 해본 적은 없었다. 하지만 친구들에게 상대를 잘못 만날 경우 데이트가 얼마나 고역인지 이야기를 들었기에, 승열은 다른 여자와 데이트를 나온다고 해도 지금처럼 편안하지 않을 거라는 건 알았다.

좋은 대화 상대.

예쁜 데다가 대화도 즐거운 여자라니, 승열은 기뻤다.

음, 앞으로 귀찮지 않겠군.

"오늘 정말 즐거웠어."

승열이 집 앞까지 운전해 주자, 내리기 전 찬희는 미소를 지으며 고마움을 표시했다.

"음, 찬희야. 다음 주에는 토요일에 만날까? 일요일에는 출근 안 하잖아."

그러니까, 더 오래 같이 있을 수 있으니 토요일에 만나자는 말이로군. 그냥 직설적으로 말하지, 돌려 묻기는.

찬희는 방긋 웃으며 그렇게 하자고 했다. 동시에 그녀는 주중에도 만나자는 말을 하게 만들려면 어떻게 해야 할지 고민하면서 웨이브진 머리칼을 살짝 뒤로 넘겼다. 순간 그녀의 새하얀 목덜미가 승열의 시선 속에 고스란히 드러났다.

승열은 저도 모르게 침을 꿀꺽 삼켰다.

"조심해서 운전해."

찬희는 아까보다 더 예쁘게 미소 지으며 인사한 뒤 아파트 안으로 들어갔다. 승열은 찬희가 완전히 사라질 때까지 그녀를 지켜보았다.

저 늘씬한 뒷모습……. 그래. 그날 난 찬희의 저 몸을 만졌겠지.

승열은 멍하니 집으로 돌아왔고, 그날 그는 처음으로 찬희의 몸을 생각하며 샤워했다.

승열이 집에 도착한 시간, 여전히 쿵쾅거리는 심장을 안고 찬희는 그날의 첫 데이트를 곱씹고 곱씹으면서 여리에게 쪽쪽 뽀뽀를 하며 승열의 연락을 기다리고 있었다.

잘 들어갔냐, 아니면 오늘 즐거웠다 등등의 문자는 보내겠지.

하지만 새벽까지 기다리고 기다렸건만, 승열은 여전히 문자를 보내지 않았다. 또한 다음 주 금요일이 될 때까지 여전히 문자는 커녕 전화도 걸지 않았다.

금요일 아침, 찬희는 부글거리는 속을 다스리면서 먼저 문자를 넣어야 하나 고민했다.

"검사님, 기다리는 연락 있으세요?"

여직원 이영순은 찬희가 계속 휴대폰을 쳐다보다가 한숨을 쉬는 것을 목격하고 물었다.

"요즘 계속 그러시네요. 무슨 일 있으세요?"

왕군수 참여계장 또한 걱정스런 기색으로 동참했다. 찬희는 웃으며 고개를 저었다. 영순은 슬쩍 눈치를 보더니, 구내식당으로 가면서 물었다.

"혹시 선보는 것 때문에 그러세요? 저번처럼 어머님이 선보라고 하세요?"

이십대 중반의 아가씨인 영순은 찬희가 어머니의 선 공격에 시달렸던 것을 옆에서 본 적이 있는데, 얼마 전부터 알콩달콩한 연애를 시작해서 그런지 찬희에게 선을 보라고 권하곤 했다.

"검사님, 일단 선으로 사람 만나서 연애를 하세요. 연애하면 좋아요. 진짜예요."

"영순 씨 얼굴만 봐도 좋은 건 알지."

나이 지긋한 왕 계장이 놀렸다. 영순이 입술을 빼쭉 내밀 때, 승열과 마수영 참여계장이 식당 안으로 들어왔다.

"어, 우 검사님, 안녕하세요."

마 계장은 히죽 웃더니 가만히 서 있기만 하던 승열을 팔꿈치로 슬쩍 찔렀다.

"뭐 하세요, 인사 안 하고."

"어, 안녕, 우 검사. 안녕하세요."

승열은 다소 퉁명스러운 어조로 인사했다. 영순은 주변을 둘러보고 말했다.

"이리 오세요. 자리 없는데 같이 먹어요. 괜찮죠, 우 검사님?"

당연히 괜찮지!

승열을 본 순간 너무 기쁜 나머지 오 일 동안 쌓아놓은 미움을 잊은 찬희는 고개를 끄덕였고, 승열은 다소 조심스러운 태도로 찬희와 마주 보는 자리에 앉았다. 찬희는 좋아서 나오는 웃음을 필사적으로 참았다.

"박 검사님, 선보신 적 있으시죠? 선도 괜찮지 않아요?"

식사가 시작되었을 때, 영순이 톡 물었다. 별생각없이 승열은 사실대로 말했다.

"본 적 없는데……."

"진짜요? 사시 합격하고 나면 마담뚜들이 찾아온다면서요."

"그렇긴 한데 본 적은 없어."

"와, 그럼 여친이랑 연애하셨나 보네요."

승열은 찬희에게 쏠리는 시선을 옆으로 돌렸다.

"아니야, 나 여자 친구 없어."

"음, 지금 없나 보네요."

영순은 제멋대로 결론을 내렸고, 왕 계장이 영순에게 연애 이야기 좀 그만 하라고 핀잔을 주자 자연스럽게 화제는 검찰청 내부의 이야기로 옮겨갔다. 식사가 거의 끝났을 무렵, 승열은 다른 사람들이 모르게 찬희에게 시선을 주었다.

소화가 안 되나? 얼굴이 갑자기 왜 저렇게 창백해졌지?

"우 검사, 어디 아파?"

승열은 걱정스레 물었다. 찬희는 최대한 그를 덜 노려보기 위해 노력하면서 대답했다.

"좀 그러네. 갑자기 머리가 아파. 요새 좀 무리했는데, 몸살인가?"

감기몸살 때문에 기절할 정도가 되어도 절대 아프다는 말을 하지 않는 찬희가 그렇게 말하자마자 영순과 왕 계장은 수선을 떨었다.

"내일 토요일이라 다행이네요. 주말에 푹 쉬세요."

"그래야겠어요. 집 안에서만 있어야겠어요. 주말 내내."

마 계장이 걱정스런 기색으로 말하자, 찬희는 그렇게 되뇌듯 말하며 슬쩍 승열을 노려보았다. 알아들은 모양인지 승열은 살짝 고개를 끄덕였다. 그게 더 화가 났고, 찬희는 입을 한일자로 꾹 다물고는 더 이상의 말없이 먼저 자리를 떴다.

나쁜 곰탱이.

영순과 왕 계장이 걱정하는 가운데 일하면서 찬희는 속으로 승열을 욕하고 또 욕했다.

그래. 문자 안 보내는 건 성격이라고 치자. 문자 싫어하는 사람도 있으니까. 근데 내 앞에서 대놓고 여자 친구가 없다고 해?

물론 비밀로 하자고 제안한 건 그녀였다. 하지만 아무 말도 하지 않거나, 그냥 대충 넘어간 것도 아니고 대놓고 존재를 부정한다는 건 정말…….

찬희는 내내 속으로 씩씩댔고, 열한 시까지 일하다가 퇴근했다. 그리고 다음날, 토요일이 되었다.

원래대로라면 이날은 두 번째로 데이트를 하기로 한 날이기도 했다. 하지만 주말에 집 안에만 있어야겠다고 말했고, 승열은 분명 그때 알아들었었다. 그래서 그런지 그는 토요일 내내 연락이 없었다. 그건 일요일도 마찬가지였다.

그리하여 월요일이 되자, 찬희의 분노 지수는 하늘 끝까지 다다라 있었다.

무심해도 정도가 있는 법. 도저히 참아줄 수가 없었다.

〈오늘 끝나고 시간 있으면 보자.〉

먼저 문자를 보낸다는 게 자존심이 상하기는 했으나 지금은 그런 걸 따질 정신이 없었다. 찬희는 한참을 망설이다 분노의 문자를 보내놓고 기다렸다. 답 문자는 한참 뒤에나 왔다.

〈그래.〉

너무도 간단한 답변에 찬희는 부들부들 떨면서 집에 가면 요 며칠 샌드백이 된 여리를 두들겨 패주겠다고 맹세했다.

"아직도 아파 보이세요."

영순은 꿀물을 타주며 걱정했다.

"얼굴이 창백해요."

주말 내내 분노가 쌓인데다가 잠도 설쳤으니 그렇게 보일 수밖에.

"아니야. 이젠 괜찮아. 음…… 저기 말이야."

"네?"

찬희는 망설였지만, 결국 아무것도 아니라고 얼버무린 뒤 영순을 자리로 보냈다. 아무리 그래도, 어떻게 행동해야 되는 건지 영순에게 물어볼 수는 없었다. 영순에게 승열에 대해 말하면 엄마에게 새어나갈지도 몰랐고, 그렇다면 곧 아빠에게도 알려진다는 건데 그렇게 되면 승열은 끝장이었다.

차라리 아빠가 괴롭히게끔 놔둬 버릴까.

이 순간 찬희는 승열이 너무…… 너무 미웠다. 사랑과 증오는 종이 한 장 차이라는데, 그 말이 이해가 갈 정도였다. 연애를 아예 안 해본 것도 아니니 여자를 전혀 모르는 것도 아닐 텐데, 어떻게 이렇게 무심한 걸까? 내가 아프다고 알고 있을 텐데, 괜찮냐는 문자 하나 보내는 게 그렇게 귀찮나?

이런 사람과 결혼해야 하는 걸까?

승열을 좋아했다. 아니, 사랑했다. 무려 십이 년간의 짝사랑. 지금도 그와 평생 행복하게 살고 싶은 소망을 마음속 깊이 가지고 있었다.

하지만 이건 아니다.

며칠 문자를 못 받은 것만으로도 이렇게 속상한데, 평생 그렇게 무심한 성격에 대해서 속을 썩이면서 살아야 되는 건가? 비록 결혼에 대해 잘 모르기는 하나, 단순히 연애하는 것과 매일마다 얼굴을 보면서 함께 살아가는 현실인 결혼이 다르다는 건 찬희도 당연히 알고 있었다.

이대로 결혼한다면 승열의 무심함 때문에 그녀만 상처받을 것이다. 그것도 평생.

어떻게 하지?

찬희는 퇴근 시간까지 고민에 고민을 거듭하다가 자리에서 일어섰다. 저번에 만났던 서래섬 부근 동작대교에서 보자는 문자를 보낸 뒤, 그 근처로 가서 차를 주차시켜 놓고 십여 분쯤 기다리자 승열의 차가 다가왔다. 찬희는 천천히 조수석으로 걸어가 탔다.

"안녕."

승열의 미소에 찬희는 순간적으로 화가 났다는 사실을 잊어버리고 말았다.

"몸은 괜찮아? 걱정했어."

그의 말에 살짝 감동에 젖긴 했으나, 그것뿐이었다. 걱정했다는 인간이 문자 하나 안 보내?

"괜찮아. 음, 오늘 만나자고 한 건 말이야……."

"목 마르지 않아? 여기."

승열은 편의점에 들러 사 온 녹차를 꺼냈다.

"녹차 좋아하지?"

안 좋아하는데.

찬희는 기억을 더듬어보았고, 저번에 이곳에서 만났을 때 자신이 여러 종류의 음료수 가운데 녹차를 골랐던 것을 기억해 낼 수 있었다.

그래서 녹차를 좋아한다고 생각한 건가?

사실 그녀가 좋아하는 건 고소한 옥수수차였지만, 그가 사 온 음료수들 가운데 없었기에 녹차를 골랐던 것뿐이었다.

승열로서는 배려해 준 게 분명했다. 저번에 만났을 때 그녀가 목마를까 봐 음료수들을 사 오기도 했었고.

완전히 무심한 남자는 아니라는 의미였다.

"자."

승열은 녹차 뚜껑을 따서 건네주었다. 찬희는 고맙다고 중얼거리면서 받았다.

"저기, 승열아."

"말해."

왜 문자 안 보내는데?

"시작하게 된 계기가 좀 그렇긴 하지만, 어쨌든 우리는 연애를 하는 거야. '진짜 연애' 말이야."

찬희는 '진짜 연애'를 힘주어 발음했다.

"주변 사람들과 비교해 봐도, 그리고 내 생각에도 진짜 연애라는 건 좀…… 달라야 하지 않나 싶어. 서로 어느 정도 배려를 많이 해줘야 하는 게 아닐까? 너도 그렇게 생각하지?"

"음, 물론 그렇게 생각해."

찬희는 대체 무슨 말을 하려는 걸까?

승열은 살짝 걱정이 들었다.

"그렇게 생각한다면, 앞으로는 그렇게 해줘."

그러니까 앞으로 어떻게 해달라는 말인데? 좋아하는 녹차를 사 왔고, 뚜껑까지 따서 손에 쥐어줬건만 여기서 배려를 더 어떻게 하라는 말이지?

승열은 알 수가 없었고, 정확하게 어떻게 해달라는 건지 물어보고도 싶었다. 하지만 분위기도 그렇고, 찬희의 굳은 표정을 보니 차마 질문할 수가 없었다. 그래서,

"알았어. 앞으로 그렇게 할게."

이렇게 답할 수밖에 없었다. 그의 대답이 어지간히 기쁜지 찬희는 환하게 웃었다. 순간 승열은 눈이 머는 줄 알았다.

왜 이렇게 예쁜 거지?

오늘은 따로 만나기로 약속한 게 아니라 일을 하다가 온 것이라 찬희의 머리칼은 예전부터 봐왔듯이 뒤로 틀어 올린 상태였고 옷

차림도 그냥 딱딱한 정장이었다. 화장도 그냥 옅어서 저번에 첫 데이트를 하던 날과는 차원이 달랐다.

하지만 그때만큼이나, 아니, 그때보다 더 예뻤다.

승열은 갑자기 쿵쿵거리기 시작한 심장을 안고 멍하니 찬희를 쳐다보았다. 단정한 이마, 곧은 코, 맑은 눈동자, 그리고 도톰한 입술…….

그래, 기억은 나지 않지만 난 그날 저 입술에 키스했을 것이다. 저 가는 목을 깨물었을 것이고, 저 가슴을 맛보았을…….

"……아? 승열아?"

찬희는 승열이 갑자기 눈에서 초점을 잃고 멍하니 있는 것을 알아차렸다. 내가 말하는데 딴생각을 해?

"피곤한가 보네. 가서 쉬어. 나도 이만 갈게."

찬희는 승열의 대답도 듣지 않고 그녀의 차로 돌아갔다. 사람을 눈앞에 두고 딴생각을 하는 게 상당히 짜증났지만, 어쨌든 앞으로 좀 더 배려해 준다고 약속했으니 지키겠지?

찬희는 그런 희망을 가진 채 집으로 돌아갔고 그날, 처음으로 승열은 찬희를 생각하느라 잠을 설쳤다.

그리고 다음날 아침, 승열은 오랜만에 엘리베이터 앞에서 찬희를 만났다.

"좋은 아침, 우 검사."

주변에 다른 사람은 없었으나 그는 이름을 부르지 않고 사귀기 이전처럼 인사했다.

어제보다 더 예뻐진 것 같네. 입술이 원래 저렇게 도톰했나? 그날…… 난 어떻게 키스했을까? 저 아랫입술을 깨물어봤을까?

승열의 눈이 저도 모르게 찬희의 입술에 노골적으로 고정될 때, 찬희는 싸늘하게 내뱉었다.

"별로 좋은 아침이 아니네."

"뭐라고?"

"안 좋다고."

찬희는 엘리베이터를 타며 그를 힘껏 노려보았다. 사실, 주먹으로 한 방 때려주고 싶었다.

더 배려해 준다고 약속해 놓고, 어젯밤에도 문자 하나 안 보내?

나쁜 곰탱. 진짜 나쁜 곰탱.

"무슨 일 있어?"

엘리베이터에 탄 뒤 닫힘 버튼을 누르며 승열은 눈만 끔뻑거렸다. 찬희는 순간 참지 못하고 눈초리를 위로 세우고 그를 힘껏 노려보았다.

"지금 그걸 말이라고 해?"

찬희가 갑자기 왜 이러지?

갑작스럽게 몸의 한 부분에 피가 몰리기 시작한 데다가 찬희가 싸늘하게 밀어붙이자 승열은 당황한 나머지 아무 말도 하지 못했다. 그가 멍청하게 입만 헤 벌리고 있자, 그 모습을 본 찬희는 저도 모르게 내뱉고야 말았다.

"우리, 다시 생각해 봐."

"무슨 말이야?"

순간적으로 흥분이 싹 내려앉았다. 곧 표정을 수습한 승열은 찬희의 손목을 잡았으나, 찬희는 곧바로 뿌리쳤다.

"찬희야, 왜 그래?"

"몰라서 물어? 너같이 무심한 남자랑은 결혼이든 연애든 아무것도 하고 싶지 않아."

엘리베이터가 열렸고, 찬희는 휙 내렸다. 승열은 그녀를 뒤따라가려고 했으나 그 층에 서 있는 사람들이 엘리베이터 안으로 밀고 들어오는 바람에 내릴 수 있는 기회를 놓치고 말았다.

엘리베이터의 문이 닫혔다. 그리고 그나마 보이던 찬희의 뒷모습이 완전히 사라졌다.

―네 번째 파일―
그의 알리바이

왜 화가 난 걸까?

하루 종일 승열은 평소처럼 일을 하면서도 틈만 나면 고민에 빠져들었다.

찬희에 대해 잘 모르기는 하나, 함부로 말을 하는 성격이 아니라는 건 알고 있었다. 신중하고 생각이 깊은 성격 같은데 끝내자는 말을 하다니…….

정말 많이 화가 난 게 틀림없었다. 그러나 승열은 그 이유를 당최 알 수가 없었다.

왜 화를 내는 거지? 대체 왜?

승열이 미로 속에서 헤매는 것 같은 충격을 받고 있을 때에도 시간은 흘러흘러 퇴근 시간이 살짝 지났다.

[오빠~]

진동이 와서 무의식중에 액정도 보지 않고 휴대폰을 열자 막냇동생인 승리의 목소리가 들려왔다.

[이제 퇴근하지?]

"한 삼십 분은 더 일해야 해."

승열은 흘긋 옆에 쌓여 있는 업무일지를 보며 대답했다. 찬희에 대해 신경 쓰느라 오늘은 처리 속도가 좀 느렸다.

[나 친구들이랑 놀다가 근처에 왔는데 집에 같이 들어가자. 퇴근할 때 전화해.]

승열은 알았다고 대답한 뒤 끊었고, 삼십 분 뒤에 일을 끝내고 검찰청 앞에서 동생을 태웠다. 승리는 언제나 그렇듯이 조잘조잘 귀엽게 수다를 떨어 승열에게 미소를 선사해 주었다.

"오빠, 우리 우동 먹고 가자."

집 근처에 다다랐을 때 승리는 그렇게 졸랐고, 승열은 선선히 그러마 하고 포장마차 앞에 주차했다. 따끈한 우동 국물을 한 숟갈 떠먹으며 승리는 큰 눈을 휙휙 굴리더니 은근한 어조로 입을 뗐다.

"오빠, 연애는 잘돼?"

"너 그게 궁금해서 오늘 같이 집에 가자고 한 거지?"

단박에 막내의 속셈을 눈치 챈 승열은 피식 웃고 말았다. 미국에서 생활해야 하는 넷째 승연을 제외하고 7남매가 거의 같이 살고 있기는 하지만, 나름대로 서로 바빠서 평일에는 아침식사할 때만 얼굴을 마주하곤 했다. 워낙 식구가 많은지라 식사할 때도 시끌벅적해서 조용하게 이야기할 분위기가 아닌데, 그렇다고 해도 한 마디만 하면 되는데도 승원과 승리는 둘 다 무슨 생각인지 아직까지 다른 형제들에게 승열에게 여자 친구가 생겼다는 사실을 말하지 않고 있었다.

“헤헤, 맞아. 그러니까 궁금증 좀 풀어줘. 연애 잘되고 있어? 사실 나 ‘쪼끔’ 걱정되는데. 오빠 누구 사귄 거 처음이잖아.”

승리는 솔직하게 마음을 터놓았다. 아니, 사실 솔직하게는 아니었다. 정말은 ‘쪼끔’이 아니라 ‘엄청나게 많이’ 걱정되었다.

처음부터 이성에 대해 잘 알거나, 연애를 잘하는 사람은 타고난 소수의 바람둥이들뿐이었다. 그 외의 다수는 전부 체험과 교육을 통해 그럭저럭 되는 후천적인 사람들이었다. 그리고 또 소수의 나머지는…… 구제불능이었다.

승리는 승열이 소수의 구제불능에 속한다는 것을 아주 잘 알고 있었다. 그녀의 둘째 오빠가 천성적으로 감정 부분에 둔하기 때문이기도 했고, 검사이기 때문이기도 했다.

검사라는 직업 자체가 문제인 게 아니었다. 한 분야에서만 전문가라는 사실이 문제였다. 그건 그만큼 다른 분야를 모른다는 뜻이니까. 하나의 세상밖에 모르는데 다른 분야를, 특히 섬세한 감정의 흐름을 반드시 알아야 되는 세상을 어떻게 제대로 맞이할 수 있을까? 물론 모든 걸 다 잘 알고, 잘하는 사람도 있기 마련이다. 하지만 승열은 절대 그런 타입이 아니었다.

불쌍한 우리 둘째 오빠. 공부만 하느라 서른두 살에 처음으로 연애를 하게 되다니. 아무것도 몰라서 얼마나 고생하고 있을까?

물론, 승리는 알고 있었다. 검사든 누구든, 한 깊이밖에 모르는 어떤 전문가든 간에 사랑은 다 같다는 걸. 물론 각자의 사랑과 연애는 특별하다. 각자에게만. 다른 사람들에게는 같을 뿐이었다.

검사라고, 직업이 다르다고, 사회적 위치가 다르다고 사랑하는 방법이나 깊이까지 다른 건 아니다. 다르다고 생각한다는 것 자체가 환상이다.

두 개의 사랑이 만나, 하나의 현실이 되는 과정은 누구나 겪는 일이다. 쉬울 수도 있지만 승열에겐 어려운 일일 터. 상대방을 모른다면 좌초될 위험이 더 컸다.

오빠도 그렇게 되면 어쩌지? 심장이 박살 나면 어쩌지?

승리는 걱정스러운 마음을 부여안고 은근하게 말했다.

"오빠. 찬희 언니한테 잘해줘. 케이스 바이 케이스긴 하지만, 그냥 여잔 다 똑같다고 생각하면 돼. 나한테 하는 것보다 조금만 더 잘해주면 돼."

어렸을 때 기저귀를 채워줬던 막냇동생이 연애 문제에 대해 충고를 할 정도로 컸다니.

새삼 세월이 느껴지는 당황스러운 일이기도 했으나, 승열은 마음을 굳게 먹었다. 찬희가 왜 화났는지 알 수 없었으니까.

"조금만 더 잘해주라고?"

"응. 더 맛있는 거 사주고, 더 얘기 잘 들어주고, 더 다정해지면 돼. 가끔 선물도 해주고. 근데 오빠, 남자들은 보통 비싼 게 좋은 거라고 생각하는데 선물 가격이 중요한 게 아니야. 예전에 내가 첫 알바비 받고 나서 오빠들한테 선물 준 거 기억하지?"

어렸을 때 워낙 돈 때문에 고생을 한 터라, 형제들 모두 승리에게 용돈을 넘치도록 주었다. 그러나 대학교에 들어간 뒤 승리는 몰래 과외를 뛰어서 받은 첫 알바비를 탈탈 털어서 여섯 명의 오빠들에게 선물을 돌렸었다. 그때 선물보다는 함께 준 고마움의 편지를 읽고 승열은 솔직히 너무 감동해서 울 뻔했었다.

"그때 선물보다 편지가 더 좋았다고 했잖아. 마음이 담겨 있다고. 그거랑 같은 거야. 뭐, 기왕이면 비싼 선물도 더 좋긴 하지만."

음, 그런 거로군. 근데 선물을 준다고 해도 화가 풀릴 것 같진 않은데.

"연애는 내가 선배니까 모르는 거 있으면 다 물어봐."

승리는 허리에 두 손을 턱 올렸다. 그런 막내의 모습에 웃음이 나와야 했지만, 승열은 그렇지 못했다.

"음, 사실 말이야."

좀 쪽팔린 일이긴 했다. 하지만 찬희에게 물어볼 수 없는데 대체 누구에게 물어본단 말인가? 개인적으로 아는 여자는 하나도 없었고, 눈앞의 이 귀여운 막냇동생만이 유일했다. 사실 '여자' 가 아니라 동생이긴 했으나 어쨌든 찬희와 같은 성별인 건 사실이었으니.

"찬희가 화났는데 왜 그런 건지 모르겠어."

승열은 한참을 망설이다가 입을 열었다.

"화낼 때 뭐라고 했는데?"

"나더러 무심하대."

"무심하다고?"

승리는 이해가 되질 않았다. 그녀의 둘째 오빠는 둔하기는 하지만 무심한 남자는 아니었다. 오히려 자상한 편인데…….

물론 모든 사람에게 다 똑같이 대하는 사람은 없다. 관계마다 태도가 달라지는 건 당연하니, 가족들에게 자상하다고 다른 사람들에게도 반드시 그렇지는 않을 것이다. 하지만 사귀는 여자에게 무심할 것 같지는 않은데.

"어떤 점이 무심하대?"

승리는 그렇게 질문했고, 승열은 얼굴을 찌푸리며 길게 대답했다.

"나도 모르겠어. 자세한 건 말 안 하더라. 이해가 안 가. 난 배려 많이 해주고 있다고 생각하거든? 사귀는 거 비밀로 하자고 해서 다른 사람들이 애인 있냐고 물어도 없다고 대답하고 있고, 주말에 데이트하기로 했는데 아프다고 해서 쉬게 놔둬줬고, 일 방해할까 봐 연락도 일부러 안 하고 있었거든."

"잠깐. 오빠, 혹시 애인 없다고 말할 때 옆에 찬희 언니 있었어?"

승열은 고개를 끄덕였고, 승리는 아까 했던 생각을 정정했다. 불쌍한 건 승열이 아니라 찬희였다.

"연락을 안 했던 것 말이야, 어느 정도로 안 한 거야? 전화를 안 했다는 거야?"

"전화도 그렇고, 문자도 안 했어."

"오빠, 사귄 지 얼마 안 됐지? 그래도 몇 주는 됐을 텐데 그동안 한 번도 문자 보낸 적 없어?"

승열은 고개를 끄덕였다. 승리는 저도 모르게 얼굴이 일그러지자, 간신히 관리에 나섰다.

"저기, 주말에 쉬게 놔뒀던 거 말이야, 그때도 문자 안 보냈어?"

"아픈데 문자 오면 귀찮잖아."

승리는 테이블에 철퍽 엎드렸다.

이를 어찌하나. 우리 오빠 어떻게 하나.

"내가 뭐 잘못한 거야? 찬희가 화가 많이 난 것 같은데 도통 모르겠어. 그렇다고 직접 물어볼 수도 없고. 화난 게 있으면 말로 하면 되는데 왜 안 하는 거지?"

"오빠아아아아……."

승리는 절박한 위기를 느꼈다. 이대로 죽 가다가는 찬희에게 보기 좋게 걷어차일 건 뻔했고, 평생 결혼은커녕 다신 연애를 못할지도 모른다.

"내가 찬희 언니 입장이라면 오빠 당장 찼어."

"왜?"

승열이 다시 얼굴을 찌푸리며 되묻자, 승리는 빽 소리 지르고픈 충동을 참고 차근차근 말하려고 노력했다.

"왜긴 왜야? 배려도 지나치면 독이야. 오빠가 생각하기엔 아플 때 문자가 귀찮을지 모르지만 찬희 언니한테는 아닐 거야. 아플 때 어서 나으라는 문자 하나에 얼마나 감동받는지 몰라? 아니면 약이라도 사들고 집까지 찾아갔어야지. 그리고 연애 초기 때는 하루에 문자 열두 통, 아니, 전화 열두 번도 적은 거야. 그런데 아무리 방해될까 봐 염려된다고 해도 그렇지, 그렇게 하면 절대 안 돼.

오빠, 음, 사귄다는 건 다른 세계를 가진 남자랑 여자가 각각의 세계를 합쳐 나가는 거야. 사귄 지 얼마 안 됐으면 서로 잘 모를 텐데, 연락을 자주 해서 서로를 잘 알아나가야지 문자도 안 보내면 어떻게 해? 전화도 하루에 한 번, 문자는 앞으로 하루에 최소 세 번씩은 보내. 무슨 내용으로 보낼지 모르겠으면 식사 메뉴라도 물어보든지.”

승리는 한숨만 쉬며 이어 말했다.

“그리고 아무리 비밀로 하기로 했다고 해도 찬희 언니 앞에서 애인 없다고 말하면 절대 안 되는 거야. 입장 바꿔 생각해 봐. 찬희 언니가 오빠 앞에서 애인 없다고 말하면 오빠도 기분 나쁠 거잖아.”

“글쎄.”

승열은 그 부분은 잘 알 수가 없었다. 좀 신경은 쓰이지만 그렇게 기분 나쁠 것 같진 않은데.

승리는 뭔가 좀 이상하다는 것을 깨달았다. 물론 오빠가 둔하다는 건 잘 알고 있었지만 상대방을 정말 좋아한다면 기분이 나쁜 게 정상이었다.

별로 좋아하지도 않으면서 왜 사귀는 거지?

“오빠, 찬희 언니랑 결혼 전제로 만나는 거 맞지?”

“맞아. 결혼할 거야.”

이상해. 확실히.

승리는 생각을 겉으로 드러내지 않은 채 천천히 말했다.

“내가 찬희 언니 입장이라면 기분 무지 나쁠 거야. 앞으로는 그냥 비밀이라고 해. 절대 없다고 하면 안 돼. 찬희 언니 앞에서 찬희 언니의 존재를 부정한 셈이잖아."

어렵군.

승열은 사법고시를 준비할 때만큼이나 어려운 것 같다고 생각했다.

"원래 연애는 밀고 당기는 거지만……. 오빠, 결혼하려면 어쩔 수 없어. 그냥 찬희 언니한테 사실대로 말해. 연애 해본 적이 없어서 잘 모르니, 앞으로 서운한 거나 화나는 거 있으면 말 좀 꼭 해 달라고."

"그런 걸 어떻게 말해."

물론 찬희도 처녀였던 만큼 연애 경험은 거의 없거나 아주 적을 것이다. 하지만 여자가 경험이 없는 것과 남자가 아예 경험이 없다는 건 경우가 달랐다.

혹시 한심하게 보지는 않을까?

이전에는 찬희가 그를 어떻게 생각하든 상관없었다. 하지만 지금은…… 신경이 쓰였다.

"오빠, 뜻을 읽을 수 있어?"

"무슨 말이야?"

승리는 승열의 큼지막한 손을 두 손으로 꼭 잡고 진심으로 충고했다.

"같은 말을 해도 여자들이 말하는 건 뜻이 다를 수가 있는 거야. 예를 들어 '싫다'는 말도 그래. 상황에 따라 그게 '좋아'일 수도 있는 건데, 오빠 그거 모르잖아."

승리는 남자란 교육시켜야 할 존재라고 생각했다. 대부분의 여자는 연애가 처음이라고 해도 어느 정도는 잘해 나가는 데 비해, 남자는 그러지 못하는 동물이니까. 그렇기에 여자는 남자에게 자신이 뭘 싫어하는지, 어떻게 대해야 하는지 교육시켜야 했다.

물론 승리는 교육도 상대방 나름이라는 걸 잘 알고 있었다. 연애를 정말 못하는 여자도 있고, 아주 잘하는 남자도 있으니까 상대방에 따라 조절해야 했다.

하지만 승열은 아니었다. 아무리 오빠라지만 승리는 인정할 건 인정했다. 그녀의 둘째 오빠는 평생을 교육시켜도 여자의 뜻을 제대로 읽어낼 수 없을 것이다.

"그냥 솔직하게 인정하고, 상황마다 꼭 말해달라고 해. 안 그러면 정말…… 가망 없어."

제발 찬희 언니가 곰을 좋아해야 할 텐데. 그냥 곰도 아니고 구제불능의 둔하디둔한 연애 초보 곰을 과연 좋아할까?

"꼭 말해. 꼭. 알았지?"

"흠……."

승열이 대답하지 않자, 승리는 오빠의 등을 떠밀었다.

"갔다 와. 찬희 언니 화났다고 했지? 꽃이라도 사서 집 앞에 가서 미안하다고 사과하고, 앞으로 잘해보자고 말하고 와. 난 걸어갈게."

"지금? 너무 늦었어."

"시간이 무슨 상관이야? 차도 있으면서. 오빠, 연애할 때는 시간 같은 건 무시해야 돼. 그리고 검사들이 바쁜 건 아는데, 퇴근 후에 잠깐이라도 얼굴 꼭 보고 데이트 자주 해. 검사도 사람이잖아. 보고 싶어하는 마음은 같을 거 아니야? 귀찮더라도 가능하면 꼭 집 앞까지 데려다 주는 거 잊지 말고."

승리가 계속 등을 떠밀자, 다소 귀찮기는 했으나 결국 승열은 운전대를 잡고 찬희의 집으로 향했다.

뭘 사가지고 가지?

자정에 가까운 시각이라 꽃집이 열었을 리 만무했다. 잠시 고민한 뒤, 승열은 찬희의 아파트 단지 근처의 편의점에 들러 모든 종류의 초콜릿을 한 가지씩 샀다. 승리를 포함해서 대개의 여자들은 초콜릿을 좋아하니까.

[여보세요.]

찬희는 연결음이 열 번이나 울린 뒤에야 싸늘한 목소리로 받았다. 승열은 목을 가다듬었다.

"지금 잠깐 내려올 수 있어?"

[왜.]

"줄 게 있어서. 잠깐만 주차장으로 나와봐."

[알았어.]

침대에 누워서 곰인형 여리를 사정없이 때리고 있던 찬희는 휴대폰을 뚝 끊자마자 벌떡 일어나 옷장을 열었다.

너무 신경 쓰는 것처럼 보이면 안 된다. 그렇다고 너무 신경을 안 쓴 것처럼 보여서도 안 되고……

찬희는 잠옷으로 입는 헐렁한 추리닝을 재빨리 벗어 던지고 딱 달라붙는 청바지와 티에 카디건을 걸치고 약간 화장을 했다. 그녀는 거울을 보면서 두어 번 확인을 끝낸 뒤에야 외출했다.

줄 게 있다는 건…… 그만두자는 이야기를 하러 온 게 아니겠지?

오늘 아침, 너무 화가 나 승열에게 저도 모르게 그만 하자고 내뱉은 뒤 찬희는 후회하고 또 후회했다. 잘못 말한 거니 계속 만나자고 애걸하기 위해 몇 번이나 휴대폰을 들었다 놨던가.

하지만 이건 평생이 걸린 문제였다. 아무리 사랑한다고 해도, 아픈 여자에게 괜찮냐는 문자 한 통 안 보내는 무심한 남자와 어떻게 평생을 살 수 있을까?

물론 그렇다고 해도 완전히 헤어질 생각은 전혀 없었다. 십이 년간 짝사랑한 게 어딘데, 여기서 어떻게 포기하겠는가?

보수적인데다가 실수를 책임지겠다고 했으니 승열이 그대로 물러설 리 없다는 건 알고 있었다. 하지만 찬희는 홧김에 말한 게 약간 걱정이 됐다. 그녀는 심호흡을 한 뒤 지하의 주차장으로 갔다. 승열은 운전석에 기대서 있었다.

"찬희야."

그는 멋쩍게 웃으며 손을 흔들었다. 커다란 곰은 역시…… 너무 귀여웠다!

찬희는 그가 웃는 모습을 볼 때마다 으레 그랬듯이 자신이 흐물흐물해지는 것을 깨닫고 황급히 마음을 다잡았다.

"무슨 일이야?"

"이거 주려고."

승열은 손에 들고 있던 봉투를 건넸다. 그는 잠시 고민했다. 어

느 드라마에서 본 것처럼 '네 생각나서 샀어' 같은 닭털 날리는 말
도 해줘야 하나? 여자들은 그런 말을 좋아하던데.

승열이 입 밖으로 나오지 않는 말을 고민할 때, 찬희는 슬쩍 봉
투 안을 살폈다. 여러 종류의 초콜릿이 보였는데, 그중에는 드림
카카오 99%도 있었다.

저건 헤어질 때 주는 초콜릿 아니었나?

순간 찬희의 머릿속은 텅 비어버렸다.

"미안해, 찬희야."

승열은 찬희의 손을 흘긋 내려다보았다. 작았고, 따듯해 보였
다.

"내가 많이 무심했지? 앞으로는 안 그럴 테니 화 풀어."

"드림 카카오 99%는 왜 사 온 거야?"

헤어지자는 게 아니야. 헤어지자는 게 아니라고.

찬희는 스스로에게 세뇌하듯 계속 말해서 한순간 멈췄던 심장
을 간신히 되살리고는 질문했다.

"그게 뭔데?"

"이거 말이야."

찬희는 봉투에서 초콜릿을 꺼냈다. 약간 고급스러워 보이는 포
장이었는데, 승열이 보기에는 그것 외에는 다른 초콜릿과 다를 게
없었다.

"이게 왜?"

승열은 갑자기 이 초콜릿 이야기가 왜 나오는지 이해할 수 없었
다. 대화하는 게 이렇게 어렵다니. 여자는 다 이런 건가? 아니면

찬희가 특별한 건가?

"이거 맛이 너무 이상해서 헤어지자는 의미로 주는 거라는 말도 있거든. 아니, 그게 아니던가? 정확하게 기억이 잘 안 나네. 하여튼, 너무 맛이 없어서 사귀는 사이끼리 주고받는 게 아니라는 건 기억나."

"난 몰랐어."

승열은 까만색의 초콜릿 포장을 흘끔 노려보았다. 초콜릿이라고 다 좋은 게 아니군. 동시에, 그는 깨달았다.

승리의 말이 맞았다. 그는 정말 몰랐다. 그게 문제였다.

"찬희야."

승열은 솔직하게 말하기로 했다.

"내가 좀 많이 둔해. 그리고……."

완전히 솔직하게는 말고.

"연애 경험이 거의 없어서 잘 모르거든. 화가 나거나, 섭섭한 게 있으면 바로 말해줬으면 좋겠어. 네가 그랬잖아. 서로 잘 모르니 알아가자고. 그러니까, 대화로 알아가 보자."

"솔직히…… 나 정말 섭섭했거든. 아무리 내가 비밀로 하자고 했다지만 내 앞에서 애인 없다고 한 것도 그렇고, 문자 하나 안 보내다니."

찬희는 울컥 치미는 감정 속에서 몇 마디 내뱉었다. 더 자세하고 길게 한풀이를 하고 싶었으나, 그쯤에서 참았다.

"앞으로는 안 그럴 거지?"

"그래, 약속할게. 이번엔 진짜야."

역시 그런 걸로 화가 난 거였군.

승열은 마음속으로 승리에게 감사했다. 그는 저도 모르게 손을 내려 그녀의 작은 손 전체를 붙잡았다. 방금 상상했던 것처럼, 따뜻했다.

어떻게 이렇게 부드럽지?

승열은 심장의 박동이 빨라지는 것을 느끼며 그녀의 손을 더욱 꼭 잡았다.

"이제 화 풀렸어?"

그런 말 몇 마디와 드림 카카오 99%로 화가 풀릴 것 같아?

곰의 손은 따뜻, 아니, '따끈' 했다. 그렇기에 심술이 났음에도 찬희는 더 화를 낼 수가 없었다. 그녀는 드림 카카오의 비닐을 끌렀다.

"벌이야. 이거 먹으면 화 풀게."

찬희는 금색 포장지를 벗겨내 앞의 세 조각을 뚝 잘라낸 뒤 그에게 내밀었다. 승열은 피식 웃고는 새까만 초콜릿을 건네받아 입에 넣었다.

우욱.

찬희가 눈앞에서 지켜보고 있지 않았다면, 승열은 그대로 뱉어 냈을 것이다. 석탄도 이런 맛이 아닐 텐데 어떻게 초콜릿이 이렇지?

승열의 얼굴이 찌그러진 캔처럼 사정없이 일그러지자, 찬희는 웃음을 터뜨리고야 말았다.

"뭐야, 재밌어?"

승열은 툴툴거렸지만, 기분이 나쁜 건 아니었다. 오히려 좀 기묘했다. 초콜릿 때문이 아니라, 웃고 있는 찬희 때문이었다.

왜 이렇게 예쁠까.

미인이라는 건 알고 있었다. 하지만 이렇게까지, 뭐랄까, 빛이 날 정도까지 예쁘다고 생각한 적은 없었다. 그와 밤을 보낸 뒤부터 매일 조금씩 더 예뻐지는 것 같았다.

가슴까지 내려오는 검은색의 긴 생머리, 갸름하고 작은 얼굴, 단정한 이목구비, 모두 보고 또 봐도 더 보고 싶어질 만큼 예뻤다. 하지만 그중에서 최고는 바로 입술이었다. 뭘 발랐는지 투명하게 반짝이는 도톰한 저 유혹적인 입술……. 기억나지 않는 그날 밤, 그는 저 입술을 삼켰을 것이다. 아주 격렬하게.

무슨 맛일까.

"찬희야……."

키스해도 돼?

아무리 잘 모르기는 하나, 승열은 먼저 묻는 게 로맨틱한 일이 아니라는 건 알았다. 그는 조심스럽게, 그리고 아주 천천히 찬희의 손목을 잡아끌었다. 찬희는 그가 이끄는 대로 그의 품에 안겼다.

찬희는 190㎝에 다다르는 그보다 딱 20㎝가 작았다. 힐이 아니라 낮은 굽의 구두를 신고 있어서 그런지 검찰청에서보다 차이가 더 났는데, 승열은 턱을 살짝 들어 턱 밑으로 찬희의 머리가 오게 한 뒤 두 손으로 그녀를 감싸 안았다.

안도감. 평온함. 아늑함. 그리고…… 딱 들어맞는 듯한 이 느낌.

찬희는 대체 얼마나 특별하기에 이런 느낌을 주는 걸까.

승열은 모든 여자와 남자의 포옹이 다 이런 느낌을 주는 게 아니라는 건 알았다. 그들이 잘 맞기에, 그리고 찬희가 특별하기 때문에 이런 게 분명했다.

찬희도 내가 지금 느끼는 이걸 느끼고 있을까?

"찬희야."

찬희는 대답할 정신이 없었다.

어쩜 이렇게 포근할까. 아무리 생각해도 승열의 품은 너무 따듯, 아니, '따끈' 했다. 우직하고 커다란 곰이 따끈따끈하게 자신을 지켜주고 있다는 이 완벽한 아늑함.

이 넓은 품에 안겨보기를 얼마나 소망했던가.

어떤 일에나 기대가 크면 실망도 큰 법이었다. 그러나 십이 년 만에 소원 중에 하나를 이루게 된 지금, 찬희는 그저 벅찬 감동에 젖어 있을 따름이었다.

"찬희야."

찬희는 그의 허리를 두 손으로 끌어안고 싶었다. 이 따끈한 가슴팍에 더 밀착되고 싶었지만, 용기가 없었다.

"찬희야, 고개 좀 들어봐."

"응?"

승열이 조금 더 큰 목소리로 말하자, 내내 그의 목덜미에 코를 박고 있던 찬희는 그제야 고개를 살짝 들었다. 승열의 눈동자가 생각했던 것보다 더 진한 까만색이라는 것을 발견했을 때, 그의 입술이 살포시 그녀의 입술 위로 내려앉았다.

찬희의 입술은 그가 예상한 것보다 훨씬 더 보드라웠다.

음, 이 다음에 어떻게 하더라?

쿵쿵거리는 심장 속에서 승열은 본능대로 움직였다. 그녀의 도톰한 입술을 혀로 핥았다. 머릿속이 텅 비어버려 아무것도 떠오르지 않는 가운데 찬희는 아주 살짝 입술을 벌렸고 승열은 아주 조심스럽게, 아주 부드럽게 그녀의 입 안으로 들어갔다.

드림 카카오 99%는 정말 맛이 이상하네.

짝사랑을 시작한지 십이 년 만에 처음으로 받은 키스에서 최악의 초콜릿을 맛보고 말았지만, 찬희는 그럼에도 먼 훗날까지 이날의 키스를 세상에서 가장 달콤한 키스로 기억했다.

—다섯 번째 파일—
그녀의 알리바이

"고소인도 이게 사기 사건이 안 된다는 걸 알고 있지 않습니까? 자꾸 이렇게 고집만 피우면 저도 무혐의로 처분하는 방법밖에 없습니다. 사건도 안 되니까요. 하지만 고소인 사정도 딱하니, 어떻게든 피의자로부터 한 푼이라도 받고 끝내는 게 서로 좋지 않을까요?"

찬희의 딱 부러지는 말에 고소인은 고민하기 시작했다. 결국 고소인은 찬희가 의도한 대로 피의자에게 앞으로 오 년 동안 매달 백만 원씩 받기로 합의한다는 내용의 합의서를 작성했다.

사기죄가 안 되는데 민사소송을 하기 위해 사기죄로 형사고발하는 이런 사건은 형사부 검사들이 가장 번거롭다고 생각하는 종류였다. 이런 사건의 경우 합의로 끝내는 게 가장 좋은 방법이었는데, 찬희는 그렇게 합의해서 고소를 취하하는 것으로 사건을 끝낸 뒤 만족스런 한숨을 쉬었다.

일상적인 일처리였긴 하지만, 기쁘긴 기뻤다. 하지만 찬희는 곧 휴대폰 액정이 반짝이자 그 기쁨은 까맣게 잊게 되었다. 문자가 왔으니까.

〈곰 아저씨.〉

찬희는 슬쩍 주변 눈치를 보고는 발그레한 뺨으로 문자 내용을 확인했다.

〈점심식사 잘했어?〉

짧은 내용이었지만 찬희는 흐뭇하게 웃으며 잘했다고 답장을 보냈다.

약속 하나는 잘 지키는 곰이라니까.

삼 주 전, 앞으로 잘하겠다고 약속한 그날 밤 승열은 키스를 한 뒤 다소 쑥스러워하다가 집에 들어간 찬희에게 곧바로 잘 들어갔냐는 내용의 문자를 보내왔다. 그때 찬희는 너무 벅찬 나머지 뭐라 보낼지 몰라서 십 분이나 고민한 뒤에야 답 문자를 보낼 수 있었는데, 승열은 그날 이후로 꼬박꼬박 하루에 최소 세 번 이상씩은 문자를 보내왔다. 또한 만나지 않는 날은 퇴근 시간에 짧게나마 전화를 걸어왔다.

문자와 전화를 바랐지만 사실 찬희도 처음에는 승열과 문자를 주고받는 게 낯설었었다. 친구나 주변 사람들과 그렇게 연락을 주고받긴 했었지만 남자 친구와 지속적으로 그러는 건 경우가 다른 일이었으니까. 하지만 삼 주 동안 계속되자 서서히 익숙해졌고, 이젠 그녀가 '남친'에게 먼저 문자를 보내기도 했다. 전화는 먼저 한 적이 한 번도 없었지만.

매일 문자, 가끔 전화, 그리고 일주일에 데이트는 최소 두 번 이상.

이중에서도 찬희가 가장 좋아하는 건 데이트였다. 지난 삼 주간, 토요일 밤은 꼭 만났고 주중에도 일이 일찍 끝나는 하루 이틀쯤은 늦은 저녁식사를 함께하곤 했다. 그럴 시간이 안 날 때는 퇴근을 같은 시간대에 해서 주차장에서 잠깐이라도 만나곤 했다. 물론 얼굴만 잠깐 보는 건 성에 안 차긴 했다. 더군다나 검찰청 주차장에서는 키스도 할 수 없었으니까.

맛있는 저녁식사. 잘 모르는 서로에 대한 이런저런 대화. 그리고 작별인사와 함께 갈수록 진해지는 키스.

데이트는 항상 그런 순서로 진행되었는데, 찬희는 너무 좋았다. 삼 주 전부터 승열은 그녀가 바라는 대로 꼬박꼬박 연락을 하고 있는 데다가 그의 차를 타고 데이트를 할 때는 아무리 늦은 시간이라고 해도 꼬박꼬박 집 앞까지 바래다주는 것처럼 나름대로 배려를 해주고 있었으니까.

열아홉 살 때부터 그의 뒷모습만 바라봤었으니, 찬희는 결혼을 전제로 만나고 있는 지금의 현실이 믿기지 않을 만큼 행복했다.

하지만…… 부족했다.

내가 사랑하는 만큼 승열도 그만큼만, 아니, 그 절반만큼만이라도 날 사랑해 주면 안 될까?

어렸을 때부터 공부만 해왔고, 성격상 찬희는 자신이 승열처럼 절망적으로 둔한 건 아니지만 감정에 예민하지 않다는 건 알고 있었다. 하지만 그럼에도 그가 자신을 어떻게 생각하는지 분명하게 보였다.

승열은 그녀에게 사랑이 아니라 정(情)을 느끼고 있었다.

책임감과 의무감뿐이었던 마음이 정으로 발전한 건 좋은 결과였다. 하지만 정은 사랑이 아니지 않은가?

이제 사귀기로 한 시간이 이 개월 정도만 남았다. 그동안에 사랑으로 발전할 수 있을까? 찬희는 그렇게 될 가능성이 희박하다는 건 잘 알고 있었지만, 설사 자신에 대한 그의 감정이 더 이상 발전하지 않는다고 해도 그를 놔줄 생각은 없었다.

……그에게 사랑을 받는다면 어떤 느낌일까?

매일매일 승열이 주는 행복의 작은 파편에 퐁당 빠져 살고 있는 찬희는 사실 그 점이 가장 궁금했다.

사랑하는 남자에게 사랑받는 그 느낌은 대체 어떤 것일까?

대가를 바라지 않고 뭔가를 하는 사람은 없는 법이다. 너무 계산적인 생각일지 모르나, 찬희는 모든 것을 버리고 이타적으로 봉사활동을 하는 사람도 스스로의 만족감을 채우기 위해 하는 행동이라고 생각했다.

그런 의미에서 짝사랑 또한 마찬가지였다. 십이 년이라는 긴 세월 동안 바라보았기에, 그녀는 대가를 원했다.

그가 나를 사랑하기를.

그 느낌이 무엇인지 알 수 있기를 바랐다.

이대로라면 별 탈 없이—아빠가 걱정되긴 했지만—결혼할 수 있겠지만, 찬희는 내심 두렵긴 했다. 만약 평생 노력했는데도 안 되면 어쩌지? 평생 사랑받지 못한다면 어쩌지?

생각만 해도 겁이 났다.

"……님? 검사님?"

찬희는 여직원 영순이 어깨를 살짝 건드리자 그제야 수렁같이 깊은 생각 속에서 깨어났다. 찬희가 몸을 희미하게 떨자, 영순의 얼굴은 걱정으로 가득했다.

"혹시 어디 또 아프세요?"

"아니야, 생각 좀 할 게 있어서. 무슨 일이야?"

"이철형이 왔어요."

찬희는 승열에 대한 잡념을 떨치기 위해 눈을 감고 길게 한숨을 내보냈다.

드디어 이철형이…….

찬희는 얼굴을 차갑게 굳히면서 영순과 왕 계장에게 먼저 말을 해두었다.

"이번 수사에 대해서가 아니라 다른 사건에 대해서 이철형에게 내가 따로 질문할 게 있어요."

찬희는 저번에 승열이 이철형 사건에 대해 질문했던 것을 기억하고 있었다. 검사는 일이 굉장히 많은 직업이기에 자기 담당이 아닌 사건에 대해 깊은 호기심은 가지지 않는 법이었다. 하지만 승열은 일에 헌신하는 사람이었다. 그리고 직업적인 눈치는 아주 빠른 사람이기도 했다. 분명 이상하다고 생각하고 있을 터, 기회가 된다면 본래 자기가 주임이었던 이철형 사건을 처리하려고 할 것이다.

……승열이 알면 안 된다.

나중에 그가 알게 되면 어떤 반응을 보일지 전혀 예상이 안 가는 건 아니지만, 찬희는 이 사건은 자신이 진행하고 결말을 지어야 한다고 생각했다.

반드시 그래야 했다.

찬희는 주먹을 꼭 쥐고 다시 한 번 굳게 다짐하며 영순과 왕 계장에게 이렇게 말했다.

"그 부분은 다른 사람들에게는 함구해 줬으면 해요."

영순과 왕 계장은 궁금한 표정이었지만 고개를 끄덕였고, 찬희는 차분하게 이어 말했다.

"들어오라고 해요."

문이 열리면서 호송경찰이 수갑을 찬 이철형을 데리고 들어와 찬희의 책상 앞에 앉혔다. 작고 마른 체형의 이철형은 이제 쉰 살이 되어가는 남자로, 험하게 살아온 탓인지 나이보다 훨씬 늙어 보였다. 그 점 이외에는 전혀 특별한 점이 없어 보일 만큼 외모는 아주 평범했지만 형사부 검사 생활 오 년째에 들어서 어느 정도는 한눈에 파악할 수 있게 된 찬희도 이철형의 눈빛에서는 그 어떤 감정도 읽을 수가 없었다.

　찬희는 차 오르는 긴장감을 누르기 위해 의도적으로 천천히 이
번 뺑소니 사건에 대해 심문하기 시작했다. 사건 자체는 간단했
다. 다섯 달 전 새벽, 이철형은 횡단보도에서 피해자를 차로 치고
달아났다. 바로 병원에 갔다면 살릴 수 있었겠지만 이철형은 피해
자가 자신에게 매달리자 한 번 더 깔아뭉개 확인사살을 한 뒤 달
아났다.

　목격자도 없어서 수사에 애를 먹을 줄 알았으나, 피해자가 이철
형의 손을 잡고 늘어지면서 손톱자국을 냈고 덕분에 피해자의 손
톱 밑에서 이철형의 혈액을 채취할 수 있었다. 이철형이 바로 소
리 소문 없이 잠적하는 바람에 꽤 많은 시간이 걸렸으나, 형사들
이 전국을 돌아다니면서 노력한 끝에 검거할 수 있었다.

　"이철형 씨."

　사건에 대한 심문은 이철형이 순순히 모든 죄를 인정하자 예상
보다 이른 시각에 끝났다. 하지만 찬희가 물어보고 싶은 건 아직
시작도 하지 않았다. 찬희는 자리에서 일어나 책장 깊숙한 곳에
넣어두었던 파일 하나를 꺼내 가져와 펼쳤다.

　"첫 뺑소니 사건치고 아주 침착하게 증거를 인멸했더군요. 마
치…… 이전에 해봤던 적이 있는 것처럼."

　내내 죄를 뉘우치는 듯한 기색으로 가만히 앉아 있던 이철형의
안색이 확 변했다. 찬희는 이철형의 반응을 하나하나 머릿속에 각
인시키면서 파일을 이철형에게 보여주며 물었다.

　"이 사람들, 알죠?"

“검사장님 호출이에요.”

승열은 마 계장의 말에 의아한 표정을 지을 수밖에 없었다.

“검사장님이요?”

“네. 잠깐 보자고 하시네요. 무슨 일이 있나?”

마 계장은 고개를 갸웃거리며 말했고, 승열 또한 같은 생각이었다. 갑자기 무슨 일이 생겼나?

임기 만료를 단 며칠 앞두고 있는 서울중앙지검의 현재 검사장은 행정실무 능력은 그다지 뛰어나지 않은 인물이었다. 그러나 사람을 보는 눈이 있고 법 해석 논리가 명쾌했으며, 성실한 인물이라 후배들에게 많은 존경을 받았다.

승열 또한 검사장을 존경했는데, 대학교 선후배 관계라고 해도 그전에 일대일로 만난 적이 없기에 갑자기 자신을 부르자 의아해할 수밖에 없었다. 그는 곧바로 육층의 검사장 사무실로 갔다. 검사장은 웃으며 그를 맞았다.

“어서 들어오게. 바쁜데 부른 건 아닌가?”

“아닙니다.”

“일단 앉게.”

승열은 고개를 끄덕인 뒤 앉았다. 잠시 침묵이 흘렀고, 승열은 검사장이 자신을 뜯어보고 있음을 알아차렸다.

“무슨 일로 절 부르셨는지 질문드려도 되겠습니까?”

승열은 등을 반듯하게 편 뒤 검사장을 똑바로, 그러나 무례하게 보이지 않을 만큼 정중한 눈으로 바라보며 물었다.

“사실, 고맙다는 말을 하려고 불렀네.”

승열은 설명을 기다렸고, 검사장은 떠보는 듯한 어조로 물었다.

"혹시 피해자 이름이 김희정인 사건, 기억하나? 얼마 전에 자네가 처리했었지."

일반인들에게 검사는 멋있게 폼만 잡고, 권력을 향유하면서 총을 들고 일선에서 설치는 직업으로 알려져 있기도 하지만, 실제로는 그런 직업이 아니었다. 야근을 밥 먹듯이 하면서 끝없이 서류 작업을 해야 하며 죄수복을 입은 구속 피의자, 고소인, 고발인, 진정인, 불구속 피의자, 참고인 등 하루에 수십, 한 달에 수백 명이 넘는 사람도 만나야 했다. 격무로 가득하기에 투철한 직업의식과 사회 정의에 대한 소명 의식이 없다면 버틸 수 없는 직업이기도 했다.

어떤 부서에서 일하느냐에 따라 다르지만, 대체적으로 한 달에 이백 건 이상의 사건을 처리하게 되어 있었다. 노가다라는 말이 있을 만큼 워낙 많은 사건을 다루기에 모든 사건에 대해 제대로 기억할 수 없었다. 승열은 그 사실을 잘 알고 있는 검사장이 왜 이런 질문을 던졌는지 의아해하며 잠시 기억을 더듬었다.

"네. 기억납니다."

김희정은 여대생으로, 잘 모르고 어느 조직의 무허가 단란주점에 취직했었다. 그러다가 사실을 알고 그만두려 했으나 조직원들에게 불법으로 감금당한 채 폭행당하고, 매춘 강요까지 받았었다.

"불법감금, 매춘알선, 공갈협박, 고용법 위반, 매춘강요, 특수폭행까지 있었던 사건이지요."

검사장의 얼굴에 감탄의 빛이 떠올랐다.

"호, 기억하는군. 사실 그 사건 피해자인 김희정이 내 친구의 조카네. 소식이 뜸했던 친구라 이제야 연락이 왔는데, 조사 과정에서 자네가 피해자를 잘 다독여 줬고, 조사도 정확하게 잘해줬다고 말하더군."

"마땅히 할 일을 했을 뿐입니다."

승열은 진심을 말했다.

"아니야. 사실 요즘 평검사들 가운데 계장이 사건을 조사하고 작성한 피해자 신문조서 밑에 자기 이름만 적는 걸로 일을 끝내는 멍청한 놈들도 있지. 그런데 자네는 안 그렇더군. 좀 살펴보니 다른 사건도 다 공정하게 잘 처리했고. 군법무관 시절도 상당히 잘 보냈더군."

검사장은 웃으며 이어 말했다.

"자네 서른둘인데 아직 혼자지? 결혼 계획 있나?"

"네? 네."

"계획이 있다면 빨리 하는 게 좋을 거야. 앞으로는 내조가 많이 필요할 거야."

찬희도 많이 바빠서 날 내조해 주기 힘들 텐데.

엉뚱하게 승열은 그런 생각을 했다. 그는 찬희가 아주 유능하다는 걸 알고 있었다. 일을 중요하게 생각하던데, 그를 위해 그만두라고 하거나 일을 줄이라고 요구할 수는 없는 법 아닌가?

"내 친구의 조카 사건을 잘 처리해 준 보답으로, 한 가지 알려주지. 자넬 주시하고 있는 건 나만이 아니야. 곧 이 사무실의 새로운 주인이 될 사람도 자넬 지켜보고 있지. 잘해보게. 이 사무실을 정리하고 나면 유람을 다닐 나와는 달리 그 사람은 자네의 미래에 크게 도움을 줄 거야.”

검사장은 자리에서 일어난 승열의 어깨를 툭툭 쳤고, 승열은 감사하다는 말 한 마디만 한 채 사무실을 나왔다.

새 검사장님이 날 지켜보고 있었다니. 그렇다면, 새 검사장님이 뒤에 있다는 건가?

최근 들어 승열은 뭔가 이상하다는 생각을 하고 있었다. 이철형 사건같이 형사부 사건이 뜬금없이 그에게 날아오질 않나, 군법무관 경력을 합친다고 해도 이제 겨우 오 년차인 그에게 최근 들어 중요한 사건들이 여럿 배당되었다.

새 검사장이 현 검사장을 통해 손을 써서 상황을 그렇게 만든 거라면, 이유는 딱 한 가지였다. 그가 어디까지 해나갈 수 있을지 확인하려고 일부러 시험하는 게 틀림없었다.

영광스런 일이군.

우안리는 여러 요직을 두루 거친 인물로, 이 서울중앙지검의 검사장을 지낸 뒤 가장 윗선인 검찰총장이 될 게 확실한 존경스러운 사람이었다. 그런 사람이 일부러 그를 시험한다는 건, 굉장히 영광스런 일이었다.

더군다나 찬희의 아버지 아닌가.

승열이 더 열심히 일해야겠다고 생각하며 사무실로 돌아와 책상에 앉았을 때였다. 그는 마 계장의 표정이 심상치 않은 것을 보았다.

“무슨 일 있어요?”

승열은 뭔가 이상하다는 것을 느꼈다.

"우 검사님이 다치셨대요."

승열은 손에 들었던 만년필을 툭 떨어뜨리고야 말았다. 동시에 심장이 쿵하고 떨어졌다.

"뭐라고요?"

"피의자가 난동을 부려서 우 검사님이 다치셨대요. 방금 병원으로 실려갔어요."

사무실을 박차고 나오기 전, 마 계장으로부터 찬희가 심각하게 다친 건 아니라는 말은 들었지만 승열은 안심할 수가 없었다.

아무리 심각한 게 아니라고 해도 그렇지, 병원에 실려갈 정도로 다치다니. 빌어먹을 피의자는 대체 난동을 얼마나 피운 거지? 왕 계장은 옆에서 뭘 했던 거야?

승열이 차 오르는 분노를 발산하면서 주변 운전자들이 놀라서 몸을 사릴 만큼 거칠게 운전했다.

"우찬희 환자 몇 홉니까?"

승열은 병원 주차장에 멋대로 주차한 뒤 쿵쾅쿵쾅 데스크로 달려가 다그치듯 물었다. 간호사는 승열의 기세에 흠칫 놀란 기색이더니, 응급실로 가보라고 말했다.

"찬희야!"

"응?"

침대에 앉아 의사에게 이야기를 듣고 있던 찬희는 귀에 익은 목소리에 고개를 들었다. 저편에서 성큼성큼 뛰어오는 곰이 보였다.

승열의 얼굴은 그를 귀엽게만 생각하는 찬희도 순간 놀랄 만큼 처음에는 아주 무서웠으나, 그녀가 앉아 있는 침대 앞에 도달했을 때에는 무시무시한 기색은 가라앉아 있었다.

"다쳤다면서?"

승열은 두 손으로 찬희의 양어깨를 붙잡고 오른쪽, 왼쪽으로 움직이게 하면서 상처가 없는지 확인해 보았다. 승열이 찬희의 왼쪽 귀 쪽에 붙어 있는 하얀색의 커다란 반창고를 발견했을 때, 의사가 황당한 기색으로 옆에서 말렸다.

"이보세요. 환자 분을 그렇게 흔들면 안 됩니다."

"아, 미안."

당황한 승열은 재빨리 손을 놓고 사과했다. 찬희는 그의 얼굴에 드러난 걱정과 염려를 분명하게 읽었다.

"아니야. 괜찮아. 별로 다친 것도 아닌걸. 이것 봐. 조금 긁혀서 반창고 붙인 게 다야."

찬희는 고개를 돌려 왼쪽 귀에 붙인 반창고를 승열에게 보여주었다.

"정말 그게 다야? 실려갔다고 들었는데."

"별거 아니었어. 피의자가 책상을 발로 찼는데, 그 바람에 가위가 위로 튕기면서 내 귀를 스치고 지나간 것뿐이야. 상처도 작아."

"그래도 피는 많이 났어요."

가만히 지켜보고 있던 영순이 쏙 끼어들어서 한마디 던졌다. 그녀의 눈은 넘쳐 나는 호기심으로 초롱초롱 빛나고 있었다.

"우리 우 검사님 남친이 박 검사님이었군요!"

승열과 찬희는 그제야 주변에 다른 사람도 있다는 걸 인지했다. 찬희는 뺨에 홍조가 오르는 것을 느끼며 영순과 왕 계장에게 부탁하는 시선을 보냈다.

"다른 사람들한테는 비밀이에요. 특히 아빠한테."

"그래도 다친 건 소식 들어갈 거예요. 아니, 이미 들으셨을 걸요?"

영순의 말이 울리자마자 찬희의 휴대폰이 불이라도 붙은 듯 떨리기 시작했다. 액정을 볼 필요도 없긴 했지만 찬희는 확인차 보았다.

〈아빠.〉

병원이라 통화를 하면 안 된다는 것을 순간 잊고, 찬희는 한숨을 푹 내쉬며 통화 버튼을 눌렀다.

"응, 아빠. 나예요. 아니에요, 아니에요. 정말 괜찮아요. 별거 아니에요."

[별거 아니긴 뭐가 아니야. 병원까지 실려갔다면서. 왕 계장은 대체 뭘 한 거야? 너 지금 혹시 중환자실이야?]

쩌렁쩌렁한 목소리가 주변으로 퍼져 나가자, 찬희는 재빨리 옆의 버튼을 눌러 볼륨을 줄이며 조근조근하게 속닥였다.

"그냥 반창고 붙이는 정도인데 중환자실은 무슨 중환자실이에요? 중환자실이면 전화도 못 받는다고요. 아, 여기 병원이라 통화 더 못해요. 반창고 붙였으니 이제 다시 검찰청에 들어갈 거예요."

[들어가긴 뭘 들어가? 아빠 지금 서울로 올라가고 있으니까 입원해 있어.]

볼륨을 줄였음에도 현 부산지검의 검사장의 목소리 크기는 여전했다.

"괜찮다니까요."

[괜찮긴 뭐가 괜찮아? 아빠가 검사장한테 전화해 둘 테니까 쉬어.]

승열이 쳐다보고 있다는 건 알았지만, 찬희는 참지 못하고 빽 소리 질러 버렸다.

"괜찮다니까요! 나 가서 일할 거예요! 일할 거라고요! 약속했잖아요! 내가 뭘 하든 참견하지 않겠다고!"

[그래도 아빠 걱정이 되어서—]

"일할 거예요! 서울 올라오지 마세요!"

찬희는 그대로 종료 버튼을 눌러 휴대폰을 꺼버렸다. 그녀는 씩씩대며 말했다.

"계장님, 영순 씨, 휴대폰 꺼놔요. 전화하실 거예요."

왕 계장과 영순은 순순히 찬희가 하라는 대로 했다. 찬희는 고개를 들 수가 없었다. 왕 계장과 영순은 함께 일한 지 좀 됐으므로 이런 모습을 보는 건 익숙한 일이었지만 승열은 달랐다.

"저흰 먼저 갈게요."

왕 계장이 눈치를 보더니 여전히 호기심으로 가득한 영순을 잡아끌었다. 찬희는 둘의 발소리가 사라진 뒤 천천히 고개를 들었다. 예상과는 달리 승열은 비웃는 표정이 아니었다.

"아버지와 사이좋나 봐."

"응? 응. 너무 좋아서 탈이지. 날 완전 어린애로 보신다니까. 사실 나도 외동딸이니까 아빠한테는 가끔 어린애처럼 굴기도 하지만…… 걱정이 너무 지나치셔서 문제야."

"그래도 부럽네."

"부럽다고?"

"응. 난 부모님이 안 계시잖아."

승열은 씩 웃었지만, 즐거운 의미의 웃음은 아니었다. 그의 넓은 가슴팍이 갑자기 쓸쓸해 보이자, 찬희는 저도 모르게 그의 허리를 안으며 품으로 파고들었다.

찬희가 먼저 안겨오다니.

이제까지 찬희가 먼저 다가온 적은 한 번도 없었다. 키스할 때도 수줍어하면서 꼭 안기지 않고 가볍게 포옹하는 정도로만 다가왔었는데…….

날 위로하는 거구나.

승열은 깨달았다. 찬희는 그를 위로하기 위해 다가온 것이었다.

두근.

심장이 뜨거워지는 동시에 느리지만 분명하게 박동하기 시작했고, 동시에 승열은 두 손으로 찬희를 꼭 끌어안았다. 그녀의 봉긋한 두 가슴이 그의 가슴팍을 누르자 승열은 입술을 깨물어 신음을 삼켰다.

곤란해.

두 손이 찬희의 등 뒤를 헤매다 허리 아래로 향하자, 승열은 가까스로 멈추었다. 함께 밤을 보낸 날 새벽에 본 찬희의 저 엉덩이를 두 손 가득 쥐고 주무르고픈 충동이 하늘 끝까지 솟아올랐으나, 여기서 그래선 안 되었다.

"퇴원하고 나서 이어서 하시죠?"

승열의 기색에 눌려 있던 의사가 꼭 껴안고 있는 둘을 보고 기가 막힌 듯 결국 한마디 내뱉었다. 찬희는 그제야 퍼뜩 정신을 차리고 승열을 떠밀었지만 단단한 벽을 민 듯 승열은 움직이지 않았다.

"놔, 놔줘."

승열은 마지막으로 찬희의 허리 뒤쪽을 쓰다듬고는 놔주었다. 찬희의 두 뺨은 진홍색으로 물들어 있었다. 승열은 얼른 남들의 눈이 없는 차로 데려갈 생각으로 그녀의 팔을 잡아끌고 빠르게 퇴원 수속을 밟았다. 그러나 불행하게도 병원 주차장에는 사람이 아주 많았다.

"쳇."

"응? 뭐라고 했어?"

승열은 고개를 저으며 운전을 시작했다.

"아무것도 아니야. 그나저나, 정말 안 쉬어도 돼?"

"별것도 아닌걸. 가서 마저 일해야지."

"대체 어떤 놈이 난동 부린 거야? 무슨 사건인데?"

찬희는 짧은 시간 고민했지만, 곧 결론을 내렸다. 아직은 때가 아니다. 아직은.

"별 사건 아니야. 참, 이번 주 토요일은 데이트 못할 것 같아."

승열은 사건에 대한 생각은 저편으로 멀리 던져 버리고 찬희의 말에 주목했다.

"다음 주에 아빠 취임식이 있는데, 토요일에 부산에서 엄마랑 같이 올라오실 계획이거든. 뭐, 나 다쳤다니까 지금 올라오고 계실지도 모르지."

"음, 검사장님이 진짜 너 많이 생각하시나 봐."

승열은 잠시 호칭을 고민했다. 장인어른이 될 사람이니 아버님이라고 해야 되나?

"엄청 그러셔. 내가 외동딸이라 그런 것도 있고, 어렸을 때 걱정 많이 끼쳐 드렸거든."

"어렸을 때 많이 아팠나 보네."

"응? 아니야."

승열은 찬희의 대답에 눈을 끔뻑거렸다. 어렸을 때 아팠던 게 아닌가? 승열은 대학교 때를 기억했다. 그때 찬희는 상당히 말라서 보기 안타까울 정도였었다. 졸업할 때쯤엔 괜찮아 보였는데, 그래서 승열은 어렸을 때 연약했다가 나이가 들면서 건강해진 거라고 생각하고 있었다.

"너 연약하잖아. 아픈 거 아니었어?"

찬희는 웃어버리고 말았다.

"연약? 나랑 전혀 안 어울리는 말인데? 왜 그렇게 생각한 거야?"

승열은 대학교 때 받은 인상에 대해 털어놓았다.

"나 원래 말랐었어. 그래도 체력적으로는 문제가 없었고. 졸업할 때쯤에 건강해진 것처럼 보인 건 2학년 때부터 헬스를 시작해서 그런 거야. 아빠가 동차합격하려면 체력이 기본이라고 끊어주셨거든. 원래도 건강했지만 헬스해서 더 건강해진 거지, 예전에 어디 아팠다거나 연약했던 건 아니야."

찬희도 동차합격이 목표였구나. 그나저나 연약한 게 아니라니.

"다르네."

"뭐가?"

승열은 차분히 말을 골랐다.

"내가 생각했던 것과 다르다고."

"나 말이야?"

"응."

승열의 대답에 찬희는 살짝 짜증이 일어나는 것을 느꼈다. 그만큼 이전에는 그가 그녀에게 관심이 없었다는 뜻이었으니까. 지금이라도 관심이 생겨서 제대로 알게 되는 건 다행이었지만.

하지만…… 평생 그가 그녀를 제대로 알게 될 날이 오기는 할까?

물론 찬희는 자신도 그를 잘 모른다는 걸 인지했다. 십이 년 동안 짝사랑을 해왔지만 그녀도 그에 대해 모든 것을 아는 건 아니었다.

하지만 기본적으로 감정이 달랐다. 그녀에 대한 그의 감정과 그에 대한 그녀의 감정은 차원이 달랐다.

평생 감정이 같아지지 않는다면 어떻게 되는 걸까?

……생각하지 말자. 일단 노력해 보기로 했는데, 대체 왜 이렇

게 생각나는 거지?

"피곤해?"

승열은 찬희의 표정이 갑자기 어두워지는 것을 보고 걱정하며 물었다.

"혹시 아픈 거야?"

"아니야, 그런 거. 근데 지금 어디로 가는 거야? 검찰청으로 가려면 저기로 가야 하잖아."

찬희는 방금 지나쳐 온 도로를 가리켰다.

"잠깐 들를 데가 있어서."

승열은 눈을 빛내며 주변을 살피다가 생각했던 곳을 발견했다. 풍성한 나뭇잎으로 가득한 나무가 있는 으슥한 골목. 그는 잽싸게 그곳으로 차를 몰았다.

"여긴 왜 온 거야?"

대답으로 승열은 안전벨트를 끄른 뒤 빠르게 다가가 찬희의 입술을 훔쳤다.

데이트를 할 때, 작별인사를 하면서 항상 키스를 하곤 했다. 한 번도 키스해 본 적이 없었기에 처음에 승열은 찬희의 치아와 부딪히는 실수를 하게 될지도 몰라 내심 걱정했었다. 그러나 이전에 많이 해보기라도 한 듯, 다행스럽게도 그런 일은 없었고 키스를 하면 할수록 더 깊고, 더 길게 할 수 있게 되었다.

승열은 자신이 키스에 재능이 있다는 점을 뿌듯하게 생각하며 자연스럽게 각도를 바꿨다. 찬희는 그가 바라는 대로 입술을 더 크게 벌렸고, 승열은 왼손으로 그녀의 목 뒤를 눌러 자신에게로 더 가깝게 끌어당겼다.

그를 위로해 준, 그의 심장을 따스하게 데워준 여자.

그의…… 여자.

조수석 의자를 짚고 있던 승열의 오른손이 본능적으로 움직이기 시작했다. 오늘따라 더 깊게 들어오는 그의 움직임에 숨이 가쁜 찬희가 희미하게 신음을 내뱉을 때, 그의 오른손이 그녀의 팔을 어루만지다가 앞으로 내려왔다. 승열의 커다란 손이 그녀의 왼쪽 가슴을 덮치듯 움켜쥐자 찬희는 너무 놀라 눈을 뜨면서 그의 어깨를 뒤로 밀었다.

“미, 미안.”

자신이 무슨 짓을 했는지 깨달은 승열은 두 손을 번쩍 들며 뒤로 물러났다.

“미안해. 다신 안 그럴게.”

어지간히 놀랐는지, 찬희의 얼굴은 새빨갛게 달아올라 있었다. 승열은 찬희가 갑자기 먹음직스러운 복숭아처럼 보인다는 것을 깨달았다. 아주 맛있을 것 같은 복숭아.

“네가 싫다면.”

그래서 그렇게 덧붙였고, 일 초 뒤 질문했다.

“싫어?”

“싫다기보다는…… 그런 걸 묻는 사람이 대체 어디에 있어?”

어이가 없어 찬희는 팩 소리 지르고 말았다. 이 곰탱이 대체 왜 이렇게 뭘 몰라? 혹시…… 연애해 본 적이 없나?

뭐가 문제인지 거의 모르고, 여자들 심리에 둔한 데다가 저런 질문까지 해대는 걸 보면 정말 의심이 갔다. 아무리 태생적으로 둔하다고 해도 연애를 했다면 이른바 여자 친구로부터 '교육'을 받아서 조금이나마 여자에 대해 아는 게 정상 아닌가?

십이 년간 짝사랑을 해왔지만 딱 붙어서 스토커 노릇만 해왔던 건 아니었다. 그래도 대화를 많이 엿들었기에 군법무관으로 복무하기 전까지 형 때문에 결혼 생각이 없었고, 여자도 사귀지 않았다는 건 알고 있었다. 군대에 간 뒤부터 그녀와 밤을 보내기 전까지 오 년에 가까운 시간이 있다. 누군가와 사귀었다면 이때쯤일 텐데, 군대에서 누굴 만날 수는 없을 것이고……. 지금의 중앙지검으로 발령이 난 뒤에 사귀었다면 선 이야기는 하지 않았을 텐데. 그렇다면…….

내가 처음이다.

찬희는 번개에 맞는 듯한 깨달음을 얻었다. 승열이 그녀와 그러기 전에 여자와 잔 적이 있다는 점 때문에 연애를 했을 거라고 생각하고 있었는데…… 그게 아니다.

연애 자체는 이번이 처음이었다.

"연애하는 거 처음이지?"

찬희는 피의자를 심문할 때처럼 날카롭게 질문을 던졌다.

"승열이 너 말이야, 연애하는 거 내가 처음이지?"

어떻게 알았지?

승열은 화들짝 몰라 아무 말도 하지 못했다. 찬희는 잠시 멍하게 그를 바라보다가, 솟아오르는 기쁨을 주체하지 못하고 안전벨트를 끄른 뒤 그에게로 다가갔다.

내가 처음이었다니!

찬희는 두 손으로 그의 뺨을 잡아 밑으로 끌어내린 뒤 부드럽게, 하지만 진하게 키스를 선사했다.

그녀가 그를 기다린 것처럼, 그가 그녀를 기다린 건 아니었다. 하지만…… 그녀에게 그런 것처럼, 그에게도 이 연애가 처음이었다.

첫 상대.

찬희는 심장이 터질 것 같은 기쁨을 느꼈다. 물론 그의 동정까지 자신이 가진 건 아니었지만, 서른두 살 먹은 연애초보 곰이라…….

음, 앞으로 가르칠 게 많겠군.

약간 걱정이 되기는 했으나, 찬희는 기쁨 속에서 그를 꼭 안아주었다.

―여섯 번째 파일―
수사가 뜻밖의 방향으로 진전되다

부었나?

퇴근하기 위해 주차장으로 내려가면서 주변을 둘러본 승열은 아무도 없다는 걸 확인한 뒤 슬며시 손을 들어 입술을 살짝 만졌다. 아프지는 않았지만, 확실히 부었긴 부었다.

삼십 분이나 키스하다니.

찬희가 처음으로 먼저 키스를 하고 그를 껴안은 뒤, 승열은 불끈 솟아오른 충동을 이기지 못하고 다시 그녀의 입술을 덮쳤고, 키스하고 또 키스했다.

호흡을 위해 사이사이 떨어져 있을 때를 제외하고 그의 휴대폰이 울리기 전까지 키스는 계속되었는데, 승열은 그저 놀라웠다.

그렇게 오래할 수 있다니.

퇴원 수속을 할 때 시계를 봤고, 전화가 와서 확인을 하느라 시계를 봤기에 삼십 분 동안 키스를 한 게 맞을 것이다. 나중에 보니 입 안이 마르고 혀가 얼얼할 정도였는데, 할 때는 너무 열중하느라 시간이 그렇게나 가는 것도 몰랐다.

연애는 확실히 좋군.

물론 결혼한 뒤에는 키스 말고 다른 것도 그렇게 길게 할 수 있겠지만, 어쨌든 승열은 연애를 하고 있는 지금도 좋았다.

사실, 이렇게 좋을 줄 몰랐다.

찬희가 일단 사귀자고 제안했을 때, 승열은 귀찮을 거라고 생각했다. 처음에는 그게 사실이었다. 하지만 첫 데이트 때 찬희가 즐거운 대화 상대라는 걸 알게 됐고, 그 뒤부터는 귀찮다는 생각은 하지 않게 되었다. 물론 하루에 꼬박꼬박 별 내용이 없는 문자를 보내는 건 은근히 번거롭긴 했다. 하지만 삼 주나 하다 보니 의무가 아니라 매일의 일과로 생각하게 되었고, 익숙해졌다.

찬희가 좋은 여자라서 그런 걸까.

아직 사귄 지 한 달 정도밖에 되지 않았으나, 승열은 찬희가 본질적으로 어떤 인성의 소유자인지 모르지 않았다. 아버지가 청렴결백한 사람이라 그런지 찬희는 사고방식이 올바랐고, 상식이 있었으며 상대방에 대한 배려심도 있었다. 밑의 쌍둥이 두 녀석들만 잠깐 만나보긴 했지만, 다른 형제들과도 잘 지낼 것 같았다.

좋은 여자.

승열은 자신이 행운아라는 것을 깨달았다. 모든 부분을 아는 건 아니었으나 찬희는 말 그대로 좋은 여자였다. 실수로 시작된 관계이긴 했다. 그러나 찬희 같은 좋은 여자와 결혼하게 되는 건 정말 행운이었다.

더군다나, 찬희는 말 그대로 '적당한' 여자이기도 했다. 찬희를 볼 때마다 심장이 미친 듯이 뛰는 건 아니었다. 키스할 때를 제외하고, 그리고 아까 그를 위로했을 때를 빼면 그런 감정은 일지 않았으며 사실, 연락할 때를 제외하면 다른 때에는 찬희에 대해서는 생각 자체를 별로 하지 않았다.

그에게 많은 것을 요구하지 않는 여자.

비록 연애를 해본 경험이 없기는 하나, 승열은 주변 사람들을 통해 연애가 마냥 쉬운 것만은 아니라는 사실은 알고 있었다. 많은 시간과 돈이 들어가는 일이며 여러 가지 부분에서 정신 집중도 필요하고, 상대방을 위해 일정 부분 이상을 희생해야 하는 일이라는 것도 들었다. 이른바 '열병'을 앓게 되어서 일에 집중하지 못하게 한다고 들었는데, 찬희와의 연애는 그런 피해를 주지 않았다.

아주 편한 상대.

데이트 코스를 어떻게 짜야 할지 조금 고민되었지만, 승열은 그 점 외에는 이 연애에 대해서 고민해 본 적이 없었다. 그만큼 찬희는 굉장히 편한 상대였다.

뭐랄까, 아주 매력적인, 좋은 친구라고 할까.

찬희는 평생 동반자로 좋은 상대가 될 여자임이 분명했다. 게다가 육체적으로도 그와 잘 맞았다. 물론 키스만 해봤으나, 아까 그에게 자진해서 키스한 걸 보면 열정적일 것이다.

또 하나의 장점.

승열은 찬희를 생각하면 생각할수록 만족스러웠다.

결혼한 뒤에도 평생 이렇게 연애하는 것처럼 편하게 살 수 있겠지? 서로 좀 바쁘긴 하겠지만, 찬희를 닮은 예쁜 딸을 낳고, 지금처럼 남은 인생을 살아갈 수 있다면 그것이야말로 완벽한 인생이었다.

승열은 휘파람을 불면서 차에 탔고, 시동을 걸기 전 혹시나 싶어 문자를 보내봤다.

〈난 지금 퇴근해. 넌?〉

아까 삼십 분 동안 키스한 뒤 승열과 찬희 둘 다 검찰청으로 돌아왔다. 찬희가 걱정됐으나, 일하겠다고 한 이상 말릴 수 없었다. 더군다나 아까 난동을 부린 피의자를 처리해야 된다고 했기 때문이었다.

그나저나 대체 어떤 피의자가 감히 검찰청에서 난동을 부린 거야?

뜬금없이, 그동안 기억 속에 묻어두었던 이철형 사건이 떠올랐다.

설마…… 이철형이 그런 건가? 그러고 보니, 형사부 사건이라 가져간다고 말하던 찬희는 뭔가 좀 이상했었다.

잠시 생각에 잠겼으나, 승열은 곧 얼굴을 찌푸리며 고개를 저었다.

말 그대로 뜬금없는 생각이었다. 찬희가 그에게 거짓말을 할 이유는 없다. 그리고…… 찬희를 믿지 않을 이유는 없다.

승열이 쓸데없는 생각은 하지 말자고 생각할 때, 답문자가 왔다.

〈지금 내려가. 기다릴래?〉

잠깐 얼굴은 볼 수 있겠군. 음, 이철형 사건에 대해 물어봐야겠어.

승열이 기다리겠다는 문자를 보내놓고 기다릴 때, 그랜저 한 대가 급하게 주차장으로 들어왔다. 검찰청에서는 보통 검사장급 이상에게는 그랜저급의 차를 지원하게 되어 있었는데, 저 차는 현 중앙지검 검사장의 차가 아니었다. 승열은 호기심에 고개를 내밀었다.

어느 지검의 검사장님이 이 시간에 오시는 거지?

끼익 하는 소리와 함께 주차한 차에서 한 남자가 내렸다. 오십 대 후반의 남자는 175cm 정도로 왜소하다는 느낌이 들 만큼 마른 편이었다. 그러나 근엄해 보이는 얼굴과 당당한 어깨는 굳건한 의지와 강건한 기운을 풍기고 있었다.

승열은 바로 알아보았다. 우안리 현 부산지검의 검사장. 다음 주 월요일에는 새로운 서울중앙지검의 검사장이 될 법조계의 인물 중에 인물. 그리고 찬희의 아버지.

"아빠!"

주차장으로 내려온 뒤 승열의 차를 찾던 찬희는 뜻밖의 인물을 발견하고 깜짝 놀라 소리쳤다.

"부산에서 올라오신 거예요?"

"그래. 전화도 안 받다니. 이렇게 걱정시킬 수 있는 거니?"

우안리는 딸의 어깨를 붙잡은 뒤 조심스럽게 살펴보았다. 의사가 말한 대로 왼쪽 귀에 반창고가 붙어 있는 것 이외에는 그의 금지옥엽은 상처가 없어 보였다.

"많이 안 다쳤구나."

"그렇다고 말씀드렸잖아요. 아무리 그래도 그렇지, 부산에서 바로 올라오신 거예요? 일은 어쩌고?"

"일 정리는 저번 주에 다 끝냈어. 직원들에게 밥 사야 되는 걸 못하고 왔긴 하지만, 그건 다들 이해해 줄 거다. 아이구, 우리 딸, 두 달 만에 더 예뻐졌네?"

우안리는 찬희를 가볍게 껴안았다. 가만히 부녀의 상봉을 지켜보는 승열의 입가에 미소가 떠올랐다.

정말 사이좋은 부녀군. 찬희와 내가 결혼하면…… 나도 찬희의 아버지와 저렇게 잘 지낼 수 있을까?

비록 장인어른이기는 하나, 부모가 생기는 일 아닌가? 더군다나 그는 열여덟에 부모를 잃었기에 새롭게 부모가 생긴다는 건 그 무엇보다 기쁜 일이었다.

음, 아버님이라고 불러야 되나?

"승…… 박 검사?"

발자국 소리에 뒤돌아본 찬희는 화들짝 놀라고야 말았다. 그녀는 재빨리 표정을 수습하고 차분하게 말했다.

"아빠, 박승열 검사예요. 연수원 동기예요."

승열은 기다렸지만, 찬희는 다른 사실은 말하지 않았다.

"그래. 알고 있다."

우안리는 승열을 위아래로 죽 훑어보았다. 이전에 먼 거리에서 봤을 때보다 훨씬 더 덩치가 컸다. 곰 같은 녀석이군.

"박승열 검사, 내가 기대하는 재원이지."

"그래서 여러 사건을 제게 맡기시는 겁니까?"

승열은 직설적으로 물었고, 우안리는 씩 웃었다.

"잘 알고 있군. 그러니 앞으로 능력을 잘 발휘해 주길 바라네."

"음, 아빠, 피곤하시죠? 들어가요."

무슨 말이 나올지 몰라 전전긍긍하며 찬희는 그쯤에서 대화를 잘랐다. 우안리는 고개를 끄덕였고, 승열에게 다음에 보자고 한 뒤 등을 돌렸다. 찬희는 아빠가 안 볼 때에 승열에게 고개를 돌려 입 모양으로 나중에 전화하겠다고 말했다.

내 가족에게는 사귀는 사이라는 걸 밝히자고 하더니, 왜 자기 가족한테는 안 밝히는 거지?

승열은 얼굴을 찌푸리며 집에 간 뒤 기다렸다. 하지만 찬희는 전화하지 않았다.

깜빡했나 보지.

승열은 그렇게 생각했지만, 찬희가 다음날 정오까지 여전히 연락하지 않자 슬쩍 기분이 상했다.

이런 일 가지고 짜증이 날 정도로 내가 속이 좁았던가?

승열이 고개를 갸웃거릴 때, 휴대폰이 문자를 왔음을 알리며 진

동했다. 승열은 진동이 사라지기 전에 잽싸게 휴대폰을 집어 확인
했다.

승열이 순간 스팸문자 수사에 들어가 볼까 심각하게 고민할 때,
슬슬 눈치를 보던 마 계장이 여직원이 잠깐 화장실에 간 틈을 타
입을 열었다.

"새 검사장님이 올라오셨다고 하더라고요. 소식 들으셨어요?"

"사실 어젯밤에 우연히 잠깐 뵈었어요. 주차장에서."

"어젯밤에요?"

"참, 우 검사가 걱정되어서 바로 올라오셨더라고요."

승열의 말에 마 계장은 휘파람을 불었다.

"정말 대단한대요. 새 검사장님이 외동딸한테는 깜빡 죽는다는
소문이 있긴 한데 그럴 정도라니. 우 검사님과 사귀는 거 검사장
님께 허락 받으셨나요?"

어제 찬희가 다쳤다는 소식에 승열이 자리를 박차고 나간 것을
본 뒤부터 마 계장은 찬희와 승열이 사귄다는 사실을 기정사실화
하고 있었다. 그전까지는 부정했었지만 더 이상은 숨겨봤자기에
승열은 사실대로 말했다.

"아니요. 아직 이야기 안 했어요."

"옛날에 들은 적이 있는데, 사윗감은 직접 골라주겠다고 큰소
리치신 적이 있대요."

마 계장은 뒷조사의 제왕으로, 소문에 대해서도 모르는 게 없었다.

"정말이에요?"

"네, 정말이에요. 옛날부터 딸사랑으로 아주 유명하신 분이에요. 사실, 예전에 우 검사님한테 관심있던 검사가 두어 명쯤 있었는데 새 검사장님이 안 된다고 딱 연막 치셔서 바로 떨어져 나갈 수밖에 없었다고 하더라고요."

승열은 그제야 조금 심각성을 눈치 챘지만 그래도 많이 걱정되는 건 아니었다.

새 검사장은 그를 더 클 수 있는 존재로 보고 시험을 하는 중이었다. 일단 능력을 인정했다는 말이니 사윗감으로도 괜찮게 생각하지 않을까?

그나저나, 찬희한테 관심있는 남자가 있었다고?

승열은 미래의 장인어른이 반대할지도 모른다는 사실보다는 그게 더 신경 쓰였다. 미인인데다가 똑똑하고 착하기까지 하니 주변 남자들이 찬희를 노리는 건 당연할 터.

하지만 찬희는 처녀였었다. 곧 그와 결혼할, 그의 여자.

문득, 승열은 자신과 만나기 전에 찬희가 연애를 한 적이 있을지도 모른다는 것을 깨달았다. 성적으로 경험이 없는 것과 연애는 다른 일이었으니까.

어떤 남자와 사귀어본 걸까? 얼마만큼 좋아했을까? 왜 헤어진 걸까? ……스킨십을 어디까지 해봤을까?

갑자기 소나기가 내리듯 마구 떠오르는 질문은 안 그래도 낮게 가라앉은 그의 기분을 사정없이 후려쳤다.

"잠깐 담배 한 대 피우고 올게요."

승열은 책상 서랍 깊숙한 곳에서 담뱃갑을 찾아내 오층에 있는 흡연실로 내려갔다. 좁은 공간 안에는 아무도 없었다. 중간 자리에 턱 앉아서 담배를 입에 물고 불을 붙였다.

막냇동생인 승리가 냄새 난다고 질색하는 데다가 건강에 안 좋다는 걸 알기에 승열은 담배를 거의 피우지 않았다. 답답한 속을 뚫어주었기에 어쩌다가 한두 개비만 피우곤 했는데, 오늘은 세 개비나 피웠건만 마음은 여전히 가라앉아 있었다.

〈우찬희 검사.〉

승열이 막 다섯 번째 담배에 불을 붙였을 때, 휴대폰이 반짝 빛을 발하며 진동하기 시작했다. 승열은 첫 번째 진동이 끝나기 전에 휴대폰을 들어 통화를 눌렀다.

"찬— 쿨럭!"

[승열아? 왜 그래?]

연기를 잘못 삼킨 승열은 한참 뒤에나 기침을 멈출 수 있었다.

"담배 피우고 있었거든. 연기 잘못 삼켰어. 이제 괜찮아."

[담배 피우는 줄 몰랐네. 음, 자주 피우나 봐?]

찬희의 말투가 좀 이상하게 들렸다. 뭐랄까, 못마땅해하는 것 같다고 할까?

"아니, 그냥 가끔 많이 답답할 때만 피워. 자주 피우는 건 아니야. 흡연자라고 할 수도 없어.”

[아아, 그렇구나.]

확실히 이상해.

승열은 조심스레 물어보았다.

“담배 피우는 거 싫어?”

[싫다기보다는……. 네가 정 못 끊겠다면 어쩔 수 없는 거지만 걱정이 좀 되어서……. 폐암 가능성도 높고, 그리고…… 내 친구한테 들었는데 말이야, 담배 많이 피우면…… 냄새 난다고 하더라. 키, 키스할 때 말이야.]

찬희의 마지막 말은 소리가 작았으나, 승열은 휴대폰을 귀에 밀착시키고 있었기에 똑똑하게 들을 수 있었다.

“끊을게.”

승열은 곧바로 담배를 재떨이에 눌러 껐다.

“건강에 좋은 것도 아닌데 끊지 뭐.”

[그래, 잘 생각했어.]

찬희의 목소리에선 흡족한 기운이 느껴졌다.

음, 끊겠다고 말 안 했으면 무지 섭섭해했겠네. 저렇게 기뻐할 거면 아예 처음부터 끊으라고 말하지 왜 안 그랬던 거지?

혹시…… 말하기 전에 속마음을 알아주길 바랐던 건가? 내가 독심술을 하는 것도 아닌데 어떻게 속마음을 읽어내라는 거야?

여자란 알 수 없는 존재였다.

[시간되면 오늘 저녁에 늦게라도 식사 같이할래? 아빠가 다시 부산으로 내려가셨거든. 토요일 날 만날 수 있지 않을까 했는데

토요일 날 다시 올라오실 거라 못 만날 거야.]

"그래. 퇴근할 때 전화해."

[그래. 이따 봐.]

승열은 통화를 끝내고 흐뭇하게 웃었다. 아까까지 속이 답답했던 것도 잊고, 그는 활기차게 다시 사무실로 돌아갔다. 나갈 때와 표정이 180도 다르자 마 계장이 이상하게 쳐다보았지만 승열은 신경 쓰지 않은 채 일에 몰두하려고 노력했다. 하지만 평소와 다르게 집중이 잘되질 않았다. 시간이 갈수록 찬희가 처음으로 전화를 해준 기쁨은 가라앉았고 대신 물어보지 못한 의문이 떠올랐으니까.

다른 남자를 사귄 적이 있을까?

머릿속이 어지러웠다. 덕분에 찬희가 퇴근하겠다고 전화했을 때에는 오늘 할 일이 3분의 1이나 남아 있었다. 내일은 야근하느라 집에 못 들어갈지도 모르겠군.

한숨이 나오긴 했지만, 그렇다고 찬희와의 데이트를 미루고 싶은 건 아니었다. 오히려 더 빨리 만나고 싶었고…… 알고 싶었다.

내가 이렇게 치졸할 줄이야.

동정을 지켜오면서 결혼할 여자가 처녀이길 바란 건 사실이나, 여자가 처녀가 아니라고 해도 과거를 따질 생각은 없었다. 과거가 복잡한 여자 친구에 대해 고민하는 친구의 뒤통수를 날려주며 현재가 중요하지 과거가 중요한 게 아니라고 충고해 준 적도 있었다.

그러나 지금, 그는 찬희가 같이 잔 남자도 아니고 사귄 적이 있을지도 모르는 남자에 대해서 따지면서 짜증을 내고 있었다.

불쾌하다.

승열은 찬희의 과거 내용이 아니라, 자기 자신이 불쾌했다. 내가 이렇게 치졸한 남자였단 말인가?

물론 승열도 자기 자신이 완전하다거나, 완벽한 인간이 아니라는 사실은 잘 알고 있었다. 자신은 단점도 많고, 나쁜 버릇도 있는 사람이었다. 그러나 모든 사람들이 그렇듯이 그 또한 자신의 그런 치부를 이렇게 직접적으로 들여다보고 싶지 않았다.

연애라는 건 이렇게 보고 싶지 않은 부분까지 보게 되는 건가?

승열은 다시 가슴이 답답해지는 것을 느끼며 차에서 내렸다. 약속 장소는 막냇동생인 승리가 여자들이 좋아하는 분위기있는 레스토랑이라면서 넘겨준 리스트 중에 한 곳으로, 연인들을 위한 토스카나 지방의 음식 전문 레스토랑이었다.

토스카나가 어느 나라의 지명이더라. 이탈리아였던가?

승열은 무심하게 생각하며 문을 열고 들어갔다.

"예약하셨나요?"

"아니요. 밤 열 시 이후엔 예약을 안 해도 된다고 들었는데."

직원은 미안한 표정을 지었다.

"죄송하지만 오늘은 레스토랑 전체가 예약되어 있습니다."

"전체가요?"

"네. 프러포즈를 하신다고 어떤 신사 분이 전체를 예약하셨습니다."

승열은 슬쩍 직원의 등 뒤를 보았다. 레스토랑 안은 이런저런 세팅을 하는 직원들로 분주해 보였다. 승열은 레스토랑 중간에 있는 테이블 주변에 직원들이 하트 모양으로 촛불을 놓는 것을 바라보며 물었다.

"음. 저런 식으로 프러포즈를 하나 보군요."

"네. 여자 분들이 아주 좋아하시거든요. 혹 생각있으시면 미리 예약해 주시기 바랍니다."

직원은 빙긋 웃더니 공손한 자세로 레스토랑 명함을 내밀었다. 승열이 명함을 더 자세히 볼 때, 찬희의 목소리가 들려왔다.

"승열아."

"왔어?"

승열은 씩 웃으며 돌아보았다. 찬희는 살짝 뺨을 붉히며 물었다.

"혹시…… 밖에서 나 기다려 준 거야?"

"아니. 전체가 다 예약돼서 지금은 손님을 안 받는대. 들어갈 수가 없네."

사실대로 대답한 승열은 찬희의 눈초리가 살짝 위로 올라간 것을 보았다.

혹시 화난 건가? 왜?

근처의 다른 레스토랑에 가서 식사를 하는 동안에도 찬희의 눈초리는 아래로 내려오지 않았다. 목소리는 평소와 같았지만 대답이 짧아서 승열은 찬희가 화가 났다는 것을 확실하게 알아차렸다.

"음. 찬희야."

후식으로 나오는 커피를 마실 때, 승열은 잠깐 망설였다가 물었다.

"왜 화가 난 거야?"

찬희는 살짝 놀랐다.

화가 났다는 걸 알아차리다니, 장족의 발전이네.

검사는 피의자들을 심문하고 사건을 수사하기도 하니 눈치가 빨라야 했다. 승열은 유능한 검사답게 직업적인 눈치는 빠른 모양이지만, 연애할 때의 눈치는 전혀 그렇지 않다는 걸 찬희는 물론 잘 알고 있었다.

아예 가망이 없을 줄 알았는데 사귀기 시작한 지 그리 오래되지 않았는데도 내 기분을 알아챌 정도로 발전하다니, 놀라울 따름이었다.

"화난 거 맞지?"

찬희가 대답하지 않고 가만히 있기만 하자 승열은 다시 물었다.

"이전에 내가 말했었잖아. 난 연애 경험이 없어서 잘 모르니까 바로 말해줬으면 좋겠다고."

"그땐 연애 경험이 '거의' 없어서 그랬다고 말했었어."

꼬투리를 잡는 것 같다는 느낌이 들었지만, 찬희는 궁금했던 것을 물었다.

"연애 경험이 전혀 없으면서 그때는 왜 그렇게 말했던 거야?"

"갑자기 그건 왜 물어?"

승열은 대화가 갑자기 왜 이쪽으로 향하는지 알 수 없었다. 역시 여자와의 대화는 너무 어려웠다.

"궁금해서. 왜 그렇게 말한 거였어?"

“나도 궁금한 게 있어.”

승열은 연이은 찬희의 질문에 질문으로 받아쳤다.

“넌 연애한 적 있어?”

“질문에 질문으로 대답하다니…… 좋은 심문 방법이네.”

찬희는 차분하게 말하며 생각했다.

승열이 왜 저런 걸 묻는 거지? 나한테…… 관심이 생긴 건가?

남자는 관심이 없는 여자에게 저런 질문을 하지 않는 법이다. 물론 승열은 그녀에게 관심이 있었다. 하지만 이성적인 게 아니라 편안한 동반자로서의 관심일 뿐이었는데……. 이제까지 승열이 그녀와의 관계에서 관심을 가지고 있던 건 스킨십뿐으로, 그거야 모든 남자들이 최우선으로 생각하는 것이니 당연한 일일 테고…….

찬희는 심장이 두근거리는 것을 느끼며 눈을 내려 커피 잔을 쥐고 있는 승열의 손을 바라보았다. 이제까지 한 스킨십 중에서 키스가 가장 좋긴 했지만, 함께 있지 않을 때 찬희는 승열의 손을 더 자주 떠올렸다.

사실 승열의 손은 예쁜 것도, 잘생긴 것도 아니었다. 너무 큰 데다가 손가락이 길긴 했지만 굵고 뭉툭했다. 공부만 한 사람답지 않게 다소 거칠기까지 했는데, 한마디로 딱 커다란 ‘곰발바닥’ 이었다. 하지만 찬희는 그래서 그의 손이 좋았다.

데이트할 때 손 좀 잡아주면 안 되나?

“이렇게 하자.”

내 손에 뭐 묻었나?

승열은 찬희의 시선이 어디에 있는지 보고 생각했다.

"질문 하나에 질문 하나. 어때?"

찬희의 제안은 공평했다. 승열은 고개를 끄덕였고, 찬희는 다시 생각한 뒤 입을 열었다.

"내가 먼저 물었으니, 먼저 대답해 봐. 왜 전에는 연애 경험이 있다고 말한 거야?"

바보같이 보이고 싶지 않으니까.

가족을 위해 한눈팔지 않고 공부와 일에 열중하고, 형보다 먼저 결혼하고 싶지 않다는 생각 속에서 여자를 만나지 않은 과거를 후회하는 건 아니었다. 같은 상황에 처한다면 똑같이 할 것이다. 하지만 승열은 대한민국에서 서른둘이나 먹은 남자가 동정인 것도 그렇고, 연애 한 번 한 적 없다는 게 얼마나 바보같이 보이는지 잘 알고 있었다. 더군다나 그는 마초 문화의 정점인 검사이기도 했으니.

물론 바보로 보이는 게 싫은 것만이 아니었다. 기왕이면…… 완벽한 남자로 보이기를 바랐다. 다른 여자가 아니라 찬희에게.

"음, 서른두 살이나 됐는데 연애 경험이 없는 건 좀 그래 보이잖아."

승열은 멋쩍게 웃으며 사실을 고백했다. 완벽한 남자로 보이고 싶기는 했으나, 찬희에게 거짓말을 하고 싶지 않았다. 모든 진짜 인간관계의 기본은 진실과 믿음이니까.

그런데 내가 왜 저번에는 거짓말을 했지?

"일부러든 아니든, 앞으로는 거짓말하지 않을게."

승열은 속삭였다.

"맹세해."

그래도 동정이었다는 말은 못하겠다. 설마 그걸 묻진 않겠지?

승열이 그렇게 생각할 때, 그의 말에 감동을 받은 찬희는 용기를 내서 바라보고만 있던 그의 손등에 손을 얹었다.

찬희가 먼저 손을 내밀다니.

먼저 안겨오거나, 키스를 한 적도 있었지만 손을 먼저 잡아온 건 처음이었다. 삼십여 분간 이어졌던 키스에 비하면 손을 잡는 건 아무것도 아닌 접촉일지 모르나, 승열은 손등에 내려앉은 이 작은 온기가 묘하게 심장을 울린다는 것을 깨달았다.

"이번엔 내가 대답할게."

승열이 손목을 움직여 이번에는 그가 그녀의 손등 위에 손을 얹을 때, 찬희는 천천히 이어 말했다.

"나도 연애해 본 적 없어."

승열은 목에 걸린 무언가가 쑥 내려가는 기분이었다.

"선은 몇 번 본 적 있지만."

"선?"

내려가던 게 중간에 딱 멈춰 버리고 말았다.

"엄마가 나 스물다섯 넘어가면서부터 선보라고 난리셨거든. 삼년인가 전에 생신선물로 딱 한 번이라도 보라고 해서 봤었어. 그리고 작년에 아빠가 직접 소개시켜 주셔서 어쩔 수 없이 봤었고."

"검사장님이 소개시켜 주셨다고?"

"응."

"너 굉장히 생각하시던데, 음, 괜찮은 남자로 소개시켜 주셨지?"

직접 소개시켜 줄 정도라면 조건 같은 건 장난이 아니었겠군. 나도 조건 괜찮은데. 날 사윗감으로 좋게 생각하실까?

승열이 새 검사장의 기준에 대해 생각할 때, 잠시 망설였던 찬희는 사실대로 털어놓았다.

"외형적인 조건은 좋았어. 재벌 3세였는데, 변호사 사무실을 빌딩째 세워줄 테니 힘든 검사 그만두고 변호사나 하라고 하더라. 그 점이 정말 싫었어. 내가 검사 계속할 거라고 했는데도 그런 말을 한 거거든. 내가 하는 말도 제대로 안 듣고, 내가 뭘 원하는지 전혀 배려가 없는 사람이었어. ……너와는 다르게."

찬희는 마지막 말은 그가 들을 수 없을 만큼 아주 자그맣게 중얼거렸다.

승열은 곰처럼 둔한 남자였다. 여자의 마음을 읽을 줄 몰랐으며, 여자 자체를 너무 몰랐다. 하지만 그는 기본적으로 타인에 대한 배려심이 있었으며 상대방의 말을 귀담아들을 줄 알고 편안하게 만들어주는 좋은 대화 상대였다.

찬희는 승열의 외모만이 아니라 저런 면모도 사랑했다.

"그래서 그 사람하고 다시 안 만났어."

찬희는 자기가 원하는 걸 중요하게 여긴다.

승열은 그 사실을 머릿속 깊이 기억해 두며 말했다.

"음, 약속해. 네가 원하는 게 뭔지 잘 모르지만…… 네가 원하는 걸 할 수 있게 배려해 줄게. 문제는 네가 뭘 원하는지 잘 모른다는 점이지만.”

머리를 긁적이며 사실대로 털어놓는 곰은 너무 귀여웠다. 찬희는 손목을 올려 다시 그의 손등 위에 손을 올렸다.

“갑자기 왜 내 연애담이 궁금해진 거야?”

“다시 질문 시작하는 거야?”

“질문으로 말고 제대로 대답해 줘. 응?”

찬희는 어렸을 때 아빠에게 뭔가를 조를 때처럼 최대한 귀여운 표정을 지으며 질문했다. 승열은 갑자기 정신이 나가는 것 같았다.

“승열아?”

“음, 음, 그냥 갑자기 궁금해져서.”

찬희가 다시 묻자, 승열은 간신히 대답할 수 있었다. 갑자기 심장이 벌렁벌렁거렸다.

“근데, 찬희 넌 나한테 궁금한 거 없어? 나에 대해서 잘 모를 거 아니야.”

십 년이 넘게 짝사랑하는 동안 스토킹까지는 아니지만 몰래 엿들으면서 온갖 정보를 다 캐냈는데 잘 모르기는.

찬희는 살짝 웃으며 이렇게 대답했다.

“맞아, 잘 몰라. 그래서 이렇게 서로 질문하는 거잖아. 방금 내가 질문했으니, 이번엔 네 차례야.”

“그럼 이렇게 해야겠네.”

승열은 말하면서 다시 찬희의 손등을 손으로 덮었고, 찬희는 미소를 지었다. 승열은 저도 모르게 앞으로 몸을 기울였다. 건너편에 앉아 있는 찬희가 더 가까워졌다.

뭘 물어볼까.

생일은 언제지? 어렸을 때 어떻게 자라왔을까? 무슨 색을 좋아하는 걸까? 검사를 지망하게 된 이유는 뭘까?

갑자기 떠오르는 게 너무 많았다. 승열은 손 안에 있는 찬희의 온기가 온몸으로 퍼져 나가는 것을 느끼며 천천히 대화를 시작했다.

—일곱 번째 파일—
사건에 대한 그의 진심이 밝혀지다

미국에서 생활 중인 넷째 승연과 군대에 가 있는 다섯째 승운을 제외하고, 현재 승열은 나머지 형제 네 명과 함께 살고 있었다. 다섯 명 모두 자기 생활이 있는지라 얼굴을 맞댈 수 있는 시간은 아침식사 때뿐이었다. 이런저런 이야기를 다 하기에 매일 아침은 집안 전체가 항상 시끌벅적했는데, 일요일과 공휴일은 식당에 나가봐야 되는 승안을 제외하고 모두가 늦잠을 자기에 조용했다.

이렇게 늦잠을 잔 일요일, 형제들은 정오쯤에 일어나 집과 십 분 거리에 있는 승안의 한식당으로 몰려가 아침 겸 점심식사를 얻어먹곤 했다. 전날도 새벽까지 찬희와 데이트를 즐겼다가 정오에야 겨우 일어난 승열은 형제들과 함께 가벼운 차림으로 승안의 식당으로 천천히 걸어갔다.

"오빠~"

뒤따라오던 승리는 머리를 그의 등에 콩 박으며 등 뒤에서 허리를 안았다. 승리는 승열의 팔 옆으로 고개를 내밀더니, 다른 형제들의 눈치를 보며 작은 목소리로 물었다.

"연애는 잘돼?"

승열은 대답으로 씩 웃었다. 저번 주 수요일 데이트 때, 다음날 새벽까지 대화한 뒤 그 뒤부터 거의 이틀에 한 번 꼴로 만나고 있었는데, 매번 새벽까지 이야기하다가 아쉬움을 내리누르며 헤어지고 있었다.

어서 결혼을 해야 이런 아쉬움을 안 느낄 텐데.

승열은 데이트가 끝날 때마다 찬희를 들여보내기가 좀 힘들었다. 그렇게 자주 만나서 열심히 대화하고 있는데도 여전히 궁금한 것도 너무 많았다.

"남산 가봤어?"

"아니."

승리가 예전에 준 분위기 좋은 레스토랑 목록에 남산의 카페도 있었지만 아직 가보지 못했다.

"아직 프러포즈 안 했으면 거기서 해. 무지 좋대."

"어차피 결혼할 거라는 걸 알고 사귀는데 무슨 프러포즈를 해."

삼 개월 동안 사귀면서 생각해 보기로 했지만, 승열은 어차피 결혼할 거라고 생각했다. 그게 사실이니까.

"오빠, 그래도 프러포즈는 꼭 해야 돼. 일생에 한 번이잖아."

승리는 다시 한 번 찬희를 불쌍하다고 생각하며 재차 말했다.

"꼭 해야 된다고. 알았지?"

승열은 심드렁한 표정을 지으며 한식당의 대문으로 다가갔다. 승안의 식당은 서울의 노른자 부위 지대에 있는 멋스러운 한정식당으로, 거대한 삼층짜리 한옥 건물이었다. 일층과 이층은 일반 손님들을 맞이해 대중적인 한식을 제공했으며 삼층은 평소에는 승안의 가족들이나 식당 직원들이 식사를 하다가 때때로 VIP들이 예약 방문했을 경우에 승안이 직접 요리한 고급 한정식을 제공하는 곳이었다.

정문에 서 있던 직원에게 마주 인사를 하며 정문 안으로 들어간 승열은 몇 미터 앞에 있는 주차장에서 낯익은 뒷모습을 발견했다. 승열이 그 뒷모습에 홀려 주차장으로 빠르게 걸음을 옮길 때, 앞에 쑥 하고 등장하는 사람이 있었다.

"아, 박 검사."

육 일 전에 새로 취임한 우안리 서울중앙지검의 검사장이었다.

검사장은 승열처럼 캐주얼한 옷을 걸치고 있었는데, 꼭 마음씨 좋은 동네 아저씨 같았다. 날카로운 눈빛으로 취임식 연설을 할 때와는 180도 다른 기색이었지만 승열은 긴장의 기운을 늦추지 않았다. 찬희의 아버님이었으니까.

"안녕하세요, 검사장님. 식사하러 오신 건가요?"

"그래, 근데 자리가 없다고 하는군. 한참 기다려야 된다고 하더군. 이 동네에서 이 집이 가장 맛있다고 해서 달려왔건만 정말 사람이 많군."

승열은 찬희가 한 말을 기억했다. 일요일마다 가족들이 아침 겸 점심을 동네에서 가장 맛있는 식당으로 가서 해결한다고.

승열은 우안리의 등 뒤로 시선을 주었다. 주차장의 차 앞에 서 있던 찬희가 다가오고 있었다. 찬희는 화장기 없는 얼굴에 가벼운 재킷과 청바지를 입고 있었다.

뭘 입어도 예쁘네.

"안녕, 박 검사."

"안녕."

아버지를 의식한 듯, 찬희는 평소와는 달리 미소를 작게 지어주고 있었다. 하지만 승열은 그것만으로도, 아니, 생각지도 못하게 그녀와 만났다는 것만으로도 기뻤다.

그나저나 나 옷차림 엉망인데, 찬희가 안 좋게 보진 않겠지?

갑자기 신경이 쓰였다. 승열은 슬쩍 손을 올려 뻗힌 머리칼을 티 나지 않게 내리려고 노력했다. 그때 찬희의 등 뒤로 한 사람이 더 등장했다.

"여기 정말 사람 많네. 어머, 이 사람 누구예요?"

인자한 인상의 오십대 후반의 여자는 이목구비가 찬희와 닮아 있었다. 승열은 첫눈에 찬희의 어머니라는 것을 알아보았다.

미래의 장모님.

"중앙지검에서 일하는 박승열 검사입니다."

"그래요? 어머, 덩치 정말 좋네."

찬희는 엄마가 눈을 빛내며 승열을 쳐다보자 속으로 기겁하고 말았다. 내가 곰을 좋아하는 게 유전이었나?

"이 시간에는 아침 겸 점심을 먹으러 많이 오기에 일, 이층이 꽉

차 있어 삼십 분 정도는 기다려야 되는 게 보통입니다. 삼층으로 가서 함께 식사하시겠어요? 여긴 제 형 식당이라, 저나 형제들은 삼층에 가서 식사하곤 하거든요.”

“형 식당이라고?”

우안리가 되묻기 전, 찬희는 눈을 깜빡였다. 승열의 형이 식당을 비롯한 여러 음식 관련 사업으로 성공했다는 건 알았지만 그 식당이 여기인 줄을 몰랐다.

승열과 우연히 만난 건 정말 기쁜 일이었다. 더군다나 다른 곰들도 구경할 수 있게 됐으니. 하지만 아빠와 함께 만나게 될 줄이야.

“네. 형 식당입니다. 검사장님, 들어가시죠.”

미래의 장인어른에게 점수를 딸 수 있는 기회를 놓칠 순 없지.

승열은 씩 웃으며 제안했고 검사장과 부인, 찬희는 승열을 따라 올라갔다. 눈치 빠른 승리가 재빨리 집안의 첫째이자 식당 주인인 승안에게 달려가 승열의 새 상관의 가족이 왔다는 사실을 알리자, VIP 손님을 접대 중이었지만 승안은 정성스레 직접 요리를 해서 삼층으로 올려보냈다.

“덕분에 맛있게 잘 먹었네.”

식사 후, 후식으로 나온 식혜를 마시며 우안리는 만족을 표했다. 바쁜 검사 생활 동안, 가족들에게 신경을 잘 써주지 못했다. 그래서 우안리는 일요일만큼은 오붓하게 가족끼리 맛있는 아점을 함께하곤 했는데 처음에는 아내가 가자는 곳에 갔지만 지금은 우안리가 직접 맛있는 집에 대한 정보를 구해서 가족끼리 다녔다.

식당이 이렇게 클 줄은 몰랐군.

능력을 더 키워줄 존재로 생각하자마자 우안리는 승열에 대해 여러 가지를 알아보았었다. 금전적인 부분의 경우 사업적으로 성공한 형제들 덕분에 상당한 여유가 있다는 사실을 알아냈었다. 형제들이 하는 여러 회사의 일정 지분을 소유하고 있다고 하는데 그중에 한 곳이 여기인 듯했다.

검사나 판사가 금전적인 문제로 사표를 내고 변호사로 전업하는 경우는 흔했다. 능력과 소명 의식이 있더라도 주변이 어려우면 계속 해나가기 힘든데, 승열의 경우 이 정도라면 금전적인 문제 때문에 검사를 그만둘 가능성은 없어 보였다.

우안리는 만족스런 미소를 지었고, 아빠의 표정을 본 찬희는 내심 안도했다. 나랑 승열이 사귄다는 사실을 알아차리신 건 아니구나.

곰 세 마리가 눈앞에서 우글거리자, 사실 식사하는 내내 찬희는 정신을 차리지 못하고 있었다. 가장 멋진 곰인 승열이야 좀 익숙해져서 정신이 나가지 않을 수 있었지만, 나머지 곰 두 마리도 너무 사랑스러웠다.

셋째 승언은 지난 올림픽 때 금메달을 딴 아주 유명한 유도 선수로 덩치가 승열만큼 큰 건 아니었으나 무게와 힘이 있어 보이는 곰이었다. 굳이 이름을 붙인다면 '우직곰'이라고 할까.

여섯째인 승원은 이전에도 봤긴 하지만, 머리칼을 여기저기로 다 뻗친 상태인 건 처음 보았다. 표정 또한 열을 내면서 기운 넘치게 일할 때와는 달리 지금은 좀 멍하니 정신이 없어 보였는데, 나

사가 빠진 듯한 그런 표정은 정말 귀여웠다.

그리고 막내인 승리. 여자인데다가 찬희로서는 몸매가 아주 부러운 승리는 전형적인 곰은 아니었다. 하지만 뭔가 딱 꼬집어 말할 수 없는 어떤 부분이 다른 곰들과 닮아 있었다.

내 가족이 된다.

문득, 찬희는 깨달았다. 승열과 결혼하면 이 곰들이 내 가족이 된다. 물론 시댁이긴 하지만.

"잘 드셨다니 기쁘네요."

승열이 씩 웃으며 말하자 찬희의 어머니 왕숙희의 눈동자는 더 빛이 났다.

"형제들이 다 잘생겼네요. 부모님이 인물이 좋으신가 봐. 그러고 보니, 부모님은 집에서 식사하시나 보네요."

찬희는 엄마가 왜 저런 말을 하는지 알아차리고 경악했다. 엄마도 나처럼 승열이 아버지가 어떤 곰인지 알고 싶은 거야?

"부모님은 안 계십니다. 한참 전에 돌아가셨습니다."

"어머, 미안해라."

"아닙니다."

숙희가 미안해서 어쩔 줄 몰라 하자, 승열은 다시 씩 웃는 것으로 대답했다. 숙희의 눈빛은 더더욱 빛나기 시작했다.

"나이가?"

"서른둘입니다."

"아직 혼자죠? 만나는 여자는 있는지……?"

"이 사람이, 별걸 다 물어."

과일을 먹고 있던 우안리는 그제야 아내의 의도를 알아채고 황급히 끼어들었다.

"식사도 다 했겠다 그만하고 일어나지."

"만나는 여자 있습니다."

승열은 숙희를 바라보며 또박또박 말했다.

"결혼할 겁니다."

"어머, 그래요."

숙희는 아쉬운 마음이 역력한 표정으로 말했고, 우안리는 혀를 차더니 자리에서 일어섰다. 숙희는 여전히 아쉬운 눈으로 승열을 보더니 마지못해 일어났다. 내내 입을 꼭 다물고 있던 찬희는 천천히 부모님을 따라 내려가 아빠의 차를 탔다.

"뭘 그런 걸 물어봐?"

운전석에 앉은 우안리는 차를 출발시키면서 아내를 타박했다.

"괜찮은 청년 같지 않아요? 덩치가 그렇게나 큰데 인상이 참 선하네요. 부모님이 안 계시긴 하지만 그건 흠이라고 할 수 없는 부분이고. 집안도 넉넉해 보이는데."

"일도 잘해. 사실, 크게 될 녀석 같아서 눈여겨보고 있는 중이야. 이래저래 일부러 험한 일도 맡기고 있지."

우안리는 자신이 은퇴할 날이 멀지 않았음을 알고 있었다. 현재 나이 59세로, 이 년 후에 검찰총장에 임명된다고 해도 검찰총장은 이 년 임기인데다가 63세가 정년이었다. 앞으로 사 년 정도밖에 일할 시간이 없었다.

남은 시간이 얼마 없다는 걸 자각하게 되니, 번듯한 후학이 없다는 게 마음에 걸렸다. 사실 괜찮은 후배들이 많기는 했으나 다들 나이가 있는 편으로 우안리는 좀 더 젊은 검사를 처음부터 제대로 키워보고 싶었다. 물론 찬희가 있긴 했다. 가슴 뿌듯할 만큼 유능하고 유능한 그의 금지옥엽.

하지만 찬희는 가족이었고, 우안리는 혈연 관계와는 상관없이 능력과 인품으로만 누군가를 키워보고 싶었다. 그러다 눈에 띈 게 바로 승열이었다.

사실 몇 달 전까지는 승열에 대해서 거의 몰랐다. 찬희의 연수원 동기 중에 똑똑하고 인성도 괜찮은 녀석이 있다는 말은 들었지만, 이상하게도 교차점이 없어 가까이에서 볼 기회가 한 번도 없었기 때문이었다. 그러다가 몇 달 전, 승열이 어떤 사건에 대해 부장검사에게 항의하는 것을 우연히 듣게 되었다. 당당하게 자기주장을 조목조목 펼쳐 나가는데, 검사에게 가장 중요한 신념은 물론 행동력도 있어 보였다. 여러 방면을 통해 알아보면서 전임자에게 물어보니, 아주 흡족한 대답을 얻었다.

그래서 일부러 경력에 비해 조금 힘든 일이나 험한 일을 맡기고 있었는데, '그 험한 사건'을 잘 이겨낸다면 정말 좋은 인재로 성장할 것이다.

"아쉬워요. 결혼할 여자가 있다니."

"그게 왜 아쉬워? 누구 소개시켜 주려고 했어?"

숙희는 남편의 눈치를 살짝 보더니 조심스레 말했다.

"남 주기 아깝지 않아요? 우리 찬희랑……."

"말 되는 소리를 해!"

우안리는 흡족한 웃음을 대번에 싹 지우고 아내에게 버럭 소리 쳤다.

"우리 찬희를 저런, 저런 곰 같은 놈한테 준다고! 말도 안 돼!"

"곰이라서 더 맘에 들더니만……."

"뭐라고?"

"아무것도 아니에요. 내참, 우리 찬희 시집 안 보낼 거예요? 계속 그렇게 끼고돌 거예요?"

"누가 시집 안 보낸대? 단지, 그놈은 안 된다고 말한 거지."

"그럼 누구요? 선도 못 보게 하고, 우리 찬희 이대로 노처녀로 늙게 할 거예요?"

잘 모르는 사람이 보면 서로 비난하면서 싸우는 것으로 알겠지만, 가족인만큼 찬희는 엄마와 아빠가 저렇게 토닥거리는 걸 즐긴다는 걸 알고 있었다. 평소에는 그러려니 하면서 귓등으로 흘렸지만 찬희는 이번만큼은 귀를 귀울였다.

승열이 안 된다니. 역시 마음에 안 드신다는 건가?

"누가 노처녀로 늙게 놔둔데? 내가 작년에 이 군하고 왜 만나게 했겠어? 시집보내려고 그런 거지."

우안리는 재벌 3세인 이기완을 들먹거렸다. 고르고 고른 사윗감이었건만, 찬희가 거절하는 바람에 혼사는 진행되지 않았다.

"이제 와서 하는 말이지만 난 이 군 싫어요. 너무 부담되는 집안이에요."

숙희는 그동안 내색하지 않았던 것을 꺼냈다. 대한민국에서 딸 가진 부모라면 시집살이를 호되게 시킬 것 같은 집에 시집보내고 싶지 않은 건 당연했다. 사회적인 지위나 명망은 결코 이기완의 집안에 딸리지 않았으나, 집안의 금전적인 부분은 차이가 나도 너무 났다. 다른 곳에 절대 한눈팔지 않고 국가에서 주는 월급으로만 빠듯하게 살아온 터라 모아둔 돈은 그리 많지 않았다. 이기완의 집안에 혼수를 해가려면 아마 집을 저당 잡히고도 모자랄 것이다.

혼수만이 문제가 아니었다. 이기완은 독자(獨子)로, 찬희가 시집을 갔다면 아들을 낳아야 되는 문제부터 시작해서 엄청난 성격을 자랑하는 그 시어머니에게 시달릴 대로 시달렸을 것이다.

모든 부모가 그러하듯, 숙희는 딸이 편한 곳으로 시집가기를 바랐다. 시집가려면 일단 남자부터 만나는 게 우선이었지만.

"그런 집안 말고, 좀 평범한 집으로 시집갔으면 해요. 찬희 너도 그렇게 생각하지?"

"네? 네."

"말 나온 김에 선이나 보자. 너 벌써 서른하나야."

"엄마, 나 선 안 본다고 했잖아요."

"안 보긴 뭘 안 봐? 너 그러다 마흔 되는 거 금방이다?"

"아니, 이제 겨우 서른한 살 된 애한테 마흔이 대체 무슨 말이야?"

우안리는 다시 아내를 구박하기 시작했고, 숙희는 비유법일 뿐이라고 우겼다. 온갖 요직을 두루 거친 서울중앙지검의 검사장 부부의 대화 같지 않게 유치하긴 했으나, 엄마와 아빠의 습관이자 나름의 애정표현 방식이라는 것을 잘 알고 있는 찬희는 피식 웃어

버렸다.

나도 나중에 승열과 저렇게 토닥거리면서 잘 지낼 수 있을까?

집에 도착한 뒤, 방 안으로 돌아와 찬희는 겉옷도 벗지 않고 침대에 털썩 누워 곰인형 여리를 껴안았다.

"결혼할 겁니다."

승열의 그 말이 환청처럼 귓가에 어른거렸다. 물론 승열은 이제까지 찬희에게 결혼하겠다고 몇 번이나 말해왔었다.

하지만 그녀가 듣고 있는 상태에서 다른 사람에게, 그것도 엄마에게 그렇게 당당하게 말하다니.

사랑고백과는 차원이 다른 말이긴 했다. 하지만 찬희는 세상에서 가장 로맨틱한 말을 들은 것 같았다.

설마 내가 꿈을 꾼 건 아니겠지?

찬희는 볼을 세게 꼬집어봤다. 저절로 비명이 나올 만큼 아프자 꿈이 아니라는 걸 알게 되었다.

"아…… 보고 싶다."

곰이 너무너무 보고 싶었다.

찬희는 여리가 압착되도록 더욱 꼬옥 안았다가 벌떡 일어나 휴대폰을 들었다.

"결혼할 여자?"

승원, 승리와는 다르게 승열의 연애 사실을 전혀 모르고 있던 셋째 승언은 찬희의 가족들이 눈앞에서 사라지자 피식 웃었다. 승열은 셋째 동생에게 물었다.

"왜 웃어?"

"거짓말이 많이 늘었다 싶어서."

"거짓말?"

"그 사모님이 여자 소개시켜 줄 것 같아서 거짓말한 거잖아."

승열이 뭐라고 말해야 할지 생각할 때, 승언은 짧게 한숨을 내쉬었다.

"형도 벌써 서른둘이야. 슬슬 결혼 생각할 때도 됐잖아."

승언은 머리를 긁적이더니, 한숨 쉬듯 이어 말했다.

"뭐, 큰형이 아직이긴 하지만."

승열이 거짓말이 아니라고 말할 찰나, 등 뒤에서 인기척이 느껴졌다. 승열은 미소를 지으며 승안을 맞았다. 일이 끝나자마자 주차장으로 내려온 듯, 승안은 항상 입고 다니는 개량 한복 조리복 위에 요리사용 앞치마를 그대로 걸치고 있었다.

"형."

어려울 때 모든 것을 다 바쳐서 나머지 형제들을 먹여 살린 집안의 어른인 첫째이자 장남. 입양아이기 때문에 다른 형제들과 피가 섞인 건 아니지만, 형제들과 누구보다도 닮은 사람.

"검사장님 가족들은 가셨니? 인사도 못 드렸구나."

승열의 새 상관이 식당에 왔는데 인사도 못하다니. VIP 손님 접대를 해야 했기에 도저히 빠져나올 수 없었던 것이었지만, 승안은 후회되었다. 동생들을 위해 돈을 벌고 있는 것인데 아이러니하게도 가끔 이렇게 동생들을 최우선으로 대하지 못하는 경우가 발생할 때가 있었다. 승안은 앞치마를 벗어 거칠게 움켜쥐었다.

"다음에 또 인사드리면 되죠. 앞으로 자주 뵐지도 모르는데."

승열은 형의 어깨 한쪽을 한 손으로 짚었다. 짙은 피로로 단단하게 뭉쳐 있었다.

"저녁때까지 다른 일 없으시죠? 잠깐 쉬세요. 마침 제가 이야기할 것도 있으니, 들어가서 하죠."

승열은 형의 어깨를 가볍게 주무르며 다른 형제들과 함께 다시 삼층으로 올라갔다. 간단하게 다과가 들어왔고, 무슨 말을 하려는지 눈치 챈 승리가 초롱초롱한 눈으로 지켜보는 가운데 승열은 잠시 생각에 잠겼다.

이제까지 그는 형이 결혼하기 전까지 결혼할 생각은 없었다. 아직 찬희의 부모님께 허락 받은 건 아니었으나, 승열은 찬희와 결혼하는 걸 기정사실이라고 생각했다. 그런데도 그동안 다른 가족들에게 말하지 못했었다. 하지만 이젠 말해야 할 때였다.

먼저 결혼하는 것 때문에 형에게 미안하긴 했다. 아주 많이 미안했다. 하지만 승열은 자신이 미안해한다는 사실을 형에게 말하면 안 된다는 것쯤은 잘 알고 있었다. 그의 형은 그 사실을 알게 되면, 동생의 결혼을 늦추게 해서 미래를 가로막았다고 자책할 사람이니까.

"무슨 이야기인데 그렇게 뜸을 들여?"

승언이 입이 찢어져라 하품하며 물었다. 승열은 동생의 쩍 벌린 입을 보고 피식 웃은 뒤, 형을 바라보며 말했다.

"형, 저 결혼할 여자가 있어요."

이미 사실을 알고 있는 승원과 승리와는 달리, 승언은 말 그대로 경악했다.

"뭐야, 형이 여자를 사귄단 말이야?"

"그럼 승열 오빠가 여자를 사귀지 남자를 사귀겠어?"

승리는 승언에게 핀잔을 줬고, 가만히 이야기를 들은 승안은 들고 있던 찻잔을 내려놓으며 말했다.

"시간되는 대로 데려와라. 음, 혹시 아까 새 검사장님 가족과 관계있니?"

"네. 찬희 아버님이 검사장님이세요."

"오, 아까 그 여자 분 참하게 생겼던데. 형, 능력 좋네?"

"언아."

승안의 목소리가 무겁게 울리자, 승언은 잽싸게 대답했다.

"넵. 말조심할게요."

"그래. 음, 아까 못 만나서 아쉽구나. 그래. 네가 결혼할 때가 됐긴 하지. 결혼은 언제 할 생각이니?"

"준비만 되면 바로 할 생각이에요. 빠르면 좋죠."

"뭐야, 사고 쳤어?"

승언은 다시 끼어들었다가 승안의 호된 시선을 받고 입을 다물었다.

"그런 건 아니에요."

사실 사고를 치긴 했지만, 찬희가 임신한 건 아니니 엄밀한 의미의 '사고'는 아니었다.

"하지만 되도록 빨리 하고 싶어요."

승열은 진심을 말했고, 승안은 고개를 끄덕였다.

"상견례 날을 잡고 나서 자세하게 이야기하자. 그전에 대략적인 건 네 안사람이 될 아가씨와 이야기를 끝내놓도록 하고."

"근데 말이야, 아까 식사 같이할 때 형을 사윗감으로 보는 눈치는 없던 거 같은데?"

휴일만 되면 멍청하게 변하는 승원이 내내 멍하니 있다가 위로 멋대로 뻗어나간 머리칼을 어떻게든 아래로 내리려고 애쓰면서 간만에 날카롭게 물었다.

"찬희가 아직 부모님께 말씀 안 드렸어. 조금만 더 있다가 말씀드린대."

"왜? 혹시 반대하시는 거야? 형 정도면 아주 훌륭한 남편감인데. 음, 시동생들이 너무 많아서 그런가? 우리 건사 안 해도 된다고 말씀드려."

그러고 보니, 시동생이 너무 많으면 안 좋은 건가?

승열은 나중에 찬희에게 물어봐야겠다고 생각하며 답했다.

"다른 이유 없어. 찬희가 외동딸이라서 결혼하겠다는 사람이 생기면 무조건 반대하실 거래. 아주 극렬하게."

다른 이유가 있나 싶어 고민하다가 물어보니, 찬희는 아주 심각한 표정으로 그렇게 대답했다. 온갖 방법으로 그를 괴롭히실 거라면서.

뭐, 얼마나 그러시겠어. 조금 목소리 높이시다가 끝나겠지.

승열은 그렇게 단순하게 생각했고, 조만간에 꼭 말을 하겠다는 약속을 받아냈었다.

"그럴 수 있긴 하겠네. 뭐, 반대해도 형이 앞으로 잘하면 되겠지."

승원은 그렇게 말하면서 침을 바른 손으로 머리칼을 잡아 밑으로 내리려고 애썼고, 승리가 그걸 보고 더럽다고 하지 말라고 타박할 때 승열의 휴대폰이 울렸다. 찬희였다.

승열은 가족들이 쳐다보고 있는 것도 잊은 채 바로 통화 버튼을 눌렀다.

"응, 나야."

[아까 좀 당황했지? 네 형 식당인 줄 몰랐어.]

"식사 잘하고 가신 것 같아 다행이야."

[아빠랑 엄마랑 다 좋아하셨어. 나도 참 잘 먹었고. 정말 맛있었어.]

"다행이네."

승열이 씩 웃을 때, 찬희는 잠시 망설이다 물었다.

[음, 저기. 오늘 집에서 쉬는 날이지?]

"응."

일요일은 암묵적으로 서로 집에서 쉬기로 했었다. 알면서 왜 묻지?

[그럼 안 되겠네.]

"뭐가?"

[오늘 친구 만나기로 했는데 걔가 일이 생겼다고 못 나온대. 영화 예매해 놓은 게 있는데…… 아쉽지만 못 가겠네. 너 쉬어야 하지?]

"아니야, 괜찮아. 어디서 만날까?"

생각할 겨를 없이 말이 먼저 튀어 나갔다. 약속 시간과 장소를

정한 뒤, 승열은 이따가 보자고 말하고 통화를 끝냈다.

찬희를 또 볼 수 있다!

승열은 헤벌쭉 웃으며 고개를 들었다가 형제들이 다소 요상한 표정으로 자신을 보고 있다는 것을 알아차렸다.

"왜?"

"왜긴 왜야. 아이구, 진짜. 어서 나가기나 하시지."

승언은 다시 타박했고, 승열은 어깻짓을 한 뒤 자리에서 일어났다. 후다닥 밑으로 내려가던 그는 승언이 마지막으로 하는 말을 들었다.

"저렇게 좋을까."

들었을 때는 별생각이 없었다. 하지만 깨끗하게 샤워하고 좋은 옷으로 챙겨 입고 나가면서, 승열은 문득 깨달았다.

찬희를 좋아한다.

승열은 시동도 켜지 않은 차 안에 앉아 멍하니 입을 헤 벌렸다. 방금 깨달은 사실이 심장에서 온몸으로 스파크처럼 퍼져 나갔다.

그래, 난 찬희를 좋아해.

찬희와 사귀기 전 동정이었고, 연애 경험이 없었긴 하지만 호감을 느낀 여성이 없던 건 아니었다. 어렸을 때는 뭇 사내들처럼 몸매가 끝내주고 예쁜 여자들에게 상당히 끌렸었다. 나이가 들수록 외모보다는 성격을 중요시하게 되었는데, 몇 번 지나치다가 만난 변호사나 판사 가운데 그가 호감을 느낄 만큼 괜찮은 여성들이 있었다.

하지만 찬희는 호감 정도가 아니었다. 좋았다. 말 그대로, 이성적으로 좋아한다.

호흡이 힘들 만큼 심장이 미칠 듯이 뛰기 시작했고, 온몸의 혈관에 열기와 흥분이 빠르게 휘몰아치기 시작했다.

찬희. 좋아하는 여자. 찬희. 찬희.

"왔어?"

영화관 앞에 서 있던 찬희는 활짝 웃으며 승열을 맞았다. 핑크빛 원피스를 입고 예쁘게 화장을 한 그녀는 빛이 났다.

승열의 심장이 쿵하고 하늘 높이 치솟았다. 아까 식당에서 만났을 때도 예뻐 보이긴 했지만, 이 정도는 아니었었다. 이렇게 눈이 부실 만큼 빛이 나는 미인이었나?

"왜 그래? 눈에 뭐 들어갔어?"

승열이 아무 말 없이 눈을 비비고만 있자, 찬희는 걱정스레 물으며 그의 턱에 살짝 손을 올렸다. 찬희의 손끝이 닿은 곳에 화르르 불이 붙었다.

"어…… 아니야. 아무것도."

찬희는 싱긋 웃은 뒤 손을 내려 승열의 오른손을 잡고 깍지를 꼈다. 불길이 손으로 번져 나갔고, 승열의 머릿속은 딱 한 가지 생각만으로 가득 차기 시작했다.

이 여자를 갖고 싶다.

"시간 얼마 안 남았어. 들어가자."

찬희는 승열을 이끌고 상영관으로 들어갔다. 승열은 말없이 그녀가 하자는 대로 들어가 좌석에 앉았다. 신기하게도 좌석은 두 개가 붙어 있었고, 중간에 팔걸이가 없었다.

이게 커플석인가? 더 가깝게 붙어 있을 수 있겠네.

승열이 속으로 커플석을 좋아라 할 때, 찬희는 용기를 내어 그의 어깨에 살짝 머리를 기댔다.

“어…….”

승열은 입을 뻐끔거렸고, 찬희는 이십 분 동안 힘들게 마스카라를 칠해서 평소보다 훨씬 더 길게 만든 속눈썹을 깜빡이며 물었다.

“기대는 거 싫어하나 봐?”

“아니야, 아니야.”

승열이 냉큼 대답하자, 찬희는 미소 지으며 더욱 용기를 내어 왼손을 그의 허벅지에 아주 살짝 올려놓았다. 만지작거려서 곰 허벅지가 얼마나 탄탄한지 알고 싶은 게 솔직한 심정이었으나, 아무리 그래도 그 정도까지 할 용기는 없었다. 사실, 지금도 너무 좋았다. 찬희는 미소를 지으며 그에게 기댄 채로 영화를 열심히 관람했다.

찬희와는 달리, 승열은 영화에 집중할 수가 없었다. 아니, 영화를 아예 보지조차 못했다. 그는 영화가 상영되는 동안 자신의 오른쪽 어깨에 편안하게 기댄 찬희만 보고 또 보았다. 뒤로 틀어 올린 부드러운 머리칼과 작은 어깨, 그의 오른쪽 다리 허벅지에 올려놓은 길고 가느다란 손가락…….

몸이 후끈거리다 못해 터질 것 같은 욕구가 치밀어 오르자 승열은 영화를 보는 내내 왼손으로 팔걸이를 부서져라 쥐었다.

“역시 재밌네.”

영화가 끝나고 엔딩 크레딧이 올라가자, 찬희는 만족감에 미소를 지으며 승열을 올려다보았다.

"재밌었지?"

"응? 응."

승열은 그냥 대답했다. 영화 따윈 알바 아니었지만 찬희가 원하는 대로 아무 말이나 해줄 수 있었다. 말만이 아니라, 뭐든 해줄 수 있었다.

"저녁 먹기엔 이르네. 나 친구 생일선물 사야 되는데 밑에 가서 구경 다니자."

찬희는 다시 깍지를 낀 뒤 그를 영화관 아래층의 쇼핑몰로 이끌었다. 승열은 찬희가 하자는 대로 따라갔다. 삼십여 분 동안 돌아다니면서 친구의 생일선물을 고른 뒤에야 찬희는 승열이 오늘따라 아주 조용하다는 것을 알아차렸다.

"피곤한가 봐."

근처 카페에 앉은 뒤, 찬희는 그의 손을 꼭 잡고 미안함을 표시했다. 하지만 다소 속상하기도 했다. 보고 싶어서 일부러 거짓말까지 해서 부른 거였는데, 내내 말도 없고 표정도 저렇다니.

역시 내가 좋아하는 만큼 좋아하는 게 아닌 건가.

"아니야, 피곤한 거."

승열은 고개를 저었지만 그의 목소리 또한 평소보다 많이 가라앉아 있었기에 찬희는 믿지 않았다. 더군다나, 승열은 그녀를 쳐다보고 있지 않았다. 평소에 대화를 나눌 때 서로 눈을 마주 보곤 했었지만 오늘 그는 그녀의 눈은커녕 테이블만 쳐다보고 있었다.

쇼핑을 싫어하는 걸까? 아니면 오늘 나오게 해서 짜증난 건가?

집에 들어가게 할까 싶긴 했지만, 더 오래 같이 있고 싶었다. 찬희는 손끝으로 그의 손등을 톡톡 두드리며 이런저런 대화를 시도했다. 하지만 승열은 고개 한 번 들지 않은 채로 테이블만 뚫어져라 바라보며 단답형으로 대답했다. 승열이 삼십여 분 동안 계속 그런 데다가 그 뒤에 조금 이른 저녁식사를 하면서도 계속 그러자 찬희는 참지 못했다.

"그만 가자."

찬희는 의자에서 벌떡 일어나 레스토랑을 나갔다. 주차장까지 둘은 손도 잡지 않은 채 조금 떨어져서 갔다. 기분이 여전히 안 좋긴 했지만 에스컬레이터를 타고 내려가면서 찬희는 살짝 기대하는 자신을 발견했다. 항상 헤어질 때 키스를 했으니까. 더군다나 운 좋게도 주차장에는 아무도 없었다.

"그럼 다음에 봐."

찬희는 키스를 기대하며 뒤돌아 그를 바라보았다. 그러나 그녀의 그런 심장의 콩닥거림은 승열이 여전히 싸늘한 콘크리트 바닥만 쳐다보고 있는 것을 발견하자 스러져 버렸다.

"갈게."

속이 타 들어가는 것 같았다. 찬희는 다시 인사한 뒤 그녀의 차로 걸어갔다. 막 차 문을 열었을 때였다.

"찬희야."

여전히 딱딱한 목소리였지만, 찬희는 즉각 뒤돌아보았다. 승열은 다가오지 않은 채 멀리 떨어진 자리에 그대로 서 있었다. 그의 표정은 굳어 있었다. 마치, 화가 난 것처럼.

"미안해."

찬희는 저도 모르게 내뱉었다.

"앞으로 쉴 때 안 불러낼게."

찬희는 차 안으로 들어가 문을 세게 닫은 뒤, 운전해서 주차장을 빠져나갔다. 집에 도착한 뒤 멍하니 여리를 쳐다보았다.

내가 좋아하는 만큼 날 안 좋아하는 건…… 이해한다. 십이 년간의 짝사랑과 책임감으로 시작된 관계는 차원이 다르니까.

하지만 쉴 때 딱 한 번 불러낸 게 그렇게 화를 낼 정도로 싫은 건가? 내가 휴식 한 번만큼의 가치도 안 돼?

속이 상했다. 그것도 아주 많이.

찬희는 여리를 침대에 세워 앉힌 뒤, 앞에 두고 따졌다.

"적어도 휴식 한 번만큼은 날 좋아해 줄 수 없어? 그리고 아무리 짜증이 나더라도 한 번도 날 안 쳐다보다니, 너무한 거 아니야?"

진짜 너무했다.

찬희는 문득 눈가에 눈물 한 방울이 맺혔음을 깨달았다.

눈물이 나오다니.

작년까지 이 년 동안 그녀는 살인 사건을 전담으로 다루었다. 살인 사건의 경우 초동(初動) 수사부터 진두지휘하게 되어 있었는데, 익사한 시체는 물론 상황이 필요할 경우 부검의가 해부하는 장면을 지켜보며 사망 원인을 찾아보게 되어 있었다. 그런 일을 하는 동안 대범해질 대로 대범해졌고, 거칠고 험악한 피의자들을 겪으면서 입에 담을 수 없을 만큼 혐오스러운 비속어도 들어보았다. 하지만 찬희는 그런 일 때문에 눈물 한 방울 흘려본 적 없었다.

자신이 여자라서, 사적인 부분에서 약해서 그런 게 아니었다. 그저, 그만큼 승열의 행동이 서운하기 때문이었다. 가장 큰 고통은 사랑에서 비롯된다던데, 딱 그 경우였다.

최근에 이틀에 한 번 새벽까지 데이트를 할 때는 정말 행복 그 자체였다. 아침에 일어나 승열이 전날에 보낸 문자를 바로 확인하기 전까지 꿈이 아닌가 걱정될 만큼 승열과의 연애는 즐겁고 너무 기쁘기만 했었다.

그런데 갑자기 승열이 화를 내니, 찬희는 하늘 위까지 쌓아 올릴 수 있을 만큼 높아진 행복의 계단이 와르르 무너지는 것 같았다.

너무해.

눈물을 슥 닦으며 찬희는 여리를 떠밀었다. 찬희의 상체만한 커다란 곰인형은 데굴데굴 굴러 바닥으로 떨어졌다. 찬희는 한참 여리를 노려보았지만, 결국 여리를 침대로 다시 데려와 꼭 껴안을 수밖에 없었다.

그래도, 다음에 만날 때는 화 안 내고 다시 웃어주겠지?

찬희는 그런 생각을 하며 속상한 마음을 달랬다. 그리고 다음에 만날 때는 승열이 웃어주기만을 기대했지만 다음날 아침, 엘리베이터 앞에서 만난 그는 어제와 같았다.

"안녕, 우 검사."

주변에 다른 사람이 없었는데도 승열은 목소리가 여전히 딱딱했고 표정은 어두웠으면 찬희를 외면한 채 바닥만 바라보고 있었다.

승열이 더 이상의 말없이 슈트 주머니에 손을 넣은 채 가만히 서 있는 것을 보고, 찬희는 깨달았다.

단순히 휴식날에 불러낸 것 때문에 저러는 게 아니다. 어제 일 때문에 그러는 것도 아니다. 그럼, 대체 왜 그러지? 설마…….

그녀가 엘리베이터에서 내리는데도 승열은 아무 말도 하지 않았다. 등 뒤에서 엘리베이터가 쿵하고 닫히자, 찬희는 온몸에 싸한 기운이 올라오는 것을 느끼며 떠오른 생각을 중얼거렸다.

"내가 싫어진 건가?"

일을 하면서 찬희는 생각하고 또 생각해 보았다.

싫어진 게 아니라면 저럴 이유가 없다. 쳐다보고 싶지도 않을 만큼 싫다는 건가?

왜? 왜 갑자기 그러는 거지?

책임감만으로 결혼하는 게 옳지 않은 일이라는 걸 그제야 깨달았나? 아니, 설령 그렇게 생각하게 됐더라도 갑자기 그렇게 외면하는 게 말이 되나? 마치 내가 꼴도 보기 싫은 양…… 나, 혹시 미움받는 건가? 헤어지고 싶은 걸까? 설마 어제도 헤어지자는 말을 하고 싶어서 만난 건 아니겠지? 앞으로 어쩌지? 승열과 결혼 못하게 되는 걸까?

여러 가지 생각이 끝도 없이 떠올랐다. 찬희는 입술을 깨물며 하루의 일과를 시작했다. 차분히 일을 하다 보니, 흔들렸던 마음의 평정이 다시 균형을 찾기 시작했다.

내가 너무 생각이 많은 거야.

상대방의 말과 행동 하나에 일희일비하는 게 연애였다. 승열과 사귀기 전에 연애해 본 적은 없으나, 찬희는 별거 아닌 말 한마디에도 괜히 오해해서 혼자 상처받는 게 연애라는 것쯤은 알고 있었다.

그냥 좀 화가 난 거겠지. 갑자기 싫어질 이유는 없다. 그렇지?

점심시간이 되자, 찬희는 한결 가벼워진 마음으로 식사하러 갈 수 있었다. 그러나 그것도 잠시였다.

"우 검사님, 저기 보세요."

검찰청 바로 앞에 새로 생긴 식당에 들어가자, 영순은 눈을 반짝이더니 모서리 쪽에 앉아 있는 마 계장과 승열을 가리켰다.

"우리 저쪽으로 가요."

영순은 찬희의 손을 끌어당겨 승열의 테이블 바로 옆으로 뛰어갔다. 찬희는 못 이기는 척 걸어가며 두근거리는 마음으로 승열에게 다가갔다.

"안녕, 박 검사."

그녀는 최대한 예쁜 목소리로 인사했다. 승열은 흠칫 놀라더니, 고개를 들어 찬희를 바라보았다.

"어, 안녕."

얼떨떨한 어조로 그렇게 인사하다가 찬희와 눈이 마주치자, 승열은 얼른 눈을 바닥으로 내리깔았다. 찬희는 간신히 가라앉은 마음이 아프게 요동치는 것을 느꼈다.

"우리 같이 앉아요."

영순은 해맑게 웃으며 테이블을 옆으로 붙였다. 덕분에 찬희는 승열의 바로 옆에 앉을 수 있었다. 그녀는 앉으면서 의도적으로 승열의 왼쪽 어깨에 오른손을 얹었다. 승열의 굳은 어깨는 마치 벌레라도 닿은 듯 움찔거렸다. 찬희는 손을 거둘 수밖에 없었다.

"우리 이거 먹어요. 맛있어요."

영순이 메뉴를 가리키며 말하자 찬희는 반사적으로 고개를 끄덕였다. 영순은 계속 재잘거렸고, 찬희는 멍하니 장단을 맞춰주면서도 승열을 관찰했다. 식사 내내, 그는 그녀를 한 번도 쳐다보지 않았다.

단 한 번도.

아까 승열에게 거부당한 오른손이 부들부들 떨리기 시작했다. 이럴 때는 양손잡이라는 게 정말 다행이었다.

찬희는 왼손으로 식사를 시작했다. 무슨 맛인지 알 수 없는 음식을 기계적으로 씹을 때, 마 계장과 승열은 자리에서 일어났다.

"어머, 더 있다 안 가시고요?"

"일이 좀 밀려 있어서요."

영순의 질문에 대답한 건 마 계장이었다. 승열은 미소 같지 않은 미소를 얼굴에 띤 채, 양해를 구하는 듯 고개를 끄덕이고는 몸을 돌렸다. 작은 동작이었음에도 바람이 일었다. 아주 차갑고 두려운 바람.

찬희는 주먹을 꾹 쥐고는 뒤돌아보았다. 막 식당 중간을 가로지르던 승열의 품 안으로 넘어지는 여자가 있었다.

"미안, 박 검사."

찬희는 첫눈에 여자를 알아보았다. 대학교 동창이자 연수원 동기인 이선혜 검사. 상당한 미인이기도 한 여자로, 대학교 시절 승열을 짝사랑했던 여자들 중 하나였다.

"아니야. 걸려 넘어진 것 같은데, 발목 괜찮아?"

승열은 선혜의 팔을 잡아 똑바로 설 수 있게 도와주었다. 찬희는 그가 선혜에게 부드럽게 미소 지어주는 것을 똑똑히 목격했다.

"괜찮아. 내가 좀 덤벙대서. 암튼, 고마워."

선혜가 빙긋 웃으며 그렇게 말할 때, 찬희는 시간을 쟀다. 일 초, 이 초. 승열은 무려 삼 초나 더 선혜의 팔을 잡고 있다가 놓았다.

"조심해야지. 그럼, 나중에 보자."

나중에 보자? 나중에? 나중에?

찬희는 기가 막혔다.

나중에 따로 만나기로 약속했다는 뜻인가?

그녀가 격렬하게 떨리는 오른손을 꾹 쥘 때, 승열은 성큼성큼 식당 밖으로 걸어나갔다. 찬희는 선혜가 승열이 사라지기 전까지 쳐다보고 있는 것을 목격했다.

이게…… 대체 무슨 일이지?

멍하니 식사를 마저 하면서, 찬희는 다시 격렬한 고민의 늪으로 빠져들었다.

설마…… 선혜와 바람이 난 건 아니겠지?

여러 가지 생각을 끝없이 펼치던 찬희는 순간 떠오른 생각에 숨을 멈출 만큼 놀랐다.

승열은 보수적이고 책임감이 강한 남자였다. 절대 결혼할 여자를 두고 바람피울 남자가 아니었다. 아니, '절대' 장담할 수는 없는 일이었다. 어쩌면…… 바람을 피울지도 모른다. 하지만 책임감으로 무장한 사람인만큼, 설사 다른 여자를 사랑하게 됐다고 해도 책임져야 할 존재를 버리고 가버리는 짓은 하지 못할 것이다.

설마…… 선혜가 좋아져서, 그래서 나한테 정이 떨어진 건가? 차마 나한테 헤어지자고 말을 못해서, 그렇게 차갑게 대하는 건가?

찬희는 자신이 상상의 나래를 펴고 있다는 건 잘 알았다. 하지만 아까 승열은 자신의 팔을 뿌리쳤고, 선혜의 팔을 계속 잡고 있었다.

설마…… 설마…….

"와, 오늘도 속도 좋으시네요."

찬희가 갑자기 몰려오는 거대한 두려움의 파도에 허우적거리고 있을 때, 왕 계장이 감탄을 표했다.

"보통 연애하면 집중이 안 되어서 일도 잘 못하는데. 대단하세요."

이번에 감탄한 건 영순이었다. 영순은 찬희가 완벽하게 작성한 공소장을 보고 고개를 절레절레 흔들었다.

"평소랑 똑같네요. 아니, 더 완벽해지신 것 같아요."

"일은 일이고, 연애는 연애니까."

찬희는 그렇게 답했지만, 사실 스스로도 놀라웠다. 그렇게 온갖 딴생각을 하는데도 일이 제대로 되다니. 하긴, 연애를 한 건 처음이었지만 무려 십이 년이나 짝사랑을 해왔다. 그동안 혼자 온갖 상상의 나래를 다 펴왔으니 일을 하면서도 승열에 대한 생각을 동시에 할 수 있는 건 당연했다.

정말…… 선혜와 바람이 난 걸까?

당장 승열의 사무실로 올라가 캐묻고 싶은 게 솔직한 심정이었다. 하지만 일이 우선이었다. 아니, 사실 핑계였다. 그게 맞다는 답을 들을까 봐 너무 무서웠다.

찬희가 울컥 터져 나올 것 같은 눈물을 간신히 참으면서도 평소와 같은 속도로 일에 몰두하고 있을 때, 승열은 그녀와는 달리 일 때문에 끙끙대고 있었다.

"오늘 영 진도가 안 나가시네요."

승열과 함께 일하는 마 계장은 혀를 찼다. 최근 들어 승열이 일 처리를 하는 속도가 늦어지긴 했다. 데이트를 하지 않는 날은 새벽 두세 시까지 야근을 하는 게 보통이었을 정도로 일처리가 늦었는데, 그중에서도 오늘은 정말 심했다.

어지간히 집중이 안 되는지 승열은 피의자가 진술하는 것도 듣는 둥 마는 둥 하면서 똑같은 질문을 두세 번씩 해대고, 조서도 한두 줄 쓰고 나서 멍하니 천장만 바라봤다가 무슨 내용인지 까먹었는지 다시 처음부터 허둥지둥 조서를 읽곤 했다.

대체 왜 저러지? 우 검사님과 싸우기라도 했나? 그러고 보니 아까 식사할 때 이야기도 거의 안 하던데.

"그러게요."

대답하며 승열은 시간을 확인했고, 예상보다 훨씬 적게 작성한 조서의 양을 보고 한숨만 내쉬었다. 그는 작성을 끝낸 서류를 훑어보다가 내용이 엉망인 것을 발견하고 얼굴을 일그러뜨렸다.

미치겠네. 이따위로 일을 하다니.

"세수 좀 하고 올게요."

승열은 자리에서 벌떡 일어나 화장실로 달려갔다. 차가운 물을 얼굴에 끼얹었지만, 그렇게 해도 머릿속을 터질 듯이 지배하고 있는 생각을 몰아낼 수가 없었다.

찬희.

찬희, 찬희.

찬희, 찬희, 찬희.

승열은 휴대폰을 꺼내 한참을 고민했다. 뭐라고 문자를 보내지?

이전까지는 별생각없이 아무 내용이나 보냈었다. 그러나 지금은 너무 고민되었다.

"음, 음."

신음을 길게 흘린 승열은 뚫어져라 휴대폰을 쳐다보다가 용기를 내어 문자를 쳤다.

〈오늘도 좋은 하루.〉

다섯 번이나 다시 읽어본 뒤, 승열은 문자를 보냈다. 그리고 기다렸다. 하지만 오 분이나 기다렸건만 답은 오지 않았고, 사무실로 돌아가 일을 재개한 뒤에도 여전히 반응이 없었다.

왜 답을 안 하는 거지?

그동안 찬희는 재깍재깍 답을 보내왔었다. 그런데 갑자기 왜 답을 안 하는 걸까? 무슨 일이 있나?

갑자기 확 걱정이 들었고, 당장 아래층으로 내려가 확인하고 싶었다. 아니, 그건 핑계로 사실은 얼굴이 너무 보고 싶었다.

찬희는 내가 얼마나 보고 싶을까? 나를 좋아할까? 얼마나 좋아할까?

"집중이 잘 안 되시나 봐요."

늦은 시간에 잠시 외근을 다녀온 마 계장은 작성이 끝난 조서의 양을 확인한 뒤 한숨을 내쉬며 말했다. 승열은 머리를 긁적였다.

"네. 오늘따라 좀 그렇네요."

"우 검사님은 퇴근하셨다고 하던데. 오늘 데이트하시는 거 아니에요? 야근하시면 안 되잖아요. 회식까지 있으신데."

"오늘은 데이트 없어요. 음, 찬희가 퇴근했다고요?"

마 계장은 고개를 끄덕였다.

"왕 계장을 요 앞에서 만났는데, 오늘 할 일 다 하고 퇴근하셨대요."

찬희는 원래도 일을 빠르고 정확하게 처리하기로 유명했다. 하지만 벌써 다 하고 퇴근했다니?

승열은 조서를 바라보았다. 아직 오늘 계획한 분량 가운데 절반도 못한지라 두께는 얇았다. 나는 저것밖에 못할 정도로 집중이 안 됐는데, 찬희는 아닌가?

내가 좋아하는 정도의 절반만큼도 찬희는 날 좋아하지 않는 건가?

갑자기 담배 생각이 났다. 승열은 답답한 가슴을 툭툭 몇 번 치다가 다시 일에 집중하려고 노력했다. 하지만 나갈 시간에 가까워졌건만 여전히 3분의 1은 남아 있었다.

"그만 퇴근하세요. 저도 회식 때문에 일어나야겠네요. 이것만 하고 갈 테니 먼저 가세요."

마 계장은 승열의 말대로 먼저 나왔다. 그는 엘리베이터 안에서 우안리 검사장과 제3차장검사를 발견했다. 바짝 얼어서 인사한 뒤, 마 계장은 구석에 섰다.

“이철형 사건이라고?”

차장검사와 이야기를 나누는 검사장의 목소리에는 날이 서 있었다.

“찬희가 그 사건을 맡았단 말이야?”

“네. 형사부 사건인데 왜 다른 부서로 가 있냐고 해서 넘겨줬는데…… 무슨 문제라도?”

“아니야. 그나저나, 이철형이 찬희를 다치게 했다 그거지…….”

차장검사의 안색이 확 변했다.

“죄송합니다. 그런 사고가 발생할 줄 알았다면 넘기지 않았어야 했는데.”

“자네 탓이 아니야. 아무튼 그 사건은 원래대로 박 검사한테 넘겨야 해. 박 검사가 꼭 그 사건을 처리해야 된다고.”

박 검사라면, 우리 박승열 검사를 말하는 것일 텐데.

마 계장은 검사장이 왜 저렇게까지 말하는지 이해할 수 없었다. 박 검사가 꼭 이철형 사건을 처리해야 된다고? 어째서?

이유를 알고 싶었지만, 차마 그럴 수가 없었다. 마 계장은 주차장으로 가는 척하면서 대화를 더 엿들으려 노력했지만, 검사장은 차장검사에게 딸 자랑만 늘어놓을 뿐이었다. 결국 마 계장은 더 이상의 소득을 얻지 못했다.

정보를 수집해야 되나?

마 계장이 그런 생각을 떠올리며 집으로 갈 때, 승열은 막 의자에서 일어서고 있었다. 노크 소리가 들리더니 선혜가 들어왔다.

“박 검사, 안 와?”

"이제 나가려고."

승열은 옷걸이에 걸어둔 재킷을 입었다. 막 책상 앞으로 나왔을 때, 밖으로 걸어나가던 선혜는 승열이 아까 바닥에 쌓아놓은 책에 걸려 비틀거렸다. 승열은 재빠르게 선혜를 안아 일으켰다.

"아우, 오늘만 해도 두 번째네. 나 왜 이렇게 덤벙거리지."

선혜는 한숨을 폭 쉬었다.

"미안해. 쌓아두지 말 걸. 괜찮아?"

승열은 선혜가 혹시 다시 넘어질까 봐 걱정되어 한 손으로 그녀의 팔을 잡은 채 발목을 살펴보았다.

"괜찮아. 워낙 덤벙대서 그런지 걸려 넘어지는 게 하루 이틀이 아니거든. 아주 튼튼해."

승열은 그녀의 대답에 씩 웃었다. 고개를 들던 그는 문득, 열려 있는 문 사이로 뭔가가 지나가는 것을 보았다.

뭐지? 누가 있었나?

"조심해. 그나저나, 회식 가도 괜찮은 거야? 몸에 무리 가는 거 아니야?"

얼마 전 회식 때, 선혜는 몇몇 조직범죄수사부 검사들에게만 홀몸이 아니라는 것을 밝혔다. 다음달에 결혼을 앞두고 있었는데, 속도위반 사실을 알리기 싫다면서 아무 말도 하지 말아달라고 부탁했었다.

"아니야. 술만 안 마시면 되지. 그리고 사실 마지막 회식이야. 내 약혼자 개업했잖아. 도와주려고."

"그렇구나. 아쉽네."

여자였지만 능력이 뛰어났고, 좀 친하게 지낸 동료가 그만둔다
는 사실이 아쉬웠다. 승열은 아쉬움의 한숨을 흘리며 선혜가 혹시
다시 넘어지지 않나 살피며 밖으로 함께 나갔다. 그리고 찬희는
찢어지는 심장을 안고 방금 승열의 사무실에서 봤던 것을 떠올리
고 있었다.

승열은 선혜를 안고 있었다.

찬희가 끝없는 괴로움의 늪에 그대로 빨려 들어갔을 때, 승열은
선혜가 잘 회식을 마치는지 지켜본 뒤 다시 출근해서 새벽 네 시
까지 일을 하고 겨우 집에 들어갔다. 두어 시간도 못 자고 출근해
서 다시 일을 시작했지만 그날도 마찬가지였다. 눈앞에 찬희의 얼
굴이 어른거렸고, 생각할 때마다 심장이 아플 만큼 급격하게 뛰었
으며 흥분과 욕구가 혈관을 타고 빠르게 흐르는 바람에 제대로 일
에 집중할 수가 없었다. 게다가 찬희가 답문자도 보내지 않았기
에, 그의 짜증은 날로 커져만 갔다.

결국 승열은 더 이상 참지 못했다. 퇴근 시간을 갓 넘겼을 때,
그는 공소장을 작성하다 말고 벌떡 일어나 찬희의 사무실로 성큼
성큼 걸어갔다. 불끈 쥔 손으로 노크를 하자, 의도한 것과는 다르
게 '똑똑'이 아니라 '쾅쾅' 하는 소리가 났다.

"들어오세요."

찬희의 목소리였다. 하루만에 듣는 목소리.

갑자기 벌렁벌렁 뛰던 심장 박동이 두 배로 빨라졌다. 승열은
눈앞이 아찔해지자 잠시 호흡을 고른 뒤 문을 살짝 열었다. 책상

저편에 앉아 있는 찬희의 손만 보였다.

승열은 심장이 덜컹거리는 것을 느끼며 찬희의 우아하고 기다란 손가락을 탐욕스럽게 바라보았다. 더 보고 싶다.

승열은 문을 조금 더 열었다. 찬희의 작은 어깨가 보였고, 단정하게 뒤로 묶어 올린 까만 머리칼과 코끝에 걸려 있는 두꺼운 안경도 볼 수 있었다.

어제보다 더 눈부셨다.

"무슨 일이야?"

승열의 갑작스런 등장에 찬희는 심장이 쿵 내려앉았다. 설마 헤어지자는 말을 하러온 건 아니겠지?

"음, 일하고 있었나 보네."

승열은 당연한 말을 했다는 것을 깨달았다.

"그렇지. 왜? 무슨 일이야?"

"음, 그냥……."

보고 싶었다는 말은 나오지 않았다. 더군다나, 영순과 왕 계장이 호기심으로 눈을 반짝이고 있었으니까.

"저희 잠깐 쉬었다 올게요."

승열의 머뭇거림을 알아차린 왕 계장은 눈치 빠르게 자리에서 일어났다. 영순은 나가기 싫은 기색이 역력했지만 왕 계장에게 끌려 밖으로 나갔다. 쿵하는 소리와 함께 문이 닫히자 좁은 사무실에는 두 사람만 존재하게 되었다.

"할 말 있어?"

잠시 동안의 적막을 깨고 찬희는 의자에서 일어났다. 책상을 짚은 두 손이 희미하게 떨렸다. 도망가고 싶었다. 듣고 싶지 않았다. 하지만…… 알아야 했다.

"할 말 있으면 해봐."

"음, 그게, 그게 말이야…….”

네가 좋아.

승열은 딱 그 말 하나만 하고 싶었다. 하지만 입 밖으로 나오질 않았다. 영화나 드라마에서는 꽃보다 아름답다느니, 너 없으면 못 살 거라느니 그런 닭살 돋는 말을 잘도 하는데 난 대체 왜 이럴까. 현실이라 그런 걸까.

"하고 싶은 말이 있는데…… 말이 안 나와."

승열은 여전히 바닥만 바라보고 있었다. 찬희는 비꼬고 말았다.

"쳐다보는 것조차 싫은가 봐?"

"응?"

찬희의 목소리가 심상치 않자 승열은 고개를 들었다. 찬희와 눈이 마주친 순간, 승열의 심장이 다시 폭발할 듯 박동했다.

이제까지 눈을 마주 보면서 대화를 하곤 했었다. 그런데 지금은 심장이 터질 것 같아 그럴 수가 없었다. 그것만이 아니었다. 이제까지 찬희와 손도 잘 잡았고, 키스도 아주 오랫동안 잘했었다. 하지만 지금은…… 생각할 수조차 없었다. 아니, 키스를 어떻게 하는지도 떠올릴 수 없었다. 어떤 각도로 하더라? 키스할 때 손은 어디다 두더라?

여러 질문이 떠올랐지만 그전에 가장 크게 걱정되는 건 바로 이 점이었다.

고백하면, 찬희는 뭐라고 답할까?

"박승열!"

어느새 찬희는 그의 코앞에 다가와 있었다. 검은색의 두꺼운 뿔테 안경을 쓰고 있는 그녀의 갸름한 얼굴이 그의 시야를 지배하기 시작했다.

"쳐다보지도 않고, 내가 말하는 걸 듣지도 않고, 딴생각을 해?"

"아니, 딴생각을 한 건 아니고……."

"아니긴 뭐가 아니야! 내가……."

찬희의 목소리가 갑자기 멈췄고, 승열은 치솟은 화 때문에 싸늘했던 찬희의 얼굴이 슬픔으로 부서지는 것을 지켜볼 수밖에 없었다.

"내가 싫어진 거지?"

찬희의 목소리에 흐느낌이 묻어났고, 눈동자에도 눈물이 맺히기 시작했다.

"그래. 실수 때문에 만나게 된 거니까, 후회가 들 수도 있지. 그렇다고 그렇게 싫은 티를 내면서……. 선혜랑 만나는 거지?"

승열은 찬희가 무슨 말을 하는지 알 수가 없었다.

"아니면 갑자기 이럴 리가……. 아니, 됐어. 대답하지 마. 알고 싶지 않아."

알고 싶기도 했다. 하지만 찬희는 눈물이 나와 더 이상 말을 이을 수가 없었다. 차이는 마당에 질질 짜는 것만큼 추한 게 있을까.

나쁜 자식.

찬희는 그를 죽지 않을 만큼 때려주고 싶었다.

결혼해야 된다고 우긴 게 누군데 선혜와 바람이 나다니. 어떻게…… 어떻게 이럴 수가 있단 말인가…….

"가."

찬희는 등을 돌렸다. 차 오른 눈물 때문에 시야가 흐릿했다. 찬희는 눈물을 닦을 생각조차 하지 못한 채 연결되어 있는 회의실로 달려갔다. 문을 닫았지만 제대로 닫히지 않아 문틈이 벌어졌고, 승열은 그 틈 사이로 찬희의 등이 들썩이는 것을 볼 수 있었다.

찬희가 운다.

나 때문에 운다.

싫은 티라든지 선혜라든지 무슨 말인지 도통 이해할 수 없었다. 하지만 승열은 자신 때문에 찬희가 운다는 것 하나는 알았다.

"찬희야."

"가라니까!"

찬희의 흐느낌 서린 비명이 심장을 관통했고, 그래서 승열은 움직일 수 있었다.

"……아."

사람들은 곰이 덩치가 큰 것만을 보고 행동이 느리다고 생각하지만, 목표물이 생긴 곰은 그렇지 않았다. 아주 빨랐다.

승열은 번개처럼 문을 벌컥 열어젖힌 뒤, 찬희의 팔을 잡고 돌려 세웠다. 찬희는 왼손에 벗은 안경을 쥐고 있었고, 오른손으로는 줄줄 흘러내리는 눈물을 닦고 있었다.

"좋아."

찬희는 그의 시선을 외면하며 얼른 고개를 바닥으로 떨어뜨렸다. 마스카라가 다 번져서 너구리가 됐을 텐데, 이런 추한 모습까지 보여주게 되다니.

"네가…… 좋아."

요즘엔 초등학생도 이렇게 고백하진 않을 것이다. 하지만 승열은 너는 나의 영혼이니, 세상에서 가장 아름다운 꽃은 너라느니 그런 미사여구 따윈 할 수가 없었다. 어떻게 그런 말을 할 수 있겠는가? 지금 이 말을 한 것만으로도 심장이 터져 죽을 것 같은데.

"우찬희, 네가 좋아."

그래도 계속 말하니 쑥스러운 게 덜하기는 했다. 승열은 다시 말하며 찬희를 꼭 끌어안았다. 얼굴을 마주 볼 수가 없었다. 자신 때문에 흘리는 찬희의 눈물을 어떻게 감당한단 말인가.

"그래서…… 널 좋아한다는 걸 알아버려서…… 얼굴도 마주 볼 수가 없어. 심장이 너무 떨려. 그리고…… 아파. 그러니까……."

품 안의 찬희는 여전히 흐느끼고 있었다. 승열은 온몸이 산산조각 나는 것 같았다.

"울지 마. 제발…… 울지 마. 내 심장이 너무 아파."

찬희는 눈물을 내리눌렀지만 수도꼭지라도 튼 듯 그칠 수가 없었다. 승열의 가슴에 얼굴을 묻은 채, 찬희는 흐느끼고 또 흐느꼈다.

"찬희야."

승열은 그녀를 더욱 꼭 껴안으며 부탁했다.

"이제 그만 울어. 응?"

"나도, 나도 그러고 싶은데…… 안 멈춰."

　코가 막힌 듯한 찬희의 목소리는 잘 알아듣기 힘들 만큼 눈물로 젖어 있었다. 승열은 다시 마음이 울리는 것을 느끼며 주섬주섬 손수건을 꺼냈다. 승열이 그녀의 턱을 들어서 눈물을 닦아주려고 하자, 찬희는 고개를 저으며 다시 그의 품에 파고들었다.

　“싫어. 얼굴 보지 마.”

　너구리도 이런 너구리가 없을 것이다. 찬희는 두 손을 올려 그의 목을 끌어안았다. 손이 떨렸다.

　날…… 좋아한다고? 그래서 얼굴도 못 마주치겠다고?

　찬희는 그제야 이해했다. 그를 처음 본 순간부터 너무 가슴이 떨려 몇 년간 인사도 제대로 못하던 그녀였으니까.

　이 남자가 날 좋아한다.

　날 좋아한다.

　전율이 일었다. 동시에 다리에서 힘이 풀렸다. 찬희가 비틀거리자 승열은 화들짝 놀라 그녀를 조심스럽게 소파에 앉혔다. 찬희는 손을 더듬어 승열의 손수건을 가져와 눈을 가린 뒤, 소파 모서리 부분에 몸을 기댔다.

　“괜찮아?”

　찬희는 대답할 수 없었다. 괜찮은지, 아닌지 알 수 없었으니까.

　“눈물 흘리게 만들어서 미안해.”

　승열은 그녀의 왼손을 꼭 붙들었다.

　“다신 이런 일 없게 할게. 선혜와는 아무 사이가 아니야. 왜 그런 생각을 했는지 모르지만, 선혜는 결혼할 남자가 따로 있어.”

　“어제…… 선혜를 안고 있는 걸 봤어. 네 사무실에서……. 식당에서도 신경 많이 쓰는 것 같았고……."

그걸 본 사람이 찬희였구나.

승열은 부드러운 어조로 차근차근히 대답했다.

"걸려 넘어지는 걸 잡아줬을 뿐이야. 선혜, 임신했어. 곧 결혼할 거고. 속도위반 사실을 알리기 싫다고 우리 조직범죄수사부 사람들 몇 명한테만 알려줬어. 임산부가 넘어지면 안 되잖아. 식당에서도 그래서 신경 많이 쓴 거고, 어제도 사무실에서 또 넘어져서 잠깐 잡고 있었던 거야."

그랬던 거구나.

쌓이고 또 쌓였던 의심이 승열의 부드러운 말 한마디에 스르륵 녹아버렸다.

아무 사이가 아니다. 그저, 임산부이기에 승열이 신경 써줬던 것뿐.

승열은 날 좋아한다. 선혜가, 다른 여자가 아니라 날 좋아한다.

나를.

"미안해, 승열아. 의심해서……. 내가…… 내가 혼자 이상한 상상을 했어."

"아니야. 얼굴도 안 쳐다보니 오해할 수밖에 없었을 거야. 내 잘못이야."

"내 잘못이야."

"내 잘못이라니까."

서로 자책하던 둘은 잠시 말을 멈췄다가, 동시에 작게 웃어버리고 말았다. 승열은 잡고 있는 찬희의 손을 입가로 가져와 손바닥

중앙에 입을 맞추었다.

"너는?"

"응?"

눈을 가린 채였기에 아무것도 볼 수 없었다. 손바닥을 간질이는 그의 입술만이 느껴질 뿐.

"너는…… 날 어떻게 생각해?"

승열은 찬희가 자신을 좋게 생각하고 있다는 건 물론 알고 있었다. 싫어한다면, 호감이 없다면 애초에 사귀자는 말도 안 했을 것이다. 하지만 그게 어떤 좋은 감정인지 알지 못했다.

이성적으로 반했다는 것을 깨닫기 전, 그는 찬희를 편안한 동반자로만 생각했었다. 물론 그것도 나쁜 관계는 아니었다. 하지만 그가 이렇게 심장이 터질 것만 같은 마음으로 좋아하는데, 찬희는 그를 동반자로만 본다면…… 마음 아픈 일이었다.

음…… 그래도 이성적으로 좋아하는 게 아닐까? 다른 여자와 바람이 났다고 오해한 것만으로도 찬희는 저렇게나 울었다. 정말 좋아하지 않는다면 저럴 리가 없다.

아니야. 그게 아니더라도 오늘따라 기분이 좀 안 좋아서 그런 걸지도 몰랐다. 여자들은 예의 그 기간에 예민해져서 좀 이상해지지 않던가? 찬희가 요즘 그 기간인가?

삼 초 후에 찬희가 대답하기 전까지, 그 짧은 시간 동안 승열은 여러 생각을 마구 했다.

"나도…… 같아."

찬희는 손수건으로 눈을 가리고 있는 채로, 자신의 손을 잡고 있는 그의 손을 입가로 끌어와 똑같이 손바닥 중앙에 입을 맞추었다.

"너와 같아."

"찬희야……."

승열은 신음하듯 그녀의 이름을 내뱉으며 고개를 숙였다. 막 입술이 닿기 직전이었다.

"어머!"

영순의 짧은 비명 아닌 비명이 울렸고, 승열과 찬희는 화들짝 놀라 옆으로 떨어졌다. 얼굴이 붉어진 승열은 눈초리를 위로 올리며 뒤돌아보았다. 영순이 초롱초롱한 눈으로 문가에 서 있었다.

"마 계장님이 박 검사님을 찾으셔서……. 피의자가 기다리고 있대요. 방해해서 죄송해요."

영순의 등 뒤에는 마 계장이 재밌다는 표정을 짓고 있었다.

"흠, 흠."

승열은 헛기침을 하며 소파에서 일어섰다. 그는 찬희를 내려다보았다. 그가 움직이자 찬희는 영순의 등장에 놀라서 밑으로 내려간 손수건을 잽싸게 위로 올려 다시 눈을 가렸다.

"찬희야, 이제 퇴근할 거야?"

"응? 응. 일 다 끝났어."

"그럼— 아, 안 되겠다. 난 일이 좀 많이 남아 있거든."

오늘 할 일이 반이나 남아 있었다. 승열은 한숨을 내쉬었다.

"먼저 퇴근해. 이따가 전화할게."

"그래."

승열은 다시 한 번 찬희를 눈에 담은 뒤, 찬희의 사무실에서 나갔다.

"아프시겠어요."

"네?"

함께 올라오며 마 계장은 승열의 입을 가리켰다.

"그렇게 크게 웃는 거 말이에요. 입 안 아파요?"

승열은 벽에 걸려 있는 거울을 보고 슬쩍 확인했다. 확실히, 귀에서 귀까지 입이 웃고 있었다.

"괜찮아요."

찬희도 그를 좋아하는데, 얼마나 웃든 간에 아플 리가 없지 않은가. 승열은 더 크게 웃으며 피의자를 들어오게 했고, 커다란 곰이 눈이 하트가 된 채 미친 듯이 웃는 것을 본 피의자는 공포에 질려 바른대로 대답했다. 여전히 집중이 잘되지 않았지만, 여러 피의자들이 고분고분하게 행동한 덕분에 승열은 예상보다 이르게 자정쯤에 퇴근할 수 있게 되었다.

보고 싶다.

승열은 저도 모르게 찬희의 아파트 단지로 운전해 갔다. 집을 방문하고 싶었지만, 현재 찬희는 부산에서 올라온 부모님과 함께 살고 있었다.

자고 있지는 않을까.

승열이 휴대폰만 뚫어져라 쳐다볼 때, 갑자기 액정이 빛을 발하며 〈우찬희 검사〉에게서 전화가 왔음을 알렸다. 승열은 눈에 보이지 않을 속도로 빠르게 통화 버튼을 눌렀다.

"찬희야?"

[응. 나야. 아직도 일하는 중이야? 내가 방해했나?]

찬희가 앞에 있기라도 한 것처럼 승열은 고개를 휘휘 저었다.

"아니야. 이제 퇴근하는 길이야. 사실…… 너희 아파트 앞이야. 나올 수 있어?"

[정말? 내려갈게. 잠깐만.]

찬희가 내려오기까지 걸린 시간은 오 분이었지만, 승열에겐 영원만큼 긴 시간이었다. 일층으로 내려온 찬희는 곧바로 승열의 차를 발견했다. 찬희가 환하게 웃으며 달려오자, 승열은 다시 쿵쾅거리기 시작한 심장을 안고 차 문을 벌컥 열고 나갔다. 둘은 한 걸음 앞둔 거리에서 멈춰 섰다.

"안녕."

"안녕."

잠시 서로를 바라만 보던 둘은 누구랄 것 없이 동시에 인사했고, 곧바로 웃음을 터뜨렸다.

"음, 찬희야."

찬희의 눈가가 조금 부어 있었다. 승열은 다시 마음이 아파오는 것을 느끼며, 두 손으로 그녀의 손을 잡았다.

"우리 말이야."

"응."

"다시 시작하자."

승열은 천천히 말을 골랐다.

"저번에 사귀기로 한 건…… 실수 때문이었잖아. 하지만 이제 아니니까, 이제 서로 진심이니까…… 다시 시작하자. 진짜로.”

“그래.”

찬희는 미소 지으며 그의 오른손을 붙잡아, 악수했다.

“잘 부탁해.”

“나야말로.”

승열은 고개를 숙였다가 주변에 사람이 지나다니는 아파트 단지라는 것을 기억해 냈다. 그는 애통한 마음을 안고 동작을 멈췄다.

“내일.”

맛보지 못한 입술을 바라보며, 승열은 손을 더욱 꼭 잡았다.

“내일 데이트하자. 정식으로.”

“그래.”

호흡이 가빠졌다. 찬희는 다시 중얼거리듯 말했다.

“그래.”

“그럼, 쉬어.”

그렇게 말했지만, 승열은 손을 놓을 수가 없었다. 희한하게도, 지금은 눈을 마주할 수 있었다. 심장은 여전히 튀어나올 듯 두근거렸지만.

승열은 며칠간 눈도 마주치지 못해서 바라보지도 못한 찬희를 마음껏 바라보았다. 예쁜 찬희. 이 세상에서 가장 예쁜 찬희.

승열은 찬희에게 이 밤중에 어딜 나갔냐는 검사장의 전화가 걸려왔을 때에야 손을 놓았다.

“잘 자.”

"너도."

승열은 찬희의 손을 다시 한 번 쥐었다가 놓은 뒤, 간신히 등을 돌렸다. 핸들을 돌리기 전 그는 다시 찬희를 바라보았다. 찬희는 손을 흔들어주고 있었다.

내가 좋아하는 여자. 날 좋아하는 여자.

승열은 다시 귀에서 귀까지 웃으며 집으로 운전해 갔다. 이날 밤, 승열은 끝없는 행복감 때문에 한참 동안이나 잠들지 못했다. 찬희 또한 늦은 시간까지 여리를 꼭 껴안은 채, 한 가지 사실을 중얼거렸다.

"승열이 날 좋아한다……."

그리고 이제, 우린 진짜 연애를 한다.

─아홉 번째 파일─
사건 해결을 방해하는 뜻밖의 걸림돌

"**검**사의 주된 임무는 사회를 범죄의 침해로부터 보호하여 공익을 구현하는 일입니다. 보통 자신의 사익을 더 우선시하기 때문에, 공익을 침해하거나 파괴한 자에 대한 준엄한 심판을 통쾌하게 생각하기보다 질시의 눈으로 보게 되는 경우가 없지 않습니다."

찬희는 뚜렷한 어조로 이어 말했다.

"공익을 파괴하거나 침해한 자에 대한 공격을 주된 임무로 삼고 있는 검사는 그럴수록 준엄한 자세를 견지해야 된다고 생각합니다. 이때의 준엄함은 어디까지나 그 직능 자체에 국한된 것이며, 검사의 인간성이나 자세 그리고 언동까지 냉엄해야 한다는 뜻은 아닙니다. 정의는 공정해야 하며 자비와 관용을 내포하고 있어야 참 가치가 있는 것이기 때문입니다.”

“맞는 말이네.”

형사부의 사무를 관할하는 제1차장검사는 고개를 끄덕였다.

“나는 관대한 처분을 할 사건의 피의자에게는 엄한 훈계를 해도 좋다고 보네. 하지만 중형을 처할 자에게는 그 죄과를 치러야 하는 이유를 보다 더 자상하게 설명해서 승복시켜야 된다고 보네. 그러니, 오늘도 그렇게 해야겠지?”

차장검사는 일어나는 찬희에게 씩 웃어 보였다.

“자네 요새 제법이군. 일 처리도 그렇고, 의견 제시도 그렇고.”

“감사합니다.”

찬희는 인사한 뒤 동료 검사들과 함께 회의실에서 나왔다.

“여어, 제1차장님께 칭찬받다니, 좋겠네?”

“아이구, 부러워라.”

동료들은 배가 아픈 시늉을 하며 찬희에게 부러움을 표했다. 찬희는 빙긋 웃은 뒤 그녀의 사무실로 돌아갔다.

칭찬에 인색하기로 소문난 제1차장에서 칭찬받다니, 확실히 찬희는 기분이 좋았다. 하지만 요즘 기쁨의 바다에 퐁당 빠져 살고 있어서 그런지 크게 느껴지진 않았다.

요즘 찬희는 너무 행복했다. 고백을 한 날로부터 삼 주가 지난 지금까지 꿈같은 나날들만 펼쳐졌으니까. 그동안 찬희는 승열과 미친 듯이 서로 문자를 주고받았고, 틈만 나면 전화를 해서 목소리를 들었으며 거의 매일 잠깐이라도 얼굴을 꼭 보았다.

이렇게 행복할 수가 있다니. 믿기지 않을 정도였다.

찬희가 그런 생각을 하고 있었을 때, 승열도 같은 생각을 하고 있었다.

그는 매일 아침마다 신기했다. 좋아하는 사람이 날 좋아한다는 이유 하나만으로도 이렇게 항상 기분이 좋다니. 아니, 그 이유만은 아니었다. 햇살처럼 따스한 눈빛, 짙은 꿀처럼 달콤한 목소리, 그의 큰 손을 매혹시키는 작고 부드러운 손, 포옹할 때마다 그의 심장을 뛰게 하는 봉긋한 가슴의 촉감, 촉촉하게 다가와 그의 입 안은 물론 온몸을 태우기 직전까지 몰고 가는 입술.

승열은 찬희의 모든 게 좋았다. 그래서 놀라울 따름이었다.

이렇게 예쁘고 착하며 똑똑한 여자가 날 좋아해 주다니. 나와 결혼해 준다니!

아직 사귀기로 한 삼 개월이 다 된 건 아니었다. 이제 두 달이 지난 상태였으나, 승열은 태양이 동쪽에서 뜬다는 사실만큼 결혼을 사실로 생각하고 있었다.

언제 결혼할까.

승열은 생각 같아서는 내일 당장이라도 결혼하고 싶었다. 하지만 아무리 급해도 내일이나 일주일은 무리라는 건 잘 알고 있었다. 한 달이면 괜찮겠지?

승열은 오늘 저녁 약속 때 결혼 날짜를 이야기해 봐야겠다고 생각하며 이제까지 작성을 끝낸 조서를 확인했다. 말끔하게 잘 작성되긴 했지만, 양이 얼마 되지 않았다. 약속 시간까지 얼마 안 남았는데 아직 할 일은 절반이나 더 남아 있었다.

돌겠군.

찬희에게 고백을 하고 난 뒤에도 여전히 일에 집중하기 힘들었다. 물론 그때보다는 괜찮아지긴 했다. 속도가 느리긴 했지만 어느 정도 일에 집중도 됐고, 이전만큼 깔끔하게 처리가 되었다. 하지만 시시때때로 몰아닥치듯이 떠오르는 찬희에 대한 생각은 감정을 깨닫기 전과는 달리 일에 완전하게 집중할 수 없게 했고, 그래서 흐름이 끊겨 여전히 처리가 늦어지고 있었다.

이 연애의 유일한 나쁜 점.

아니, 사실 유일한 단점은 아니었다. 요즘 체력이 걱정되었다. 군법무관으로 복무하다가 전역한 뒤, 승열은 매일 새벽마다 꼬박꼬박 수영을 하는 것으로 체력을 다지곤 했다. 하지만 최근 들어 일과 데이트에 너무 바빠 일주일에 한두 번밖에 하지 못해 몸이 좀 뻐근했다. 계속 이런다면 체력이 떨어질 게 분명했다. 또한, 건강도 걱정되었다. 정확하게 말하자면, 심장이 걱정되었다.

찬희를 떠올리기만 해도 심장이 쿵쿵거렸다. 지금은 그래도 많이 괜찮아졌지만, 찬희를 만나면 심장이 미칠 듯이 뛰었다. 계속 이런다면 심장이 터지지 않을지 걱정될 정도였다.

어느 기사에 따르면 결혼 후에 연애 감정은 일 년 정도밖에 지속되지 않는다고 한다. 대신 그 자리는 편안한 행복이 자리한다고 하는데, 승열은 그 시간이 어서 왔으면 싶은 마음도 있었다. 심장이 너무 격렬하게 뛰는 것 같았으니까.

찬희도 이럴까?

시간이 흐를수록, 승열은 궁금했다. 물론 찬희도 그를 좋아했다. 하지만 그가 그녀를 좋아하는 것만큼 좋아할까?

감정의 깊이는 잴 수 없겠지만, 할 수만 있다면 승열은 저울로 재보고 싶었다. 사실…… 승열은 자존심이 상했다. 찬희는 평소처럼 일도 잘하고 있는데, 그는 아니었으니까.

약속 시간이 다가왔지만 아직 일은 많이 남은 상태였다. 승열이 막 퇴근하려고 의자에서 일어나자 마 계장이 말을 걸어왔다.

"데이트하세요?"

"네."

승열이 씩 웃으며 대답하자 마 계장은 다소 음흉한 미소를 지으며 다가왔다.

"제가 얼마 전에 공짜로 받은 표가 있는데, 이걸로 영화 보세요. 아직 자동차 극장 안 가보셨죠?"

마 계장은 승열의 손에 표를 두 장 쥐어줬다. 마 계장의 표정이 좀 이상하다 싶었지만, 승열은 고맙다고 말한 뒤 약속 장소로 갔다.

"자동차 극장?"

반갑게 승열의 손을 맞잡은 찬희는 그의 이어진 제안에 되물었다.

"응. 마 계장님이 표 주셨어. 연인들끼리 가면 좋은 곳이래. 여기 가서 보자. 너 이 영화 보고 싶어했잖아."

찬희의 스트레스 해소 방법이자 취미는 바로 영화 보기와 DVD 수집이라고 한다. 찬희에 대해 새롭게 알게 된 사실.

"왜? 자동차 극장 싫어?"

"아니, 그건 아니고……."

찬희는 말을 흐렸다. 연인들끼리 가는 자동차 극장은 일반적으로 '이런' 짓과 '저런' 짓을 하러 가는 데가 아닌가?

보이지 않게 얼굴을 붉히며 슬쩍 승열의 표정을 보니, 전혀 다른 의도는 없어 보였다. 찬희는 살짝 서운해하는 자신을 발견했다.

"내 차로 와."

자동차 극장까지 간 뒤, 승열은 더 넓은 자신의 차로 찬희를 불렀다. 찬희는 조수석에 타면서 선팅이 잘되어 있는 창문을 흘끔 보았다. 그리고 다른 차와도 거리가 좀 있는 것을 확인했다.

"추워?

승열은 커피 캔을 찬희의 손에 쥐어준 뒤 히터의 온도를 올렸다. 11월 초였지만 그렇게 추운 날씨가 아니었는데, 히터까지 올리자 조금 더웠다. 승열은 영화가 시작하는 것을 보며 슈트 재킷을 벗었다. 찬희는 살짝 놀라 창가로 몸을 붙였다.

"왜 그래?"

승열은 눈을 끔뻑이며 물었다.

"아니야."

"더운 거야? 너도 겉옷 벗어."

찬희는 잠시 망설인 뒤 입고 있던 짙은 회색의 정장 슈트를 벗었다. 승열은 오른손으로 찬희의 왼손을 잡고 의자 사이에 두었다. 매끄러운 손등을 엄지손가락으로 천천히 문지르며 그는 영화 감상을 시작했다.

로맨틱 코메디인 영화는 꽤 재미있었다. 승열은 다 마신 커피

캔을 내려놓다가 고개를 돌렸다. 찬희가 앉아 있는 방향의 창문을 본 그는 한쪽 눈썹을 들어 올렸다.

"왜?"

긴장을 풀고 재미나게 영화를 감상하던 찬희는 그의 시선을 따라 창문을 보았다. 선팅이 되어 있긴 하지만 그럭저럭 바깥을 볼 수 있었는데, 옆 차가 흔들리고 있었다.

"저 차 왜 저러지?"

승열은 손을 뻗어 차 안의 온도 때문에 창문에 서린 뿌연 김을 손바닥으로 죽 닦았다. 1.5m 정도 떨어진 그 차는 분명 전체가 흔들리고 있었다. 승열은 눈을 가늘게 떠서 더 자세히 보았다. 저쪽 차량의 창문에도 김이 껴 있었지만, 시력이 좋은 그는 희미하게나마 볼 수 있었다.

운전석에 앉아 있는 남자는 머리를 뒤쪽으로 두고 있었는데, 상체에 아무것도 입고 있지 않은 채로 밑으로 몸을 내렸다가 올리는 동작을 반복하고 있었다. 그리고 남자의 밑에는 창문 아래라 정확히 뭐가 있는지 보이지 않았지만, 뒷좌석 창문에 여자의 것으로 짐작되는 손가락이 남자의 행동에 따라 위에서 아래로 움직이고 있었다.

헉.

승열은 후다닥 뒤로 물러나 운전석에 몸을 붙였다.

"왜 그래?"

찬희는 승열의 행동이 이상하자 고개를 돌려 옆 차량을 자세히 관찰했다. 시력이 썩 좋지 않았으나, 곧 그녀도 옆 차량의 남녀가 뭘 하고 있는지 알아보았다.

"어……."

승열은 얼굴만이 아니라 다른 곳에도 열이 오르는 것을 느끼며 이번에는 왼쪽 차량을 보았다. 옆 차도 마찬가지로 흔들리고 있었다.

마 계장님이 왜 그런 표정을 짓나 했더니.

승열은 찬희를 흘긋 보았다. 옆 차의 커플들이 뭘 하고 있는지 깨달았는지, 찬희의 얼굴은 새빨간 색이었다. 매혹적인 빨간색. 유혹적인 빨간색.

"찬희야……."

승열이 낮게 부르는 말에 찬희는 천천히 그에게로 고개를 돌렸다. 승열이 뜨거운 눈을 한 채 다가오고 있었다.

"승열…… 음……."

찬희의 입술이 내뱉은 이름의 주인은 그전까지 항상 부드러운 키스를 선사했었다. 물론 격한 키스도 했긴 했다. 그것도 여러 번. 하지만 처음 시작은 언제나 깃털처럼 가볍고도 부드러웠었다. 그러나 지금은 아니었다.

승열은 두 손으로 그녀의 뺨을 붙든 뒤 곧바로 깊숙하게 입 안으로 들어갔다. 입천장을 핥고 뜨겁게 혀를 감아오는 그의 키스에 찬희는 순간 숨이 막혀 그의 허리에 두 손을 감고 꼭 끌어안았다.

"승열아……."

짧지만 결코 그 여운은 짧지 않은 키스가 끝난 뒤 찬희는 눈을 감은 채 승열의 귓가에 이름을 속삭이며 숨을 불어넣었다. 머리끝부터 발끝까지 찬희의 뜨거운 숨결이 몰아닥치자, 승열은 본능대로 행동했다. 그는 입술을 미끄러뜨려 찬희의 가는 목에 찍어 눌렀다. 입을 벌려 이로 살짝 깨문 뒤, 혀끝으로 맛을 보았다.

미치도록 맛있었고, 그래서 더 원했다.

승열은 두 손을 내려 찬희의 셔츠 제일 위의 단추를 풀었다. 그리고 그 밑과 밑의 단추도 풀어냈다.

그가 뜨겁게 목을 핥는 동안, 찬희는 가쁘게 숨을 내쉴 수밖에 없었다. 머릿속이 텅 비어버렸다. 그의 두 손이 쇄골에 닿자 그녀는 잠시 호흡을 멈추었고, 두 가슴으로 내려오자 다시 숨을 쉬었다.

승열은 두 손을 펼쳐 찬희의 가슴을 감쌌다. 레이스로 만들어진 브래지어의 촉감 또한 유혹적이었으나, 찬희의 맨살에 닿고 싶은 절실한 욕구에 비하면 아무것도 아니었다. 승열은 브래지어를 위로 밀어올린 뒤 드러난 맨젖가슴을 두 손으로 쥐었다.

곰발바닥처럼 커다란 그의 손에 비하면 그녀의 가슴은 작았다. 하지만 둥근 곡선과 말캉한 촉감은 완벽 그 자체였다.

손으로만 느끼고 싶지 않았다.

승열은 사탕을 아껴 먹듯 할짝거리던 찬희의 목을 다시 한 번 깨문 뒤, 밑으로 내려갔다. 손가락 사이로 삐죽 튀어나와 있는 가슴 봉우리가 보였다. 수줍은 듯하지만 단단하게 솟아 있는 것이 눈에 들어온 순간, 승열은 손을 치우고 입을 벌려 덥석 깨물 수밖에 없었다.

"앗……!"

가쁘게 숨을 몰아쉬던 찬희가 신음 같은 고통의 비명을 지르자, 승열은 그제야 정신을 차렸다.

"미안."

승열은 황급히 고개를 떼고 찬희의 왼쪽 가슴을 확인했다. 잇자국이 선명하게 박혀 있었다. 그는 흥분으로 달아오른 얼굴을 찌푸린 채 손끝으로 잇자국을 부드럽게 쓸었다.

"그, 그만 해."

찬희는 그의 손을 밀어내고 몸을 반대편으로 돌렸다. 위로 올라간 브래지어를 내리고, 옆으로 한없이 벌어진 셔츠를 수습했다. 단추를 채우는 손이 눈에 보일 만큼 후들거렸다.

가슴에 승열의 이와 혀가 닿다니.

찬희는 기절할 것 같았다. 물론…… 싫은 건 아니었다. 뜨거운 전기에 감전된 것처럼 온몸이 짜릿하게 후끈거렸고, 다리 사이에 열이 흘렀다.

하지만 가슴에…….

물론 사고 친 적도 있으니, 기억이 나지는 않지만 더한 것도 해 보았을 것이다. 하지만 제정신으로 이런 짓을 하게 되니 찬희는 얼굴을 들 수가 없었다.

이렇게 쑥스러울 줄이야.

"아팠지? 미안."

승열은 잔뜩 흥분한 목소리를 가라앉히기 위해 기침으로 목을 가다듬었다.

"괘, 괜찮아."

"자국도 남았던데……."

"됐어. 이야기 그만 해."

싫은 짓을 해서 화가 난 건가?

찬희의 목소리가 떨리는 것을 들은 승열의 기분은 땅 끝까지 내려갔다. 그는 조심스럽게 물었다.

"화났어?"

"아니, 그게 아니라……. 암튼, 그만 이야기하자."

찬희의 목소리는 더욱 기어들어 가고 있었다. 승열은 슬쩍 찬희를 쳐다보았고, 셔츠 윗부분을 쥐고 있는 찬희의 손등이 새빨간 것을 보았다.

손등까지 빨개지다니. 화가 나서 저렇게 될 리는 없었다.

쑥스러워하는 거구나. 싫은 게 아니었어.

화난 게 아니라는 것을 깨닫자, 그의 기분은 다시 하늘 높이 솟구쳤다. 하지만 그렇다고 이어서 할 수는 없는 노릇이었다.

승열은 흘긋 자신의 바지 앞부분을 보았고, 뒷좌석에서 슈트 재킷을 가져와 앞을 덮었다. 찬희를 놀라게 할 수는 없었다. 비록 욕구 때문에 죽을 것 같긴 했지만.

"찬희야."

승열은 김이 더 많이 서린 창문에 왼손을 갖다 댔다. 차가운 기운이 손바닥을 타고 흘러들어 와 흥분을 조금이나마 가라앉혔다.

"우리 결혼 빨리하자."

"결혼?"

"그래. 우리 삼 개월째, 일주일 뒤까지 사귄 뒤에 결혼할 건지 말 건지 결정하기로 했잖아. 오늘, 아니, 오늘은 늦었으니 내일 내가 검사장님께 말씀드릴게. 한 달 내에 결혼하자."

"싫어."

대답하는 찬희의 목소리는 결코 차갑지 않았으나, 승열에게는 창문을 통해 전해지는 바깥의 겨울바람보다 더 날카로웠다.

"싫다…… 고?"

승열은 주먹을 불끈 쥐었다. 분노가 치밀어 올랐으나, 곧 그 감정은 등골을 서늘하게 하는 공포로 바뀌었다.

나와 결혼하기 싫다고?

"한 달은 싫어."

얼굴이 아직 새빨갛다는 것을 알았으나, 찬희는 고개를 살짝 들어 그를 바라보았다. 승열은 딱딱하게 변한 얼굴로 그녀를 쏘아보고 있었다.

"제대로 결혼하고 싶어. 난 외동딸이야. 엄마가 내 결혼식 얼마나 기대하시는데, 그렇게 한 달 만에 후딱 결혼할 수는 없어. 한 달이면 준비 거의 못해. 그리고 아빠가 허락을 해줘야 하는데, 한 달이면 어림도 없어."

"나와 결혼하기 싫어?"

승열은 떠오른 것을 그대로 내뱉었다.

"한 달이니 뭐니, 기간 핑계 대지 마. 한 달 동안 준비를 왜 못해? 그리고 말이 나왔으니 말인데, 너 왜 아직까지 부모님께 나랑 사귀는 거 말씀 안 드리는 거야?"

"내가 계속 말했잖아. 아빠가 결사적으로 반대하실 거라고. 그리고 널 많이 괴롭히실 거야."

"내가 그런 거 감당 못할 거 같아?"

"승열아."

찬희는 한숨을 내쉬며 손을 뻗어 그의 손을 잡았다. 방금 전까지 그의 입이 전해준 불꽃같은 열기는 느껴지지 않았다.

"내가 우리 아빠에 대해 이야기했잖아. 나와 관련된 일이라면 물불을 안 가리신다고. 너 절대 가만히 안 놔두실 거야."

"뭐든 간에, 감당할 수 있어. 검사장님께 말씀드릴게."

"안 돼."

찬희의 계속되는 부정에 승열은 솟구친 짜증을 숨기지 않았다.

"내가 모자라? 네 아버지 마음에 안 찰 것 같아? 아니, 네가 생각하는 조건에 안 맞아? 동생들이 많은 게 걸려?"

"무슨 그런 말이 있어?"

결국 찬희는 붙들고 있던 그의 손을 뿌리치고야 말았다.

"갑자기 네 동생들 이야기는 왜 나와? 조건 이야기도 그래. 왜 하는데? 내가 그런 조건에 연연해하는 사람이라고 생각해?"

질문이었음에도 찬희의 목소리는 싸늘하게 얼어붙어 있었다.

문득, 찬희는 아이러니하다는 생각을 했다.

오 분 전만 해도 그들은 따스한, 아니, 뜨거운 열기를 주고받았었다. 그런데 오 분 뒤인 지금, 서로를 둘러싸고 있는 공기는 그저 차가울 따름이었다.

"결혼은 현실이야. 안 해봐서 모르지만, 난 그거 하나는 알아. 조건…… 그래, 중요하지. 사랑이 밥 먹여주지 않는다는 건 아니까. 하지만 네 직업이 뭐든 간에 네가 설사 무직이라고 해도, 그리고 땡전 한 푼 없는 알거지라고 해도 상관 안 할 거라는 거 몰라?”

찬희는 진심이었다. 이 바보 같은 곰을 사랑한다. 그의 곁에 있고 싶고. 그래서 그가 알거지에다가 무직이 된다고 해도 사랑할 것이다.

물론, 승열이 검사를 그만둘 리 없다는 걸 알고 하는 말이긴 했다. 더군다나 승열은 올바른 사람이었다. 가치관이 비틀려 그녀에게 빈대 붙어서 살아가려고 한다면, 그건 그녀가 사랑하는 곰이 아니었다.

“동생들 이야기도 그래. 내가 저번에 말했잖아. 난 외동딸이라서 형제들이 많은 게 오히려 더 좋다고. 너 내 말 안 믿는 거야?”

잠깐 마주친 것에 불과했으나 승열의 형제들 모두 가치관이 올바로 서 있는 승열과 닮았다. 분명 결혼한 뒤에 생각지도 못한 이런저런 문제가 생기겠지만, 일단 찬희는 승열의 형제가 몇이나 되든 좋았다. 시댁 식구들이니 만큼 문제가 크게 생기면 어떻게 될지 모르겠지만.

“네 말을 안 믿는 건 아니야. 단지…… 네가 결혼을 미루는 이유를 모르겠어. 찬희야, 나 너 고생 안 시킬 거야. 행복하게 해줄게.”

승열은 찬희의 차가우면서도 격렬한 진심이 마음에 와 닿는 것을 느꼈다. 하지만 그렇다고 그동안 쌓인 감정이 다 풀어진 건 아니었다.

“믿어.”

결혼 전에 남자가 하는 말은 100% 거짓말이라고 하지만, 찬희는 이 순간 그의 말을 믿을 수밖에 없었다.

"네 말 믿어. 하지만……."

"뒷말은 하지 마. 나 더 못 참겠어. 너 안고 싶어. 안고 싶어서 미치겠어."

승열의 직접적인 말은 그의 목소리에 실린 욕망만큼이나 격렬했다.

"너는 나와 다르겠지. 날 그렇게 많이 좋아하는 게 아니니까."

자존심이 상했다. 그는 당장이라도 결혼하고 싶을 만큼 좋아하는데, 찬희는 아니었으니까.

승열은 걷어차인 듯한 충격 속에서 심장 위에 손을 얹었다. 미칠 만큼 욱신거렸고, 결국 그는 이렇게 내뱉고야 말았다.

"우리, 다시 생각해 보자."

찬희는 하루 종일 멍했다.

다시 생각해 보자. 다시 생각해 보자…….

승열의 말이 머릿속 여기저기를 퉁기면서 돌아다니고 있었다. 뇌의 일부를 죽이면서.

"검사님, 이거 잘못 쓰셨어요."

영순은 찬희의 모니터 속의 공소장에서 '강간범'을 '강감찬'으로 쓴 것을 발견하고 웃음을 누르며 말했다. 찬희는 한숨만 내쉬었다.

"박 검사님이랑 싸우셨죠?"

"어떻게 알았어?"

찬희는 화들짝 놀라 되물었다.

"요새 매일 한 시간마다 문자 받으셨는데 오늘은 안 그러시잖아요. 그리고 이런 오타 내는 거 처음 보는데요?"

영순은 묻지도 않은 말을 줄줄 이어했다.

"보통은요. 연애를 하면 안 좋은 쪽으로도 티가 나거든요. 새벽까지 같이 있거나 전화하느라 늦게 자서 지각을 한다거나, 집중 못하고 멍하니 딴생각하느라 일 제대로 못하기도 하고. 제가 그랬잖아요. 근데 우 검사님은 이제까지 전혀 그런 적이 없으셨잖아요. 박 검사님은 요새 야근 엄청 한다는데."

"박 검사가 야근한다고?"

찬희의 질문에 영순은 열심히 주워들은 정보를 제공해 주었다.

"네. 어제는 자정쯤에 다시 출근해서 새벽 네 시 정도까지 일하고 들어가셨대요."

어제, 승열이 다시 생각해 보자고 말한 뒤 아무 말도 오가지 않았다. 찬희는 그 자리에서 나와 그녀의 차를 타고 집에 돌아가 멍하니 있었는데, 승열은 다시 출근해서 일을 한 모양이었다.

"박 검사님은 요새 일 처리 좀 늦어지셨대요. 연애하느라 그런 거라는 소문이 파다하던데. 우 검사님은 일에 지장없으셨잖아요. 근데 오늘 오타 내시는 거 보니 신기해요."

"수다 그만 떨고 일하자."

왕 계장은 찬희의 표정이 굳어진 것을 보고 슬쩍 영순을 타박했다. 영순은 그제야 눈치를 채고 후다닥 책상으로 돌아갔다.

"영순 씨."

찬희는 가만히 생각한 뒤, 입을 열었다.

"내가 연애하는 거 정말 티가 안 났어?"

"음, 네. 이전보다 예뻐지시긴 했지만…… 티는 잘 안 나요."

영순은 조심스럽게 대답했다. 찬희는 다시 한숨을 내쉬었다.

아빠가 알아챌까 봐 조심한 것도 있긴 했지만, 그렇게까지 티가 안 난다면…… 그래서 승열이 화를 낸 건가.

무려 십이 년 동안 짝사랑을 해온 찬희는 승열이 어제 그녀가 그를 덜 좋아한다고 한 말을 이해할 수가 없었다. 하지만 영순의 말을 들으니, 약간은 이해가 될 것도 같았다.

승열이 일에 그렇게 지장을 받았다니. 데이트를 하기 위해 시간을 쪼갠 게 틀림없었다. 그리고 그녀에 대해 생각하느라 일에 집중하지 못한 것 같았고.

연애 초라서 그런 것일 것이다. 찬희는 시간이 좀 지나면 괜찮아질 거라는 걸 경험상 잘 알고 있었다. 열아홉 살 때, 그에게 홀딱 빠져 버리는 바람에 1학년 1학기 성적은 영 아니었었다. 뭘 해도 승열이 생각났으니까. 성적표를 받아 든 다음에 정신이 좀 들어서, 1학년 2학기 때부터는 이전처럼 열심히 공부했었다.

승열을 사랑한 지는 아주 오래됐다. 때문에 아무리 연애를 시작하게 된 지 얼마 안 됐다고 하나, 이제 일에 지장을 받지 않았다. 하지만 승열은 그녀가 오랫동안 짝사랑을 해왔다는 걸 모른다. 더군다나 그와는 다르게 그녀는 일을 잘하고 있으니.

그래서 섭섭하게 생각하는구나. 그래서 결혼을 늦추자는 말을 덜 좋아하는 걸로 생각하는구나.

찬희는 깨달았고, 다른 것도 알아차렸다. 한 달이면 된다고 우긴 것에서 볼 수 있듯이, 승열은 결혼 준비가 얼마나 복잡한지 잘 모른다. 주변에 절친한 친구나 가족이 결혼했다면 어느 정도는 알겠지만 찬희가 알기로 승열 주변에 그런 사람은 없었다.

더군다나 승열은 남자였다. 여자보다 현실을 모르는 화성에서 온 종족. 게다가 승열은 그냥 화성인도 아닌 곰 화성인이었고, 그중에서도 둔한 걸로는 최강이었다. '최강의 둔 곰'이라고 할까나.

그냥 한 달 안에 결혼하자고 할까?

승열이 다시 생각해 보자고 내뱉은 건 분명 실수였다. 그렇게 쉽게 이별을 떠올리는 말을 내뱉었다는 게 화가 났지—솔직하게 말하자면, 당장 쫓아가서 두들겨 패주고 싶었다—만 찬희는 승열도 그가 실수했다는 걸 알 거라고 생각했다. 그렇게 책임감 강한 남자가 함부로 말을 내뱉었으니, 지금쯤 그녀에게 미안해서 몸 둘 바를 모르고 있을 것이다.

하지만 승열이 미안해하는 것과 별개로, 찬희는 다신 그런 말을 듣고 싶지 않았다. 그리고 무엇보다…… 육체적으로나 공식적으로나 그의 여자가 되고 싶었다.

비록 잘 기억도 나지 않는 딱 한 번밖에 경험이 없다고는 하나, 그녀도 욕구를 가진 사람이었다. 사랑하는 사람과 밤을 보내고 싶은 건 당연했다.

육체 관계는 결혼 전에도 가질 수 있다. 하지만 육체적으로만 이어진 관계와 법적으로도 끈이 이어져 세상에서 인정받는 서로의 남자와 여자가 되는 건 차원이 다른 일이었다.

함께 밤을 보내는 건 그렇다치더라도, 좀 준비가 덜 되더라도 결혼은 빨리 해버릴까? 마음만 먹으면 사실 가능했다. 문제는 역시 아빠였지만.

다른 남자는 생각할 수조차 없을 만큼 승열을 사랑하기는 했으나, 찬희는 아빠의 허락 없이 결혼할 생각은 없었다.

아빠는 승열을 얼마나 반대할까? 불을 뿜으실 게 뻔한데.

찬희는 어젯밤 승열이 한 말을 기억해 냈다.

"내가 그렇게 못 미더워?"

내가 왜 그 질문에 사실대로 답하지 않았을까.

승열이 못 미더운 게 아니었다. 아빠가 얼마나 승열을 괴롭힐지 그게 걱정됐을 뿐.

찬희는 물끄러미 모니터 속의 공소장을 쳐다보았다. 공소장은 사실을 기록하는 데 쓰였다. 덧붙여 증거와 피의자의 진술을 토대로 검사의 판단력이 들어가 기록되는 것이기도 했지만, '진실'을 담고자 하는 장치라는 건 사실이었다.

진실이 가장 중요하다.

물론 때로는 약간의 거짓이 필요한 일도 있긴 했다. 예를 들어 이철형 사건이라든지. 결말이 나지 않은 그 사건은 완전하게 끝을 내기 전에는 말해서는 안 되는 일이었다. 하지만 감정적인 부분, 더군다나 사람 그 자체가 진실인 승열이 묻는 질문에는 진실만이 답이었다.

"나 잠깐 나갔다 올게요."

찬희는 쓰다 만 공소장도 내팽개쳐 두고 자리에서 일어났다. 막 그녀가 문을 박차고 나갔을 때, 찬희의 책상 위에 있는 전화가 울렸다. 찬희가 어디로 가는지 눈치 챈 영순은 빙긋 웃으며 대신 전화를 받았다.

"중앙지검 715호 검사실입니다."

[우 검사는 자리에 없나?]

검사장의 목소리였다.

"네. 검사님 지금 자리 비우셨어요."

[오래 비우는 일인가?]

그전에도 종종 전화를 받아보긴 했지만, 그때는 서울중앙지검의 검사장은 아니었었다. 영순은 높은 사람의 전화에 순간 당황했다.

"잘 모르겠어요."

[어딜 간 거지? 휴대폰도 안 받던데.]

"박 검사님께 가신 것 같아요."

[박 검사?]

"박승열 검사님이요. 보고 싶어서 만나러 가신 것 같아요."

잠시 검사장은 아무 말도 하지 않았다. 순간 영순은 전화가 끊긴 줄 알았다.

[……우리 찬희가 박승열을 왜 보고 싶어하는데?]

영순은 그제야 깨달았다. 검사장님이 아직도 모르고 계셨단 말이야?

"아니, 그게, 그게 아니라—"

[내가 직접 이유를 알아보도록 하지.]

검사장은 그 말을 하고는 쾅 소리가 나게 수화기를 내려놓았다. 영순은 얼굴이 하얗게 질린 채로 왕 계장에게 답을 알 수 없는 질문을 던졌다.

"어떻게 하죠?"

찬희가 짐작했다시피, 승열은 후회에 후회를 거듭하고 있었다.

어쩌자고 찬희한테 그런 말을 해버린 걸까. 찬희가 정말 다시 생각해 보겠다고 답하면 어쩌지? 무릎을 꿇고 빌어야 하나?

찬희의 치마 끝을 붙잡고 애걸하는 자신의 모습을 상상하니, 비참하고도 자존심이 팍 상했다. 하지만 자존심이 밥 먹여주는 건 아니었다. 더군다나 그렇게 안 해서 찬희가 떠난다면…… 생각만 해도 너무 끔찍했다.

심장이 짓밟히는 것 같은 통증에 승열은 신음을 내뱉었다. 거대 곰이 끙끙대자 마 계장은 화들짝 놀랐다.

"어디 아프세요?"

네. 심장이 죽을 만큼 아프네요.

"아니에요."

승열은 마음과는 달리 그렇게 대답할 수밖에 없었다. 비싼 보석이라도 안겨주면 마음을 푸는 데 도움이 될까?

미치겠군.

어제 찬희에게 만행을 저지른 탓인지, 조금씩 회복되던 일 진행 속도는 다시 나락으로 떨어지고 말았다. 어제 데이트가 그렇게 끝난 뒤 욕구불만과 분노, 좌절감으로 괴로워하다 다시 출근해서 일을 하긴 했지만 진도는 거기서 거기였다.

설마 찬희한테 용서받지 않으면 평생 이렇게 일도 제대로 못하는 건 아니겠지.

승열은 오늘따라 더 헝클어진 머리칼을 긁다가 시간을 확인했다. 퇴근 시간까지는 아직 한참 남아 있었다. 오늘도 할 일이 쌓여 있는데, 계속 이 모양이라면 정말 큰일이었다.

일단 문자로라도 사과할까 싶었지만, 문자나 전화는 성의가 없어 보였다. 더 화내는 게 아닐까?

승열은 일은 하나도 안 하고 이런저런 고민을 하는 자신을 발견했다. 옆에서 일하는 마 계장이 흠칫거릴 정도로 아주 길게 한숨만 내쉴 때였다. 가벼운 노크 소리가 났다.

"들어오세요."

승열은 심드렁한 목소리로 말했다. 피의자가 올 때가 아닌데.

"안녕."

찬희는 조심스럽게 문을 열었다. 미간을 있는 대로 찌푸린 채 조서만 뚫어져라 쳐다보던 승열은 그녀의 목소리를 알아듣고 벌떡 일어났다.

"어……."

"방해했어?"

"아니에요. 잠깐 쉬시는 중이셨어요."

대답한 건 마 계장이었다. 그는 여직원과 함께 커피나 한잔하자며 슬쩍 사무실 밖으로 나왔다. 문이 닫힌 뒤에도 승열은 바닥만 바라보았다.

"승열아."

찬희는 그의 앞으로 천천히 걸어갔다.

입이 떨어지질 않았다. 잘못했다고 해야 되는데.

승열이 꿀 먹은 벙어리가 된 듯 아무 말도 못하는 가운데, 찬희는 그의 귀 끝이 빨개진 것을 확인했다. 화가 나서 저런 게 아니다.

"미안해."

찬희는 그의 두 손을 살짝 붙들며 부드럽게 이어 말했다.

"생각해 보니, 네가 오해할 수도 있겠다 싶어. 하지만 난 너와 결혼하기 싫은 게 아니야. 내가 너…… 얼마나 좋아하는지 모르겠어?"

승열의 얼굴이 화르르 불타오르기 시작했다.

"나도 너와 빨리 결혼하고 싶어. 그런데 결혼 준비는 오래 걸리는 거거든. 최소 두 달은 있어야 해. 두 달 뒤에 하자. 그리고 난 네가 못 미더워서 그런 게 아니야. 당연히 널 믿지. 하지만 우리 아빠가 좀 많이…… 반대하실 게 뻔하거든. 널 많이 괴롭히실 텐데 물론 넌 잘 이겨내겠지만, 그래도 나 정말 마음이 아플 거야."

조근조근한 찬희의 말은 승열의 심장을 압축하듯 마사지했고, 격렬한 감동과 뜨거운 미안함으로 가득하게 했다.

"찬희야!"

승열은 두 팔을 벌려 천사 같은 찬희를 꼭 껴안았다.

"잘못한 건 나인데 네가 먼저 사과하게 만들다니…… 정말 미안해. 그렇게 함부로 말하고……."

검사장에게 말을 하지 않는 게 다른 이유가 아니라 내가 괴로워하면 마음 아파서라니!

승열은 감격에 감격을 거듭할 수밖에 없었다.

이 정도로 날 생각해 주고 있었다니!

"스, 승열아, 수, 숨이 막혀."

승열이 으스러져라 껴안자, 찬희는 말 그대로 호흡이 곤란해질 지경이었다. 승열은 다시 미안하다고 사과하며 얼른 그녀를 놓아주었다. 그의 눈은 감동의 빛으로 번쩍이고 있었다.

역시 이렇게 말하길 잘했군.

찬희는 속으로 승리의 미소를 지으며 그의 두 뺨에 손을 올려 살짝 입을 맞추었다.

이 단순한 곰, 너무 귀여웠다.

"승열아, 이따가—"

"네 이놈!"

승열은 품 안의 찬희가 흠칫 몸을 떠는 것을 느끼며 찬희의 등 뒤를 바라보았다. 어느새 열려 있는 문 사이로 우안리 검사장이 서 있었다.

―열 번째 파일―
불타오르는 걸림돌

"**너**…… 너!"

우안리는 승열을 향해 부들부들 떨리는 손으로 삿대질을 했다.

"감히 내 딸을 추행해?"

"아빠!"

찬희는 뒤돌아 비명처럼 소리쳤다.

"추행이라니, 그런 말 하지 마세요!"

"추행이 아니면 뭐야! 너, 너 설마 저놈이랑―?"

"네, 사귑니다."

대답한 건 승열이었다. 이런 식으로 사실을 알리게 되리라곤 생각하지 못했으나 차라리 잘된 걸지도 몰랐다. 그는 한 걸음 앞으로 걸어나와 우안리를 똑바로 바라보며 힘주어 말했다.

"찬희와 결혼을 전제로 만나고 있습니다. 한 달, 아니, 두 달 뒤로 날짜 잡고 싶습니다. 허락해 주십시오."

"허락은 무슨 허락이야! 누구랑 사귄다고?"

우안리는 사무실이 터져 나갈 듯 쩌렁쩌렁하게 소리쳤다.

"너 같은 놈이 감히 내 딸과 사귀어?"

"아빠!"

"검사장님, 저 찬희 행복하게 해줄 겁니다. 손에 물 한 방울 안 묻히고 살게 해줄 겁니다."

승열은 또박또박 진심을 말했다. 비록 실수로 시작된 관계였지만, 지금은 아니었다. 찬희를 생각하는 이 마음은 앞으로도 더 커질 것이다.

비록 결혼 생활에 대한 환상을 가지고 있긴 했으나, 승열은 다짐만으로 되는 게 아니라는 건 알고 있었다. 생각지도 못한 일 때문에 싸우기도 할 것이고, 어쩌면 그가 잘못을 저질러 찬희를 울릴지도 몰랐다.

하지만 마음만은 진심이다.

최선을 다해 평생 아껴줄 것이다. 행복하게 해줄 것이다.

"찬희를 제게 주십시오."

승열의 진중한 말에 담긴 진심은 찬희는 물론 호기심과 걱정 어린 눈으로 문 밖에서 지켜보고 있던 마 계장에게도 전해졌다. 하지만 우안리에게는 그대로 튕겨 나왔다.

"주긴 뭘 줘!"

우안리는 다시 버럭 소리 지르며 성큼 안으로 걸어와 찬희의 손목을 붙잡아 끌어당겼다.

"절대 너 같은 놈한테 못 줘!"

우안리가 찬희를 쑥 당겨가자, 승열은 반사적으로 찬희의 반대편 손목을 잡았다.

"안 놔?"

"검사장님이야말로 놓으세요."

우안리와 승열은 두 손으로 찬희의 팔을 잡고 당기기 시작했다. 팔이 격하게 아프기 시작했지만 기가 막힌 찬희가 아무 말도 못할 때, 부리나케 쫓아온 영순이 찬희의 표정을 보고 기겁하며 소리쳤다.

"뭐 하시는 거예요! 우 검사님 팔 빠지겠어요!"

우안리와 승열은 그제야 퍼뜩 정신을 차리고 손에서 힘을 뺐다. 하지만 찬희의 팔을 놓지는 않았다.

"놔."

"검사장님이 놓으시죠."

"이게 어디서 명령이야! 나 검사장이야!"

승열은 이죽거리고야 말았다.

"이런 일로 내세우라고 있는 직위가 아닐 텐데요."

"평검사 주제에 검사장한테 꼬박꼬박 말대답을 해?"

승열이 다시 입을 열 때, 보다 못한 마 계장이 나섰다.

"나중에 이야기하는 게 어떨까요?"

무슨 일인가 싶어 다른 사무실에서 나오는 직원들을 가리키며 마 계장이 말했다. 검사장과 승열 모두 마 계장의 말을 알아들었지만, 찬희의 손을 놓지 않았다. 결국 손을 놓은 건 찬희였다.

"찬희야."

승열과 우안리 모두 그녀를 불렀다. 마 계장과 왕 계장, 영순은 물론 호기심에 사무실 안을 들여다보는 다른 사람들의 시선도 찬희에게 집중되었다. 이 촌극 아닌 촌극을 다른 사람들도 지켜봤다는 사실에 찬희는 부끄럽기도 했고, 황당하기도 했다.

"나중에 이야기해요."

찬희의 말속에 담긴 싸늘함은 우안리와 승열에게 그대로 전달되었다. 둘 다 끓어오른 감정을 식히며 한 걸음씩 물러났다.

"퇴근하고 나서 재깍 튀어나와."

우안리는 으르렁거리며 승열에게 선포했다. 우안리의 말투가 아주 마음에 들지 않았으나, 승열은 고개를 끄덕였다.

"가요, 아빠."

찬희는 승열과 눈싸움을 시작한 우안리의 팔을 잡아끌었다. 강하게 다시 잡아당긴 뒤에야 우안리는 승열을 노려보던 것을 멈추고 등을 돌렸다. 찬희는 아빠와 함께 사무실에서 나가기 전에 흘 긋 승열을 뒤돌아보았다. 그의 눈은 활활 타오르고 있었고 주먹은 꾹 쥐어져 있었다. 찬희는 한숨을 길게 내쉴 수밖에 없었다.

"찬희 너, 따라 내려와."

우안리는 여전히 으르렁거렸다. 찬희는 빠르게 생각해 보았다. 지금 당장 아빠에게 승열에 대해 이야기를 했다가는 불난 집에 부채질하는 것밖에 안 될 것이다. 시간을 벌어야 했다.

"저 일해야 돼요. 개인적인 일은 퇴근 후에 이야기해요."

"개인적인 일이 아니야. 안 그래도 너한테 물어볼 게 있었어. 따라와."

"아빠."

"검사장님이라고 불러라."

우안리는 어깨를 펴고 딸을 매섭게 노려보았다. 그는 밀려오는 배신감에 어찌할 바를 몰랐다. 저 곰탱이 같은 놈 때문에 아빠한테 소리를 질러? 더군다나, 사귄다고?

우안리는 당장 승열의 사무실로 되돌아가 그 곰탱이를 축구공 차듯 발로 뻥뻥 차주고 싶은 충동을 간신히 내리누르고는 찬희를 이끌고 육층의 검사장 사무실로 내려갔다.

"이철형 사건을 왜 네가 맡은 거지?"

우안리는 문을 쾅 소리가 나게 닫자마자 딸에게 질문을 던졌다.

"그건 저놈이 맡을 사건이었어."

"그 사건은 형사부 사건이에요. 다른 부서가 담당할 사건이 아니었어요."

"단지 그 이유야?"

찬희는 대답하지 못했다. 우안리는 책상을 주먹으로 쿵 쳤다.

"너, 그렇게나 오래 사귀어놓고 아빠한테는 거짓말을 해?"

"오래 사귄 거 아니에요."

예상한 대로 개인적인 이야기가 나오기 시작하자, 찬희는 미간을 찌푸리며 한숨을 내뱉었다.

"이철형 사건을 그놈에게 배당한 건 삼 개월 전이었어. 그전부터 사귀어서 네가 이철형 사건을 맡은 거 아니야?"

"그 뒤부터 사귀었어요. 아직 삼 개월 안 됐어요. 그런데, 아빠가 승열이한테 이철형 사건을 배당한 거예요?"

안 그래도 형사부 사건이 어째서 승열에게 간 건지 이상했었다. 아빠가 배당한 거라고?

"설마…… 알고 그러신 거예요?"

"그래. 처음부터 알고 있었지."

"아빠!"

찬희는 비명 아닌 비명을 질렀다. 그녀는 한 걸음 앞으로 나가 책상 모서리를 두 손으로 꼭 쥐었다.

"어떻게, 어떻게 그러실 수 있어요? 어떻게 그렇게 잔인하세요? 그 사건이 승열이한테 어떤 영향을 미칠지 잘 아시면서!"

"난 그 사건이 그놈한테 어떤 영향을 끼칠지 모른다. 그걸 알고 싶어서 일부러 그런 거야."

"왜 그러신 건데요?"

우안리는 못마땅한 기색으로 가득한 표정을 한 채 말했다.

"괜찮은 녀석이라고 들었으니까. 이번 일을 잘 처리하면, 내가 뒤에서 힘을 실어줄 생각이다. 너도 저번에 들었잖아."

찬희는 저번에 승열의 형의 식당에서 우연히 승열의 가족들과 만났을 때를 기억했다. 돌아오는 길에 아빠는 승열이 크게 될 녀석 같다고 눈여겨보고 있었다고 말했었다.

"널 선택하지 않았다고 섭섭해하지 마라. 난 네 능력을 알고 있고, 내 딸이라는 것만으로도 네겐 도움이 되니까."

물론 찬희도 잘 알고 있었다. 비록 아버지의 후광을 입지 않으려고, 더 인정받기 위해 애쓰기는 했으나 그녀가 미래의 검찰총장의 딸이라는 사실이 변하는 건 아니었다.

"일부러 혈연과 상관없는 녀석을 고른 거야. 그런데 네가 저 녀석이랑 사귄다니, 절대 안 된다. 저 녀석의 미래를 위해서라도 그쯤 해둬."

"승열이는 아빠 도움 없이도 잘할 거예요."

찬희는 팔짱을 끼고는 차갑게 말했다.

"도움 받는 건 바라지도 않을 거고요."

"그걸 네가 어떻게 알아? 야망으로 가득한 놈인지도 모르지. 혹시 내 딸이라서 너랑 사귄 거 아니야?"

"그런 거 아니에요. 승열인 그런 남자가 아니에요."

우안리의 후려치는 말에도 찬희는 흔들리지 않았다. 이제까지 우안리의 사위 자리를 노린 인간들이 두어 명 있기는 했지만, 승열은 그런 남자가 아니다.

"그러니 그렇게 말씀하지 마세요."

"아빠보다 그놈을 더 믿는 거야?"

"그런 게 아니잖아요!"

너무 답답했다. 찬희는 빽 소리쳤다.

"그런 게 아니긴 뭐가 아니야! 어떻게 사귀는 동안 거짓말을 할 수가 있어!"

"거짓말을 한 게 아니라 말씀을 안 드린 것뿐이에요. 말씀 안 드린 건 죄송해요. 하지만 반대하실 걸 알고 그런 거예요."

"너도 내가 그놈을 싫어한다는 걸 아는구나. 그런데도 사귀어?"

“승열이가 싫은 게 아니라 저와 사귀는 남자가 싫은 거잖아요.”

“그게 그거지!”

도저히 말이 안 통했다. 찬희는 한숨만 푹푹 토해냈다.

“당장 헤어져!”

“저 정말 일하러 가야 해요.”

찬희는 손목시계를 확인했다. 일단 아빠에게 이성을 되찾을 시간을 주는 것도 중요한 데다가, 말한 대로 처리할 일이 아직 많이 남아 있었다.

“나중에 이야기해요.”

“너 정말—”

“승열이한테 이철형 사건 알리지 마세요. 어차피 제 사건이에요.”

“뭐라고?”

“알리면 아빠 미워할 거예요.”

찬희는 그 말만 남긴 채 휙 뒤돌아 사무실에서 나가 버렸다. 책상을 쿵쿵 치는 소리가 들려왔지만 그녀는 무시한 채 자신의 사무실로 돌아갔다. 왕 계장과 영순이 걱정하는 기색으로 기다리고 있었다.

“죄송해요. 검사장님께 전화가 왔는데, 우 검사님이 어디 가셨냐고 물으시길래 박 검사님 사무실이라고 말씀드렸는데……. 전 두 분 사귀는 걸 검사장님이 아시는 줄 알고…….”

“괜찮아. 어차피 며칠 안에 말씀드릴 생각이었어.”

찬희는 쓴웃음을 지었지만, 괜찮다는 의사를 표했다. 영순이 너무 미안해하자 찬희는 괜찮다고 다시 말하며 일에 돌입했다. 일 처리 속도는 평소와 같았지만 머릿속은 여전히 복잡했다.

아빠를 어떻게 설득해야 할까.

찬희가 그런 생각을 하고 있을 때, 승열 또한 비슷한 생각을 하고 있었다. 하지만 찬희가 합리적으로 설득을 해나가야 한다고 생각한 것과는 달리 승열은 수단과 방법을 가리지 말아야 한다는 걸 깨닫고 있었다.

논리적이고 냉철해 보이는 검사장이 그렇게 감정대로 행동하는 사람이었다니. 찬희의 팔을 꾹 잡아당긴 걸 생각해 보면 어이가 없었다. 물론 그도 찬희의 팔을 잡아당기긴 했지만, 그래도 직위를 내세우진 않았으니 크게 어긋나는 행동은 아니었다. 그렇지 않은가?

아무튼 간에, 승열은 찬희가 왜 아버지에게 사귄다는 사실을 알리길 그토록 꺼려했는지 약간이나마 이해하게 됐다. 그래도 저 정도로 이성을 잃으실 줄은 몰랐지만.

역시 외동딸이라서 그런 건가. 찬희의 말에 따르면, 친가와 외가 모두 손이 귀하다고 한다. 그런 데다가 찬희 나이대에서는 찬희와 사촌인 효원만이 유일한 여자이기에 상황상 어렸을 때부터 과보호를 받았는데, 거기다가 찬희는 어렸을 때부터 사고를 좀 쳤다고 한다.

나무 위에 올라갔다가 떨어져서 팔이 탈골되고, 계단에서 굴러서 다리가 부러진 적도 있었고, 동물원을 너무 좋아한 나머지 말도 안 하고 전국 방방곡곡의 동물원에 다녀와서 걱정을 많이 끼쳐 드렸었다고 한다. 그러다가 이상한 인간에게 납치도 당할 뻔한 적이 있다고 하는데, 사실 승열은 찬희가 어렸을 때 부모님 속을 무던히 썩였다는 그 말을 믿지 못했다. 연약한 찬희가 어떻게 그런 일을 저질렀단 말인가?

물론, 납치 관련 이야기는 믿었다. 어렸을 때도 찬희는 예뻤을 것이고, 당연히 납치범의 표적이 됐을 테니까.

승열의 생각에도, 자신의 딸이 납치당할 뻔했다면 과보호를 할 것이다(물론 그런 일이 없더라도 단단하게 보호해 주고 싶었다). 하지만 승열은 그런 과보호 때문인지, 아니면 그가 마음에 안 들어서 그런지 몰랐지만 어쨌거나 지금처럼 찬희의 아버지가 무조건 안 된다고 말하는 걸 보니 당황스러울 수밖에 없었다. 마음에도 안 들었고.

어떻게 허락을 받아내지? 수단과 방법을 가리지 말아야 할 것 같은데.

머릿속이 여전히 어지러웠지만 가장 그의 심장을 아프게 했던 찬희와의 다툼이 잘 해결되었고, 거기다가 찬희가 그를 많이 좋아한다는 사실을 알게 된 덕분에 일 처리 속도는 괜찮아졌다.

승열이 오랜만에 일 처리에 대해 만족할 때, 전화벨이 울렸다.

[승열아, 나야.]

"일 다 끝났어?"

[응. 아빠가 같이 보재.]

찬희는 근처의 일식집 이름을 알려주었다. 승열은 슈트 재킷을 입으며 찬희와 통화를 이어나갔다. 옆에서 마 계장의 파이팅을 외치는 소리가 들려왔다.

"어떻게 허락을 받아내면 좋을까?"

[글쎄……. 일단 머리를 식힐 시간을 드렸으니 좀 누그러지셨을
지도……. 미안해, 승열아.]

"네가 왜 미안해. 나라도 내 외동딸이 갑자기 결혼한다고 하면
화낼 거야. 검사장님이 반대하시는 거 이해해."

거짓말이 아니었다. 사실, 승열은 검사장의 마음이 이해가 안
되는 게 아니었다. 과보호는 그렇다 치더라도, 찬희는 그냥 외동
딸도 아니고 아주 예쁘고 착하고 똑똑한 딸이지 않은가. 당연히
결혼시키기 싫을 것이다.

[나도 곧 내려갈게. 앞에서 만나서 같이 들어가자. 참, 승열
아…….]

찬희는 더 말하지 못하고 한숨만 내쉬었다. 유치한 말이라는 걸
알면서도 말하면 미워할 거라고 아빠에게 엄포를 놨는데, 설마 이
철형 사건을 말씀하시진 않겠지?

[아무것도 아니야. 조금만 기다려 줘.]

"그래."

십 분 뒤, 승열과 찬희는 일식집 앞에서 만나 룸으로 함께 들어
갔다. 우안리는 이미 도착해 있었다.

"왜 같이 들어와!"

우안리는 대뜸 소리쳤다. 찬희는 아빠의 분노가 더 커졌다는 것
을 감지했다.

이를 어쩌지.

"입구에서 만났어요."

"아빠한테 계속 거짓말할 거야?"

"입구에서 만난 건 사실이에요."

미리 만나자고 약속을 하긴 했지만.

찬희는 머리를 굴렸다. 그녀는 분위기를 밝게 하기 위해 빙긋 웃으며 메뉴판을 들었다.

"아빠, 저 저녁식사를 거의 못해서 배고파요. 일단 주문부터 해요."

"저놈이랑 밥 먹을 생각 없다!"

우안리는 나무 테이블을 쾅 치며 건너편에 앉은 승열을 삿대질했다.

"저놈 가면 주문해."

"말씀드리고 가겠습니다."

승열은 차분하게 말하려고 노력했다.

"다시 말씀드리지만, 저 찬희 행복하게 해줄 겁니다. 그렇게 해줄 수 있습니다."

"그게 말처럼 쉬운 건 줄 알아?"

"제 입으로 이런 말씀 드리기 그렇지만, 저 괜찮은 남자입니다."

"네 입으로 말하기 그렇다면서 왜 해? 그리고 네 녀석이 얼마나 괜찮은 남자인지는 몰라도, 네가 조건이 안 좋은 건 안다."

승열은 우안리가 자신의 뒷조사를 했다는 걸 짐작하고 있었다. 힘을 실어줄 대상으로 찍어놨다면 주변 조사는 필수였을 테니. 그는 '조건'에 대해 생각하며 입을 열었다.

"동생들이 많긴 하지만, 제 동생들 모두 독립적이고 밥벌이 잘합니다. 저한테 한 번도 부담 준 적 없고, 찬희에게도 마찬가지일 겁니다."

승열은 승안 형이 소유하고 있는 유명 식품회사와 식당, 그리고 넷째 동생 승연이 만든 스포츠 용품 회사에 대해 언급했다.

"사시를 보기 전에 재테크와 과외로 돈을 조금 벌어놨는데, 그 회사들에 투자를 했고 지금 상당 지분을 가지고 있습니다. 제 형제들만이 아니라, 저도 여유있습니다. 찬희가 원하는 건 뭐든 사줄 수 있습니다. 결혼할 때 아무것도 안 들고 와도 됩니다."

찬희는 처음 듣는 말이었다. 승열이 데이트를 할 때 돈을 많이 썼기에 청렴결백을 자랑하는 아버지 밑에서 자라 검소한 생활이 몸에 밴 찬희는 걱정을 많이 했었다. 그래서 그녀도 데이트 비용을 많이 부담하려고 했었는데, 승열은 재테크를 해둬서 여유있다면서 한사코 찬희가 돈 내는 걸 말렸었다. 그래서 찬희는 찻값만 내고 있었지만 그래도 상당히 미안해하고 있었다.

"제 조건, 괜찮습니다."

"괜찮긴 뭐가 괜찮아! 부모도 없잖아!"

"아빠!"

찬희는 비명처럼 소리쳤다.

"어떻게 그런 말을 하실 수 있어요?"

"할 수 있는 말이야. 난 너 뭐 하나 모자란 게 없는 번듯한 집안에 보내고 싶다. 상대방 부모가 한 명도 없는 게 남들 보기에 좋아

보이진 않아."

"부모님 일찍 돌아가신 게 승열이 잘못도 아니잖아요!"

"그래. 저 녀석 잘못은 아니지. 하지만……."

"그만 하세요."

이철형 사건이 튀어나올 것 같자, 찬희는 자리에서 일어났다.

"남들이 뭐라고 하든 상관 안 해요. 전 승열이 조건 같은 건 상관 안 해요. 나중에 아빠 감정 좀 가라앉으시면 그때 다시 이야기해요. 승열아, 가자."

"검사장님."

승열은 무릎 위에 올려둔 주먹을 꾹 쥐었다.

"뭘 염려하시는지 알겠습니다. 말씀, 맞습니다. 부모님이 안 계신 게 남들 보기에 좋지 않을 수도 있을 겁니다. 하지만 그렇다고 찬희를 포기하진 않을 겁니다."

이놈 봐라?

치솟은 분노와는 별개로, 우안리는 흥미를 느꼈다. 끈기가 있는 놈이군.

"찬희 넌 나가 있어."

"아빠!"

"네가 염려하는 말은 안 할 거다. 나가 있어."

찬희는 망설였지만, 아빠를 믿었다. 그녀는 승열을 걱정스러운 눈으로 쳐다본 뒤 밖으로 나갔다. 문이 닫히자, 우안리는 호랑이도 잡아먹을 듯한 눈으로 승열을 쏘아보았다. 승열은 차분한 마음으로 눈빛을 되받았다.

확실히 눈빛 하나는 괜찮은 녀석이군.

우안리는 으르렁대듯 입을 열었다.

"요즘 네놈 일처리가 영 꽝이더군. 연애하느라 그런 건가?"

"제가 모자란 탓입니다."

승열은 잘못을 인정했다. 저런 말을 듣는 건 굴욕적이기는 했으나, 사실은 사실이었다. 앞으로 다신 듣지 않을 것이다.

"내가 네 녀석을 주시하고 있다는 건 알고 있겠지."

"네."

"난 네놈을 내 후임으로 찍었어. 혈연 관계와는 상관없이 키워보고 싶었지. 찬희랑 헤어져. 내가 위까지 올려주지."

"싫습니다."

승열은 딱 잘라서 거절했다. 물론 그는 바보가 아니었고, 이게 얼마나 대단한 제안인지 모르지 않았다. 그리고 일에 욕심도 있었고, 높은 자리에 올라가고픈 야심도 물론 있었다. 하지만 승열은 무엇이 옳고 그른지, 인생에서 무엇이 가장 중요한지 잘 알고 있었다.

"찬희와 헤어져야 한다면, 어떤 제안도 받아들일 수 없습니다."

"찬희와 결혼하면 검사장 사위가 되니 손해날 게 없다는 건가? 솔직하게 말해봐. 내 딸이라서 사귄 거지?"

"그건 찬희를 모욕하는 말입니다."

승열은 이를 악물고 내씹듯이 이어 말했다.

"안 들은 걸로 하겠습니다."

망할 자식. 말은 잘하는군.

우안리는 이글거리는 화를 토해내고 싶었지만, 말이 막혔다.

"허락해 주십시오."

우안리는 반사적으로 소리쳤다.

"못해!"

"이유가 뭡니까?"

"넌 내 딸 남편이 되기에 모자라! 부모도 없고, 인물도 별로다!"

"아빠!"

밖에까지 들리는 쩌렁쩌렁한 목소리를 듣고 찬희는 문을 벌컥 열고 들어왔다.

"승열이 부모님이 일찍 돌아가신 게 승열이 잘못이 아니잖아요! 그만 이야기해요! 그리고 승열이가 인물이 뭐가 별로예요!"

"덩치만 크잖아!"

우안리는 버럭 소리 질러 버렸다.

"전 좋아요. 제가 좋아해요. 제가 좋아하고, 제가 결혼하고 싶어하는 남자예요."

두근.

진심이 담긴 찬희의 호소는 승열의 심장을 꿰뚫고 지나갔다. 승열은 오른손으로는 두근거리다 못해 터질 것 같은 심장 위에 얹고, 왼손으로는 바닥을 짚었다. 이렇게 하지 않으면 쓰러질 것 같았으므로.

"허락 못해!"

우안리는 두 손으로 테이블을 다시 내려치며 고함질렀다.

"내 눈에 흙이 들어가도 안 돼!"

테이블의 흔들거림이 잦아들었을 때, 찬희는 한일자로 입술을 꾹 다물었다. 승열 또한 말이 안 통한다는 것을 깨달았다.

이렇게 완강하게 반대하실 줄이야.

승열은 잠시 고민했지만, 일단 물러서기로 했다. 시간이 필요한 일이었다.

"다시 생각해 주십시오."

그는 자리에서 일어났다.

"전 찬희와 결혼할 겁니다."

"두고 보면 알겠지."

우안리는 끝까지 지지 않았다. 승열은 찬희에게 부드럽게 말했다.

"오늘 잘 쉬어."

"너도."

찬희는 승열에게 미소를 지어준 뒤, 승열이 룸 밖으로 나가자 얼굴에서 웃음을 싹 지웠다.

"아빠."

"안 된다면 안 되는 줄 알아."

찬희는 차분하게 말하려고 애썼다.

"아빠, 승열인 정말 좋은 남자예요. 아빠한테도 아들 같은 사위가 되어줄 거고요."

만약 아빠가 결혼 허락을 하더라도 승열과 금방 사이가 좋아질 것 같지는 않았지만, 그래도 시간이 지나면 하나뿐인 사위인데 잘 지내지 않을까?

찬희는 그런 희망을 품고 말했지만, 우안리는 코웃음을 쳤다.

"난 그런 곰탱이 같이 덩치만 큰 놈은 사위 삼고 싶지 않다. 너, 눈이 왜 그렇게 낮은 거니? 작년에 내가 소개시켜 준 이 군은 걷어차더니 겨우 저런 놈이랑 만나? 이 군 아직 혼자라더라. 이 군이나 다시 만나봐."

우안리는 재벌 3세인 이기완이 아직도 아까웠다. 외모도 멀끔했고, 찬희를 생각하는 마음도 괜찮았으며, 무엇보다 정말로 찬희 손에 물 한 방울 안 묻힐 정도로 대단한 재력의 소유자였다. 그런데 찬희가 이 군이 아닌 곰과 사귄다니.

"이 군에게 연락해 두마."

"싫어요!"

찬희는 싸늘하게 말했다. 아빠에게 이런 불손한 어조를 사용한 적은 거의 없었지만 오늘은 정말 참을 수가 없었다.

"난 그 사람 싫어요. 내가 결혼하고 싶은 건 승열이에요. 안 된다는 말씀은 더 하지 마세요."

"그렇지만……."

"식사나 해요. 저 배고파요."

찬희는 벨을 눌러 직원을 부른 뒤, 아무거나 주문했다. 식사는 불편할 만큼 조용히 진행되었다. 속이 막히는 것 같자 찬희는 가슴을 두드렸다. 흘긋 보니, 평소 같으면 우리 딸 체했냐면서 등을 두드려 주던 것과는 달리 아빠는 일그러진 얼굴로 초밥만 꾸역꾸역 먹고 있었다. 한숨만 나왔다.

오늘 대체 한숨을 몇 번이나 쉬는 건지.

찬희는 물끄러미 분홍색의 연어초밥을 보았다. 승열이 좋아하는 것.

승열과 함께 먹을 수 있다면 좋을 텐데.

찬희가 깨작거리며 식사를 끝냈을 때, 휴대폰이 울렸다. 왕 계장의 전화였다.

[십사 년 전의 사건 말인데요, 모든 결과 서류 들어왔어요. 들어오면 바로 말씀해 달라고 하셨죠?]

"네. 지금 바로 갈게요."

[지금요? 열한 시인데.]

"중요한 사건이라고 생각해서요. 먼저 퇴근하세요."

"다시 출근한다고?"

휴대폰을 내려놓자마자 우안리는 못마땅한 기색이 역력한 얼굴로 물었다.

"네. 십사 년 전 사건의 서류가 다 들어와서요. 전 이 일 중요하게 생각해요. 이건 승열이한테도 중요해요. 아시잖아요."

"그래, 안다. 그러니까 그놈이 맡아야 되는 거야."

"안 돼요."

"어차피 그놈도 알게 될 일이야. 말이 안 퍼질 것 같아? 그리고 네가 그렇게 말 안 하고 있다는 걸 그놈이 좋아할까? 너한테 배신감을 느낄지도 모른다는 건 몰라?"

우안리의 날카로운 지적에 찬희는 잠시 입술을 깨물었다. 생각 안 해본 건 아니었으니까. 하지만 답을 알 수 없었다. 그의 분노가 어디로 튈지, 그녀로서는 짐작할 수 없었다.

"이야기를 해도 제가 할 거예요."

찬희는 그렇게 말할 수밖에 없었다. 우안리는 혀를 차며 다른 것을 물었다.

"근데 넌 어떻게 알게 된 거야? 난 그 녀석 뒤를 봐줄 생각으로 주변 조사를 하다가 알게 된 거다. 이철형의 이번 사건의 초기 담당 경찰이 십사 년 전 그 사건과의 연관성을 의심하는 보고서를 썼어."

"그 보고서 저도 봤어요. 제가 그때 경찰서에 같이 있었거든요. 민현철 경사, 얼마 전에 은퇴했는데 그전에 이야기도 해봤고요."

"이철형 사건을 맡기 전에 사귄 거 아니라면서? 그런데 네가 가져올 이유가 있어? 그동안 친했던 것도 아니지?"

찬희는 망설였지만, 떨리는 목소리로 말했다. 아무도 모르는 사실을.

"좋아하니까요. 제가 승열이…… 오랫동안 좋아했어요. 그래서 그 사건 보고서를 보면 승열이가 다칠 것 같아서, 그게 염려되어서 제가 가져온 거예요."

우안리의 얼굴이 붉으락푸르락 변하더니, 젓가락을 탁 소리가 나게 내려놓고는 자리에서 일어났다.

"아빠?"

"난 먼저 가마."

우안리는 그 말만 남긴 채 먼저 자리를 떴다. 찬희는 아빠의 축 처진 어깨를 보고서야 아빠가 얼마나 서운하게 느끼고 있는지 깨달았다. 하지만…… 그녀는 아빠의 마음이 이해가 가면서도, 원망스럽기도 했다.

그냥 허락해 주시면 안 될까.

아빠를 위로해 드리기보다 결혼을 더 걱정하는 자기 자신이 불효녀라는 생각이 들었다. 하지만 어쩔 수 없었다. 찬희는 한숨을 내쉬며 자리에서 일어났다.

—열한 번째 파일—
사건 자체가 붕괴될 위기가 닥치다

승열이 우울한 얼굴로 사무실로 돌아오자, 남아서 일을 하고 있던 마 계장은 걱정을 감추지 못했다.

"반대가 심하세요?"

"좀 그러시네요."

승열은 의자에 털썩 주저앉았다.

"그렇게까지 강경하게 반대하실 줄은 몰랐어요. 결혼하는 게 쉽지 않다는 건 알았는데, 이 정도인 줄은 몰랐네요."

마 계장은 잠시 생각하는 표정으로 뺨을 긁다가 입을 열었다.

"원래 결혼이라는 게, 생활하는 것도 힘들지만 하기까지도 어려운 거예요. 결혼을 허락 받은 뒤에도 문제는 또 생겨요. 혼수라든지 예단비라든지 그런 게 문제가 되더라고요."

승열은 재깍 대답했다.

"찬희에게 혼수 많이 요구할 생각 없어요. 예단비 돌려주는 것도 저희 형이 알아서 하겠지만 절대 찬희가 불편하게 안 할 거고요."

"본인 생각하고 많이 달라져요. 결혼이라는 게, 뭐랄까, 어디로 튈지 알 수 없는 탁구공 같은 거거든요. 박 검사님과 우 검사님의 생각은 확고하더라도 주변 사람들 생각은 또 다른 거고요. 아무리 죽네 사네 하는 커플이라도 결혼 준비하다가 깨지는 경우도 많죠. 그래서 중매가 많은 거잖아요."

결혼 십오 년차에 들어선 마 계장의 충고에 승열은 순간 눈앞이 시커멓게 변했다. 물론 혼수가 문제가 될 수도 있다는 건 알고 있는 사실이긴 했다. 하지만 '깨진다'라니.

"근데 말이죠. 혼수 문제나 집안 반대나 그런 건 결혼식장에서 딱 신부의 손을 잡으면 다 사라져요. 정말 아무것도 아닌 일이라는 말이에요. 나중에도 문제가 되는 경우가 간혹 있긴 하지만."

마 계장은 다소 멋쩍은 태도로, 하지만 진지한 어조로 천천히 이어 말했다.

"뭐, 진짜 문제는 결혼한 뒤에 일어나는 일들이죠. 아무리 서로 사랑한다고 해도 생활습관과 가치관이 다른 두 사람이 만나서 사는 거거든요. 저만 해도 제 아내와 그런 걸로 좀 싸웠는데, 살다 보면 그런 걸로 많이 싸워요. 예를 들어 전 퇴근이 늦은 편이라 밤에 더 활달한데, 제 아내는 아홉 시만 되면 졸려하거든요. 그래서 밤에 외출하자고 하면 제 아내는 싫어하고, 휴일 정오쯤에 외출하자고 하면 전 쉬고 싶은데 나가자고 하는 거에 화가 나서 싸우죠. 그런 식으로 사소하다고 할 수 있는 걸로 계속 문제가 생겨요. 특별한 일이 없어도 그런 게 쌓이다 보면 헤어지네 마네 그런 말도 나오는 법이고요. 그런 건 역시, 상대를 얼마나 생각하느냐에 따라 넘겨지느냐 마느냐가 되는 거죠. 어려워 보이죠? 뭐, 하지만……."

마 계장은 씩 웃은 뒤, 승열에게 다가와 어깨에 손을 얹었다.

"어떤 문제가 있든 간에, 결혼으로 인해 얻을 수 있는 것에 비하면 아무것도 아닐 수도 있어요."

승열은 멍하니 마 계장의 말을 들었다. 마 계장은 곧 골똘하게 생각에 잠긴 승열의 표정을 보고 미소 지은 뒤 퇴근했다.

결혼이라…….

이제까지 승열은 단순하게 생각했었다. 처음에는 책임감 때문이었고, 지금은 진심으로 좋아해서 결혼할 생각이었다. 남녀가 만나서 좋아하면 결혼하는 게 당연했으므로. 그게 사회적인 규범이라고 보니까.

물론 결혼한 뒤에 생각지도 못한 여러 문제가 발생한다는 걸 알고는 있었다. 하지만 마 계장이 직접적으로 예를 들어 설명해 준 말은 무의식 속에 인지하고 있던 것을 의식 바깥으로 끌어냈다.

결혼. 현실.

난 그 많은 현실적인 문제를 이겨내고 행복하게 잘살 수 있을까?

승열은 확신할 수가 없었다. 갑자기 파도처럼 몰아닥친 현실은 생각지도 못한 문제가 더 많이 발생할 거라는 걸 알려줬으니까.

하지만…… 마음만은 진심이다.

찬희를 행복하게 해주고 싶다. 행복하게 잘살고 싶다. 그 어떤 문제가 생기더라도 잘 헤쳐 나가고 싶다.

찬희도 나와 같은 마음일까? 어떤 문제가 생기더라도 최선을 다해 나와 함께 행복하게 살고 싶을까?

승열이 흐릿한 눈으로 조서를 바라볼 때였다. 휴대폰이 진동하며 액정이 빛났다.

〈집에 잘 들어갔어? 난 다시 검찰청으로 들어왔어.〉

찬희의 문자였다. 승열은 쌓여 있는 조서를 흘긋 본 뒤, 결정을 내리고 의자에서 일어났다.

보고 싶다.

승열은 빠르게 찬희의 사무실로 갔다. 노크를 할까 하다가 소리 없이 문을 열어보았다. 찬희는 이전처럼 업무일지로 얼굴을 가린 채 일하고 있었다.

"식사는 잘하고 왔어?"

승열은 등 뒤로 문을 닫고 안으로 들어갔다. 찬희는 화들짝 놀라 일지를 내려놓고 의자에서 벌떡 일어났다.

"어…… 다시 돌아왔네."

"일 좀 더 하려고. 너도?"

“응.”

찬희는 안경을 벗으면서 왼쪽을 흘끔 바라보았다. 십사 년 전의 자료. 승열이 보게 된다면…….

찬희는 책상 한 발자국 앞까지 다가온 승열에게 다가가 그가 서류 더미를 못 보게 몸으로 가렸다. 그의 가슴 위에 손을 얹은 뒤, 눈웃음을 지으며 물었다.

“나 보고 싶어서 온 거야?”

찬희의 애교 섞인 노골적인 질문에 승열은 바로 답하지 못했다. 대신 얼굴을 붉게 물들이며 뜨거운 눈동자로 그녀를 바라보기 시작했다.

“찬희야…….”

키스를 하기 전, 항상 승열은 그녀의 이름을 낮게 부르곤 했다. 찬희는 그의 목에 두 손을 감고 고개를 들었다. 승열은 그녀의 입술 대신 이마에 입을 맞춘 뒤, 두 뺨 위에 손을 얹고 눈을 바라보았다.

“아까 마 계장님께 잠깐 이야기를 들었어.”

입술에 키스를 안 하는 게 조금 아쉬웠다. 찬희는 그와 눈을 마주했다.

“어떤 이야기?”

“음. 결혼 전에 일어날 수 있는 일이라든지, 결혼 후에 생길 수 있는 문제에 대해서. 생각지도 못한 여러 문제가 생길 수 있다고 하더라.”

찬희는 가만히 승열의 이야기를 경청했다.

"사실 결혼 준비와 생활에 대해 그다지 깊게 생각하지 않았어. 그저, 너와 어서 결혼해야겠다는 생각밖에 없었거든. 그러다가 마 계장님의 말씀을 들으니…… 생각보다 더 복잡하고, 어려운 일이 라는 생각이 들더라. 그런 만큼 많은 준비가 필요한 일이라는 생 각도 들었고……."

찬희도 알고 있는 사실이었다. 하지만 신경 쓰지 않았던 일이기 도 했다. 왜냐하면, 그녀는 승열이 좋은 남자라는 사실을 알고 있 는 데다가 그를 사랑하는 만큼 더 노력할 생각이었기 때문이다.

"하지만 말이야."

승열은 찬희의 입술에 살짝 입을 맞추었다.

"노력할게. 아무리 힘들더라도, 생각지도 못한 문제가 생겨서 괴롭더라도 너에게 최선을 다할게. 후회하지 않도록 해줄게. 약속 해. 너도…… 약속해 줄 수 있어?"

승열은 찬희가 자신을 많이 좋아한다는 걸 알고 있었다. 하지만 그가 좋아하는 만큼은 아닐 것이다. 승열은 여전히 그 점이 자존 심 상하기도 했고, 걱정되었다.

아무리 그가 좋아한다고 해도, 그리고 만약의 경우 나쁜 일이 닥쳤을 경우 결혼 생활은 자신만 노력하고 희생한다고 되는 게 아 니다. 승열은 모르지 않았다. 일방통행인 감정은 불행의 시초이 니, 찬희도 최소한의 노력은 해야 할 것이다.

찬희가 그 정도는 해줄까?

사실, 그게 걱정되는 게 아니었다. 지금은 찬희가 그를 좋아하 는지 몰라도 나중에 그 감정이 아주 빠르게 식을지 모른다. 그래서 노력하기 싫어질지도 모른다.

찬희에 대한 그의 감정은 오래갈 것이다. 평생 갈 것이다. 하지만 찬희는?

승열은 그게 무엇보다 신경 쓰였다.

"약속해."

찬희는 마음을 담아 답했다. 십이 년이나 짝사랑을 해온, 집착이라고 할지도 모르는 감정과 시간 때문이 아니었다. 승열이 좋은 남자라서, 그리고 지난 세월에 상관없이 현재 사랑하는 남자이기 때문에, 평생을 함께하고 싶은 남자이기 때문이었다.

노력할 것이다. 함께 곁에서 행복할 수 있도록.

"약속할게. 함께 행복할 수 있도록."

찬희는 발끝을 올려 그에게 키스했다. 승열은 손을 내려 그녀의 허리를 틀어쥐었고, 더 가까이 끌어당기는 것으로 열렬하게 키스에 응답했다.

호흡 한 번 할 수 없을 만큼 길고 강렬한 키스가 끝난 뒤, 그와 입술을 맞댄 채 찬희는 숨을 헐떡였다. 거칠어진 그의 숨결과 그녀의 호흡이 뜨겁게 섞였다. 찬희는 승열의 눈동자가 그 어느 때보다 더 타오르고 있음을 깨달았다. 그리고 그녀는 복부를 찔러오는 어떤 것을 느꼈다.

"안고 싶어."

이전에도 키스할 때 여러 번 느끼긴 했지만 지금만큼 그의 존재가 강렬하게 느껴진 적은 없었다. 찬희가 얼굴을 붉히며 잠시 당황한 사이, 잔뜩 쉰 목소리로 승열이 말했다.

“널 안고 싶어. 하지만 결혼할 때까지 참아야겠지.”

“나도⋯⋯.”

찬희는 혀끝으로 입술을 축였다. 낯선 흥분으로 입 안이 바싹 말라 말을 할 수가 없었다.

“승열아, 나도⋯⋯.”

나도 널 안고 싶어.

도저히 말이 나오질 않았다. 찬희는 그에게 키스했다. 마음을 담아 열렬하게. 그래서 승열은 알았다.

찬희도 그를 안고 싶어한다.

깨달음의 파도는 곧 욕망의 폭풍으로 변했다. 승열은 경건하게 입을 맞추었지만, 곧 그의 뜨거운 혀는 찬희의 입 안 구석구석에 강하게 도장을 찍었다.

“찬희야⋯⋯.”

승열은 숨결을 토해내며 그녀의 목을 깨물었다. 아주 맛있었지만, 그는 더 많은 걸 원했다. 지난번에 제대로 맛보지 못한 그것.

승열이 귓가에 뜨거운 숨결을 불어넣자, 찬희는 몸에서 힘이 빠져나가는 것을 느꼈다. 뜨거운 젤리가 되어버린 것 같았다.

찬희가 흐느적거리자, 승열은 그녀를 꼭 껴안아 책상 위에 앉힌 뒤 다시 그녀의 입술을 앗았다. 찬희는 고개를 뒤로 꺾어 파고들어 오는 그의 혀를 열렬히 받아들였다.

“으응⋯⋯.”

가쁜 숨이 섞인 찬희의 신음이 승열의 귓가로 파고들었다. 폭발 직전까지 피가 한 군데로 몰리자 승열은 충동을 억제할 수가 없었다. 그는 단추를 뜯어내듯 끄른 뒤, 다급하게 찬희의 브래지어를 위로 올렸다. 봉긋한 가슴이 그를 미치게 만들었지만 승열은 이전처럼 찬희가 아플 만큼 깨무는 대신 그냥 삼켰다. 그리고 빨기 시작했다.

“스, 승열아…… 앗…….”

찬희의 비명은 고통에서 나온 게 아니었다. 승열의 뜨거운 이가 단단하게 솟은 중앙의 진주알을 깨물고 핥자 찬희는 소리를 지를 수밖에 없었다. 그의 입이 점령한 가슴에서 솟구친 열기가 발끝까지 휘몰아쳤고, 쯔읍쯔읍 소리가 조용한 사무실로 퍼져 나가자 찬희는 숨을 헐떡이며 허리를 휘었다.

승열은 그녀를 책상 위에 눕히면서도 오른쪽 가슴에서 입을 떼지 않았다. 더욱 격렬하게 입 안 가득한 품고 왼손으로는 안타깝게도 동시에 맛보지 못하는 찬희의 왼쪽 가슴을 쥐고 최대한 부드럽게 주물렀다.

“으, 으응…….”

승열은 입 안과 손끝에서 넘칠 듯이 느껴지는 찬희의 촉감에 미칠 것 같았지만, 찬희가 내지르는 교성에도 피가 끓었다.

찬희의 목소리가, 신음이 이렇게 유혹적이었던가.

승열은 이전까지 여자의 신음만 들어도 흥분하는 남자들을 이해하지 못했었다. 동영상 속의 노골적인 행위 자체나 잡지 속의 풍만한 여자의 몸에만 흥분하곤 했었는데, 그는 이제 그 남자들을 이해하고도 남았다.

그에 의해 창조된 이 신음 소리. 오로지 그만을 위해, 그 혼자만

들을 수 있는 신음.

이래서 남자들이 신음에 미치는 거였나.

찬희의 신음이 더욱 커지자, 승열은 폭발할 것 같은 몸을 간신히 추슬렀다. 그는 손등에 퍼런 힘줄이 드러날 정도로 책상 가장자리를 꾹 쥐며 고개를 들었다. 미친 듯이 빨았던 찬희의 하얀 가슴에 붉은 기운이 번져 있었다. 그의 흔적. 그의 여자라는 흔적.

몸 하나 가득 새겨주고 싶다. 완전히 내 것으로 낙인찍고 싶다.

승열은 찬희의 정장 하의 지퍼에 손을 댔다. 그와 동시에 그동안 승열이 거칠고 투박하며 강하게 선사했던 흥분과 쾌감 속에서 신음만 흘리던 찬희의 정신이 그제야 조금이나마 깨어났다.

"스, 승열아."

목소리가 신음처럼 낮게 새어나왔다. 찬희가 목을 가다듬으려고 노력할 때, 승열은 고개를 숙여 그녀의 앙증맞은 배꼽에 입을 맞춘 뒤 밑으로 내려갔다.

"그만, 그만 해."

승열은 그녀가 무슨 말을 하는지 알지 못했다. 그저 그를 흥분시키는 신음 같은 목소리만 들을 수 있을 뿐. 승열은 더욱더 다급해진 손으로 지퍼를 끌어 내렸다. 브래지어와 같은 연한 베이지빛깔의 팬티가 그를 맞이하고 있었다.

"그만 해!"

승열이 팬티에 손을 대자, 찬희는 비명을 지르며 그의 어깨를 밀었다. 찬희의 힘은 약했지만 금방이라도 터져 버릴 것 같은 욕구 속에서 움직이던 승열을 멈추게 하는 데는 충분했다.

“찬희야?”

승열은 고개를 들어 찬희를 바라보았다. 찬희의 얼굴은 싱싱한 딸기와 같은 붉은빛이었다. 승열은 책상 가장자리를 부서뜨릴 듯 더 거세게 틀어쥐는 것으로 당장이라도 팬티를 찢어버리고픈 격한 충동을 삼켰다. 솔직히, 그는 지금 자신이 이대로 폭발하지 않는 게 이상했다.

“싫어.”

찬희는 후들거리는 한 손으로 가슴을 가리며 몸을 반쯤 일으킨 뒤, 헐떡이면서도 분명하게 말했다.

“여긴…… 싫어. 안 돼.”

승열은 그제야 주변을 돌아볼 수 있었다. 사무실. 공소장과 업무일지를 포함한 온갖 서류가 있는 일하는 장소. 더군다나 그는 들어올 때 문도 잠그지 않았다.

승열은 몸을 일으켜 찬희에게서 한 걸음 물러나며 뒤를 돌아보았다. 문은 닫혀 있었지만 혹시 누군가 소리를 듣고 무슨 일인지 알아보기 위해 열었다면…….

“미안해.”

승열은 잔뜩 쉰 목소리로 진심을 말했다. 분명 그들은 이전에 사고를 친 적이 있긴 했다. 하지만 둘 다 기억하지 못했으므로, 다시 사랑을 나눈다면 바로 그게 진정한 첫날밤이기도 했다.

아무리 연애와 여자에 대해 모르는 곰이라고 하지만 승열은 사랑을 나눌 때, 특히 처음일 경우 장소와 분위기가 중요하다는 건 알고 있었다. 평생 기억에 남을 일일 테니까. 그런데 이런 곳에서 가지려 했다니…….

머리끝까지 치솟은 흥분이 순식간에 가라앉았다. 물론 피가 몰린 그곳은 여전히 얼얼하다 못해 고통스러웠지만.

"여기에서 이러다니."

승열은 뒤돌아 찬희를 바라보았다. 찬희는 그사이 몸을 일으켜 하의는 물론 상의도 말끔하게 단추를 꿴 뒤였다. 그의 손길 아래에서 가쁜 숨을 내쉬었다는 증거는 홍조로 가득한 두 뺨뿐이었다.

순간, 승열은 덜컥 겁내는 자신을 발견했다.

찬희에게 흔적이 남지 않았다. 그의 감정과 손짓은 그 순간의 것일 뿐이었다. 그 시간이 지나니, 아무것도 아니었다.

이대로 달아나면 어쩌지?

말도 안 되는 생각까지 떠오르자, 승열은 손을 뻗어 찬희를 끌어당겨 꼭 안았다. 찬희는 그가 다시 그녀를 탐하는 것일까 봐 놀라 몸을 움츠렸지만, 승열이 그냥 안고만 있자 이내 긴장을 풀었다.

"찬희야."

"응……."

"찬희야."

찬희는 그가 대답을 바라고 이름을 부르는 게 아님을 알아차렸다. 그녀는 조용히 그에게 안겼고, 승열은 찬희의 어깨 위에 머리를 두고 길게 한숨을 내쉬었다.

대체 언제 찬희에게 도장을 찍을 수 있을까. 물론 육체관계를 다시 맺는다고 그녀에게 흔적을 영원히 남기는 건 아니었다. 하지만 최소한 드디어 그녀를 가졌다는 느낌은 받을 수 있을 것이다.

하지만 오늘은 아니다. 오늘은 때가 아니었다.

찬희를 만난 후론 찬물에 샤워하는 건 하루 일과 중에 하나였지만, 오늘은 그 어느 때보다 샤워실에 길게 처박힐 것 같다는 예감이 들었다.

아니, 지금 당장 화장실로 가서 처리해야 되나? 돌겠군.

미칠 것 같으면서도 승열은 찬희의 어깨에 코를 댔다. 아무 향수도 안 쓰지만 그녀의 향기는 달콤했다.

완전히 잠들지 못한 욕망이 다시 격류처럼 몰아치자 승열은 고개를 살짝 들며 다른 곳으로 시선을 고정했다. 찬희의 책상 위. 공소장.

저거라도 읽으면 흥분이 좀 가라앉으려나.

무의식적으로 승열은 눈을 가늘게 뜨고 출력된 공소장을 바라보았다. 거꾸로 되어 있었으나 글씨를 읽을 수는 있었다.

〈……박우진과 이진선의 뺑소니 사고 관련……〉

승열은 알아버렸고, 순간 굳어버렸다.

"승열아?"

공소장은 까마득히 잊고 있었던 찬희는 뭔가 이상하다 느끼고 그를 불렀다. 자신을 안고 있는 승열의 팔이 힘없이 밑으로 떨어지자, 찬희는 그의 시선을 따라갔다. 허공에 떠 있는 듯한 승열의 눈동자는 책상 위에 펼쳐진 공소장에 고정되어 있었다. 이번에 굳어버린 건 찬희였다.

승열은 입을 열었다가 닫았다. 그러고는 찬희를 내버려 둔 채 비틀거리듯 한 걸음 걸어가 공소장을 낚아채듯 집었다.

찬희는 하얗게 굳은 그의 얼굴이 분노로 일그러졌다가 경악으로 바뀌고, 마지막으로 지우개로 지워지듯 아무것도 떠오르지 않는 것을 멍하니 지켜보았다.

"이게 뭐지?"

미칠 듯이 뛰는 심장을 안고 조서를 처음부터 끝까지 외워 버릴 듯한 집중력으로 읽은 뒤, 승열은 차가운 눈으로 찬희를 바라보며 대답을 요구했다.

"이게 뭐야?"

"승열아, 그건, 그건—"

"대답하란 말이야!"

승열의 격분 서린 외침이 사무실을 뒤흔들었다. 그의 얼굴에는 여전히 표정이 없었으나, 찬희는 그의 눈에서 시뻘건 불이 활활 타오르고 있는 것을 보았다. 그러나 그는 찬희에게서 오히려 한 걸음 뒤로 물러났다.

"대답해."

승열은 한층 가라앉은 목소리로 다시 요구했고, 찬희는 눈을 질끈 감았다 떴다. 그녀는 무의식중에 혀끝으로 바싹 마른 입술을 적셨다. 찬희의 분홍빛 혀가 그의 시야 속에 등장했으나 승열은 그것을 보지 못했다. 그는 오로지 들을 수만 있었다.

"그건 말이야……."

"대답 못하겠어?"

"설명할게. 설명할 테니 잠시만, 잠시만."

이걸 대체 어떻게 말해야 할까.

찬희는 고개를 떨어뜨리고 책상 위에 두 손을 얹었다.

우연히 십사 년 전 사건과 이철형의 이번 뺑소니 사고에 대해 알게 된 찬희는 곧바로 자신이 수사하기로 결정했다. 첫 번째로는 승열이 충격과 상처를 받지 않기를 바라기 때문이었다. 둘째로는 승열이 감정에 못 이겨 자칫 실수할 경우 그의 커리어 전체에 타격이 갈 수도 있기 때문이었다.

그래서 찬희는 승열에게는 사건이 완전히 종료된 후에나 말할 생각이었다. 하지만 어떻게 말할지 미처 생각하지 못했다. 어렵고, 버거운 일이 될 거라는 걸 알았기에.

이렇게 말하게 되다니.

찬희는 최악의 상황이 됐음을 깨달았다.

"말할게."

고개를 들고, 찬희는 승열을 바라보았다. 그의 얼굴은 무서울 만큼 아무 표정도 없었다.

이 남자는 누구인가.

찬희는 섬뜩하다 못해 아득할 지경이었다.

지독하리만치 아무런 감정을 내뿜지 않는, 눈앞의 저 남자는 누구인가.

그녀가 아는 남자라는 확인이 필요했다. 존재감을, 온기를 느껴 보고 싶었다. 그러나 찬희는 지금 그래서는 안 된다는 걸 알고 있었다.

설명이 우선이다. 설명이.

찬희는 가까스로 승열과 똑바로 눈을 맞춘 채, 천천히 말을 시작했다.

"삼 개월 전에 남부경찰서에 간 적이 있어. 거기서 우연히 민현철 경사를 만났어. 민현철 경사는 이철형의 이번 뺑소니 사건의 초기 담당자로, 얼마 전에 정년을 넘어 은퇴해서 가족과 함께 일본으로 이민 갔어. 그리고…… 민현철 경사는 십사 년 전의 뺑소니 사건을 수사한 경찰들 중 한 명의 옆 자리에 앉아 있었던 경찰이기도 해."

승열은 십사 년 전의 사건을 수사했던 경찰들과 검사를 떠올렸다. 검사로 임관된 뒤, 그는 부모님의 사건 기록을 샅샅이 훑어보았다. 잘 몰랐던 어렸을 때의 그는 사건 담당인 검사와 경찰들이 무능해서 범인을 잡지 못하고 종결됐다고 생각했다. 하지만 그건 틀린 생각이었다.

검사와 경찰들 모두 최선을 다했다. 그들은 무능한 것도 아이었다. 아주 유능했으나, 거기까지였다. 그 이상이 아니었을 뿐. 그저…… 뺑소니 사고를 당한 그의 부모님이 아주 운이 나빴던 것뿐이다. 그래서 범인을 잡지 못했고, 어쩔 수 없이 미제 사건으로 남을 수밖에 없었다.

어쩔 수 없이.

그래서 결국 그는 부모님을 살해한 범인을 잡는 건 포기할 수밖에 없었다.

그런데…… 미제 사건이 아니었다는 건가?

승열이 분노만을 내뿜는 광인(狂人)이 되지 않게 위해 격분을 한 숨에 실어 보이지 않게 토해낼 때, 찬희는 조금 더 또렷한 목소리로 이어 말했다.

"십사 년 전 사건의 범인을 못 잡은 것 때문에 당시 담당 경찰들이 안타까워했었대. 그래서 민현철 경사도 그 사건을 기억하고 있었고. 은퇴 하루 전까지도 이것저것 검토하다가 이철형 사건과 십사 년 전의 사건이 유사하다는 것을 알아차리곤 그에 관해 보고서를 썼어. 그때 난 경찰서를 방문했다가 보고서를 손에 넣게 되었지. 네게 배당되었다는 걸 알고 형사부 사건이라는 이유로 내가 가져왔고."

"왜?"

승열은 건조한 목소리로 물었다.

"왜 그랬는데?"

"네가 걱정됐으니까."

"우리 사귀기 전이야."

"그랬지만 걱정됐어."

"십사 년 전의 사건이 내 부모님 사건이라는 건 어떻게 알았어?"

찬희는 대답하지 못했다. 진실을 말해야 할까. 너무도 오래전부터 좋아했기 때문에 부모님 이름을 알고 있고, 부모님이 어떤 사건으로 돌아가셨는지 알고 싶어서 기록을 찾아보았다는 말을…… 해야 할까?

"그건……."

"말해봐."

승열의 말 자체는 부드럽게 들렸으나, 어조는 전혀 그렇지 않았다.

"학교 다닐 때 네 부모님이 어떻게 돌아가셨는지 알게 됐어. 관심이 생겨서, 나중에 찾아봤어. 그래서 기억해."

승열은 입을 다물었다. 여전히 아무 표정이 없자 찬희는 그가 자신을 믿는지 아닌지 알 수 없었다.

"관련 자료 다 보여줘."

"승열아."

찬희는 힘들게 말을 이었다.

"사건 종결된 뒤에 보여줄게. 지금은 안 돼. 지금은 네가 힘들잖아. 내가 잘할게. 나 믿어봐."

찬희는 그의 팔을 꼭 붙들었다.

"믿어줘."

찬희는 그저 승열이 걱정됐다. 당장이라도 쫓아가서 이철형의 목을 조르고 싶은 충동을 이해 못하는 건 아니었다. 하지만 아무리 그가 사회적으로 힘이 있는 검사라고 해도 지금 이성을 잃고 이철형에게 손을 대는 게 차후의 커리어에 도움이 될 리가 없었다. 만약 언론에 알려지기라도 한다면 끝이었다. 그야말로 커리어 면에서는 자살.

"내가 확실하게 처리할게. 나한테 맡겨줘. 믿어줘."

"내가……."

승열의 목소리는 높지도, 낮지도 않았다. 평온했다. 무서우리만치 너무 평온했다.

"널 어떻게 믿어?"

어떻게 이럴 수 있지? 어떻게 찬희가 이럴 수 있는가!

부모님을 살해한 놈을 손에 쥐고 있으면서 그에게 넘겨주기는커녕 단 한 마디도 하지 않았다. 단 한 마디!

그런 주제에 무슨 권리로 자기가 수사한단 말인가? 대체 무슨 권리로!

승열은 더 이상 아무 말도 하지 않았다. 그러나 그가 내뱉은 단한 마디의 말은 찬희의 폐부를 찔렀고, 시퍼런 냉기를 뿜어내 찬희를 습격했다.

"승열아⋯⋯."

여러 쓰라린 감정에 휩싸인 찬희의 목소리는 애처로울 만큼 가늘었다. 그러나 승열은 아무런 감정을 느낄 수 없었다. 그는 움직이지 않았고, 찬희는 손에서 힘이 빠져나가는 것을 느꼈다. 결국찬희는 꼭 붙들었던 그의 팔을 놓을 수밖에 없었다.

손이 저릿저릿했다. 아프도록.

찬희가 어쩔 줄 모르는 얼굴로 그에게 거부당한 손을 다른 손으로 붙들 때였다. 노크 소리가 들리더니 곧 문이 열렸다.

"아, 아빠."

찬희는 예상치 못한 사람의 등장에 순간 정신이 멍했다. 승열을 발견한 우안리의 얼굴이 순간적으로 구겨졌다. 그는 대뜸 찬희에게 저놈 만나려고 다시 출근했냐고 소리치려다가, 사무실 안 공기가 이상하다는 사실을 감지했다.

"무슨 일이냐?"

질문을 던진 우안리는 날카로운 눈으로 관찰했다. 책상 위는 엉망이었는데, 서류 몇 가지는 뭔가에 밀린 듯 바닥으로 떨어져 있었다. 그런 데다가 찬희의 표정은 굳어 있었고, 승열은…… 굳은 정도가 아니었다. 순간 섬뜩함이 느껴질 만큼 얼굴에 아무 표정도 떠올라 있지 않았다.

"니들 싸운 거냐?"

우안리는 그렇게 질문했지만 그게 답이 아니라는 것을 알았다. 단순히 말다툼을 한 게 아니었다. 다른 게 더 있었다.

"검사장님."

승열은 우안리를 똑바로 바라보았다. 우안리는 자신이 그렇게 고함을 질러도 청명하고 맑던 승열의 눈동자에서 빛이 사라졌음을 깨달았다.

"부탁이 하나 있습니다."

승열은 찬희를 외면하며 입을 열었다.

"이철형 사건을 제게 배당해 주십시오."

"이유가 뭐지?"

"제 부모님을 살해한 놈입니다."

"그렇지."

승열은 깨달았고, 기가 막혀 물었다.

"알고 계셨습니까?"

"그래. 저번 제3차장에서 지시해서 자네에게 그 사건을 배당한 게 나니까."

우안리는 여전히 승열이 전혀 감정을 내보이지 않고 있다는 점이 마음에 걸렸다. 화가 나면 미칠 듯이 주먹을 휘두르는 성격이 아닌 건가.

잔뜩 흥분해서 덤비는 대신 밑으로 감정을 누르는 건 좋은 자질이었다. 하지만 인조인간 같은 지금의 태도는 산전수전을 겪은 검시장마저도 목 뒤에 털이 오소소 솟을 만큼 섬뜩했다.

"난 자네가 이번 사건을 어떻게 처리하는지 보고 싶었네."

"시험이란 말씀인가요?"

드디어 승열의 얼굴에 표정이 떠올랐다. 비웃음.

"사람이 살해당한 사건을, 더군다나 제 부모님이 당한 사고를 그런 식으로 이용하고 싶으셨습니까?"

우안리의 얼굴에 붉은 기운이 올라왔고, 승열은 찬희에게 시선 하나 주지 않았다. 그는 소리 없이 걸어가 우안리 옆에 섰다.

"우 검사."

찬희는 그의 등을 바라보았다.

"내일 아침까지 관련 서류 다 보내줘."

승열은 그 말만 남긴 채 사라졌다. 찬희는 수십 번 전화를 걸어보았지만, 다음날 아침까지 그의 휴대폰은 꺼져 있었다.

—열두 번째 파일—
위기 속의 수사 진행

숙취는 고통스러웠다.

언제나처럼 새벽 다섯 시 반이 되자 자동적으로 눈이 떠졌지만, 승열은 기상과 동시에 격한 두통을 느꼈다. 누군가가 망치로 머리를 힘껏 두들기고 있는 것 같았다.

"으……."

승열은 한 손으로 머리 옆쪽을 꾹꾹 누르며 샤워실로 갔다. 뜨거운 물로 길게 샤워를 하고 나자 굳은 몸은 조금 풀렸지만 두통은 여전했다.

이래선 수영도 못하러 가겠군.

승열은 미간을 있는 대로 찌푸리며 맛있는 냄새가 솔솔 흘러나오는 부엌으로 갔다. 앞치마를 한 승안이 승열에게 등을 돌린 채로 가스레인지 앞에서 국을 국자로 젓고 있었다.

"수영하러 안 가니?"

"네. 오늘은 못 가겠어요."

승안은 잔뜩 잠긴 승열의 목소리를 듣고 뒤돌아보았다. 동생이 머리를 부여잡고 끙끙대는 것을 발견한 그는 잠시만 기다리라고 말한 뒤 얼른 따뜻하게 꿀물을 탔다.

"자."

승열은 고맙다는 말을 할 정신도 없었다. 그는 그릇을 받아 꿀꺽꿀꺽 삼켰다. 온몸으로 따뜻한 기운이 퍼져 나가자 한순간에 두통이 절반으로 줄어들었다.

"요즘 술은 거의 안 마시더니, 갑자기 무슨 일이니?"

승안의 조용한 질문에 승열은 뭐라 답해야 할지 알 수 없었다. 무슨 말을 해야 하는 걸까? 부모님을 살해한 놈을 발견했다고? 결혼하려는 여자가 그 사실을 여태 숨기고 있었다고? 그리고 장인어른이 될 사람이 일부러 그에게 그 사건을 배당했다고?

어젯밤 전까지, 승열은 검사장이 이철형 사건을 그에게 배당한 것을 단순히 다른 부서의 사건을 경험시킬 생각으로 그런 거라고 생각했었다.

그런데 부모님의 사건이기 때문이었다.

어젯밤, 승열은 찬희의 사무실을 나온 직후 혼자 술을 마시고 싶을 때 가는 술집으로 가서 진탕 퍼마셨다. 내일부터는 범인과 대면해야 하니까.

하지만 그렇게 많이 마셨으나 정신은 흐트러지지 않았다. 전혀 취하질 않았었다. 대신 터질 것 같은 머리를 안고 여러 고민 속에 빠져들었다.

그 범인에게 어떻게 해야 하는 걸까. 심문을 어떻게 하지? 부모님이 살해당한 사건을 내가 재수사하면 어떤 말들이 튀어나올까?

……찬희를 어떻게 해야 할까.

미친 사람처럼 술을 퍼마시는 동안, 승열은 자신이 어떤 감정을 느끼는지 똑똑히 알았다. 범인에 대한 격렬한 분노, 사건 수사에 대한 걱정, 그리고 찬희에 대한 배신감…….

어떻게 그렇게 행동할 수 있지? 어떻게 그에게 아무것도 알려주지 않았단 말인가!

"열아."

다시 솟아오른 격분을 이기지 못하고 승열이 주먹을 꾹 쥘 때, 승안은 부드럽게 이어 말했다.

"고민이 있으면 말해보렴."

승열은 털어놓고 싶었다. 하지만 어떻게 이야기를 해야 할지 알 수 없었다. 아니, 말을 해야 되는지 말아야 되는 건지도 알지 못했다.

"요즘 승열 오빠 고민이라면 연애 문제일 텐데, 그걸 어떻게 승안 오빠한테 털어놔요?"

발소리가 나더니 방금 일어난 승리가 하품을 하며 부엌으로 들어와 대화에 끼어들었다.

"연애 문제는 연애 경험자에게 물어봐야죠."

승안은 아무 대답 하지 않았고, 승리는 이어 말했다.

"그렇지, 승열 오빠?"

"그런…… 문제가 아니야."

승열은 이내 고개를 저었다. 물론 말을 하긴 해야 되는 일이다. 하지만 지금 말을 할 필요는 없다. 그렇지 않은가?

사건이 완전히 종료된 뒤에 하자. 미리부터 가족들에게 충격을 줄 필요는 없다.

"그럼 뭔데?"

"말한다고 네가 아냐? 그리고 좀 작게 말해. 나 머리 울린다."

"으윽, 술 냄새 엄청나. 으으, 이 술고래 아저씨."

승리는 그렇게 구박하면서 코 앞에서 부채질을 하는 시늉을 했지만 아주 작게 말했다. 승열은 귀여운 막냇동생의 볼을 잡아당겼고, 승리는 툴툴거렸다. 승안은 미소를 띤 채 두 동생들을 바라본 뒤, 식사 준비를 시작했다. 곧 셋째 승언과 여섯째 승원도 일어났고 언제나처럼 시끌벅적한 아침식사가 시작되었다.

그래, 이야기를 하더라도 미리부터 할 필요는 없어.

동생들이 웃음으로 가득한 식사를 하는 것을 보며, 승열은 생각했다. 미리 이야기해서 이 미소를 망칠 수는 없었다. 나중에, 좀 정리가 되면 말하자.

승열은 그렇게 생각하며 식사에 집중했지만, 그의 표정은 밝지 않았다. 승안은 그런 동생을 걱정 어린 눈으로 쳐다보았다.

밤새 거의 잠을 이루지 못한 찬희는 채 동이 트지도 않은 새벽에 집을 나섰다. 그녀는 곧바로 승열의 집으로 운전해 갔다. 바로 근처에 주차해 둔 뒤, 그녀는 기다렸다.

무슨 말을 더 해야 할까.

승열이 대문 앞으로 나오기를 기다리면서도 찬희는 막상 승열과 만나면 무슨 말을 해야 할지 알 수 없었다. 다시 설명해야 하는 걸까? 어떻게 말해야 화를 풀까?

찬희는 불안하게 두근거리는 심장을 안고 운전석 의자에 몸을 기댔다. 하지만 불편했다.

찬희가 초조한 눈으로 한참 대문을 바라보고 있을 때, 옆 골목에서 누군가가 종종걸음으로 나타났다. 단정한 차림의 여자로 이십대 중반으로 짐작되었는데, 상당한 미인이었다. 여자가 승열의 집으로 똑바로 걸어가 벨을 누르려고 할 때 문이 열렸다.

"어머, 깜짝 놀랐어요."

"소희구나."

문을 열고 나오던 승열은 고개를 끄덕여 인사했다. 찬희는 눈을 가늘게 뜨고 관찰했다. 새벽이라 가끔 개 짖는 소리만 날 뿐 조용해서 둘의 대화는 15m 정도 떨어져 있는 찬희에게도 잘 들렸다.

"어제 술 많이 드셨죠?"

"식당에 어떻게 소문이 났지?"

승열이 멋쩍게 말하자, 소희는 빙긋 웃더니 손에 들고 있던 보온병을 건네주었다.

"어제 집에 대리운전으로 들어가시는 거 봤거든요. 이거 가져가서 드세요. 숙취 해소에 좋은 저희 집 특제약이에요. 아시죠?"

"그래. 이거 정말 좋더라. 이거 주려고 이 새벽에 여기까지 온 거야? 이거 고마워서 어쩌지?”

소희는 아무것도 아니라는 듯 손을 저었다.

“식당에서 여기까지 몇 걸음 안 되는걸요. 아, 저 때문에 늦으시겠어요. 어서 출근하세요.”

“아니야, 시간 넉넉한걸. 식당까지 데려다 줄게. 새벽이지만 사람이 별로 없어서 위험해.”

“괜찮아요. 그것보다— 어?”

소희의 어깨를 잡고 부드럽게 식당 쪽으로 돌려 세우던 승열은 소희의 시선이 향하는 곳을 바라보았다. 무표정한 얼굴의 찬희가 운전석 앞에 서 있었다.

“아는 사이세요?”

소희는 승열의 얼굴이 딱딱하게 굳은 것을 보고 조심스럽게 물었다.

“아아, 응.”

찬희는 소희를 뜯어보았다. 감탄이 절로 나올 만큼 아주 예쁘고 젊은 아가씨였다.

첫째 형네 식당에서 일하는 건가? 그런데, 단순히 식당에서 일하는 사람이 이 새벽에 손수 만든 숙취 해소약을 만들어서 집까지 가져와? 대체 무슨 사이이기에?

더군다나 승열은 저 아가씨에게 미소까지 지어주었다. 그녀에게는 어제 그렇게 화만 내더니.

“소개 안 시켜줘?”

찬희는 승열을 쏘아보며 차갑게 물었고, 승열은 아무 대답 하지 않았다. 가만히 상황을 살피던 소희가 입을 열었다.

"안녕하세요. 전 이소희라고 해요."

"아가씨한테 물어본 게 아니에요."

내뱉은 찬희조차 놀랄 만큼 무례한 말이었다. 소희는 흠칫 놀랐고, 승열은 발끈했다. 그는 찬희를 무시하듯 등을 돌려 소희의 어깨를 부드럽게 쥐고 식당 쪽으로 데려갔다.

"저기, 오빠, 나 혼자 갈 수 있어요."

"데려다 줄게. 가자."

승열은 그대로 찬희를 외면한 채 뚜벅뚜벅 걸어갔다. 소희는 어쩔 줄 몰라했지만, 결국 승열에게 끌려가다시피 식당으로 갈 수밖에 없었다. 모퉁이를 돌기 전 승열은 뒤돌아보고픈 유혹을 느꼈으나 그대로 꾹 눌렀다.

어제는 내 뒤에서 날 속여놓고, 오늘은 가족 같은 소희한테 이렇게 무례하게 굴다니. 어떻게 저럴 수가 있단 말인가?

"저기, 오빠."

식당 앞에 도착하자, 소희는 조심스럽게 입을 열었다.

"그 언니, 오빠가 사귀는 여자 분 맞죠? 빨리 가보세요."

"가보긴 뭘 가봐?"

승열은 통명스럽게 되물었다.

"제가 그 언니 입장이라면…… 오해했을 것 같은데요."

"무슨 말이야?"

소희는 눈을 굴렸다. 지난번에 승리와 수다를 떨 때 승열의 둔한 성격과 연애에 대해 듣긴 했지만, 이 정도일 줄은 몰랐다.

“음. 그러니까, 저랑 오빠랑 뭐 그런 사이라고 오해했을지도 몰라요. 제가 저 여자 분이었다면…… 저라도 기분 나빴을 것 같아요.”

“너랑 나랑 그런 사이가 아닌데 무슨 오해를 해.”

승열은 소희가 형제 중에 누굴 좋아하는지 분명하게 알고 있었다. 그리고 보니, 나한테 숙취 해소약을 주는 게 목적이 아니라 집 안에 들어와서 승안 형을 보는 게 진짜 목적이었겠네.

“그 언니는 그걸 모르잖아요.”

소희는 승열과 사귀는 여자가 조금 불쌍해졌다.

“암튼, 가보세요. 오해 풀어주시고요.”

오해라. 찬희가 정말 그렇게 오해해서 질투…… 한 건가?

소희에게 인사한 뒤, 승열은 집 쪽으로 터벅터벅 걷기 시작했다. 소희의 손을 잡아끌고 오기 전 흘긋 보았던 찬희의 표정이 생각났다. 화가 난 듯한 그 표정. 상처…… 받은 것 같은 그 표정.

상처받은 건 나라고. 내 뒤에서 그런 짓을 하다니!

그렇게 생각하면서도, 승열은 걸음을 재촉했다. 찬희의 상처받은 그 얼굴이 계속 떠올랐으니까.

결국 뛰기 시작한 승열이 막 모퉁이를 돌았을 때, 찬희의 차는 마치 타이어가 찢어지는 것 같은 소리를 내며 옆으로 움직이고 있었다. 승열은 자신을 발견한 찬희가 고개를 돌리는 것을, 핸들을 잡고 있지 않은 다른 손으로는 터져 나오는 울음을 막기 위해 입을 막고 있는 것을 똑똑히 보았다.

“찬희야…….”

찬희의 차가 사라진 뒤, 승열은 멍하니 그녀의 이름을 중얼거렸다.

망할 자식.

우안리는 이를 갈면서 보고서를 다시 꼼꼼히 훑어보았다. 며칠 전, 찬희가 그 나쁜 곰탱이와 사귄다는 청천벽력 같은 사실을 알게 된 뒤 그는 곰탱이에 대한 뒷조사를 다시 했다. 사실 예전에도 키울 생각으로 뒷조사를 하긴 했었다. 결점이 없는 인물이어야 했으니까. 그때, 흡족할 만큼 괜찮은 결과가 나왔었는데, 이번에 다시 더 자세하게 조사해도 마찬가지였다.

부모님이 없는 게 흠일 뿐, 금전적으로도 여유가 넘칠뿐더러 형제들도 다들 어느 만큼 자리를 잡았으며 곰탱이 본인에 대해서도 다를 바 없었다. 초등학교 성적표까지 입수해서 확인했건만 나무랄 부분이 하나도 없었다. 더군다나, 이번에 중점적으로 조사한 여자 관계도 아주 깨끗했다.

뒷소문을 잘 캐는 사람에게 맡겼는데, 승열의 여자 관계는 뭐 하나 잡히는 게 없다고 한다. 누굴 사귀기는커녕 선을 본 적도 없다고 하는데, 혹시 동정이 아닌가 의심이 될 만큼 전혀 잡히는 게 없자 우안리는 그게 더 못마땅했다.

남자라면 어느 정도 여자 경험이 있는 게 정상 아닌가? 뭐, 중고품이 우리 찬희와 사귀고 있다면 그것도 싫긴 했지만.

아니, 뭐가 되든 그냥 다 싫었다.

삼십일 년 동안 곱게 키운 금지옥엽을 그런 산도적같이 커다랗

기만 한 곰탱이에게 보내야 한다니…… 그저 통탄스러울 따름이었다.

우안리는 한참을 씩씩거리다가 벌떡 일어났다. 찬희는 아빠 얼굴도 보지 않고 새벽에 부리나케 출근했는데, 그놈을 만나러 간 게 아닐까 싶었다.

이래서 무자식이 상팔자라는 건가?

우안리는 찬희의 사무실로 내려가 노크를 했다. 들어오라는 찬희의 목소리가 들렸고, 우안리는 뭔가 이상하다는 걸 느꼈다.

감기에 걸린 것도 아닌데 목소리가 왜 그러지?

사무실로 들어와 딸의 얼굴을 본 우안리는 곧 답을 알 수 있었다. 찬희는 눈이 살짝 부어 있었다.

"그놈이 울린 거야?"

다른 직원들이 있는 것도 잊은 채, 우안리는 버럭 소리쳤다. 찬희가 땅바닥만 바라본 채 한숨을 길게 내쉬자, 왕 계장과 영순은 잠깐 산책하고 오겠다며 잽싸게 밖으로 튀어나갔다.

"아빠, 일은 안 하세요?"

"십 분 쉬지도 못하니? 그놈이 울린 거 맞지?"

"그런 거 아니에요."

찬희는 힘들게 거짓말을 했다. 승열의 집 앞에서 그렇게 외면당하고 난 뒤, 그녀는 근처에서 한참을 울다 출근했다.

그래, 그녀가 잘못한 건 맞았다. 그의 등 뒤에서 숨겼던 것도 사실이었다. 하지만…… 왜 그렇게 할 수밖에 없는지 이해해 줄 수는 없는 걸까? 더군다나, 그 어린 여자애에게 그렇게 잘 대해주면서, 어째서 그녀에게는 그렇게 대했던 걸까? 아무리 화가 나도 그 여자애 앞에서 그녀를 그렇게 무시하다니, 내가 그 정도 존재밖에 안 되는 걸까? 대체 그 여자애는 누구일까? 승열과 무슨 관계인 걸까?

"거짓말하지 마라. 딸이 거짓말하는지 안 하는지도 모를 줄 아니?"

"아빠……."

"그래. 그놈이 충격받은 건 나도 이해한다. 부모님이 돌아가신 사건을 시험 삼아 이용하려고 했다는 게 잘못이라는 걸 이제 알았다. 아무리 그래도 그 녀석도 사람인데, 그걸 이용하면 안 되는 거였지."

우안리는 솔직하게 잘못을 인정했다.

"하지만 너한테 그러면 안 되는 거다. 배신감을 느낄 수도 있겠지. 화도 날 거다. 하지만 결혼을 생각한다는 여자를 웃게 만들지는 못할망정, 울려?"

"아빠, 이건 제가 잘못한 거예요."

운 게 확실했음에도 딸이 승열의 편을 들자, 우안리는 더 열이 끓었다.

"내 딸이 대체 왜 그렇게 된 거야? 너 그 자식 오래 좋아했다고 했지? 그렇다고 그렇게 자존심도 없어?"

"이건 자존심 문제가 아니에요."

"아니긴 뭐가 아니야! 네가 그렇게 대접 받을 정도밖에 안 돼? 너 사과할 만큼 했을 거 아니야? 그런데도 그놈은 널 울렸어. 그런 대접을 받으면서까지 결혼하고 싶어? 넌 네가 그것밖에 안 된다고 생각하니? 결혼 전인데도 이 정도면 결혼 후에는 더 그래. 나더러, 아니, 네 엄마도 포함된다. 널 소중하게 아껴주기는커녕 그렇게 함부로 대하는 놈한테 보내라는 거야? 절대 안 된다!"

우안리는 그 말만 남긴 채 뒤돌아 나가 버렸다. 찬희는 멍하니 앉아 있다가, 다른 직원들이 오기 전에 일어나 화장실로 갔다. 다시 눈물이 나왔다.

아빠의 말은 비약이 심했다. 승열이 결혼 뒤에 그녀에게 함부로 대할 거라는 생각은 들지 않았다. 하지만 아빠의 말이 맞는 점도 있었다.

그녀가 잘못한 건 맞다. 하지만 그렇게 외면당할 정도로 잘못한 걸까? 어제 그녀를 믿지 못하겠다는 승열의 말도 큰 상처였었다. 그런데 그렇게 무시해?

솔직히, 그 어린 여자애에게 질투한 나머지 무례하게 대한 건 잘못했지만, 그렇게 무시당한 건 정말 자존심이 상했다.

내가 정말 자존심이 없는 걸까?

지난 십이 년 동안 짝사랑을 거듭하면서, 찬희는 자신이 자존심이 많이 낮아졌다는 것을 알고 있었다. 그래서 승열이 그녀가 그를 덜 좋아한다고 생각하고 자존심 상해하는 걸 은근히…… 즐겼었다. 그전까지는 그녀가 그랬으니까.

이게 그 대가인 건가. 그가 자존심을 상해하는 걸 즐겁게 지켜 본 대가인 건가.

결혼할 수 있을까? 승열의 화를 얼마나 더 풀어줘야 하나? 얼마나 더 기다려야 하나? 내가 어떤 행동을 더 해야 되는 걸까? 그 여자애 앞에서 무시당한 것 같은 수모를 더 당해야 하나? 또다시 자존심을 꾹꾹 누른 채 기다려야 하나?

고심 끝에 찬희는 고개를 저었다. 물론, 승열을 사랑한다. 많이 사랑한다.

하지만 수모를 감수하고도 그의 곁에 있는 건 다른 경우였다. 더군다나, 이제 그녀는 그의 연인 아닌가.

친구조차 아닐 때, 그가 자신을 못 보고 다른 사람에게만 인사하는 걸 보는 것도 괴로웠었다. 하지만 그건 그가 일부러 그러는 게 아니라는 걸 알고 있었던 데다가, 친구조차 아니었기에 깊은 의미를 두고 해석할 수 없는 행동이었기 때문에 큰 문제는 아니었었다. 하지만 지금은 달랐다.

현재, 비록 사이가 틀어지긴 했으나 그들은 연인이었다. 결혼을 할 예정인 연인. 그렇기에 아무것도 아닌 행동이라 할지라도 더 큰 상처를 입는다. 더 큰 고통을 받는다.

아침에 수모를 당한 것만으로도 미칠 만큼 화가 났고, 심장이 찢어질 만큼 아팠다. 그런데 앞으로 이런 행동을 또 당한다면……난 버틸 수 있을까?

사랑하기 때문에 그를 위해 죽을 수도 있다. 하지만 그가 주는 고통 때문에 죽을 생각은 전혀 없었다. 계속 그렇게 아플 바에는 차라리 다른 남자를 만날 것이다. 살아야 하니까.

더군다나, 찬희는 아까 그 여자애에게 무례하게 군 자신이 마음에 들지 않았다. 그런 어린애한테 질투해서 그런 말이나 내뱉다니. 시커먼 속을 고스란히 드러낸 꼴이었다.

연애하기 전에도 승열 근처의 여자들에게 질투를 했었다. 하지만 이 정도로 내가 이성을 잃다니…….

찬희는 승열 때문에 자신이 이런 모습을 보이는 게 정말 싫었다.

"나쁜 곰탱……."

흐느낌 사이로 저절로 그런 말이 새어나왔다. 입을 막아서 소리를 줄여야 한다는 것도 잊고, 찬희는 엉엉 울어버렸다.

승열은 마음이 좋지 않았다. 아니, 좋지 않은 정도가 아니라 아주 나빴다.

찬희가 울었다. 그 때문에 울었다.

물론 찬희가 잘못한 건 사실이었다. 하지만…… 그렇게 울리게 되다니.

"안녕하세요, 박 검사님."

낯익은 목소리에 승열은 그제야 멍한 정신에서 깨어났다. 찬희와 함께 일하는 왕 계장이 못마땅한 기색으로 인사하고 있었다. 왕 계장은 서류 더미를 승열의 책상 위에 쿵 소리가 나게 내려놓았다.

"우 검사님이 갖다드리라고 하시더군요. 십사 년 전 사건 관련 자료예요."

"많네요."

서류 양에 기가 질려 말한 건 마 계장이었다. 왕 계장은 고개를 끄덕였다.

"그렇죠. 우 검사님이 휴일도 반납하시고 여기저기에서 몽땅 긁어모은 거라 좀 많아요. 그나저나…… 그 소리 들으셨어요?"

"무슨 소리요?"

찬희의 이야기가 나오자 어떤 표정을 지어야 할지 알지 못한 승열이 되물었다.

"우리 층 여자 화장실에 한 시간 동안 울음소리가 났는데…… 그 목소리가 제가 잘 아는 여자 분의 목소리라고 하더군요."

어.

승열은 뭐라 답을 해야 할지 몰랐다.

"뭐, 잘해보세요. 안 그래도 우리 우 검사님이 그 사건 때문에 시간 많이 빼앗기셨는데 잘됐어요."

왕 계장은 싸늘한 공기만 남겨둔 채 그대로 사라졌다. 마 계장은 조용히 승열의 눈치를 보았고, 승열은 심장이 여기로 튀었다 저기로 튀었다 하는 것을 느끼며 서류를 하나하나 훑어보기 시작했다.

다른 사건은 일단 미뤄둔 상황으로, 식사도 제대로 하지 않은 채 이 사건에 대해서만 파고들었건만 열 시간 뒤인 밤 아홉 시가 되어서야 끝이 났다.

"어…… 우 검사님 진짜 대단하시네요."

마 계장의 감탄에 승열은 고개를 끄덕였다. 서류 한장한장 모두 정말 대단했다. 찬희는 십사 년 전 사건에 대해 더 자세한 정보를 얻기 위해 그야말로 안 해본 게 없었다. 일본으로 이민 간 민현철 경사의 집을 직접 방문해 당시의 정확한 사항에 대해 녹음까지 완벽하게 해놨으며, 뺑소니 사고를 재현해 보기도 했다. 그런 모든 자료는 처음부터 끝까지 정확하고 세밀하게 정리되어 있었다.

완벽한 증거. 이철형이 자백하지 않고 있기는 하나 국내 형사소송법에서 가장 중요한 원리는 증거였고, 사실상 증거는 완벽했다.

"내가 손댈 건 없네요."

승열은 쓸쓸하게 인정했다. 찬희가 이철형이 이번에 저지른 또 다른 뺑소니 사고와 찬희에게 가한 상해 사건도 완벽하게 서류를 꾸며놓았기에, 할 수 있는 건 없었다.

찬희가 성공적으로 처리한 사건을 내가 뺏는 것과 다를 바 없군.

승열은 당황스러웠다. 어젯밤 그녀에게 내쏘듯이 말한 게 기억이 났으니까.

"내가 널 어떻게 믿어?"

찬희가 그의 뒤에서 사건을 처리하려고 한 건 사실이었다. 하지만 설사 그가 했더라도 이만큼 완벽하게 수사하지는 못했을 것이다. 오히려 감정에 못 이겨 실수했을지도 몰랐다.

……찬희에게 그런 말은 하지 말았어야 했다.

너무도 완벽한 서류를 보자, 멍하니 무의식 속을 잠식했던 분노가 스르르 밖으로 흘러나왔다. 그가 뭔가를 더 할 수 없다는 건 명백해 보였으니까.

이철형은 부모님을 살해했다. 십사 년 만에 같은 뺑소니를 저질렀는데, 이번에는 더 완벽하게 처리했다. 어쩌면 십사 년 동안 더 살해했을지도 모르는 일이었다. 연쇄살인범일지도.

이철형을 발견해 낸 건 찬희였다. 찬희가 다 이 사건을 지휘한 것과 다를 바 없었다. 그런데 난 찬희를 울리기만 했다…….

"검사님."

허탈한 듯 멍하니 의자에 앉아 있는 승열에게 마 계장이 조심스럽게 질문했다.

"가족 분들께 말씀하셨어요?"

"네?"

"이철형이 부모님을 살해한 범인이라고요."

"아니요. 말을…… 못하겠어요. 뭐라고 말해야 할지도 모르겠고……. 종결된 뒤에 말할까 싶어요."

"종결된 뒤에요?"

승열은 고개를 끄덕였다.

"음, 미리 말씀드리는 게 좋지 않을까요? 미리 말 안 했다고 다른 가족 분들이 화를 낼지도 모르겠다는 생각이 살짝 드네요."

……! 그런 거였구나. 찬희가 그래서 말을 못했던 거구나.

승열은 마 계장의 말을 듣고서야 깨달았다.

미소를 망치기 싫어서, 그리고 어떻게 말을 해야 할지 몰라서 가족들에게 말하지 못했다. 찬희도 그렇기 때문에 나한테 말을 하지 못했던 것이다.

가족들이 걱정되고 상처받을까 봐 말하지 못한 것처럼, 찬희도 내가 걱정되고 상처받을까 봐 말하지 못했던 것이다.

"그런 거였구나……."

승열은 저도 모르게 중얼거렸다. 물론 어젯밤, 걱정되어서 말하지 못했다는 찬희의 말을 듣긴 했다. 하지만 그는 그걸 제대로 듣지 않았었다. 너무 분노한 상태였기에, 그저 변명이라고만 생각했었다. 하지만 그건 변명이 아니었다. 사실이었고, 그를 생각하는 찬희의 마음이었다.

난 왜 그렇게 바보 같았던가.

"박 검사님?"

마 계장은 멍하니 있는 승열을 깨웠다.

"구치소에는 언제 가실 건가요?"

본래 검사가 구치소로 가는 일은 없었다. 하루 전날에 미리 통보해서 날짜를 잡아두고, 검찰청이나 경찰청으로 데려와서 대면한다. 하지만 지난번에 검찰청에 와서 찬희를 다치게 한 전력이 있기에 승열은 구치소로 가기로 결정했다.

"월요일에 가려고요. 주말 동안에는 서류를 더 확인해야 할 듯해요."

오늘은 토요일이었다. 평소처럼 일을 많이 하는지라 주말 같지도 않았지만.

승열은 달력을 쳐다보다가 시간을 보았다.

"퇴근하세요. 전 좀 이따 나갈게요."

마 계장은 고개를 끄덕인 뒤 인사하고 사무실에서 나왔다. 엘리베이터를 탄 그는 우안리 검사장이 타고 있는 것을 발견했다. 검사장의 표정은 영 안 좋았는데, 막 휴대폰 벨이 울리자 통화를 시작하고 있었다.

“아, 이 군인가? 오랜만일세.”

우안리의 얼굴에 미소가 가득 퍼졌다.

“그래, 난 잘 지내네. 자네도 잘 지내지? 그래, 식사 좋지. 그래, 그래. 내일 보세. 아, 찬희도 같이 가도록 하겠네. 물론 아직 혼자야.”

이게 대체 무슨 소리야?

마 계장은 귀를 쫑긋 세우고 소리 없이 주차장으로 가는 우안리의 뒤를 밟았다.

“사실 말이야, 걔가 이 군을 다시 한 번 만나고 싶어하는 눈치더라고. 이번에는 잘해보게. 그래, 난 빠져 주지.”

시선을 눈치 챘는지 우안리가 휙 뒤돌아보자 마 계장은 재빨리 옆의 기둥으로 몸을 숨겼다. 마 계장은 우안리의 시선이 떨어지자 잽싸게 다른 곳으로 도망쳤다. 동시에 그는 고민에 빠져들었다.

박 검사님한테 우 검사님이 다른 남자와 만난다고 말해야 될까?

물론 이건 양다리 같은 건 아니었다. 우 검사님이 박 검사님을 놔두고 다른 남자를 만나고 싶어할 리가 없…… 아니, 있나?

이유는 알 수 없지만, 박 검사님과 사이가 틀어진 건 사실 같았다. 오늘만 해도 우 검사님이 한 시간이나 울었다고 하지 않았던가. 더군다나 박 검사님은 그 소식을 듣고도 쫓아가기는커녕 전화도 하지 않았다.

대체 무슨 일 때문이지? 혹시 이철형 사건 때문인가?

이유가 정확히 무엇인지 알 수 없었으나, 대충 짐작이 가긴 했다. 하지만 이유가 뭐든 간에 우 검사님이 박 검사님을 놔두고 다른 남자를 만나는 건 사실이었다.

이걸 말해야 하나?

다음날이 될 때까지 마 계장은 고민하고 또 고민했다. 그러다 아침 출근길, 마 계장은 엘리베이터 앞에서 찬희와 우연히 만났다.

“안녕하세요, 우 검사님.”

“네, 안녕하세요.”

찬희는 무표정했다. 마 계장은 유심히 찬희의 눈 부분을 관찰했다. 화장으로 가렸지만 살짝 부어 있었다. 엘리베이터를 기다리는 동안, 고심 끝에 마 계장은 돌려 묻기로 했다.

“박 검사님은 아마 오늘 늦게 구치소에 가실 것 같아요. 같이 가실 건가요?”

“아니요.”

“다른 일이 있으신가 봐요.”

“네.”

찬희의 대답은 찬바람이 쌩쌩 돌았으나, 마 계장은 끝까지 캐물었다.

“아, 검사장님이랑 저녁식사요? 어제 엘리베이터를 타고 내려가다가 들었거든요. 저녁에 우 검사님하고 식사 같이 하신다고.”

“네, 맞아요.”

찬희는 이상하다는 표정으로 마 계장을 쳐다보았다. 마 계장은 찬희의 표정을 보고 깨달았다.

우 검사님은 모른다.

뻔히 박 검사님과 사귄다는 걸 아는 사람 앞에서 다른 남자를 만나러 간다면 저렇게 당당할 수는 없는 거다. 저녁식사에 누가 나오는지 모르는 거다.

마 계장이 말을 해줘야 할지 고민할 때, 사람들이 갑자기 엘리베이터의 앞으로 몰려들었다. 결국 사람들에 치여 그는 더 이상 말을 하지 못하고 엘리베이터에 탔다. 찬희가 칠층에서 내리는 것을 본 뒤, 십일층에서 내리면서 마 계장은 고민했다.

이걸 어쩌지?

마 계장은 머리를 긁적이며 사무실 문을 열었다. 승열이 서류에 고개를 파묻고 있었다.

"일찍 나오셨네요. 언제 출근하셨어요?"

"으음, 한 시간 전에요."

찬희를 우연히라도 만나고 싶지 않았기에 일찍 출근했다. 아니, 사실 승열은 찬희를 만나고 싶었다. 보고 싶었다. 안고 싶었다. 하지만 만나서 무슨 말을 해야 할지 알 수가 없었다.

찬희가 왜 그랬는지 이해했고, 그도 가족들에게 같은 행동을 취하고 있었다. 하지만 뭐라고 할까. 머리로는 이해했지만 가슴으로는 받아들이기 힘들다고 할까.

그가 가족들을 생각하는 만큼 찬희도 그를 생각한다는 증거일 수도 있다. 그렇지만 승열은 가슴속에 쌓인 어떤 의심을 지울 수가 없었다.

혹시 그에게 감추고 있는 게 더 있지 않을까?

승열은 자신이 너무 순진한 게 아닌가 싶었다. 아니, 바보 같다는 생각이 들었다.

찬희가 그에게 더 감춘다고 해도 그게 나쁜 건 아니니까.

모든 사람마다 자기만의 비밀이 있다. 세상에서 가장 가까운 사이라도 모든 것을 말하지는 않는다. 그의 경우, 함께 밤을 보내기 전에 동정이었다는 사실을 의도적으로 감추고 있지 않은가.

그런데 지금 자신은 찬희가 다른 사실을 숨기고 있을지 모른다는 사실 하나 때문에 짜증을 내고 있었다.

내가 이렇게 바보 같았던 건가. 이렇게 속이 좁았던 건가.

찬희와 관련된 모든 건 이성적으로 대응할 수가 없었다. 좋아하는 마음이 너무 커서 그런 걸까? 아니면 연애란 게 원래 이렇게 사람을 치졸하게 만드는 걸까?

뭐가 됐든 간에, 승열은 자기 자신이 한심했다. 당장 달려가 찬희에게 미안하다고 허리 굽혀 사과하고 소희와는 아무 사이가 아니라고 해명하기는커녕 이렇게 앉아서 더 감추는 게 없는지 의심이나 하고 있다니.

그러나 승열은 찬희에게 달려가고 싶었지만, 아직은 때가 아니라는 걸 알았다. 지금 이 마음으로 만나봤자 찬희에게 더 미안해질 짓을 저지를지 몰랐으니까. 더군다나 찬희가 어떤 걸 더 숨기고 있는지와는 별개로, 현재 그는 정상적인 정신 상태가 아니었다.

부모님의 살해범을 눈앞에 두고 있다. 이철형. 부모님을 차로 깔아뭉갠 뒤, 확실하게 하기 위해 한 번 더 차로 친 잔혹한 살인범.

찢어 죽이고 싶다. 부모님이 당한 고통보다 10배, 100배 더 잔인한 고문을 가하고 싶다.

하지만…… 그렇게 한다고 해서 무엇이 달라지는가.

그는 혈기왕성한 십대도, 경험이 모자란 이십대도 아닌 삼십대였다. 공부에 많이 치중해서 다소 삶의 폭은 좁을지 모르나, 나이에 비해 많은 고생을 했으며 이성적인 사고가 가능할 만큼 나이를 먹은 성인. 더군다나 그는 검사였다. 아직 오 년차에 불과한 젊디젊은 검사였으나 아주 많은 사건을 담당했고, 그 사건들 사이에서 더 많은 깨달음과 교훈을 얻을 수 있는 직업을 가진 사람. 그래서 승열은 분명하게 알고 있었다.

복수를 한다고 해도 달라질 건 없다.

사랑하는 누군가를 잃은 사람은 무슨 짓이든 할 수 있게 되는 법이었다. 불법적인 일도 서슴지 않은 사람들도 많았고, 그 후유증으로 남은 인생 전체를 망친 사람도 있었다.

하지만 유혹이 샘솟았다.

……이철형을 죽여 버릴까?

이 사건을 담당하는 검사이기에, 접근도 쉬웠다. 총이나 칼 같은 무기도 얼마든지 구할 수 있었다. 어쩌면, 머리를 짜내서 실행한다면 걸리지 않고 복수할 수 있을지도 모른다. 만일 발각되더라도 복수에 대한 정당성을 내세우면서 법적인 부분을 파고든다면 최대한 형량을 적게 받을지도 모른다.

하지만 그렇게 한다고 만족스러울까? 부모님이 기뻐하실까? 가족들이 그를 자랑스러워할까?

승열은 단번에 고개를 저었다.

형제들은 처음엔 시원하게 생각할지도 모른다. 하지만 시간이 갈수록 그의 손에 피를 묻혔다는 사실을 안타까워할 것이고, 결국에는 괴로워할 것이다.

부모님의 경우도 마찬가지였다. 아니, 아예 기뻐하시지도 않을 것이다.

사실 부모님과 함께 생활한 십팔 년간의 기억은 그리 인상적이지 않았다. 워낙 형제들이 많은 데다가 그는 나이가 많은 축이었기에 돈 벌기에 급급한 부모님을 대신해 동생들을 키우고 남는 시간을 쪼개 공부하는 데 정신이 없었기 때문이다. 어렸을 때에는 어린 마음에 부모님을 많이 원망했었다. 하지만 언제나…… 사랑했다. 그리고 행복한 기억도 있다.

없는 살림을 쪼개서 한 달에 한 번 자장면을 먹으러 갈 때, 부모님은 돈이 모자라면 굶으면서까지 형제들에게 한 젓가락이라도 더 먹이셨었다. 항상 다른 사람들에게 그를 포함한 자식들이 언제나 참 자랑스럽다고 말씀하셨으며, 아무리 힘들고 괴롭더라도 하루에 한 번씩은 꼭 사랑한다고 말씀해 주셨었다. 그런 부모님은 어렸을 때부터 자식들에게 항상 올바르고, 정의로운 사람이 되라고 하셨었다.

과연 그가 복수를 한다면, 부모님은 기뻐하실까?

아니다. 비록 부모님이 성자는 아니었으나, 아마도 용서하라고 하실 것이다. 결코 그의 손에 피가 묻는 걸 바라지 않으실 것이다.

나는 그놈을 어떻게 처리해야 하는 걸까……. 어떻게 처리해야

내 마음속의 앙금이 가라앉을까. 가족들이 십사 년간 묻어둘 수밖에 없었던 응어리를 털어버릴 수 있을까.

문득, 승열은 이 처리가 얼마나 중요한지 깨달았다. 그의 가족들에게도 물론 중요했지만, 이건 그의 인생 자체에도 굉장히 중요한 일이었다.

그는 검사였다. 진실을 밝히고, 죄인에게 공정하게 대가를 치르게 하기 위한 존재.

억울하게 살해당한 부모님에 대한 이 사건을 어떻게 처리하느냐에 따라 그의 앞으로의 인생이 바뀔 것이다.

이래서 검사장님은 나한테 이 사건을 시험으로 맡긴 건가.

여전히 열받고, 잔인한 발상이라고 생각하고 있지만 승열은 새삼 검사장의 계획이 시험으로서 적당하다는 것을 알아차리고야 말았다.

그만큼 중요한 일이니까. 더군다나, 이건 그가 끝을 내야 하는 일이 맞았다. 정확하게 말하자면, 그의 가족들이 처리할 일이었다. 그의 부모님이 살해당한 사건이니까.

진심으로, 이철형의 피를 보고 싶었다. 하지만 그래서 달라질 건 없다.

어떻게 해야 할까.

승열은 멍하니 생각에 잠겼다.

그런 그의 눈치를 살피던 마 계장 역시 고민하고 또 고민하는 중이었다.

말해야 돼? 말아야 돼?

　일반적으로 연인이 다퉜을 경우에 둘 사이를 중재해 주거나 다시 잘 만나게 해주려고 노력한 사람이 생기곤 한다. 하지만 연인이 화해한 뒤, 중간에 노력한 사람은 고마움의 인사를 받기는커녕 오히려 욕만 얻어먹곤 하는 게 연애의 법칙 중 하나였다.

　그 사실을 잘 알고 있는 마 계장은 계속 고민했으나, 말해주기로 결론을 내렸다.

　모르는 사람도 아니고 박 검사님의 애정 문제니까.

　"저기, 검사님."

　"네."

　"제가 어제 퇴근하다가 엘리베이터 안에서 검사장님이 통화하는 걸 들었는데요……."

　마 계장은 다 불어버렸다.

─열세 번째 파일─
예상외의 수사, 그 행복

찬희는 또다시 한숨을 내쉬며 화성호텔 안으로 들어갔다. 화성호텔은 국내 최고의 호텔로, 시설이나 직원들의 서비스는 물론 스카이라운지 레스토랑이 아주 유명했다.

찬희는 일층의 광채가 나는 대리석 바닥을 걸어가 엘리베이터 앞에 선 뒤, 손목의 시계로 시간을 확인했다.

여덟 시 이십 분. 약속 시간까지는 딱 십 분 남았다.

아빠는 왜 이곳 스카이라운지에서 식사를 하자고 하신 걸까?

찬희가 양식을 좋아하지 않은 건 아빠의 식습관을 닮아서인데. 우안리는 특히 이렇게 비싼 호텔 스카이라운지에서 외국 음식을 먹는 건 낭비라고 주장했었다.

날 회유하기 위해 이런 데서 비싼 음식을 사먹이시려는 건가?

내가 이런 데 별로 안 좋아하는 걸 아실 텐데…….

스카이라운지 레스토랑에 들어선 찬희는 곧 이유를 알 수 있었다. 직원의 안내를 받아 간 테이블에는 뜻밖의 남자가 앉아 있었다.

"오랜만이에요, 찬희 씨."

"그렇군요."

찬희는 잠시 어찌할 바를 몰랐다. 기완이 앉으라고 하자, 그녀는 그제야 의자 끝에 엉덩이만 걸쳤다. 잠시 망설인 뒤, 찬희는 고개를 들어 기완을 노려보듯 바라보았다. 재벌 3세인 기완은 어떻게 보면 매력적인 인물이었다. 재력이 대단하고, 젠틀하며 외모도 뛰어났으니까. 하지만 찬희는 그에게 전혀 끌리지 않았다.

"이기완 씨, 이게 어떻게 된 건가요?"

"흐음. 아버님께서 거짓말을 하셨나 보군요."

기완은 어깻짓을 했다.

"전 찬희 씨가 절 보고 싶어한다는 말을 듣고 나온 거거든요."

"아니에요."

이기완은 상당히 느물거리는 남자였다. 그래서 찬희는 더 직설적으로 나갔다.

"아빠가 오해하셨네요. 죄송하지만, 그런 일 없습니다."

"그러면 검사장님이 왜 그러셨을까요?"

기완의 질문에 찬희는 할 말을 잃었다. 뭐라고 답해야 할까. 현재 사귀는 사람을 아빠가 못마땅해하셔서 대신 잘해보라고 불러낸 거라고?

아빠 어떻게 이럴 수가 있지?

찬희는 부글거리는 속을 다독일 때였다.

"난 사실 약간 기대하고 왔는데요."

이기완은 웃었지만, 실망감이 깃들어 있었다. 찬희는 짧게 한숨을 내쉬었다.

"미안해요."

건너편에 앉아 있는 남자가 잘못한 게 아니다. 나쁜 사람인 것도 아니었다.

"나 사실 만나는 사람 있어요. 아버지가 잠깐 오해하셔서 그런 것 같네요. 괜히 헛걸음하게 해서 미안해요."

"음, 혹시 만나는 남자 말이에요. 키는 190㎝ 정도에 덩치 크고 머리칼은 짧은 남자 아니에요? 좀 분위기도 무겁고. 이를테면, 곰 같은 사람?"

찬희는 대답하는 대신 기완의 시선이 향하는 곳으로 고개를 돌렸다.

"승열아……."

승열은 믿을 수가 없었다. 비록 마 계장이 이제껏 한 번도 거짓 정보를 전해준 적은 없었으나, 찬희가 다른 남자를 만난다는 말은 믿을 수가 없었다. 물론 마 계장의 말에 따르면 찬희는 전혀 모른 채 검사장이 일방적으로 꾸민 일이라고 한다. 하지만 그렇다고 해도 나 외에 다른 남자를 만나다니?

저도 모르게 일도 중단한 채 약속 장소인 호텔 스카이라운지로 올 때까지 승열은 반신반의했었다. 그러나 어떤 멀끔하게 생긴 남자와 앉아 있는 찬희를 본 순간, 승열은 그제야 온몸으로 깨달았다.

찬희가 다른 남자와 만난다!

"승열아?"

찬희가 뒤돌아 그를 바라보며 이름을 불렀다. 찬희는 잠시 멍했던 승열의 얼굴이 싸늘하게 굳는 것을 발견했다.

"승열아, 네가 어떻게 여기에……?"

찬희는 의자에서 일어서 승열에게 다가갔다. 그녀는 승열의 칼날 같은 시선이 기완에게 박히는 것을 보았다.

"오해하지 마."

"오해?"

"그래, 오해야. 난 아빠와 식사하는 줄 알고 나온 거야. 그런데—"

"그럼 저놈이랑 웃으면서 말하는 건 대체 뭐야?"

내가 웃었다고?

"웃은 거 아니야. 그냥 몇 마디만 한 거야."

"음, 전 그럼 가보겠습니다."

눈치만 보던 기완이 자리에서 일어났다. 승열은 기완을 잡아먹을 듯 노려보았다. 기완은 씩 웃은 뒤 사라졌다.

"저놈 대체 뭐야?"

"예전에 선봤던 사람. 난 아빠와 만나는 줄 알고 나온 건데……아빠가 불러내셨나 봐."

“그 재벌 3세?”

“내가 싫어하는 남자.”

찬희는 조심스럽게 대답했다. 승열의 눈은 이글이글 타오르고 있었다.

“좋겠네. 아버지가 직접 신랑감까지 정해주고.”

승열에게 한없이 미안한 건 사실이었다. 하지만 찬희는 노골적으로 비꼬는 말을 듣자 눌러놓은 것이 울컥 터지고 말았다.

“네가 이런 일로 뭐라고 할 수 있어?”

“뭐라고?”

“어제 꼭두새벽에 어린 여자애와 있었잖아? 그런 네가 나한테 이럴 수 있어? 더군다나 난 일부러 기완 씨를 만난 게 아니야.”

“그 남자 이름 부르지 마!”

찬희가 남자의 이름을 부르자, 승열은 눈이 돌아버릴 것 같았다. 그는 버럭 소리쳤고 둘의 눈치를 보던 직원이 다가와 좀 조용히 해달라고 주의를 주었다. 승열은 이를 갈다가 찬희를 휙 잡아끌고 비상구로 향했다. 텅 소리가 나며 문이 닫혔고, 콘크리트로 가득한 공간에는 둘만 존재하게 되었다.

“소희와 나는 아무 관계 없어.”

승열은 내씹듯이 말했다.

“그래. 아무 관계가 없으니 꼭두새벽에 너한테 줄 숙취 해소약을 만들어서 집까지 찾아온 거란 말이지?”

“나 보러 온 거 아니야, 승안 형 보러 온 거지! 난 그냥 핑계라고.”

찬희는 그제야 납득했지만, 그냥 곱게 받아들일 심정이 아니었
다.

"내가 그걸 어떻게 믿어?"

"믿으라면 믿어!"

찬희는 의도적으로 코웃음을 치며 물었다.

"넌 날 안 믿는데, 난 널 왜 믿어야 되는데?"

승열은 욱하는 마음에서 소리쳤다.

"네가 못 믿게 할 만한 짓을 했잖아! 어떻게 등 뒤에서 그럴 수
가 있어?"

승열의 외침은 차갑고 딱딱한 콘크리트를 퉁기듯 돌아다니다가
찬희를 찔렀다.

"그래. 결국 이야기가 이철형 사건으로 흘러가네. 내가 잘못했
다고 했잖아. 그런데 언제까지 화낼 거야? 이해 못해? 내가 너한
테 왜 이야기를 못했는지 이해 못하겠어?"

찬희는 눈가에 눈물이 맺히자 이를 악물고 주먹을 꼭 쥐었다.
승열은 그녀를 외면한 채 벽을 바라보았다. 하지만 분노로 벌게진
눈에는 아무것도 보이지 않았다.

찬희가 다른 남자를 만났다.

그 사실은 승열에게 다른 깨달음을 주었다.

찬희는 언제라도 다른 남자를 만날 수 있다. 다른 남자의 것이
될 수 있다.

……나를 버릴 수 있다.

"정말 이해 못하겠어? 정말 용서 못하겠어? 계속 그럴 거야?"

찬희는 비명 지르듯 소리쳤다.

"그놈 또 만날 거야?"

이번에는 승열이 고함쳤다.

"그놈 또 만날 거냐고!"

"그래! 만날 거야!"

북받치는 감정을 억제하지 못한 찬희는 그렇게 답해 버리고 말았다.

"내가 왜 그랬는지 끝까지 이해 못하고, 그 여자애 앞에서 날 무시하는 너 같은 곰탱이와 헤어지고 나면 기완 씨를 만날 거야! 기완 씨를 만나서— 읍!"

승열은 눈이 시뻘게졌다. 그는 찬희의 두 손목을 잡아채고 벽으로 민 뒤 찬희의 입술을 강탈하듯 빼앗았다. 그의 단단한 혀가 한 번에 입술을 가르고 안으로 들어와 입 안을 정복하자, 찬희는 숨이 막혔다. 버둥거리면서 밀었지만, 승열은 꼼짝도 하지 않았다.

"놔……."

찬희는 간신히 한 음절을 내뱉었으나, 신음에 불과했다. 승열의 키스는 거칠었다. 입천장에 뜨겁게 도장을 찍은 뒤 혀를 휘감아 포박하고, 치아를 샅샅이 내리눌렀다. 거친 만큼 뜨거웠기에, 찬희는 몸 안에 가득하던 분노가 다리 사이의 열기로 변하기 시작했음을 깨달았다.

찬희는 억울했다. 승열은 여전히 그녀가 왜 그랬는지 이해하지 못한 채 화만 내고 있었고, 자기가 한 행동은 생각 안 한 채 그녀에게 질투만 하고 있으니 속상하고 속상했다. 하지만…… 이 열기와 마음은 뭘까.

어느 영화에서 심한 말다툼을 벌이던 남녀가 키스를 시작한 뒤 격렬한 정사를 갖는 것을 본 적이 있다. 찬희는 싸우다가 어떻게 저럴 수 있는지 이해하지 못했었지만, 현재 그녀는 그들을 이해할 수 있었다.

이 분노는 모두 이 남자 때문이었다. 복장 터질 만큼 둔하고 바보 같은 이 곰탱이 때문. 하지만 지금 이 순간, 분노 섞인 열기에 휩싸인 찬희는 이 멍청한 남자를 더 원했다.

어떻게 이 상황에서도 바랄 수 있는 걸까. 난 정말 자존심도 없는 걸까.

찬희는 스스로를 이해할 수 없었다. 하지만…… 원했다.

"찬희야……."

한참을 소유하던 입술을 놓은 뒤, 승열은 입술이 닿을락 말락 한 거리에서 그녀의 눈을 바라보았다. 분노의 안개로 가득 차 아무것도 보이지 않았던 시야의 가장자리가 걷히며 찬희의 유독 까만 눈이 보였다. 한 방울의 눈물이 맺혀 있는 눈동자에는 어떤 감정이 담겨져 있었다.

"이해해."

어떤 감정인 걸까.

비록 오 년차긴 하지만 검사 생활을 하면서 이제 승열은 피의자들이 조금만 거짓말을 해도 바로 알아차릴 수 있었다. 하지만 찬희가 어떤 마음인지는 거의 알 수가 없었다.

"나도 내 가족들에게 말하지 못하고 있어. 그래서…… 네가 내게 왜 말하지 못했는지 알게 됐어. 하지만 난……."

찬희와 눈을 마주하자, 승열은 더 이상 거짓말을 할 수 없었다. 오로지 진심과 진실만 털어놓을 수 있었다.

"네가 내게 뭔가를 숨겼다는 사실도 화가 나. 나한테 솔직하게 모든 걸 털어놓지 않았다는 게, 나한테 모든 걸 말하지 않았다는 게 화가 나."

찬희는 그의 눈동자를 활활 태우던 분노가 완전히 소멸했음을 깨달았다.

"어떤 관계라도 모든 걸 말하지 않는다는 건 알아. 이런 생각은 내 속이 좁아서 그런 거라는 것도 알고. 하지만…… 그게 화가 나더라. 그만큼 널……."

사랑하니까.

찬희를 좋아했다. 너무 좋아해서, 찬희가 다른 남자를 만날 수 있다는 가능성을 알게 된 것만으로도 심장이 찢어질 것같이 아팠다.

승열은 사랑을 어떻게 정의 내려야 하는 감정인지 알지 못했다. 하지만 찬희를 생각하는 이 마음이 사랑이 아니면 대체 뭐란 말인가.

"사랑…… 해, 찬희야."

저번에 좋아한다는 말을 할 때보다 더 심장이 떨렸다. 이대로 기절하는 게 아닌가 싶을 정도로 승열은 입 안이 바싹 말랐고, 손바닥에 땀이 났다.

"그러니까 하지 말아줘. 나와 헤어지고…… 다른 남자를 만난다는 말 따위…… 하지 말아줘."

자존심 상하는 말일지도 모른다. 하지만 상관없다. 찬희가 그를 버리고 가지만 않는다면 무슨 말이든, 무슨 짓이든 할 수 있었다.

"떠나지 마."

그는 속삭이고 또 속삭였다.

"떠나지 말아줘."

"난…….."

찬희는 목이 메어 말을 이을 수가 없었다.

승열이 날 사랑한다.

사랑한다. 나를, 나를!

찬희는 떨리는 두 손을 올려 매달리듯 그의 목을 꽉 끌어안았다. 찬희가 아무 말도 하지 않았으나, 승열은 몸을 던지듯 안겨오는 그녀의 말없는 대답을 알았다.

떠나지 않는다. 나를 떠나 다른 남자에게 가지 않는다. 내 곁에 남아준다…….

"찬희야…….."

승열은 찬희가 손에서 힘을 풀 때까지 기다렸다가 고개를 숙여 다시 입을 맞추었다. 부드러운 키스는 곧바로 깊고 격렬하게 변해 갔다.

내 여자.

승열은 찬희의 고개가 뒤로 꺾일 때까지 뜨겁게 키스하고 키스했다. 그는 찬희의 입술만이 아니라 모든 것을 삼키고 싶었다.

"찬희야…….."

승열은 다시 애걸하듯 그녀의 이름을 불렀다. 찬희는 그의 눈을 바라보았다. 몸은 물론 영혼까지 먹어치울 수 있을 만큼 거대한 욕망으로 터질 것 같은 한 쌍의 눈동자.

마음을 그대로 비추고 있는 이 눈의 주인은 그녀가 사랑하는 남자였다.

찬희 또한 사랑하는 이 남자를 갈구했다.

"오늘……."

찬희는 더 말하지 못했지만, 승열은 알아들었다. 그는 양쪽 입술 끝을 살짝 올려 미소를 지으며 찬희의 손을 꼭 잡았다. 승열의 왼손과 찬희의 오른손은 일층 로비에서 키를 받아 십이층으로 올라갈 때까지 꼭 이어져 있었다.

이런 느낌인 거구나…….

그동안 호텔에 와본 적이 없는 건 아니었다. 연계된 사건 때문에 지방에 내려간 적이 있는데, 검사님이라고 항상 좋은 호텔을 잡아줬기 때문이었다. 하지만 남자와 호텔에 온 건 처음이었다.

어느 잡지에서 본 바에 따르면 남자와 방 안에 들어설 때까지만 짜릿하다고 하는데, 그 이후가 어떤지 찬희는 아직 알지 못했지만 확실히 기분은 기묘했다. 뭐랄까, 미지의 세계로 떠나는 모험에 한 발자국을 딛었을 때가 이런 느낌일까.

"찬희야……."

문이 등 뒤에서 닫히자마자 승열은 찬희를 문으로 민 뒤 두 손으로 뺨을 붙잡고 키스했다. 다급한 만큼 짙고 강렬했지만, 찬희는 집중할 수가 없었다.

“자, 잠깐만.”

찬희는 그의 어깨에 손을 얹고 뒤로 밀었다. 승열과 눈을 마주
하면 더 말하지 못하고 끌려갈 것 같아 찬희는 바닥을 바라보았
다.

“나…… 먼저 씻고 싶어.”

승열은 뜨거운 숨을 훅 내쉰 뒤, 손을 내리고 뒤로 딱 한 걸음만
물러났다. 찬희는 옆으로 몸을 움직여 그의 품에서 빠져나왔다.

한 걸음, 두 걸음…… 입구에서 샤워실까지는 불과 열두 걸음이
었다.

십이 년 전에 그를 만나 첫눈에 사랑에 빠졌다. 그리고 십이 년
후인 지금, 그와 진짜 사랑을 나누기 위해서 열두 걸음만 옮기면
된다…….

손이 떨렸다. 심장이 울렸고, 영혼이 진동하고 있었다.

투명한 샤워부스 안에서 찬희는 3면에서 나오는 뜨거운 물을
맞으며 심호흡을 깊게 했지만 떨림은 가라앉지 않았다. 어떻게 샤
워했는지 기억도 나지 않는 가운데 찬희는 샤워기를 껐다.

뭘 입고 나가지?

찬희는 옆에 개놓은 정장과 걸려 있는 새하얀 가운을 눈앞에 둔
채 뭘 입을지 고민했다. 손을 여기 뻗었다 저기 뻗었다가 결국 가
운을 집었다. 어차피 벗을 거, 가운이 더 나을 테니.

너무 야하게 나가는 걸까?

그런 생각도 들었지만 찬희는 용기를 냈다. 승열은 아마도 이걸
더 좋아할 테니까.

찬희는 거울에 다시 자신을 비춰보았다. 맨얼굴은 죽어도 보여줄 수 없었기에 들고 온 핸드백에서 화장품을 꺼내 아주 간단하게 화장한 뒤, 다시 얼굴 여기저기를 거울에 비춰보았다.

이만하면 되겠지?

그렇게 생각했지만, 찬희는 한참 뒤에야 문고리를 잡을 수 있었다. 눈에 보일 만큼 떨리는 손으로 문을 열고 밖으로 나갔다. 승열은 그녀에게 등을 보여주고 선 채로 투명한 유리창 너머 야경을 바라보고 있었다. 찬희가 한 걸음 걷자, 발소리가 나지 않았음에도 승열은 뭔가를 느낀 듯 몸을 움찔하더니 뒤를 돌아보았다.

엷은 금색의 조명이 내려 비추는 가운데 샤워실 앞에 서 있는 찬희는…… 빛이 났다. 영화나 텔레비전을 보면 갓 샤워를 마친 여자들은 항상 예뻤다. 그러나 막냇동생인 승리의 말에 따르면 현실에서는 화장이 다 지워진 상태라 안 예쁜 게 정상이라고 하는데, 그의 눈앞에 있는 여자는 달랐다.

물기를 담은 머리칼은 약간 곱실거렸는데, 가슴을 가리는 선까지 내려와 있었다. 가운을 벗기면 저 머리칼 사이로 저번에 맛본 그 진줏빛 유실을 다시 볼 수 있겠지. 물론 볼 수 있는 건 그것만이 아닐 것이다. 할 수 있는 것도 많았다.

상상만 해도 승열은 황홀했다. 하지만 일단 샤워가 먼저였다. 승열은 찬희에게 달려들지 않기 위해 두 주먹을 꾹 쥔 뒤 샤워실로 걸어갔다. 찬희는 그의 의도를 알아채고 옆으로 비켜섰다.

문이 닫히고 곧 샤워기의 물 쏟아지는 소리가 들리자 찬희는 샤워실 문을 멍하니 바라보다가 천천히 방 안을 둘러보았다.

승열이 빌린 이 룸은 뜨거운 연인보다는 편안한 가족을 위한 곳이었다. 금색의 조명은 너무 강하지도, 너무 연하지도 않은 적당한 빛 세기로 원목의 가구들을 부드럽게 어우러지게 했다.

가구들은 딱 한 가지만 빼고 모두 갈색으로, 침대 하나만이 순결한 느낌을 주는 흰색이었다. 좀 더 정확하게 말하자면 침대 시트만이 하얀색이었다.

좀 고급일 뿐, 어디서나 볼 수 있는 평범한 킹사이즈의 침대였다. 단지 뭐랄까, 시트가 지나치게 하얀 것 같다고 할까. 이불은 아주 푹신해 보였고, 베개도 부드러워 보였지만 찬희는 왠지 침대가 꺼려졌다.

……무서워서 그런 걸까.

갑자기 몸이 뻣뻣해질 만큼 긴장되고, 겁이 났다.

저번에 함께 밤을 보냈던 때는 거의 기억하지 못하나 그동안 키스는 물론 다소 농도 짙은 애무도 해왔다. 하지만 허리 아래로 뭔가를 한 적은 없었다.

아프지 않을까? 사람에 따라 진짜 아프다는데.

처음 밤을 보냈을 때, 다음날 아침에 찬희는 말 그대로 죽는 줄 알았었다. 처녀막이 찢어지는 건 생살이 찢어지는 것과 같다는데 그런 만큼 다리 사이에 상당한 아픔이 엄습했고, 평소에 안 쓰던 근육을 써서 그런지 허벅지나 허리가 아주 쑤셨었다.

병원까지 가기는 뭐해 진통제를 먹고 버텼었는데, 혹시 오늘도 그렇게 아플까?

더불어 다른 걱정도 들었다.

승열이 날 마음에 들어할까?

찬희는 자신이 미인이 아니라는 걸 알았지만, 승열이 좋아하므로 만족할 수 있었다. 하지만 몸은 어떨까? 찬희는 자신의 몸매가 마음에 들지 않았다. 키는 크고 마른 편이라 늘씬해 보이긴 했으나, 가슴은 언제나 A컵에서 벗어나질 못했고 삼십대에 들어선 뒤로 뱃살이 압박으로 다가왔다. 엉덩이는 다소 빈약했으며 다리는 가늘었지만 매끈하지 않았다.

승열이 실망하면 어쩌지?

그런 걱정을 하며 찬희는 미간을 찌푸린 채로 등을 돌려 유리창 밖을 바라보았다. 밤 아홉 시를 넘은 서울의 야경은 화려하고 아름다웠으나 찬희의 눈에는 아무것도 들어오지 않았다.

찬희가 전전긍긍하며 차가운 유리창에 이마를 대고 있을 때, 샤워실 안의 승열 또한 고민을 하고 있었다.

제대로 안을 수 있을까?

찬희를 사랑한다. 갖고 싶다. 가질 것이다.

하지만 얼마나 제대로 안을 수 있을까?

저번에 밤을 보냈던 날은 전혀 기억이 나질 않았다. 그런 만큼 이번이 처음이었다. 자고로 이런 일에는 남자가 리드하는 게 당연했고, 사실 승열은 이제까지 여러 방면을 접해온 만큼 어떻게 하는지 당연히 잘 알고 있었다. 그리고 비록 상대가 없긴 했으나 혼자서 열심히 해온 만큼 지구력 하나는 자신있었다. 하지만 실전은 처음이었고, 상대는 거의 처음이나 다를 바 없는 찬희였다.

아프게 하면 어쩌지? 안 그래도 우리 찬희는 연약한데.

걱정이 치솟는 동시에 어떤 생각이 떠올랐다.

경험이 없다는 걸 말해 버릴까?

찬희는 나름 기대를 하고 있을 텐데, 그가 기대만큼 못하면 실망감은 커질 것이다. 차라리 사실대로 말해서 기대치를 낮춰보는 건 어떨까?

아니야. 날 바보같이 생각하게 해선 안 돼.

그래도 차라리 솔직하게 말하는 게…….

그래도 멋지게 보이고 싶은데…….

생각이 여기로 튀었다 저기로 튀었고, 승열은 거울을 본 뒤에야 자신의 얼굴이 얼마나 일그러져 있는지 깨달았다.

찬희가 이 표정을 보면 무서워서 도망가겠군.

승열은 두 뺨을 친 뒤 심호흡을 했다.

뭐가 되든, 가장 중요한 건 찬희다. 잊지 말자.

승열은 찬희가 그런 것처럼 옷 대신에 하얀 가운을 걸쳤다. 가운이 큰 편이었음에도 그가 워낙 덩치가 있는 편이라 허리 부분을 간신히 끈으로 묶을 수 있는 정도였다. 승열은 벌어진 가운 사이로 듬성듬성 나 있는 흉근의 털을 보고 우려의 한숨을 내쉬었다.

여자들은 털 많은 남자를 싫어한다는데, 찬희도 그럴까? 설마 징그럽다고 비명 지르고 도망가는 건 아니겠지?

걱정이 끝도 없이 치솟자, 승열은 다시 한 번 두 손으로 얼얼할 만큼 뺨을 세게 쳤다.

그만 생각하자. 남자는 대범해야지. 그만, 그만!

승열은 심호흡을 한 뒤 문을 열고 나갔다. 찬희는 밖에 시선을 둔 채 유리창에 바싹 붙다시피 서 있었다. 찬희의 큰 키로 인해 가운은 무릎 뒤를 간신히 가리고 있었다.

어떤 여자들은 무릎 뒤를 핥아주면 아주 좋아한다던데, 찬희도 그럴까?

"찬희야."

"꺅!"

승열이 등 뒤로 다가가 부르자, 한참 걱정의 바다 속에서 허우적거리던 찬희는 너무 놀라 비명을 빽 질렀다. 찬희는 뒤돌아 승열을 바라보았다. 승열은 보통 때보다 창백해 보이는 찬희의 얼굴에 그녀가 겁내고 있다는 걸 알아차렸다. 승열은 저도 모르게 떠오른 것을 질문했다.

"어…… 무서워?"

"아니, 그건 아니고, 그냥 좀……."

찬희는 말도 잘 나오질 않았다. 찬희의 시선이 바닥으로 향하자 승열은 막막해졌다. 더군다나 찬희가 고개를 숙이고 어깨를 움츠리자 가운이 살짝 벌어지면서 브래지어 끈이 보였다. 순간 승열은 앞뒤 가릴 것 없이 덤벼들고 싶었다.

그래선 안 된다. 일단, 일단 긴장부터 풀어야 된다.

승열은 고개를 다른 곳으로 돌리다가 미니 바를 발견했다. 그는 성큼성큼 걸어가 진열되어 있는 술병을 아무거나 골랐다.

"한 잔 하자."

"응……."

찬희는 망설였지만 천천히 미니 바로 걸어갔다. 고개를 숙이고 있었지만 승열이 잡은 술병은 보였다.

"승열아, 그거 보드카야."

찬희는 서둘러 손을 뻗어 보드카를 열려고 하는 승열의 손을 붙들었다.

"이건 마시면 안 되잖아."

"그렇네. 샴페인으로 하자."

승열은 보드카는 그대로 내려놓고 옆에 있는 샴페인을 골라 잔에 따랐다. 문득, 질문 하나가 떠올랐다.

내가 보드카를 마시면 안 된다는 걸 찬희가 어떻게 알지? 가족들과 몇몇 친구들밖에 모르는 사실인데.

"건배하자."

찬희의 말이 울리자, 승열은 질문할 타이밍을 놓쳤음을 알았다.

나중에 물어봐야겠네. 일단 지금은……

승열은 미소 지으며 잔을 부딪쳐 건배를 했다. 샴페인은 사실 그가 별로 안 좋아하는 술이긴 했으나, 지금은 아무 맛도 느낄 수 없었다. 그가 바라는 건 찬희의 맛뿐이었다.

"찬희야……."

승열은 잔을 바에 내려놓으며 이름을 불렀다. 건배를 한 뒤에도 바닥에 시선을 고정하고 있던 찬희는 그제야 고개를 들어 그와 시선을 마주했다.

"이리 와."

찬희는 마법에 걸린 듯, 그가 말한 대로 두 걸음 앞으로 나아갔다. 바로 앞까지 오자, 승열은 그녀를 한 번에 번쩍 안아 들었다.

찬희는 저도 모르게 비명을 지를 뻔했다.

승열이 날 안아 들다니.

상상했던 것 중에 하나가 이루어지자, 긴장 때문에 숨 쉬기도 힘든 상황이었음에도 너무 좋았다. 찬희가 그의 목을 두 손으로 꼭 감을 때, 승열은 상황에 어울리지 않게 찬희가 생각보다 무겁다는 생각을 하고 있었다.

깃털처럼 가벼운 건 아니구나. 물론 무거운 건 아니었으나 그래도 생각보다는 무게가 조금 더 나갔다. 이게 환상과 현실의 차이인가?

뭐, 실제 무게가 어떻든 간에 뭐든 좋았다. 사랑하는 여자니까.

승열은 한 손으로 침대 이불을 옆으로 치운 뒤, 찬희를 조심스럽게 눕혔다.

"불…… 꺼줘."

찬희는 두 손으로 얼굴을 가리고 말했다. 승열은 말없이 불을 껐다. 금색의 조명이 사라지고 까만 어둠이 찾아왔으나, 유리창을 통해 엷게 들어오는 야경의 불빛은 희미하게나마 룸 안의 윤곽을 드러냈다.

"커튼도…… 쳐줘."

찬희는 완전한 어둠을 원했다. 하지만 승열은 고개를 저었다.

"안 돼. 난 널 보고 싶어. 불은 껐지만 커튼까지는 양보 못해."

승열의 단호하지만 부드러운 말에 찬희는 더 말하지 못했다. 승열은 침대 가장자리에 앉은 뒤, 보이지 않게 떨리는 손으로 찬희의 가운의 허리끈을 풀었다. 당장이라도 찢어버리고 싶은 굴뚝같은 충동에도 그는 천천히 가운을 옆으로 벌렸다. 예쁜 쇄골 아래로 가슴 계곡이 드러났고, 아이보리색의 레이스 브래지어, 찬희가 깊게 호흡을 할 때마다 오르락내리락하는 복부, 그리고 브래지어와 같은 색의 자그마한 팬티가 모습을 드러냈다.

하느님, 부처님, 알라신…… 또 누가 있더라?

금방이라도 확 터질 것 같은 충동을 내리누르기 위해 승열은 마음속으로 세상의 온갖 신을 부르짖었다.

제발 찬희를 다치지 않게 해주세요.

승열은 눈을 질끈 감았다 뜬 뒤, 여전히 얼굴을 가리고 있는 찬희의 두 손을 잡았다. 찬희가 흠칫 몸을 떨자, 얼굴을 보고 싶은 마음은 꾹 누른 채 어깨 쪽을 만져 가운의 팔을 벗겨냈다. 가운을 밑으로 빼내 바닥으로 던지자, 찬희는 브래지어와 팬티 차림으로 남게 되었다.

승열은 어디서부터 손을 대야 할지 알지 못했다. 그는 바싹 마른 입술을 축였다가, 일단 눈에 거슬리는 속옷부터 해치우기로 결정했다.

승열은 두 손으로 찬희의 가슴을 브래지어째로 살짝 쥐었다. 찬희가 놀랐는지 숨을 헉하고 들이쉴 때, 승열은 손을 겨드랑이 쪽으로 내렸다. 그의 손이 등 뒤로 파고들자, 찬희는 본능적으로 상체를 살짝 들었다.

이걸 어떻게 끄르지?

승열은 잠시 끙끙댔으나, 다행스럽게도 어떻게 했는지 알 수 없지만 후크가 풀렸다. 승열은 속으로 환호하며 브래지어를 벗겨내서 등 뒤로 던졌다.

봉긋한 두 가슴이 시야 가득 펼쳐지자, 승열은 기쁘다 못해 황홀했다. 그는 충동에 굴복해 고개를 숙여 입 안 가득 가슴을 삼켰다. 따듯하고 보드랍기 이를 데 없는 살결은 입 안에 착착 달라붙었다. 승열은 순간 이성을 잃고 게걸스럽게 쭉쭉 빨았다.

"아웃……!"

찬희는 신음을 흘리며 저도 모르게 손을 내려 그의 머리를 쥐었다. 승열의 입 안이 선사하는 강렬한 쾌감 때문에 가슴이 더욱 묵직해지고 정점의 유두가 딱딱하게 일어섰다. 그러나 승열은 찬희가 그녀의 몸의 변화를 알아차리기 전에 이로 유두를 깨물었다.

파도가 몰아닥치듯 온몸으로 짜릿한 전기가 퍼져 나가자 찬희는 저도 모르게 허리를 휘었다. 승열은 그녀의 반응을 눈치 채곤 한껏 맛보던 가슴을 놓고 그동안 그를 기다리던 다른 쪽 가슴을 삼킨 뒤 똑같은, 아니, 더 격렬한 반응이 일어나게끔 강하게 맛을 보았다.

찬희는 더 이상 눈을 감고 있을 수 없었다. 승열은 한쪽 가슴은 핥고, 다른 가슴은 커다란 손으로 강하게 주무르며 쾌감을 던져 주자 그녀는 눈을 떴다. 열린 커튼 사이로 희미하게 야경의 불빛이 들어왔음에도 찬희는 시야가 흐릿했다. 숨이 차 올랐고, 몸이 이상했다.

가슴을 빨고 깨물고 핥으며 주무르는 승열의 거칠면서도 강렬한 애무가 계속될수록 다리가 덜덜 떨렸고, 동시에 아까 승열이 키스를 할 때부터 다리 사이에 생겨난 열기가 불길이 되어갔다.

"하아……."

입술을 다물고 있을 수가 없었다. 찬희는 숨을 헐떡이며 눈을 깜빡였지만, 시야는 더욱 흐릿했다. 승열은 입 안 가득한 완전히 먹어치우고픈 이 살결만이 아니라 귓속으로 파고드는 찬희의 신음이 더욱 커지자 아주 잠깐 행동을 중단할 수밖에 없었다. 터질 것 같았으니까.

승열은 아쉽게 입맛을 다신 뒤, 딱딱해진 유두를 다시 한 번 깨물고는 고개를 가슴 사이의 계곡에 묻었다. 뺨에 찬희의 유두의 감촉이 느껴지자 승열은 입을 크게 벌려 숨을 내쉬었다. 찬희는 몸을 부르르 떨었고, 승열은 찬희의 심장이 격렬하게 뛰는 부분에 경건하게 입을 맞춘 뒤 아래로 내려가기 시작했다. 위아래로 크게 올라갔다 내려가는 복부 밑의 귀여운 배꼽에도 키스하고 난 뒤, 그의 입술은 자그마한 천과 만났다.

승열은 천천히 고개를 들었다. 당장이라도 두 손으로 찢어버리고픈 충동을 꾹 내리누른 뒤, 그는 찬희를 바라보았다. 거칠게 숨을 헐떡이고 있는 찬희는 얼굴만이 아니라 목까지도 새빨갰고, 두 가슴 또한 붉은 기운으로 가득했다. 그의 흔적.

승열은 허락을 구할 생각 따윈 잊고 말았다. 그는 두 손으로 팬티를 찢어버릴 듯 죽 내렸다.

완전한 알몸이 되었다는 걸 깨달은 순간, 찬희는 본능적으로 두 다리를 붙이고 손을 내렸지만 승열에게 제지당했다. 승열의 왼손은 찬희의 두 손목을 움켜쥐었고, 오른손은 천천히 밑으로 미끄러져 까만 숲 경계에 닿았다.

“찬희야……."

승열이 다시 짙은 목소리로 낮게 부르자, 찬희는 저항할 수가 없었다. 마법에라도 걸린 듯 닫힌 다리가 서서히 열렸다. 승열은 고개를 내려 그녀의 허벅지에 뜨겁게 입을 맞추었다.

승열은 혀로 살결을 할짝거렸다. 갓 샤워를 한 보들보들한 허벅지는 아주 맛있었다. 다른 곳은 어떨까. 더 부드러운 저곳은…….

덥석 먹어치우고픈 충동이 머리끝까지 치밀었으나, 승열은 잠시 뜨거운 숨을 깊게 내쉬는 것으로 피가 몰린 그곳의 열기를 줄이려고 애썼다.

내가 이렇게 자제심이 뛰어날 줄이야.

당장이라도 안으로 들어가고 싶었다. 얼마나 황홀할 것인가! 하지만 찬희는 아직 준비되지 않았다.

승열은 속으로 신음을 흘리며 입술을 허벅지에 대고 있는 상태로 천천히 움직였다. 찬희는 아무 생각도 하지 못하고 있었다. 온몸이 홧홧하게 타오르고 있었다. 익숙하지 않은 그 커다란 불길이 몸 여기저기를 돌아다니다가 승열이 키스하며 사랑을 고백했을 때부터 다리 사이에 모인 열기를 몇 배의 크기로 키우고 있었다.

원했다. 승열을, 사랑하는 남자를 원했다. 하지만 대체, 대체 어떻게 해야…….

“스, 승열아.”

승열의 입술이 숲에 닿자, 찬희는 떨리는 목소리로 그를 불렀다. 하지만 승열은 멈추는 대신 입을 벌려 혀로 숲을 핥은 뒤, 두 손으로 찬희의 허벅지를 붙잡았다. 그러고는 다리를 벌리게 한 뒤 혀끝으로 갈라지는 부분을 건드렸다.

"하지, 하지 마. 거긴……."

찬희가 애원하듯 말했지만 승열은 멈추지 않았다. 그는 벌려진 속살 사이를 가볍게 깨물었다. 순간 찬희는 허리를 뒤로 휘며 몸을 들썩거렸다.

여기로군.

화면으로만 봤던 부분을 찾자, 승열에게 안도감이 밀려왔다. 물론 승열이 잘 모르는 곳은 그곳만이 아니었다. 승열은 혀끝으로 그곳을 건드린 뒤, 밑으로 살짝 내려갔다. 따듯하고 꿀같이 달콤한 액체가 그를 기다리고 있었다. 승열은 혀끝으로 맛을 본 뒤 게걸스럽게 할짝거렸다.

"그, 그만…… 아웃……!"

한층 더 커진 찬희의 신음에 승열은 고개를 든 뒤 오른손으로 잡고 있던 찬희의 허벅지 한쪽을 놓고 피가 안 통할 만큼 주먹을 꾹 쥐었다.

법전 한 권, 법전 두 권, 법전 세 권…….

승열은 속으로 천천히 법전을 세면서 참고 참았다. 조금만 더 버티자. 조금만 더……!

승열은 주먹을 쥐었다 편 뒤, 숨을 훅 내쉬고는 오른손을 찬희의 다리 사이로 가져갔다. 여전히 조명은 야경뿐인지라 잘 보이지 않았기에 그는 조심스럽게 검지 끝으로 꿀물이 가득한 곳을 찔러보았다.

미칠 것 같은 불길이 일어난 다리 사이에 뜨거운 어떤 것이 침입해 오자, 찬희는 그것이 낯설면서도 더 깊게 들어오기를 바랐다. 더 필요했다. 이 갈증을, 이 화염을 완전히 폭발시켜 줄 것이 더 필요했다.

찬희가 아프지 말아야 할 텐데.

터지기 직전이었으나, 승열의 머릿속에는 그 사실 하나만큼은 새겨져 있었다. 그는 검지가 들어간 그곳에 중지도 넣어보았다. 아무리 그가 제대로 된 경험이 없고, 지금 제대로 된 판단이 불가능할 만큼 터질 것 같은 욕망에 사로잡힌 상태라고 해도 자신이 들어가기에 좁다는 것 하나는 본능적으로 알았다.

"하앗…… 응……!"

승열의 두툼한 손가락 두 개가 깊게 들어와 그녀의 동굴 전체를 휘젓자, 찬희는 다시 한 번 허리를 휘며 크게 신음을 내질렀다. 그 소리는 승열의 귀를 폭격해 폭발을 일으켰다.

더 참을 수 없다. 가져야 했다. 지금 당장!

승열은 한 자락 남아 있던 이성 따윈 날려 버린 채, 손을 빼냈다. 그는 후들거리는 손으로 팬티를 내린 뒤, 찬희의 허벅지를 붙잡고는 곧바로 쏜살같이 안으로 달려들어 갔다.

"악!"

아무리 승열이 노력에 노력을 거듭하면서 흠뻑 젖어들게 만들었다고는 하나, 이제 겨우 두 번째인 찬희는 아주 좁고 빡빡했다. 굵고 단단한 무언가가 깊은 곳을 찌르자, 찬희는 쾌감 대신 통증을 느낄 수밖에 없었다.

찬희가 고통의 비명을 지르자, 드디어 들어왔다는 사실에 쾌감에 휩싸이던 승열은 정신을 조금이나마 차렸다. 사실 뜨겁고 축축한 곳에 들어왔다는 사실 자체만으로 승열은 순간 터질 것 같았다. 하지만 침대의 시트를 쥐어짜듯 쥐고, 이가 부러지지 않을지 염려가 될 만큼 거칠게 앙다물자 분출하는 것만은 막을 수 있었다.

미칠 것 같다. 미칠 것 같다.

이렇게 좋을 줄이야.

워낙 오래 혼자 지내면서 지구력을 길러왔기에 처음하게 되면 몇 초 견디지도 못하는 다른 동정들과는 다를 줄 알았다. 그러나 지금 이 순간, 승열은 그대로 끝을 내고 싶었다. 하지만 그렇게 되면 찬희가 얼마나 실망할 것인가.

"찬…… 희야."

침대를 짚고 있는 팔이 부들부들 떨리는 와중에, 승열은 간신히 내려다보았다. 찬희의 눈에는 눈물이 맺혀 있었다. 순간 정신이 번쩍 들었다.

"많이 아파?"

목소리도 잘 나오지 않았지만, 그럭저럭 전달이 되었는지 찬희는 고개를 옆으로 저었다. 하지만 아무리 미칠 것 같더라도 승열은 그녀의 얼굴에 고통이 어린 것을 모르지 않았다.

눈물이 날 만큼 아픈데도 아무 말도 하지 않을 만큼 그를 원하는 여자. 그와 하나가 되길 바라는 여자.

"사랑해……."

낯 뜨거운 말이었다. 아까 고백을 하기는 했으나, 승열은 다시는 반복하지 못할 줄 알았다. 너무 낯 뜨거우니까. 하지만 고통스러워하면서도 그를 받아들이려고 노력하는 찬희에게 그는 다시 진심을 속삭였다.

"사랑해, 찬희야……."

"나도……."

몇 초 혹은 몇 분의 시간이 흐른 뒤, 여전히 불편하기는 했으나 그래도 조금이나마 통증이 가라앉았다. 그래서 찬희는 손을 올려 그의 목에 팔을 두를 수 있었다.

"나도 사랑해, 승열아……."

승열은 숨을 멈춘 채 찬희의 눈을 바라보았다. 그만을 바라보는 눈.

방금 찬희의 안으로 들어온 순간, 승열은 더 이상의 쾌감은 느끼지 못할 줄 알았다. 그러나 사랑고백을 되돌려 주는 그녀의 목소리를 들은 순간 그는 자신이 잘못 생각했음을 알았다.

아아, 이게 최고의 쾌락이구나.

하나가 된 채, 진실한 사랑을 속삭이는 것. 이것이야말로 진짜 사랑을 나누는 것이고, 진짜 최고구나…….

진실을 깨달은 승열은 더 견디지 못했다. 육체적인 쾌락만이 아니라 정신적인 쾌락이 그를 압도했고, 승열은 그녀를 꼭 끌어안은 채 드디어 폭발했다.

—열네 번째 파일—
사건 해결을 위한 마지막 시험

아프다. 무겁다. 뭔가…… 있다.

온몸을 괴롭히는 것처럼 들끓던 황홀한 쾌락이 폭발하지 못하고 서서히 가라앉은 뒤, 잠시 정신을 잃듯 엷은 잠 속에 빠져들었던 찬희는 눈을 떴다. 바로 앞에 귀가 있었다.

잠들기 전까지 무슨 일이 있었는지 기억해 낸 찬희는 화들짝 놀라 몸을 일으키려 했지만, 승열의 몸이 그녀의 목 아랫부분을 누르고 있었기에 무거워서 움직일 수가 없었다.

자는 걸까.

승열이 고개를 반대편으로 돌리고 있었기에 얼굴을 볼 수 없었다. 그러나 그녀를 누르는 커다란 몸이 고르게 숨을 쉬는 것을 느낄 수 있었다. 그것도 아주 잘.

목 아래가 전부 압착되어 있는 만큼 찬희의 두 가슴은 그의 가슴에 눌려 있었다. 그리고…… 그녀의 다리 사이에 생소한 무언가가 아직 있었다.

찬희는 잠시 멍했다. 어떻게 해야 할지 알 수 없었으니까. 몸이 쑤시는 건 아니었다. 너무 피곤해서 그런 건지도 몰랐다. 하지만 몸이 물에 흠뻑 젖은 솜같이 피곤한 것과는 달리 감각은 깨어 있었다. 그래서 찬희는 그녀 안에 들어와 있는 그것이 조금씩 단단해지고 커져 가는 것을 느낄 수 있었다.

"응……."

안을 채우기 시작하자, 불편하면서도 묘한 쾌감이 솟아났다. 찬희는 저도 모르게 엷은 신음을 흘리며 그의 등에 손을 올렸다. 승열의 매끈한 등은 흘러내린 땀 때문인지 끈적거렸지만 찬희는 단단한 감촉에 홀렸다.

아까, 그녀는 승열의 몸을 보지 못했다. 그가 주는 쾌감을 받으며 매달렸을 뿐 그 이상 아무것도 하지 못했었다. 언젠가 그를 볼 수 있을까. 그에게 받은 것 이상의 쾌락을 되돌려 줄 수 있을까.

가능하다면 지금이라도 승열에게 받은 것을 주고 싶었지만, 찬희는 용기가 없었다. 지금으로서는 그녀의 다리 사이에 들어와 꿈틀거리기 시작한 저 굵은 것의 뜨거운 감촉에 신음을 흘리는 게 고작이었다.

승열을 깨워야 할까. 어떻게 승열은 이 상태에서 잘 수 있는 걸까. 깨워서 뭐라고 해야 할까. 뭘 해달라고 해야 하나.

찬희가 어찌할 바를 모르고 신음을 참기 위해 입술을 깨물 때,

그녀를 꼭 껴안은 채 잠시 잠에 빠져든 승열은 몽롱한 꿈속을 헤매고 있었다.

찬희가 있었다.

안개가 낀 듯 주변이 희뿌연 가운데, 찬희가 그를 내려다보고 있었다. 그는 침대에 누워 있는 것 같은 느낌이었다.

이런 적이 있던가?

멍하니 찬희를 바라보던 승열은 이상하게도 찬희가 낯설어 보인다는 것을 깨달았다. 머리칼을 뒤로 꼭 틀어 올리고, 회색 정장을 입은 찬희는 아주 익숙했지만 지금은…… 마치 잘 모르는 사람 같았다.

"승열아……."

동굴 안에서 울리는 소리처럼 들리는 찬희의 목소리 또한 낯설었다. 사귀기 시작한 뒤에야 승열은 그녀의 낮은 목소리가 얼마나 섹시한지 알 수 있었고, 그전에는 몰랐었다. 이건…… 마치 사귀기 전 같았다. 잘 모르는 타인을 보듯 찬희를 대했을 때, 마치 그때 같았다.

"승열아, 난……."

찬희의 단정한 얼굴이 스러지면서 두 눈에서는 눈물이 뚝뚝 떨어졌다.

"난 너 좋아해. 처음 봤을 때부터 좋아했어. 그러니까……."

찬희의 눈물이 그의 입술에 떨어졌다. 승열은 혀끝으로 눈물방울을 핥았다. 짭짜름하고…… 달콤했다.

"그러니까 오늘 밤은……."

찬희는 더 말하지 않았다. 대신 고개를 숙여 덮치듯 그의 입술을 빼앗았다. 그녀의 작고 뜨거운 혀는 용기있게 그의 입술을 가르고 들어와 입 안을 훑었지만, 능숙하지는 않았다. 하지만 그런 머뭇거림이 그를 더 흥분시켰다. 그래서 승열은 그녀의 허리를 꾹 붙잡아 자세를 바꿔 찬희를 바닥으로 내리눌렀다. 그리고 입 안으로 들어가…….

"으흣……."

찬희의 신음이 귓가에 파고들었다. 동시에 뜨거운 숨이 흘러들어 와 솜털을 바싹 서게 만들었다. 승열은 눈을 번쩍 뜨며 고개를 들었다. 꿈과는 달리, 찬희는 그의 밑에 누워 까만 머리칼을 헝클어뜨린 채 숨을 헐떡이고 있었다.

신음을 참기 위해서인지 찬희는 입술을 꼭 깨물고 있었으나, 소용없었다. 깨물린 입술 사이로 새어나오는 한숨이 포함된 신음 소리는 승열을 꿈속에서 현실로 완전하게 끌어왔다. 그리고 그녀 안에 들어가 있는 그의 분신을 더욱 힘차게 솟구치게 했다.

찬희의 입이 크게 벌어질 만큼 그는 완전히 커졌다. 승열은 찬희의 두 손을 잡고 깍지를 꼈다. 머리 옆에 두고 내리누른 채, 본능대로 그는 허리를 움직였다. 여전히 찬희는 너무 좁았다. 하지만 황홀할 만큼 매끈거리기도 했다.

그를 위해 젖은 여자. 그를 사랑하는 여자.

좀 더 갖고 싶다. 좀 더 느끼고 싶다. 좀 더 오래 머물고 싶다.

긴장이 풀려 바로 기절하듯 잠이 들었던 스스로를 욕하며, 승열은 아까보다 더 이를 악물었다. 그러고는 천천히 더 깊게 들어갔다.

"아훗……."

찬희는 아직도 아팠다. 하지만 그가 조금 깊게 들어왔다가 허리를 옆으로 살짝 틀자, 찬희는 몸 전체가 울릴 만큼 거대한 쾌락에 얻어맞아 신음을 토해냈다. 승열은 뒤로 물러났다. 그리고 다시 들어갔다. 가장 은밀한 부분이 딱 들어맞는 동시에 상상도 못했던 쾌감이 분수처럼 솟구쳐 눈을 멀게 했다.

"아앗……!"

찬희가 허리를 튕기며 몸을 휘자, 승열은 다시 물러났다가 들어갔다. 온몸을 감전시키는 듯한 전류가 혈관을 타고 흘렀고, 전기적인 쾌락의 파도는 태풍으로 빠르게 변해갔다.

더, 더 원했다!

승열은 집요하게 들어갔다. 그리고 빠르게 나왔다가 그보다 더 빠르게 다시 들어갔다. 그가 있어야 할 곳. 찬희와 딱 맞는 하나가 되는 곳.

"스, 승열아앗……!"

승열이 가장 깊게 들어간 순간, 쾌락에 짓눌린 찬희는 비명 지르듯 그의 이름을 불렀다. 승열은 사랑하는 여자의 부름에 답해 그녀 안에 다시 뜨거운 그의 분신을 내뿜으며 그녀를 더욱 꼭 끌어안았다.

……젠장.

십여 분이 흐른 뒤, 다시 꿈 없는 잠에 짧게 빠졌던 승열은 속으로 비속어를 투덜거리며 눈을 떴다. 찬희가 먼저 갈 때까지 할 수 있어야 하는데 내가 먼저 가버리다니.

승열은 슬쩍 고개를 들어 찬희의 얼굴을 살폈다. 눈을 감고 쌕쌕거리며 숨을 쉬고 있었는데, 아무래도 잠이 든 것 같았다. 승열은 희미한 야경 빛을 통해 그녀의 얼굴에 홍조가 남아 있음을, 입가에 만족한 듯한 엷은 미소가 띠어져 있는 것을 볼 수 있었다.

음, 실망하거나 그런 건 아닌가 보군.

하긴, 찬희는 거의 처음이라고 봐야 했다. 그러니 조금만 잘해줘도 좋아하는 게 당연할 터. 더군다나 그는 거의 처음이었으니 이 정도면 잘하는 것일 것이다.

앞으로 많이 하다 보면 더 좋아지겠지.

승열은 만족스럽게 생각하며 조심스럽게 찬희 안에서 빠져나왔다. 끈끈하게 젖은 그것은 황홀한 곳에서 빠져나오자 아쉬운 듯 다시 꿈틀거렸다. 사실 승열은 할 수만 있다면 더 하고 싶었다. 다 맛보지 못한 구석구석도 살펴보고 싶었고, 어느 동영상에서 본 것처럼 같이 샤워도 하고 싶었다. 하지만 더 했다간 찬희의 몸이 남아나질 않을 것이다. 찬희는 연약하니까.

승열은 침대에서 일어나 샤워실로 가 간단하게 씻었다. 그리곤 뒤처리를 잘해야 된다고 들은 것을 기억하며, 그는 새 수건에 따뜻한 물을 묻혀서 가져와 찬희의 허벅지 부분을 살짝 닦아주었다. 다리 사이를 어떻게 닦아줘야 할지 망설일 때, 허벅지를 매만지는 손길에 찬희는 엷은 잠에서 깨어났다.

"미안. 깨웠네."

말은 그렇게 했으나 잘됐다고 생각하며 승열은 찬희의 다리를 벌렸다. 찬희는 깜짝 놀라 그의 손을 밀어내며 일어나 앉았다.

"뭐, 뭐야!"

"가만있어 봐. 닦아줄게. 깨끗하게 해야 한다고 들었거든."

"샤워하면 돼!"

승열의 손이 다리 사이로 들어오자 찬희는 벌떡 일어나 알몸인 것도 잊은 채 쌩하니 샤워실로 달려갔다. 승열은 머리를 긁적이고 있다가 찬희에게 속옷을 건네줘야 할 것 같아 옆에 던져 놓은 작은 팬티와 브래지어를 손에 쥐었다.

변태 같다는 생각은 들었으나, 그는 브래지어의 컵 부분을 뺨에 대고 문질렀다. 부드럽긴 했으나 찬희의 맨가슴보다는 덜 매력적이었다.

다시 하긴 무리지만, 가슴은 만지작거려도 되겠지?

승열은 휘파람을 불며 샤워실 문을 살짝 열었다.

"어딜 들어와! 나가!"

즉시 비명 같은 고함이 울렸다. 기세에 놀란 승열은 문을 도로 닫아버리고 말았다.

방금 그렇고 그런 짓도 했는데 왜 저러지?

얼마 뒤, 문이 약간 열렸다. 그러나 불쑥 나오는 건 찬희의 팔뿐이었다.

"나 소, 속옷이랑 가운 좀."

"그냥 입지 마."

"어떻게 그래? 안 돼!"

승열은 진담으로 말했지만, 찬희는 정색하며 대답했다.

부끄러움을 많이 타는 건가?

승열은 아쉬워하며 속옷과 가운을 건네주었다. 찬희는 샤워실 문을 쿵 소리가 나게 닫고는, 조금 뒤에 가운으로 몸을 꼭 감싼 채 밖으로 나왔다. 그녀는 옆에 서 있는 승열을 바라보지도 않은 채 천천히 침대로 갔다. 찬희의 걸음은 분명 삐딱했다.

"많이…… 불편해?"

"몰라."

찬희는 토라진 듯한 어조로 대답한 뒤, 침대 한쪽 끝에 누웠다. 승열은 잠시 망설였으나 곧 침대에 누웠다. 그는 천천히 손을 뻗 어 그를 향해 등을 돌리고 누워 있는 찬희를 품으로 끌어왔다.

"안고만 있을게."

찬희가 깜짝 놀란 듯 몸을 움츠리자, 승열은 부드럽게 속삭였 다. 많이 아플 것이다. 그로 인한 고통.

샤워 후 볼이 발간 찬희를 보자 다시 욕망이 솟구쳤으나, 승열 은 내리눌렀다. 가장 중요한 건 찬희였으니까.

그래도 가슴은 만지고 싶은데, 안 될까?

손가락을 꿈틀거렸지만 승열은 결국 포기하고 말았다. 지금은 아닌 것 같았으니까.

아쉬워 죽겠군.

"승열아, 지금 몇 시야?"

승열이 입맛을 다실 때, 찬희는 문득 떠오른 것을 물었다. 승열 은 테이블로 손을 뻗어 휴대폰을 확인했다.

"자정 되기 오 분 전이야."

찬희는 잠시 침묵을 지켰다가 조심스럽게 몸을 돌려 승열을 바라보았다. 홍조가 남아 있는 찬희의 얼굴에는 미안함이 가득했다.

"미안한데…… 나 내일 아침까지 같이 못 있을 것 같아. 아무리 그래도 외박해서 아빠한테 걱정 끼쳐 드리고 싶지 않아."

"이해해."

아쉽고, 다소 속상하기는 했으나 승열은 이해했다. 아마도 검사장은 찬희가 그 돼먹지 못한 놈을 만나고 있는 걸로 알고 있겠지만, 어쨌든 아침까지 함께 있을 수는 없었다. 사실 승열은 어떤 방법을 써서라도 허락을 받고 싶은 게 사실이었다. 하지만 내일 아침에 함께 우안리의 집에 들어간다면 오히려 반발만 더 커질 것이다.

"한 시간 뒤에 알람 맞춰줄 수 있어? 너무 피곤해서……. 잠깐만 자고 일어날래."

"그래."

승열은 휴대폰의 알람을 맞춘 뒤 찬희의 머리칼에 코를 댔다. 샴푸 향인지, 향긋한 꽃내음이 났다. 사랑하는 여자의 향기.

승열은 찬희의 이마에 입을 맞춘 뒤 그녀를 바라보았다. 눈이 감겨 있자 그는 손을 들어 눈앞에서 흔들었으나 아무 반응이 없었다.

많이 피곤했나 보네.

승열은 느껴지는 아쉬움에 그녀를 더욱 꼬옥 껴안았다. 품 안에 딱 들어오는 찬희는 정말 사랑스러웠다.

결혼 뒤에는 항상 이렇게 지낼 수 있겠지.

물론 결혼까지는 갈 길이 멀었다. 검사장이 허락을 쉽게 해줄 것 같지 않은 데다가, 이철형 사건을 완전하게 털어버려야 했다. 누군가에게 살의를 품은 마음가짐으로 찬희와 새 인생을 시작할 수는 없는 법이니까.

찬희에게 사랑고백을 받았다. 그녀와 하나가 되었다. 너무도 행복한 사실이었으나, 승열은 바깥세상은 전혀 변하지 않았음을 알았다.

이게 현실인 건가…….

그래도, 품 안에서 편안하게 잠이 든 이 따뜻한 여자 또한 현실이다.

승열은 미소 지으며 눈을 감았다.

나도 잠깐 잤다가 일어나야지. 아주 잠깐만…….

승열은 그런 생각 속에서 곧바로 잠에 빠져들었다. 그리고 달게 잠을 잔 뒤, 눈을 뜬 그를 맞은 건 새벽의 어스름이었다.

"차, 찬희야."

당황한 승열은 벌떡 일어나며 자고 있던 찬희의 어깨를 흔들었다.

"찬희야, 일어나. 어서."

"응…… 승열아?"

쌔근쌔근 잘 자고 있던 찬희는 어깨를 우악스럽게 흔드는 힘에 눈을 찌푸리며 일어났다. 승열의 목소리에 찬희는 곧 어젯밤을 기억해 냈지만, 승열의 다급한 표정을 보고 놀라 제대로 사랑을 나

눈 첫날이라는 것을 잊었다.

"왜? 무슨 일이야?"

"미안해. 지금 일어났어."

찬희는 처음에는 무슨 말인지 알지 못했으나, 커튼 사이로 들어오는 새벽의 어스름을 보고 깨달았다. 그녀는 굳어버렸다.

"망할. 다섯 시 반이야."

승열은 잡아채듯 휴대폰을 쥐었다. 왜 알람이 안 울렸던 거지?

휴대폰을 두들겨 본 승열은 안 울렸던 게 아니라는 걸 알게 됐다. 그와 찬희가 듣지 못했던 것뿐, 휴대폰의 알람은 승열이 맞춰놓은 시각에 울렸었다.

"미안해."

승열은 고개를 숙여 사과했다.

"내가 못 일어나서……."

"지나간 일은 생각하지 말자."

찬희는 결론을 내렸다. 되돌릴 수 없는 일은 따져서 해결되는 게 아니었다. 하지만, 이제 어떻게 하지?

찬희는 꺼둔 휴대폰을 켰다. 우안리는 문자를 잘 사용하지 못하는 나이 많은 사람답게 음성 메시지만 몇 개 남겨놓았다.

[이 군이 그러는데 그놈이 나타났다면서? 둘이 같이 있는 거냐?]

[찬희 너 당장 못 들어와?]

[휴대폰도 꺼놓고 대체 뭐니!]

다양한 버전이 녹음되어 있었으나, 분노로 가득한 목소리라는 사실은 같았다.

[집에 와서 보자.]

마지막 메시지는 불과 십여 분 전에 녹음된 것으로, 비교적 담담한 목소리였다. 하지만 찬희는 그 뒤에 숨겨진 격분과 실망을 읽어냈다.

찬희는 침대에 앉아 두 손으로 눈물이 나올 것 같은 얼굴을 가렸다.

어떻게 하지. 아빠한테 실망을 안겨 드리다니, 이제 어떻게 하지.

"가자."

승열은 찬희의 손에서 휴대폰을 건네받아 음성 메시지를 차분히 다 들은 뒤, 입을 열었다.

"같이 가자."

"승열아, 같이 가면 아빠가 더 화내실 거야."

"그래, 그럴지도 몰라. 하지만 그렇다고 너 혼자 들여보낼 수는 없어."

승열은 찬희의 어깨를 두 손으로 잡았다. 찬희는 고개를 들었고, 승열의 얼굴에 서린 굳은 의지를 읽었다.

"나만 믿어. 알았지?"

찬희는 그의 여자였다. 검사장의 딸이기는 하나, 더 긴 인생을 그와 함께 보낼 존재였다. 머리끝부터 발끝까지 그의 책임인 여자.

혼자 들여보낼 수는 없다.

승열은 찬희의 손을 꼭 잡은 채 아파트로 갔다.

"잠깐만."

엘리베이터에서 내린 뒤, 문을 몇 걸음 남겨둔 거리에서 찬희는 눈을 감고 숨을 내쉬었다. 승열은 그녀의 창백한 얼굴과 희미하게 떨리는 손을 통해 걱정을 읽었다.

"나만 믿어."

"물론 널 믿어."

찬희는 고개를 들어 승열을 바라보았다. 그녀의 눈이 진심으로 빛나자 그 모습이 너무 사랑스러워 승열은 꼭 껴안을 수밖에 없었다.

"사랑해."

승열은 그녀의 머리 위에 턱을 올려놓은 뒤, 다시 속삭였다.

"사랑해. 정말로."

여전히 쑥스럽기는 했으나, 자꾸 말하니 쉬웠다. 찬희가 기뻐한다면 무엇이든, 무슨 말이든 못하겠는가.

"평생 후회 안 하게 해줄게. 사랑해, 우찬희. 진짜 사랑해. 그러니까─ 음?"

"승열아?"

찬희는 그의 얼굴을 올려다봤다가 시선을 따라가 보았다. 문 앞에 서 있는 사람을 본 찬희는 깜짝 놀라 승열을 뿌리쳤다.

"어, 엄마."

"찬희 너 어떻게 된 거야? 출장 갔다면서 왜……."

아빠가 아무 말 안 했구나.

찬희가 왜 그런 건지 이유를 생각해 내기 전, 승열은 왕방울만하게 커진 숙희의 얼굴을 본 뒤 기침을 한번 하고는 몸을 90도로 숙였다.

"안녕하십니까, 장모님!"

"자, 장모님?"

"이렇게 인사드리게 되어서 죄송합니다. 미리 찾아뵈었어야 했는데."

승열은 한 걸음 성큼 다가가 숙희의 손을 두 손으로 꼭 잡았다. 찬희는 승열의 커다란 곰발바닥, 아니, 손바닥이 그녀의 손을 감싸면 얼마나 포근한지 잘 알고 있었다.

"박승열 검사라고 합니다. 찬희와 결혼을 전제로 사귀고 있습니다. 결혼, 허락해 주십시오."

"어머, 어머. 저번에 그 고, 아니, 검사 맞죠?"

방금 곰이라고 말씀하시려고 했던 것 맞지?

찬희가 눈을 굴릴 때, 승열은 활짝 웃으며 답했다.

"네. 기억하고 계시는군요."

"근데 우리 찬희랑 어떻게 같이? 출장을 같이 간 건가요? 아니, 장모님이라고 불렀죠? 그럼……."

다시 숙희의 눈이 보름달처럼 커졌다. 숙희는 말을 잃고 승열과 찬희를 번갈아가며 쳐다보았다.

"장모님."

승열은 손을 더욱 꼭 잡으며 열렬하게 말했다.

"찬희를 제게 주십시오. 평생 행복하게 해주겠습니다."

"음, 나야 애 결혼은 언제나 찬성이지만 찬희 아빠가 허락을 해
줄지……."

숙희는 다시 반짝이는 눈으로 승열을 쳐다보다가 말을 흐렸다.
찬희는 엄마가 예상대로 반응하자 속으로 안도의 한숨을 내쉬었
다. 스물다섯이 되면서부터 엄마는 시집 좀 가라고 항상 등을 떠
밀었고, 서른이 되면서부터 아무라도 좋으니 결혼만 하면 된다는
입장이었던지라 반대할 거라고 생각하지 않았었다. 하지만 역시
문제는 아빠였다.

"그나저나 정말 덩치 좋네요."

"저희 집안이 다 그렇습니다. 참, 말씀 낮추세요."

승열은 다시 씩 웃으면서 말했다. 숙희는 조금 망설였다.

"그래도 되나?"

"그럼요. 이제 제가 아들이 되는 건데요."

승열은 진심으로 말했다. 찬희로 인해 그는 새로 부모를 얻었
다. 못다 한 효도를 이 새로운 부모님께는 꼭 하고 말리라. 그나저
나 검사장님은 과연 허락을 해주실라나?

"장인어른은 안에 계신가요?"

검사장이 장인어른 소리를 안 들으려고 할지 몰라도, 승열은 도
장을 찍듯이 그렇게 호칭했다.

"응. 안에서 신문 보고 있는데…… 온 김에 식사하고 가요. 내가
맛있게 만들어줄게."

"감사합니다, 장모님."

승열은 허리를 꾸벅 숙인 뒤 숙희를 따라 집 안으로 들어갔다.

찬희는 눈을 굴리다 승열의 뒤를 따랐다.

"너, 너……!"

거실 소파에 앉아 신문을 앞에 펼쳐 놨지만 휴대폰만 노려보고 있던 우안리는 들어오는 승열을 보고 벌떡 일어났다.

"인사드리러 왔습니다."

기가 찬 우안리가 아무 말도 하지 못한 채 입만 벌리고 있을 때, 승열은 성큼 다가가 우안리 앞에 섰다.

"장인어른."

승열은 몸을 숙여 바닥에 앉았다. 무릎을 꿇은 뒤, 넙죽 큰절을 올렸다. 그러고는 그대로 꿇어앉은 채로 상체만 들어 우안리를 똑바로 올려다보았다.

"찬희를 제게 주십시오."

"이, 이……!"

우안리는 오른손으로 삿대질을 할 뿐, 말을 잇지 못했다. 찬희 또한 아무 말도 하지 못했다.

승열이 무릎을 꿇었다.

그녀와 결혼하기 위해 무릎을 꿇었다.

"당신, 뭐 해요."

승열의 넓은 어깨에 잠시 시선을 빼앗겼던 숙희는 화들짝 정신을 차리고는 남편의 옆으로 다가왔다.

"박 서방이 이렇게까지 하는데. 어서 허락해요."

"허락은 무슨 허락!"

우안리는 승열을 지칭하는 아내의 말을 듣고 깨어났다. 그는 버럭 소리부터 내질렀다.

"너 같은 놈한테 우리 찬희 못 줘! 아무리 어젯밤에 같이 있었다고 해도—"

"역시 출장 간 게 아니라 박 서방이랑 같이 있었던 거군요. 근데 왜 반대를 해요?"

숙희는 두 뺨을 붉히고 있는 딸을 잠시 흘겨보았지만, 곧 남편을 타박했다.

"나이도 먹을 대로 먹은 애인데, 기왕 이렇게 됐으니 하루라도 빨리 결혼시켜야죠. 박 서방, 앨 언제 데려갈 생각인가?"

"전 지금 당장이라도 데려갈 수 있습니다."

승열은 즉각 답했다. 숙희는 호호 웃었다.

"결혼 준비라는 게 좀 복잡하거든. 최소 석 달은 있어야 해. 그때로 날짜 잡지. 아니, 한 달 내로 당겨야겠네."

"누구 마음대로 한 달 뒤야! 절대 허락 못해!"

"당신도 참. 애 임신했을지도 모르는데 빨리 시켜야죠."

우안리는 붕어처럼 입을 뻐끔거렸다.

"임, 임……."

"지금부터 준비하려면 바쁘겠네. 박 서방, 상견례는 언제?"

"주말에 시간 되시나요? 제 형의 식당으로 모시겠습니다."

"그래, 그렇게 하면 되겠네. 토요일에 시간 되죠?"

"말 놓으시라니까요, 장모님."

승열은 서글서글하게 웃었지만, 우안리는 절대 그럴 수 없었다.

"누가 네 장모야? 허락 못해!"

"당신, 대체 왜 그래요? 이만한 사윗감이 어디에 있다고."

"없긴 뭐가 없어! 이 군도 얼마나 괜찮은데! 이놈보다 백배는 더 나아!"

"전 승열이와 결혼할 거예요."

조용히 뒤에 물러나 있던 찬희가 잔잔한 호수에 파문을 만드는 것처럼 한마디 내뱉었다.

"아빠, 엄마, 전 승열이와 결혼할 거예요. 다른 사람과는 결혼할 생각 없어요. 아빠, 전 승열이와 결혼 못한다면 평생 혼자 살 거예요. 그래도 좋으세요?"

"너 지금 아빠를 협박하는 거야?"

우안리는 주먹을 불끈 쥐었다.

"안 되는 건 안 되는 거야. 이 군보다 뭐가 나아? 돈도 이 군보다 없고, 이 군에게는 없는 동생들까지도 줄줄이 딸려 있잖아. 그리고 부모도 없잖아."

"여보!"

찬희가 입을 열기 전에 소리친 건 숙희였다.

"그런 말은 하는 게 아니죠! 그게 박 서방 잘못도 아니고!"

"아빠."

찬희는 걸어나와 왼손으로 여전히 무릎을 꿇고 있는 승열의 오른손을 꼭 붙들었다.

"승열이에겐 이기완 씨에게는 없는 게 있어요. 절 아끼고 사랑하는 마음, 제가 원하는 게 무엇인지 알고, 제 말을 귀 기울여 들을 줄 아는 배려심. 세상에서 가장 좋은 남자예요. 제가 결혼하고 싶어하는 남자가, 제가 사랑하는 남자가 승열이라는 게 얼마나 자랑스러운지 몰라요. 허락해 주세요."

"찬희야……."

승열은 입 안이 바싹 마르는 것을 느꼈다. 목까지 울컥 치미는 이 뜨거운 감정을 어떻게 토해내야 할까. 저 하늘의 태양이라도 따다 주고 싶기도 했으며 전재산을 털어서라도 세상에서 가장 비싼 보석을 사다 주고 싶었다. 이 여자에겐 아무것도 아깝지 않다. 모든 것보다, 내 목숨보다 더 중요하다.

"너는 자존심도 없어?"

얼굴을 잔뜩 찌푸린 채 잠시 말을 잊었던 우안리는 다시 버럭 고함을 질렀다.

"아무리 오랫동안 짝사랑을 해왔다고 해도 그렇지, 저놈에 관한 일이면 자존심도 없는 거야?"

"네, 없어요."

찬희는 아빠가 내뱉은 말에 심장이 미칠 듯이 뛰었지만, 천천히 차분하게 이어 말했다.

"절 위해서 무릎을 꿇는 남자에게 내세울 자존심 같은 건 없어요. 승열아, 일어나."

찬희는 그의 어깨를 붙잡으며 다시 말했다.

"일어나."

"찬희야……."

"난 너 무릎 꿇은 거 보기 싫어. 일어나. 일어나 줘."

찬희의 목소리가 떨렸고, 눈동자도 젖어 들어가고 있었다. 하지만 승열은 마음을 누르고 고개를 저었다.

"그럴 수 없어."

"싫어. 내가 보기 싫어."

"널 위해서라면 뭐든 다 할 수 있어. 내가 괜찮아. 허락 받기 전까진 일어나지 않을 거야."

오가는 대화에 기가 막힌 우안리는 할 말을 잃었다.

"여보, 뭐 해요? 어서 허락해요."

숙희는 남편의 허리를 찌르면서 재촉했다. 마치 자신이 악마라도 된 것 같자 우안리는 뭐라고 말해야 할지 알 수가 없었다.

"어서요."

남편을 찔러도 반응이 없자, 숙희는 승열의 왼쪽으로 가서 어깨를 붙잡았다.

"어서 허락 안 해요?"

승열이 그녀의 얼굴을 올려다볼 수 있는 위치가 아니었기에, 결국 숙희는 본성을 내보이고 말았다. 옆으로 눈을 죽 찢은 채 남편을 있는 대로 노려보았다. 대한민국 검사의 3분의 1을 지휘하는 어마어마한 자리에 있는 사람도 움찔할 만큼 아주 무서운 기세였다. 겉보기에는 애처가로 보이지만 사실은 공처가인 우안리는 평소에 아내가 저렇게 나설 때는 찍소리도 하지 못했었다. 하지만 지금은 상황이 조금 달랐다.

"이, 이 군이 더 낫다니까."

"낫긴 뭐가 나아요! 이 군이 박 서방처럼 찬희를 위해 무릎 꿇을 수 있을 것 같아요? 그리고 저번에도 말했지만 난 우리 찬희가 이

군네 같은 집안에 들어가서 기죽어 사는 거 절대 원하지 않아요!"

숙희는 승열의 외모가 아주 마음에 들기도 했지만, 단지 그 이유 때문에 승열을 사위로 인정한 게 아니었다.

재벌 집안에 비하면, 승열의 집안은 부담이 없고 편할 것이다. 부모가 없는 건 흠이라면 흠이긴 했다. 그러나 그런 흠이 있기 때문에 오히려 여러 가지 면을 요구하지 않을 것이다. 더군다나 이미 하룻밤을 함께 보낸 사이이지 않은가. 요즘 같은 때에 별 대수가 아닌 일이긴 하지만, 숙희는 이미 사실을 안 순간부터 승열을 사위로 생각하고 있었다.

숙희는 승열이 얼마나 재산을 가지고 있는지 몰랐다. 아마 빠듯할 터. 하지만 형제들이 아주 부자이니 적당히 살아가는 데 모자람은 없을 것이다.

숙희는 자신이 계산적으로 생각한다는 건 잘 알고 있었다. 하지만 결혼은 현실이고, 계산적인 것이었다. 혼기가 찬 지 오래고, 이미 밤을 보냈다. 아무리 결혼 후에 남자는 바뀐다지만, 눈빛이 선한 게 손바닥 뒤집듯이 바뀔 남자는 아니었다. 딸이 편하게 살 가능성도 높은데 안 보낼 이유가 없었다. 혹 임신했을지도 모르니, 배 나오기 전에 보내는 게 제일이었다.

"어서 허락해욧!"

숙희는 비명 지르듯 소리쳤다. 여왕님의 호통에 우안리는 어쩔 수 없다는 걸 알았지만, 이대로 끌려갈 순 없다는 생각에 잽싸게 머리를 굴렸다. 반짝하고 떠오르는 게 있었다.

"찬희를 사랑한다고?"

“네.”

승열은 굳건하게 답했다.

“찬희가 가장 중요해?”

“네.”

“그럼 그 사건 포기해.”

“아빠!”

찬희는 결국 비명을 질렀다.

“어떻게 그런 걸 요구하실 수가 있어요!”

“증명해 보라는 거다. 세상에서 가장 중요하다는 게 너라는 걸 증명해 보라는 거야!”

“그런 걸로 증명하라니, 말도 안 돼요!”

“무슨 말이니?”

영문을 모르는 숙희가 어리둥절한 얼굴로 질문했다.

“무슨 사건인데?”

“승열이의 부모님을 뺑소니 사고로 살해한 범인에 대한 사건이에요.”

찬희가 짤막하게 설명하자, 숙희의 눈은 다시 왕방울만하게 커졌고 대번에 눈초리 끝이 더 위로 올라갔다.

“여봇! 결혼을 허락 받는 대신 그런 사건을 포기하라니, 그게 말이 돼요?”

“뭐가 말이 안 돼! 아예 사건을 묻어버리겠다는 것도 아니고 다른 검사에게 넘기라는 건데, 그것도 못해!”

우안리는 그렇게 반박했으나 아내의 기세에 눌린 그의 목소리는 힘이 없었다.

"아무리 그래도 그건 아니죠! 다른 것도 아니고 부모님을 살해한 사람을 처벌할 수 있는 사건을 어떻게—"

"확답은 드릴 수 없습니다."

여기저기로 튕기듯 날아다니는 고함을 가르고, 조용하지만 흔들리는 목소리가 울렸다.

"생각할 시간을 주십시오."

찬희는 물론 우안리도 승열의 꿇어앉은 무릎 위에 놓인 손등에 퍼런 힘줄이 돋은 것을 보았다. 승열은 바닥으로 떨어뜨린 눈을 들어 우안리를 바라보았다. 우안리는 시퍼렇게 불타면서도 아무 감정도 드러내지 않는 승열의 눈동자와 마주쳤고, 더 이상 아무 말도 할 수가 없었다.

잠시 침묵이 비명을 질렀고 찬희는 숨조차 내쉴 수가 없었다.

"……시간을 주시겠다는 걸로 알고 가겠습니다."

승열은 느릿하게 자리에서 일어났다. 그가 몸을 일으키자, 원래도 승열이 15㎝ 정도 더 컸기는 하나 우안리는 눈앞에 거대한 벽이 가로막은 듯한 느낌을 받았다.

"장모님, 식사 못하고 가서 죄송합니다. 다음번에 부탁드리겠습니다."

"그래. 더 맛있는 걸로 준비할게."

숙희는 안타까운 눈으로 승열을 쳐다보았고, 승열은 우안리와 숙희에게 꾸벅 인사를 한 뒤 등을 돌렸다. 찬희는 흐느낌이 새어 나올 것 같은 입을 가렸다가 승열을 따라 아파트 밖으로 나갔다.

"승열아!"

찬희가 불렀음에도 승열은 뒤를 돌아보지 않았고, 찬희는 그의 등을 바라보았다. 넓고 단단하지만 오늘따라 쓸쓸하고 안타까워 보였다. 그리고…… 슬퍼 보였다.

"미안해, 미안해. 정말 미안해."

승열은 아무 말도 하지 않았다. 그는 찬희를 바라보지 않은 채 홀로 사라졌다. 그리고 일요일이었지만 바로 출근한 뒤, 이철형의 사건 파일을 보면서 끝없는 고뇌 속에 빠져들었다.

—열다섯 번째 파일—
그를 위한 그녀의 굳건한 협조

찬희는 승열에게 시간을 줘야 한다는 걸 알고 있었다. 혼자서 생각할 시간. 하지만 겨우 하루밖에 안 지났으나 그가 보고 싶었다. 그리고 그의 곁에서 힘이 되어주고 싶었다.

하지만 승열에게 힘이 필요한 이유는 그녀와의 결혼 때문이었다. 허락을 받기 위해…… 부모님의 살해 사건을 포기해야 한다.

어떻게 아빠는 그럴 수가 있을까.

승열이 어제 아침에 그렇게 가버린 뒤, 찬희는 계속 아빠에게 대들었다. 착한 딸로서 아빠에게 소리를 높여본 적이 거의 없었지만, 어쩔 수가 없었다. 오늘 아침, 어떻게 그럴 수 있냐고 소리 높이는 딸에게 아빠는 아무 말도 하지 않은 채 그냥 출근하셨다.

……식사는 하신 걸까.

찬희는 모니터의 오른쪽 아래의 숫자를 읽었다. 열 시.

평생 아침을 거른 적이 없는 분이다. 아직 아무것도 못 드셨다면 많이 출출하실 텐데…….

일에 집중할 수가 없자, 찬희는 결국 의자에서 일어났다.

"식사 좀 하고 올게요."

"어머, 아침 안 드셨나 봐요. 저도 같이 갈까요?"

영순이 눈을 동그랗게 뜨고 제안했다.

"아니야. 아빠, 아니, 검사장님과 식사하러 가는 거거든."

찬희는 천천히 한 층을 내려갔다. 모녀관계라는 점 때문에 뒷말을 들을까 저어해 저번에 끌려가듯 이야기를 했던 때를 제외하고 검찰청 내에서는 아빠와 단둘이 있어본 적이 없었다. 하지만 이번엔 무슨 말을 뒤에서 듣든 간에 상관없었다.

"검사장님 계신가요?"

"네."

찬희는 여직원의 대답에 심호흡을 한 뒤 노크를 했다. 들어오라는 대답을 들은 뒤, 찬희는 천천히 문을 열고 들어갔다. 아빠는 서류로 얼굴을 가린 채 일에 몰두하고 있었다.

찬희는 들고 있는 것으로 얼굴을 가리는 저 모습이 자신의 습관이기도 하다는 것을 깨달았다.

"무슨 일인가?"

"아빠."

찬희의 조용한 부름에 우안리는 몸을 흠칫거리며 고개를 들었다. 아빠는 평소와 다를 바 없는 얼굴이었지만, 어쩐지 초췌해 보였다.

"식사하러 같이 가요."

"됐다."

"저도 아침 못 먹어서 배고파요. 같이 가요."

우안리는 잠시 바닥을 바라보더니, 결국 뻣뻣한 자세로 일어났다. 근처의 식당으로 가서 주문한 음식이 나올 때까지 둘은 아무 말도 하지 않았다.

"드세요."

찬희는 깍두기를 먹기 좋게 잘라 아빠 쪽으로 그릇을 밀었다. 우안리는 깍두기를 오독오독 씹으며 속으로 한숨을 쉬었다.

이렇게 착하고 예쁜 딸을 그 곰에게 시집보내야 된다니…… 그저 원통스러울 뿐이었다.

격분하고 실망한 상태이기는 하나, 나이 많은 사람답게 우안리는 승열과 밤을 지낸 이상 시집보내야 한다는 걸 알고 있었다. 하지만 생각하면 생각할수록 원통할 따름이었다.

외박을 하다니.

아무리 서른을 넘겼다지만 우안리의 눈에 찬희는 아직 어린 애기일 뿐이었다. 그런데 외박을 하다니…….

그런 짓을 할 수 있을 거라고 생각해 본 적이 없기에, 우안리는 딸에게 실망하고 있었다. 그러나 그 실망감은 자연스럽게 승열에 대한 분노로 뒤덮였다.

사실 이기완도 완벽하게 마음에 드는 게 아니었는데, 이기완보다 조건이 훨씬 떨어지는 곰에게 우리 공주가 가당키나 한단 말인가! 하지만 아이를 가졌을지도 모르고…….

그 생각만 하면 뒷목을 잡고 쓰러지고 싶었다. 검사장인데도 조직폭력배를 고용해서라도 곰을 두들겨 패고 싶을 정도로 화가 났고.

망할 놈. 머리는 좋아가지고.

우안리는 생각할 시간을 달라는 승열의 말이 정답이라는 것을 알고 있었다. 당장 대답할 수 없을 만큼 중요한 일이니, 시간을 가지고 생각해 보는 게 순리였다.

과연 포기할까.

사실, 그렇게 조건을 걸긴 했으나 우안리는 정말로 승열에게 사건을 완전히 포기하게 할 생각인 건 아니었다. 딸을 보내기 싫은 건 사실이었다. 명명백백한 사실. 하지만 그렇다고 부모님을 살해한 범인을 직접 처단할 기회를 완전히 날려 버리게 둘 생각인 건 결코 아니었다. 그저, 딸을 사랑하는 아빠의 입장에서 우안리는 확인이 필요했다.

말 그대로, 곰탱이의 세상에서 가장 중요한 존재가 찬희라는 확인.

이미 승열은 무릎을 꿇었다. 하지만 더 강력한 확인이 필요했다.

과연, 어떤 결정을 내릴까?

우안리도 자신이 잔인한 요구를 했다는 건 알고 있었다. 하지만 뭐 어쩌겠는가. 정말로 사건을 완전히 날려 버릴 것도 아닌 데다가 딸을 사랑하는 입장에서 이 정도는 할 수 있는 것 아닌가?

그렇게 생각했긴 하지만, 우안리는 분노를 숨길 수 없었다.

냉철의 황제라는 내가 어쩌다 그런 조건까지 내밀게 된 건지. 대체 찬희는 그런 놈이 뭐가 좋다고!

우안리는 깍두기가 승열이라도 된 양 조각조각으로 씹었다. 박승열, 그 곰탱이 자식…… 박승열, 승열……?

문득, 번개 맞듯 떠오르는 게 있었다. 우안리는 얼굴을 구기지 않으려 노력하며 툭 질문을 던졌다.

"설마 네가 매일 밤 껴안고 자는 그 곰인형 이름을 박승열에서 따서 지은 거냐?"

찬희는 대답 대신 얼굴을 확 붉혔다. 우안리는 기가 막힐 따름이었다.

"대체 그런 놈이 어디가 좋아!"

"다요. 다 좋아요."

자세하게 설명하자면 끝이 없었기에, 찬희는 그렇게 핵심을 말했다. 우안리는 눈을 꼭 감고 심호흡을 했다.

이럴 수가. 이럴 수가 있나…….

"아빠, 승열인 날 사랑해요. 나도 승열이 사랑하고요. 그러니 결혼 허락해 주세요."

"말했잖아, 사건 포기하면 허락해 준다고."

찬희는 불끈 솟구치는 화를 눌렀다.

"아빠, 그건 말도 안 돼요."

"말이 안 되긴 뭐가 안 돼. 그놈도 생각할 시간을 달라고 했잖아. 생각해 볼 만한 제안이라는 거지."

찬희는 뭐라고 말해야 할지 알 수 없었다. 승열은 분명 생각할 시간을 달라고 했다. 그 자리에서 거절했다면 아빠가 그 핑계로 계속 결혼을 반대했을 거라는 걸 알았을 것이다. 하지만 그 자리가 아니라 며칠 뒤에 거절하더라도 그건 마찬가지일 터. 그 제안은 그저 아빠의 핑계일 뿐이었다. 결혼시키지 않기 위한 핑계.

승열이 모를 리 없었다. 그녀를 위해 무릎까지 꿇은 남자. 하지만…… 부모님을 살해한 범인을 직접 처단할 수 있는 일생일대의 유일한 기회를 날려 버리는 건 차원이 다른 일이었다.

승열은 어떻게 할까?

입장 바꿔 생각한다면…… 만약 그녀가 승열이라면…… 찬희는 결론을 내릴 수가 없었다. 난 어땠을까?

입장이 다른 게 현실이니, 답을 알 수 없었다. 하지만 그녀는 이것 하나는 알았다. 승열이 설사 사건을 포기하지 못하더라도, 자신을 사랑하지 않는 게 아니라는 걸.

승열은 나를 사랑한다. 아주 많이 사랑한다.

"승열이와 결혼할 거예요."

찬희는 수저를 내려놓은 뒤, 아빠를 똑바로 바라보며 맹세했다.

"전 제가 사랑하는 남자와 결혼할 거예요. 승열이가 사건을 포기하든 안 하든."

"너 설마…… 내 허락없이 결혼하겠다는 말이냐?"

찬희는 대답하지 않았다. 그녀는 짧게 숨을 내쉰 뒤, 다시 수저를 들었다.

"식사 마저 하시죠."

"찬희야!"

"대답 못해요. 저도 모르겠으니까…… 대답…… 못해요, 아빠."

찬희의 눈동자가 젖어들기 시작했다. 아빠는 아빠였다. 그 누구보다도 존경하고, 더없이 사랑하는 존재. 어렸을 때부터 그런 아빠의 허락 없이 결혼할 생각은 절대 없었다. 하지만 승열에게 그렇게 대하고, 승열에게 그런 잔인한 선택을 요구하는 건…….

"그러니까…… 그러니까 더 묻지 마세요."

찬희의 말은 뺨을 타고 흐르는 눈물과 함께 스러져 갔다. 우안리는 고개를 떨어뜨리고 묵묵히 남은 식사를 시작했지만, 결국 그와 찬희 모두 제대로 먹지 못했다.

찬희는 더 이상의 대화 없이 엘리베이터 앞에서 아빠와 헤어졌다. 문을 꼭 닫고 사무실로 들어와, 그녀는 다시 일에 돌입했다. 체하기라도 한 듯 마음속에 맺혀 있는 묵직한 돌의 존재를 느끼며 답답해할 때, 휴대폰이 울렸다.

〈곰 아저씨.〉

찬희는 액정에서 발신자를 확인하자마자 통화 버튼을 눌렀다.

[찬희야.]

겨우 하루 만에 다시 듣는 목소리였지만, 찬희는 너무 반가워 눈물이 날 것 같았다.

"응……."

뭔가 다르다는 걸 눈치 챘는지, 영순과 왕 계장의 당황한 시선이 느껴졌다. 찬희는 의자에서 일어나 회의실로 들어가 조심스럽게 문을 닫았다.

[부탁이 있어.]

휴대폰을 통해 들려오는 승열의 목소리는 담담했다. 찬희는 등을 문에 기댔다. 딱딱했다.

"말해."

[오늘 저녁 때 구치소에 갈 계획이야. 같이 가주겠어?]

이철형이 갇혀 있는 곳.

찬희는 뭐라 답해야 할지 알 수 없었다. 승열은 왜 이런 부탁을 하는 걸까. 알 것 같으면서도 알 수 없었다.

"그렇게 할게."

[고마워. 이따 봐.]

"승열아."

찬희는 속삭이듯 말했다.

"사랑해."

다시 고백했다.

"진심으로…… 사랑해."

찬희는 천천히 휴대폰을 내리며 종료 버튼을 눌렀다. 그녀는 휴대폰을 심장 위에 올려 꼭 쥔 뒤, 한참이 지난 후에 다시 사무실 안으로 돌아갔다.

승열은 파일을 소리 나게 닫았다. 심호흡을 한 뒤, 파일을 가방에 넣고 의자에서 일어났다. 마 계장이 걱정스러운 눈으로 지켜보는 가운데 승열은 다녀오겠다는 말을 남긴 채 주차장으로 갔다.

찬희는 승열의 차 앞에 서서 기다리고 있었다. 뒤로 깔끔하게 틀어 올린 머리칼과 단정한 슈트 차림은 평소와 같았지만, 함께 밤을 보낸 뒤부터 그러하듯이 특별하게 보였다. 정식으로 하룻밤을 보낸 지 얼마 안 된 오늘은 더더욱 그렇게 보였다.

그의 여자.

검찰청 주차장이라는 것도 잊은 채 승열은 성큼 다가가 찬희를 꼭 껴안고 말았다. 찬희도 팔을 둘러 그의 허리를 껴안고 가슴에 얼굴을 묻었다.

여기다.

찬희는 자신이 있어야 할 곳을 알았다.

이 남자의 곁. 이 남자의 품.

"어, 어?"

찬희가 그를 더 꼭 끌어안을 때, 옆 공간에 주차시키고 걸어오다가 그들을 발견한 수석검사 한 사람이 놀랐는지 눈을 크게 떴다. 그제야 승열은 자신들이 어디에 있는지 깨닫고 흠칫 놀라며 찬희를 떼어놓았다. 하지만 찬희는 그대로 물러서는 대신 승열의 손을 꼭 잡고는 수석검사에게 웃어 보였다.

"들켰네요. 사실 저희 곧 결혼해요."

"어, 그래? 축하해."

수석검사는 곧 악수를 청하며 축하해 왔다. 찬희는 몇 마디 더 결혼에 대한 이야기를 흘린 뒤에야 승열의 차를 타고 밖으로 나왔다.

“찬희야.”

승열은 운전하면서 천천히 입을 뗐다.

“저 수석님…….”

“말 많고, 소문 잘 퍼뜨리는 분이라는 것 알아. 그래서 한 거야. 나…… 네가 어떤 선택을 하든 결혼할 거야.”

찬희는 자신이 결정을 내렸음을 깨달았다.

아빠의 허락 없이 결혼할 생각은 추호도 없었다. 하지만 이 젠…… 생각이 다르다.

불효라는 건 아주 잘 알고 있었다. 아빠가 어떤 충격을 받으실 지도 상상이 갔다. 하지만…… 승열을 놓칠 수 없었다.

그녀의 미래.

자식 이기는 부모는 없다. 지금 당장은 격분을 못 누르실지 몰라도 나중에는 이해하실 것이다.

찬희는 그렇게 생각하기로 했다. 그렇게 생각할 수밖에 없었다.

“그러니까…… 아빠가 말한 건 잊어.”

찬희가 지켜보는 가운데, 승열은 말없이 차를 근처의 도로가에 주차시켰다. 그는 고개를 돌려 찬희와 눈을 마주했다.

“안 돼.”

승열은 무거운 입을 열었다.

“그래선 안 돼, 찬희야. 네 아버지의 허락 없이 결혼할 수 없어. 그건 네 아버지 가슴에 못을 박는 거야. 네 부모님이 곧 내 부모님 인 건데 난 부모님의 가슴에 못을 박고 싶지 않아.”

찬희는 뭐라 말해야 할지 알 수 없었다. 승열은 손을 뻗어 찬희의 손을 쥐었다. 세상에서 가장 아름다운 손.

"그리고 지금은 몰라도 나중에 네 가슴에도 남을 거야."

검사장에게 분노한 건 사실이지만, 그렇다고 가슴에 못을 박고 싶은 건 아니었다. 더군다나, 훗날 찬희는 분명 후회할 것이다. 아무리 우안리가 그런 잔인한 선택을 요구했다고 해도 찬희를 사랑하고, 찬희가 사랑하는 존재였다. 우안리의 가슴에 못을 박는다면, 그 핏방울은 찬희의 가슴에서도 흘러내릴 것이다.

찬희가 아파하는 건 절대 보고 싶지 않다. 보지 않을 것이다.

더군다나, 승열은 주변의 축복을 받으며 결혼하고 싶었다. 검사장이 계속 반대하는 결혼을 그의 형제들이 좋게 생각할까? 아닐 것이다. 찬희도 좋게 생각하지 않게 될 가능성이 컸다. 물론 허락을 한 뒤에 검사장이 손바닥 뒤집듯이 태도를 바꿔서 그를 예뻐할 것 같지는 않았다. 그러나 허락을 받는다면 일단 어느 정도는 달라질 게 분명했다. 하지만 검사장의 허락을 받기 위해서는…….

"찬희야, 지금 생각하는 게…… 있어. 그래서 같이 가달라고 부탁한 거야. 부탁해. 도와줘."

승열은 더 이상 말하지 않았다. 그는 구치소로 운전해 갔다.

구치소에 와본 건 처음이 아니었다. 하지만 찬희는 몸이 긴장감으로 뻣뻣해지는 것을 느꼈다. 그럼에도 차에서 내린 그녀는 모두가 알고 있는 대로 냉정하고 날카로우며 유능한 우찬희 검사로만 비춰졌다. 그러나, 마음속은 달랐다. 걱정. 마음속에는 사랑하는 남자에 대한 걱정으로 고통스러워하는 여자가 있었다.

신분 확인을 하고 들어가는 길에서 찬희는 말없이 승열의 뒷모습을 보았다. 어제 아침에 그녀의 집을 떠났을 때와는 달리 그의 어깨는 반듯했고, 등은 딱 벌어져 말 그대로 유능하고 당당한 검사로만 보였다. 하지만 마음은 어떨까…….

찬희는 그의 손이라도 잡아주고 싶었으나, 이 음울하고 차가운 구치소에서 그래서는 안 된다는 걸 잘 알고 있었다. 이곳에 어울리지 않을뿐더러 지금은 그런 도움이 필요한 상황이 아니었다.

"도와줘."

안으로 걸어 들어갈수록 찬희는 승열이 한 말을 더욱 또렷하게 떠올릴 수 있었다. 승열은 어떤 의미로 도와달라고 한 걸까. 수감되어 있는 이철형이 면접실로 나오기까지, 찬희는 그 의미가 무엇인지 생각했다. 그리고 이철형이 등장했다.

철컹.

철로 만든 문이 열리는 소리는 거의 동일하다. 하지만 승열은 이번만큼 소름 끼치는 소리는 들은 적이 없었다. 그는 소리를 떨치기 위해 눈을 꾹 감았다가 떴다. 사악해 보이는 시커먼 어둠 속에 회색빛의 사람이 서 있었다.

부모님을 살해한 인간. 아니…… 짐승.

"박 검사."

찬희의 냉정하면서도 차분한 목소리가 분노의 늪으로 미끄러지던 승열을 이끌어냈다.

"시작하세요."

승열은 깊게 심호흡을 한 뒤, 의자에 앉아 가방을 열었다. 그가 가져온 서류는 두 가지 사건이었다. 십사 년 전에 있었던 그의 부모님의 뺑소니 살해 사건, 그리고 얼마 전에 있었던 찬희의 상해 사건. 승열은 두 번째 사건의 파일을 먼저 꺼내며 맞은편에 앉아 있는 이철형을 흘긋 훑었다.

오십대 초반인 이철형은 왜소한 체격과 얼굴 모두 그야말로 평범 그 자체였다. 그러나 감정을 읽을 수 없는 눈동자는 지나치게 어두웠다.

승열은 한 손으로는 만년필을 꺼냈고, 다른 한 손으로는 테이블의 가장자리를 부서뜨릴 듯 거칠게 쥐었다.

"피의자 이철형, 두 달 전 피해자 우찬희에게 전치 사 주의 상해를 입힌 적이 있습니까?"

입을 조개처럼 꼭 다물고 고개를 바닥으로 떨어뜨리고 있던 이철형은 승열의 질문을 듣더니, 건너편 벽에 서 있는 찬희를 발견하고 흠칫거렸다.

"대답하세요."

승열은 당장 테이블을 뛰어넘어 이철형의 멱살을 쥐고 흔들며 다그치고 싶었다. 그러나 폭력을 사용하면 안 되는 것은 물론, 원칙적으로 검사는 피의자에게도 존댓말을 써야 했다.

부모님을 살해한 자에게 존댓말을 써야 하는 건가.

"대답…… 하세요."

승열은 간신히 다시 그렇게 내씹듯이 말했다. 이철형은 우물쭈물거리더니, 그렇다고 대답했다. 승열은 경찰 조서를 보면서 자세한 정황에 대해 물었고, 이철형은 순순히 상황에 대해 자백했다. 저 여자 검사님이 갑자기 이상한 질문을 하는 바람에 당황해서 책상을 걷어차게 되었다고.

"이상한 질문?"

"모르는 사람들의…… 사진을 들고 아는 사람이냐고……."

"모르는 사람들이라고?"

승열은 부들부들 떨리기 시작한 손으로 가방에서 파일을 꺼냈다. 부모님의 사건 파일. 십사 년 동안 처단 받을 사람을 찾지 못해 고요히 한이 서린 잠을 잘 수밖에 없었던 사건.

"몰라?"

승열은 파일을 펴서 빛이 바랜 사진을 이철형의 눈앞에 내밀었다.

"이 사람들, 정말 몰라?"

"모, 몰라요."

이철형은 외면하듯 고개를 옆으로 돌리며 웅얼거렸다.

"똑바로 봐! 네가 죽인 사람들이야!"

더 이상 존댓말 같은 건 쓸 수 없었다. 승열은 눈을 부릅뜨고 주먹을 쥔 손으로 테이블을 내려쳤다.

쾅!

진동이 테이블에 바싹 앉아 있던 이철형에게 전해진 듯, 그는 흠칫 몸을 떨더니 승열이 내민 사진을 보았다.

"모, 몰라요. 난 이런 사람들 몰라요."

이철형은 못 볼 것을 본 듯 몇 초 만에 고개를 돌리며 사진을 외면했다.

"십사 년 전, 넌 이 사람들을 죽였어. 아주 잔인하게 죽였지. 손을 잡고 걸어가는 이 부부의 등 뒤를 덮쳐서 그대로 깔아뭉갰지.
그리고 한 번 더 쳐서 확실하게…… 처리했지. 이번에 살해한 사
람과 똑같이…… 그렇게 잔인하게 살해했지."

승열은 자신의 목소리가 떨리고 있다는 것을 잘 알고 있었다.
격분 때문이었다. 그리고…… 살의(殺意).

"그래도 모르겠어? 네가 살해한 이 사람들이 누군지 모르겠어?
이 사람들은……."

피를 열망하는 격렬한 살의.

"이 사람들은 내 부모님이야. 내 부모님이라고!"

승열의 눈에는 더 이상 다른 것은 보이지 않았다. 이철형의 목
만이 보였다.

십사 년 전, 이철형은 차바퀴로 어머니의 목을 부러뜨렸다. 그
리고 아버지의 목을 깨진 유리조각으로 피투성이로 만들었다.

똑같이 해주겠어. 똑같이, 피를 흘리게 만들겠어. 똑같이, 똑같
이 저 목을 부러뜨려 주겠어!

승열은 손에 잡힌 것을 쥐었다. 만년필. 살을 찢고 피를 흘리게
할 수 있는 도구.

승열은 왼손으로 이철형의 목을 움켜쥔 뒤, 오른손으로는 만년
필을 높이 치켜들었다.

대가를, 대가를 치르게 하겠어!

"승열아."

찬희의 목소리는 조용했다. 아주 조용해서 더 빠르게 승열에게
밀물처럼 몰아닥쳤다.

“도와줄게.”

찬희는 바로 옆까지 다가갔다.

“어떻게 도와줄까?”

승열이 그녀를 바라보고 있지 않았으나, 찬희는 그를 바라보았다. 똑바로.

“네가 원하는 걸 말해.”

찬희는 자신이 기다려야 한다는 걸 잘 알고 있었다. 그의 선택을.

“뭘 원해?”

찬희는 조용한 목소리로 다시 물었다. 찬희의 목소리가 다시금 귓가로 빨려 들어오는 순간, 승열은 눈을 질끈 감았다. 손을 뻗어서는 안 되는 시커먼 암흑을 보았다. 그리고 눈을 떴다. 이철형이 있었다.

부모님을 잔인하고 잔인한 방법으로 살해한 흉악한 살인범.

그러나 지금, 그가 목을 쥐고 있는 이철형의 까만 동공은 공포로 인해 확대되어 있었다. 그가 내뻗는 살의에 꿰뚫렸기 때문이다. 죽음의 공포를 느꼈기 때문이다.

부모님은 이철형의 차에 치이는 순간 이런 공포를 느꼈을 것이다. 이철형 때문에 이런 공포에 짓밟혀 호흡조차 제대로 하지 못했을 것이다.

그건 바로 이철형 때문.

그리고 지금 이철형이 십사 년 전 부모님이 느꼈을 그런 공포에 지배당한 건 바로 나 때문이다.

“나는…….”

아니다.

“당신이 아니야.”

힘겨웠지만, 승열은 내뱉을 수 있었다.

“나는 당신이 아니야.”

나는 당신처럼 피를 부르는 사람이 아니다. 나를 염려하고 사랑하고 아끼는 사람들을 외면한 채 순간의 충동에 굴복해 타인의 피를 흘리는 사람이 아니다.

“당신은 내 부모님을 살해했어.”

승열은 한 글자 한 글자 또박또박 내뱉었다.

“당신을 죽여 버리고 싶어. 하지만…….”

그래선 안 된다. 눈이 뒤집힌 상황이었다. 아직도 분노와 살의가 온몸을 지배하고 있었다. 그러나 승열은 찬희의 목소리를 들었다. 찬희의 목소리가 들렸다.

“하지만 그래선 안 되겠지…….”

목소리가 다시 떨리고 있었다. 이번엔 분노와 살의 때문이 아니었다. 다른 모든 것을 위해 선을 넘을 수 없는 자의 슬픔, 그리고 이성의 끝자락을 붙들 수 있었다는 점에 따른 안도감…….

“찬희야.”

승열은 도움을 구했다.

“손을…… 부탁해.”

도저히 움직일 수가 없었다. 승열은 간신히 시선만은 돌릴 수 있었다. 그는 찬희에게 눈으로, 말로 호소했다.

"다시…… 도와줘."

찬희는 천천히 손을 뻗어 승열의 손을 잡았다. 부드럽지만 단호한 태도로 손을 끌었고, 승열은 아주 천천히 이철형의 목을 죄고 있는 손을 풀었다. 손끝이 이철형의 짧고 두꺼운 목을 떠나는 순간, 승열은 다시 조르고픈 거대한 충동에 얻어맞았다. 그러나 찬희는 그가 부탁한 대로 그럴 여지를 주지 않았다.

"내려놔."

찬희는 오른손으로 승열의 왼손과 깍지를 낀 뒤, 뾰족한 만년필을 들고 있는 그의 오른손목에 손을 댔다. 그러나 밑으로 끌어내리지는 않았다.

"네가 내려놔야 해, 승열아."

그녀는 도와주러 온 것이었다. 하지만 도와줄 수 없는 부분도 있었다. 그가 스스로 행동해야 하는 부분.

승열은 찬희가 어떤 의미로 말하는지 잘 알고 있었다. 그래서 그는 선택했다. 과거가 아니라 미래를, 그리고 자신을 사랑하는 사람들을 선택했다. 그래서 손을 내릴 수 있었다.

승열은 이철형을 두고 등을 돌렸다. 손만 뻗으면 피를 볼 수 있음에도, 외면하듯 몸을 돌려 면접실에서 그대로 나갔다. 바깥의 공기는 얼음처럼 차가웠다. 하지만 춥지 않았다.

"승열아."

한참 뒤, 승열을 대신해 심문을 끝내고 밖으로 나온 찬희가 그를 조용히 불렀다. 승열은 뒤돌아 그녀를 바라보았다. 그의 무표정한 얼굴 속의 두 눈동자는 깊은 슬픔으로 가득했다. 찬희는 그를 가만히 안아주었다.

그날 밤, 그녀는 승열이 말없이 술잔을 기울이다가 아무것도 기억할 수 없는 깊은 잠에 빠져들 때까지, 다음날 새벽에 승열이 무거운 짐을 털어버리듯 멍한 꿈에서 깨어날 때까지 그의 곁을 지켜주었다.

아침 일곱 시.

승안이 운영하는 한정식당의 정식 오픈 시간은 오전 열한 시였다. 그러나 네 시간 전에도 식당의 주인이자 최고 요리사인 승안은 바쁜 손으로 오픈 준비에 열중하고 있었다. 문득 그는 목이 마르다는 생각에 재료 썰던 것을 멈추고 고개를 들었다.

"여기요."

기다리고 있던 소희가 얼음을 동동 띄운 물 컵을 내밀었다. 보기만 해도 시원했으나, 승안은 무심한 목소리로 물었다.

"이게 뭐지?"

"목 마르시잖아요."

"아니다."

승안은 물 컵에서 시선을 거둔 채, 재료를 다시 썰기 시작했다. 소희는 입술을 깨물다가 컵을 옆에 탁 소리가 나게 놔두고 몸을 돌렸다.

승안이 묵묵히 칼만 다룰 때, 주머니에 넣어둔 휴대폰이 울렸다. 요리를 할 때 방해 받아서는 안 된다는 철칙을 가지고 있기에 승안은 대외적으로 식당의 전화번호를 알려주었지, 그의 개인 휴대폰 번호는 알려주지 않았다. 이 직통 번호를 알고 있는 건 가족들처럼 아주 가까운 지인들뿐으로, 이 시간대에 바쁘다는 걸 알고 있기에 그 사람들 누구도 전화를 잘 하지 않았다. 그런데 전화가 왔다면, 무슨 일이 생겼다는 뜻이었다.

승안은 옆 요리사에게 대신 처리하라고 지시 내린 뒤 서둘러 휴대폰을 들었다. 승열이었다.

"무슨 일이니?"

그러고 보니, 승열은 이틀이나 들어오지 않았었다. 아무리 바쁘더라도 외박은 거의 안 하는 녀석인데 이틀이나 그래서 걱정하고 있던 차였다.

[형, 잠깐 밖에서 봬요. 말씀드릴 게 있어요.]

"알았다."

승안은 휴대폰을 통해 들려오는 동생의 목소리가 엉망이라는 것을 깨달았다. 어젯밤에 술을 많이 마셨나 보군.

승안은 빠르게 꿀물을 만들어 보온병에 담았다. 막 나갈 채비를 끝냈을 때, 다른 직원이 와서 옆에 있던 물 컵을 손에 들었다.

"사장님, 이거 뭔가요? 물?"

"버려."

승안은 더 생각하지 않고 그렇게 지시 내리고 밖으로 나갔다.

"형, 여기예요."

식당 앞에 차를 세워두고 운전석 밖에 서 있던 승열은 손을 흔들어 형을 불렀다. 동생은 집에 들렀다 왔는지 슈트는 새 것이었고 샤워를 한 티가 났지만 얼굴색은 영 좋지 않았다. 승안은 혀를 차며 꿀물을 따라 건넸다.

"어제 술 마신 거니? 엊그저께도?"

"어제만요. 어쩌다 보니 이틀이나 집에 못 들어갔네요. 죄송해요."

승열은 멋쩍어하며 꿀물을 마셨다. 덕분에 두통이 좀 가라앉았다.

"괜찮다. 무슨 일이니?"

"타세요. 바쁘신 건 알지만, 여기서 이야기할 건 아닌 것 같아요. 집이나 식당에서 이야기하기도 그렇고. 잠깐 드라이브하죠."

승안은 말없이 동생이 권하는 대로 운전석에 탔다. 승열은 조용히 운전을 시작했다. 오늘따라 핸들이 무거웠다.

"형."

집에서 십여 분 걸리는 동네의 산으로 가서 차를 세운 뒤, 승열은 잠시 앞만 바라보았다. 한 시간 전에 찬희와 짧게 한 대화가 기억났다.

"형에게…… 가족들에게 말할 때가 됐다는 생각이 들어."

모텔 근처의 식당에서 아침 식사로 밥을 몇 술 뜬 승열이 찬희를 향해 천천히 말했다.

"네가 원하는 대로 해. 네가 어떤 선택을 하든, 난 널 지지해. 네 옆에 있을 거야."

찬희는 그렇게 그녀의 마음을 말했었고, 승열은 넘칠 듯이 흐르는 감동과 감사에 아무 말도 할 수 없었다. 그는 찬희를 집에 데려다 주면서 또 외박을 했다는 사실을 걱정했지만, 찬희는 같이 들어가겠다는 그에게 부드러운 미소를 지어주며 괜찮다고, 나중에 보자는 말 한 마디만 남긴 채 사라졌다.

다행이다. 그의 여자가, 그의 미래가 찬희라서 정말 다행이었다.

승열은 넘칠 만큼 든든한 그 사실을 마음속에 다시 새기며 바싹 마른 입술을 열었다. 그러고는 부모님을 뺑소니로 친 사람을 찾아냈다는 말을 했다.

"……그래서?"

아무 말 없이 침묵만 지키고 있던 승안이 입을 연 건 한참 뒤였다. 언제나 엄격하게 감정을 다스리던 승안의 목소리는 감출 수 없는 격분으로 가득했다. 그에 반해, 이상하게도 승열은 마음이 차분해진 것을 느꼈다. 그래서 그는 형의 감정을 고스란히 관찰할 수 있었다.

처음 이 사실을 알았을 때, 나도 저랬던 거구나.

그만이 아니었다. 승안 형을 비롯해서, 다른 형제들도 사실을 전해 듣는다면 다 저런 격분에 타오를 것이다. 그리고 시간이 지나면…… 정도의 차이는 있겠지만 그처럼 이렇게 차분해질 것이다.

아니, 물론 완전히 평정심을 찾게 된 건 아니었다. 시간이 아무리 많이 지난다고 해도 어느 누구도 부모님의 죽음에 초연해질 수는 없다. 하지만 적어도 이성을 잃고 실수를 저지르는 짓을 할 확률은 줄어들 것이다. 그러나 지금은 분노로 이성을 잃을 수밖에 없는 시간이었다. 어제의 그처럼.

"그래서, 어떻게 되는 거니?"

승안이 불꽃 튀는 눈을 한 채 승열의 어깨를 붙잡고 윽박지르듯 따졌다.

"본격적으로 수사에 들어가야죠. 뺑소니로 사람을 살해한 연쇄 살인범으로 추정하고 있어요. 더 파면 더 나올 거예요. 중형을 받을 건 확실해요. 그리고 찬희를 습격한 것도 있으니까."

"찬희? 네가 만나는 아가씨를 습격했다고?"

"네. 찬희에게 취조 받다가 찬희를 다치게 했어요. 큰 상처는 아니지만, 검사를 상처 입힌 사건이라 추가로 형기가 늘어날 거예요."

승열은 동생이 결혼할 여자가 다쳤다는 말에 형의 분노가 더 커졌음을 감지했지만, 더 차분한 어조로 생각했던 것을 내뱉었다.

"이 사건 지휘권에 관해 결정을 내렸어요."

"무슨 말이니?"

승열은 당혹해하는 형에게 차분히 설명하기 시작했다.

―열여섯 번째 파일―
그의 굳건한 결단, 그리고 그 결과

형과 대화를 끝낸 뒤, 승열은 검찰청으로 차를 돌렸다. 다소 이른 시간이기는 하나 그는 우안리 검사장이 누구보다도 일찍 출근한다는 걸 알고 있었다. 승열은 곧바로 검사장의 사무실이 있는 육층으로 갔다.

"검사장님, 출근하셨어요?"

"네. 근데……."

부속실에 있는 여직원은 우물쭈물하더니, 조심스럽게 이어 말했다.

"혹시 좀 민감한 일을 보고하실 거라면 나중에 하시는 게 어떠세요?"

"네?"

"검사장님이 오늘따라 특히 심기가 불편하신 것 같아서……."

여직원은 말을 흐렸다. 검사장의 딸과 사귄다는 걸 모르는 눈치인데도 여직원이 평검사인 그에게 저렇게 말을 한다는 건 검사장이 그만큼 화가 나 있다는 뜻이었다. 찬희가 또 아침에 들어가서 그런 건가.

뭐가 됐든, 승열은 피할 생각이 없었다. 결정지어야 하는 순간이다.

"지금 말씀드리는 게 더 나은 일이라서. 들어가 보겠습니다."

승열은 힘차게 노크한 뒤 문을 열고 들어갔다. 등을 지고 창밖을 바라보고 있던 우안리는 문이 열리는 소리에 등을 돌렸다가 대번에 고함을 질렀다.

"여기가 어디라고 들어와!"

외박을 하루도 아니고 이틀이나 하다니!

우안리는 엊그저께와 달리 오늘 아침에는 죄송해하는 기색은 거의 보이지 않고 당당하게 집에 들어온 딸을 생각하면 쓰러질 것 같았다. 그런데 이놈까지 봐야 한다니!

"당장 안 나가?"

"말씀은 드리고 나가겠습니다."

"무슨 말?"

"엊그저께 말씀하신 것 말입니다."

우안리는 승열이 무슨 말을 하려는지 알았다.

"결정한 건가?"

"네."

"어떻게?"

승열은 천천히 책상으로 다가가 바로 앞에 섰다. 그의 등은 곧게 펴져 있었고, 어깨는 반듯했으며, 눈빛은 맑고 깨끗했다. 우안리는 승열이 금지옥엽을 가로챈 도둑놈이라는 사실을 알기 전, 뒤를 밀어주고 싶을 만큼 젊고 패기 있으며 유능하고 올바른, 그야말로 인간적으로도 검사로서도 괜찮은 존재로만 보았을 때의 그 모습이라는 것을 깨달았다.

"이철형 사건의 지휘권을 포기하겠습니다."

내뱉는 순간, 승열은 묘하게 안도감이 드는 것을 느꼈다. 형에게도 말을 하기는 했다. 하지만 가족이 아닌 타인에게, 특히 찬희와의 결혼을 걸고 선택을 종용한 사람에게 완전하게 선언을 하는 건 느낌이 달랐다. 다른 세상의 짐을 내려놓는 것같이 후련하다고 할까. 안타까운 마음도 들긴 하지만.

"제 부모님이 찬희보다 중요하지 않아서가 아닙니다. 찬희와 부모님 모두 중요합니다. 이 선택은…… 저를 위해서, 그리고 제 가족을 위해서입니다. 형제들, 그리고 돌아가신 부모님을 위해서입니다. 부모님은…… 저나 제 동생들이 실수를 저지르지 않기를 바라실 겁니다. 복수로 갚는 것을 바라지 않으실 겁니다."

승열은 어제 구치소에서 있었던 일을 똑똑하게 기억했다. 이철형을 눈앞에 두었을 때 자신을 압도했던 그 격렬한 살의.

찬희가 도와주지 않았다면 무슨 일이 벌어졌을지 뻔했다. 자신마저 이런데 어리고 경험이 모자란 데다가 찬희같이 도움을 줄 수 있는 존재가 곁에 없는 다른 동생들은 어떨 것인가.

승안 형에게도 상황을 설명하면서 솔직하게 말했었다. 피를 보고 싶은 충동을 이길 수가 없었다고. 이철형을 갈가리 찢어버리고 싶다고.

승열은 자신이 다혈질이 아니라는 것을 알고 있었다. 차분하고, 이성적이며 생각이 깊은 성인이었다. 하지만 아무리 다른 범인들과 똑같이 처리하겠다고 수십, 수백 번 다짐한다고 해도 실제로 눈앞에 범인이 있다면 어떤 짓을 저지를지 알 수 없는 법.

그의 남은 인생이나 커리어가 문제인 게 아니었다. 그의 가족들과 찬희를 위해서였다. 그들을 실망시킬 수도, 자신 때문에 눈물을 흘리게 해서도 안 되니까.

승열은 가장 믿고 따르며 존경하는 형에게 솔직한 심정을 털어놓았고, 승안은 동생의 마음을, 말을 이해해 주었다. 지휘권을 넘기겠다는 승열의 의견에 동의했고, 찬희가 끝을 잘 내줄 거라는 동생의 믿음에 고개를 끄덕여 주었다.

"처음부터 수사한 것도 제가 아니었습니다. 저는 이제까지 한 게 없습니다. 검사로서 저는 이 사건에 권리가 없습니다."

승열은 검사로서 정식으로 요청했다.

"이철형 사건은 처음부터 책임있게 수사한 검사가 끝을 맺는 게 맞다고 생각합니다. 우찬희 검사에게 이 사건의 지휘를 다시 맡겼으면 합니다."

"……그래."

우안리의 분노는 손가락 사이로 빠져나간 지 오래였다. 아니, 솔직하게 말해서 금지옥엽을 빼앗아갔다는 사실에 대한 원망은 아직도 남아 있었다. 그러나 승열의 말이 울릴수록 그는 아버지가 아니라 검사장으로 돌아갔다.

그는 서울중앙지검의 검사장이었다. 대한민국 검사의 3분의 1을 책임지는 거대한 책임과 의무를 지닌 자리. 그렇기에 그 누구보다도 모든 것을 공명정대하게 처리해야 하는 존재.

"그렇게 하지. 우찬희 검사에게 맡기겠네."

검사장은 박 검사의 요청을 정식으로 받아들였다. 승열은 보이지 않게 미소를 지은 뒤, 등을 돌려 천천히 문으로 걸어갔다.

"박승열."

우안리는 뒤돌아보는 승열에게 한마디 던졌다. 생각한 것보다는 말이 부드럽게 나왔다.

"너도 네가 얄미운 자식이란 거 알고 있지?"

"검사장님에게는 얄밉겠지만 찬희에게는 아닐걸요."

"뭐야?"

"찬희에겐 제가 최고죠. 이번 주 토요일에 저녁 얻어먹으러 가겠다고 장모님께 전해주십시오. ……장인어른."

승열은 우안리가 뭔가를 집어 던지기 전에 얼른 사무실 밖으로 나갔다.

"저놈이……!"

던져 버리려고 책상 위에 올려뒀던 무언가를 집었던 우안리는 으르렁거리다가 의자에 털썩 주저앉았다. 어쩔 수 없이 한숨만 나왔다.

완패다.

처음부터 제대로 된 검사라는 건 알고 있었다. 인간적으로도 괜찮은 남자라는 걸 느끼고 있었다. 하지만 아무리 잘난 놈이라고 해도 귀하디귀한 내 딸에게는 안 된다고 생각했다. 그렇지만…….

옳은 방법이다. 그전까지 분노로 제대로 판단하지 못했던 우안리는 승열의 선택이 옳다는 걸 그제야 깨달았다. 살해범에게 부모님을 잃은 피해자이기도 한 검사의 사회적으로, 개인적으로도 가장 옳은 선택. 더군다나, 수사를 시작한 건 찬희였고, 검사장의 눈으로 봐도 철두철미하게 수사를 제대로 진행하고 완료 바로 직전까지 끌고 온 것도 찬희였다. 완전하게 끝을 내야 하는 사람도 찬희여야 하는 게 옳았다.

"망할 녀석……."

이렇게 선택을 잘하다니.

우안리는 꼬투리를 잡을 수가 없었다. 아니, 잡을 수 있긴 했다. 하지만…… 더는 아니다. 우안리는 여기서 그만 해야 된다는 걸 알았다. 더군다나 외박까지 이틀이나 하고…….

아이구, 내 딸 아까워서 어떻게 보내나.

우안리는 가슴을 쿵쿵 치다가 결국 휴대폰을 들었다.

"난데, 토요일 저녁에 그 곰탱이가 밥 먹으러 온다니까 준비해놔. 뭐? 그놈이 뭘 좋아하는지 내가 대체 어떻게 알아!"

우안리는 성질을 이기지 못하고 빽 소리 지르고는 통화를 끝냈다. 물론 곧바로 후회했다. 이렇게 전화를 끊은 것 때문에 집에 가서 하늘 같은 부인의 매서운 눈초리에 시달릴 게 뻔하니까.

"에효……."

망할 곰탱, 우리 찬희한테 못하기만 해봐!

우안리는 이를 득득 갈면서 한숨을 푹푹 내쉴 수밖에 없었다.

승열은 한결 후련해진 마음으로 그의 사무실로 들어갔다. 마 계장은 어떤 표정으로 승열을 맞아야 할지 알 수 없어서 망설였다가 승열이 미소를 짓고 들어오자 안도의 한숨을 내쉬었다.

"좋은 아침?"

"네."

승열은 그렇게 대답한 뒤 자리에 앉았고, 잘 정돈해 놓은 이철형의 파일을 보았다. 그는 천천히 입을 열었다.

"이건 우찬희 검사에게 보낼 거예요."

"네?"

"사건 수사를 시작한 건 우찬희 검사예요. 제대로 진행한 것도 우찬희 검사고요. 끝을 내는 것도 우찬희 검사가 해야 된다고 생각해요. 그렇게 결정했습니다."

승열은 파일을 집어 들었다.

"갖다주고 올게요."

마 계장은 자신이 대신하겠다고 말하지 않았다. 고개를 끄덕이며 잘 다녀오라고 말했고, 승열은 씩 웃은 뒤 파일을 들고 찬희의 사무실로 갔다.

"안녕."

책상에 앉아 일지로 얼굴을 가린 채 일하고 있던 찬희는 승열의 목소리에 일지를 내려놓았다. 그녀는 왕 계장과 영순이 호기심 어

린 눈으로 쳐다보는 것도 모른 채 깊은 미소를 지으며 승열을 맞
았다. 그의 얼굴은 한결 편해 보였다.

"안녕."

까만색의 두터운 뿔테 안경을 쓰고 있는 찬희는 안 쓰고 있을
때에 비해 눈이 좀 작아 보이긴 했으나, 오늘도 여전히 예뻤다. 황
홀할 만큼.

승열은 천천히 사무실 안으로 들어갔다. 눈치 빠른 왕 계장과
영순은 휭하게 잠시 사라졌다.

"이거 갖다주려고."

승열은 찬희의 책상 위에 파일을 쌓아두었다.

"이철형 사건 파일이야."

"이걸, 왜……?"

승열은 앞으로 다가가 책상 가장자리에 앉은 뒤, 의자에 앉아
있는 찬희의 어깨에 두 손을 짚었다.

"처음부터 네가 수사한 사건이야. 네가 끝을 내야 해."

"하지만…….."

"어차피 내 사건도 아니었잖아. 너를 믿어, 우찬희 검사를 믿
어. 방금 검사장님께 네가 끝맺게 해달라고 요청하고 왔어. 그렇
게 하시겠대."

"승열아…….."

여러 가지 감정이 물밀듯이 밀려오자 찬희는 무슨 말을 해야 할
지 알지 못했다. 그녀는 망설였다가 의자에서 일어나 승열의 목에
두 팔을 두르고 꼭 끌어안았다.

"네가…… 왜 사건을 포기한 건지는 알아. 하지만…… 고마워."

결혼만을 위해서는 아니었다. 어제 구치소에서 그에게 도움을 줬던 찬희는 그가 어째서 사건 지휘권을 넘길 수밖에 없는지 잘 알았다. 하지만 이유가 다른 것이라고 해도 찬희는 그가 고마웠다. 그토록 격렬하게 반대하는 아빠에게 당당하게 맞섰고, 여러 가지 면에서 옳은 판단을 내렸으며, 그녀를 위해 무릎까지 꿇은 남자.

"고마워. 정말 고마워……."

"아니야. 내가 더 고마워. 도와줘서. 그리고 이철형 사건을 네게 맡길 수 있어서 얼마나 다행인지 몰라."

찬희는 공정하고 차분한 태도로 잘 끝맺음할 것이다. 승열은 그녀를 그 무엇보다도 믿었다.

"토요일 저녁에 너희 집 가기로 했어."

"응?"

"정식으로 인사드리러 가는 거야. 장모님께 밥도 얻어먹어야지. 아, 장모님이나 검사장…… 장인어른 뭐 좋아하셔?"

장인어른이라는 호칭은 입에 잘 붙지 않았다. 뭐, 차차 나아지겠지. ……그렇게 되겠지?

"뭐라도 사들고 가야 할 텐데."

승열이 사 일이나 남은 일이 걱정되어 그런 질문을 하며 찬희의 머리칼을 만지작거릴 때, 문이 벌컥하고 열렸다. 찬희와 승열은 화들짝 놀라 옆으로 떨어졌지만, 이미 우안리에게 들킨 뒤였다.

"일도 안 하고 뭐 하는 짓들이야?"

"뭐 하긴요, 보셨지 않습니까."

장인어른이 될 사람이었으나, 찬희의 체온을 느낄 수 없자 심술이 난 나머지 승열은 그렇게 투덜거리듯 내뱉었다. 우안리의 눈이 대번에 매서워졌다.

"뭐야?"

"승열이는 이철형 사건의 서류를 갖다주러 온 거였어요. 그만 가봐. 이따가 퇴근하고 보자."

자칫 험악해지는 것 같자 찬희는 미소 지으며 승열을 밀었다. 우안리는 콧방귀를 뀌었다.

"퇴근하고 보긴 뭘 봐? 일이나 더 해. 특히 박승열 네놈은 펑크 낸 거 많은 거 알지? 배당된 거 다 끝내고 퇴근해."

"아빠."

"결혼하지 말라는 말이 아니잖아. 난 내 딸이 연애하느라 일 제대로 못한다는 말 듣는 건 용납 못한다. 니들 데이트나 결혼 준비 모두 일 똑바로 하면서, 퇴근하고 나서 해. 그리고."

우안리는 눈을 부라렸다.

"더 이상 외박도 안 돼. 알았지?"

찬희와 승열 모두 입을 꼭 다물고 있었다.

"대답 안 해!"

"……네."

대답한 건 찬희였다. 이제까지 걱정을 많이 끼쳐 드렸다. 비록 어제는 승열의 곁을 지켜주는 게 정당하다고 생각했기에 외박한 것을 죄송스럽게 생각하지 않았으나, 찬희는 그래도 기본은 지켜야 한다는 걸 알고 있었다.

"결혼 전까지, 부끄럽지 않은 딸이 될게요. 결혼 후에도."

그러나 찬희와 달리, 승열은 대답을 하지 않았다. 대신 그는 얼굴을 일그러뜨렸다.

"너는 왜 대답 안 해!"

우안리는 승열에게 버럭 소리쳤다. 승열은 잠시 콧방귀를 뀌었다.

검사장이 정당한 요구를 한다는 건 알고 있었다. 그동안 자신이 제대로 일을 하지 못한 건 사실이었고, 프로라면 사적인 일은 퇴근한 뒤에 처리해야 하는 법이니까. 하지만 함께 밤을 보낼 수 없는 건 좀…….

"대답해!"

"뭐, 알았습니다. 장인어른의 명이시니."

저도 모르게 건들건들한 어조로 대답하던 승열은 우안리가 새로운 호칭에 몸을 움찔거리는 것을 깨달았다. 오호라.

"장인어른."

다시 움찔.

"장인어른."

우안리는 반사적으로 다시 움찔거리다가 소리 질렀다.

"여긴 직장이야! 검사장님이라고 불러!"

"지금은 우리 셋뿐이고 사적인 대화 중이잖아요, 장인어른."

승열은 씩 웃었다.

"다른 사람이 있거나 일 이야기를 할 때는 꼬박꼬박 호칭을 불러 드리죠, 장인어른."

"아직 결혼도 안 했어!"

"곧 할 건데요 뭐."

승열은 일부러 찬희의 어깨를 안았다.

"얼마 뒤에 결혼할 텐데 미리 좀 부르면 어떻습니까, 장인어른."

"얼마 뒤?"

"해 가기 전에 결혼해야죠."

승열은 씩 웃으며 답했다. 오늘은 11월 중순이었다. 한 달 반이나 남았군.

"한 달 반밖에 안 남았잖아!"

"한 달 반이나 남은 거죠. 저희 나이가 있으니 가능하면 빨리 결혼해야죠. 장모님도 찬성하실 겁니다. 그냥 이번 주에 상견례하죠, 장인어른."

승열은 씩 웃다가 손목시계를 보았다.

"아, 시간이 이렇게나 됐네. 찬희야, 나 이만 가볼게."

승열은 찬희의 이마에 입을 맞추었다. 우안리의 눈이 다시 불타오르기 시작한 것을 즐겁게 바라보며, 승열은 찬희에게 인사한 뒤 사무실을 나섰다.

"저, 저 자식이……."

"고마워요, 아빠."

찬희는 승열에 대한 아빠의 호칭은 일단 접어둔 채, 다가가 아빠의 손을 잡았다.

“정말 고마워요. 승열이 선택 받아준 거…… 그리고 우리 결혼 허락해 주신 거.”

“뭐, 어쩔 수 없는 거였다. 저놈 말이 맞는 거였으니까.”

다시 생각해도 우안리는 승열의 선택이 옳다는 것을 알았다. 얄미운 자식.

“사랑해요, 아빠.”

승열에게 심한 말도 하고, 잔인한 선택을 하라고 종용하기도 했으나, 결국 이 사람은 그녀의 아빠였다. 정말 사랑하는 존재.

“승열이 정말 좋은 남자예요. 잘살게요.”

찬희는 아빠를 꼭 껴안았다. 거대한 덩치의 곰 같은 승열과 비교하면 아빠는 작고 왜소했다. 하지만 그 따스한 체온은 승열에게 뒤지지 않았다.

“감사하고…… 정말 사랑해요, 아빠.”

우안리는 목이 막혀 아무 말도 할 수 없었다. 여전히 품 안의 이 금지옥엽이 곰탱이에게 아까울 뿐.

아장아장 걷는 모습이 선한데, 이제 정말로 보내야 되는구나.

우안리는 속으로 땅을 치며 결혼 허락한 걸 후회했으나, 어쩔 수 없었다.

우리 딸 눈물 흘리게 하기만 해봐라, 당장……!

우안리가 그렇게 속으로 이를 갈고 있는 것은 전혀 눈치 못 챈 찬희는 그저 행복할 따름이었다. 결혼 허락을 받았다. 올해가 가기 전에 승열과 결혼한다!

"아이 좋아라~"

찬희는 누가 보면 살짝 맛이 간 게 아닐까 의심할지 모른다는 걸 알았지만, 그런 말을 참을 수가 없었다. 그만큼 결혼 허락을 받은 게, 승열과 결혼한다는 사실이 너무 좋았으니까.

행복하다.

승열과 결혼해서, 아니, 아직 하기 전이니까 할 수 있으니까 너무 행복하다.

그래서 찬희는 틈만 나면 행복의 신음을 내질렀고, 너무 행복한 나머지 하늘로 두둥실 떠올랐다. 그러나 상견례 후 본격적으로 결혼 준비가 시작되자, 시간이 갈수록 그녀는 땅으로 추락하기 시작했다.

그렇게 된 가장 큰 원인은 시간이 너무 없다는 점이었다. 엄밀하게 말하자면 시간은 정해져 있는데 할 일은 너무 많았다. 처리해야 할 사건이 갑자기 많아졌는데, 아빠 말대로 연애하느라 일을 제대로 못한다는 말은 듣고 싶지 않았기에, 찬희의 출근 시간은 더 빨라졌고 퇴근 시간은 더 늦어졌다. 자연스럽게 승열의 얼굴을 볼 수 있는 시간은 줄어들 수밖에 없었다.

물론 시간이 아주 없는 건 아니었다. 한 건물에서 일하는 만큼 마음만 먹으면 자투리 시간을 내서 볼 수 있을뿐더러, 일요일 하루 정도는 여유가 있긴 했다. 하지만 승열도, 아니, 승열이 그녀보다 더 바빴다. 처리해야 할 일이 그야말로 산더미같이 쌓여 있어서 그런지 가끔 즐겼던 일, 한 시간마다 꼬박꼬박 문자를 주고받았던 일 같은 건 할 수가 없었다. 승열은 일요일에도 출근해서 일을 해야 할 정도였는데, 일요일에는 여유가 있는 찬희가 승열은 놔두고 혼자 결혼 계획을 짜야 하는 일까지 벌어졌다.

그렇게 삼 주가 흐르자, 찬희는 슬슬 스트레스가 쌓여가는 것을 느꼈다. 준비할 게 어마어마하게 많은데 그녀만 하고 있으니까.

아무리 엄마와 사촌인 효원, 웨딩 컨설턴트가 도와준다고 한들 부케를 결정하는 데만 해도 두 시간이 걸렸다. 만나지는 못해도 승열과 매일 밤 짧게나마 통화는 했는데, 그때 오늘 힘들게 결정한 사항에 대해서 말하면 승열은 '그래'라고 딱 한 마디만 했다. 그녀가 그렇게 힘들게 시간을 들여서 고민하다가 결정한 사항을 그렇게 별것 아닌 것처럼 취급하다니.

그런 일이 계속될 때마다 찬희는 조금씩 마음속에 승열에 대한 원망이 쌓여가는 것을 느꼈다. 더군다나 갈수록 통화마저 어려워졌으니까. 휴대폰으로 들려오는 목소리로 찬희는 그가 피곤에 절어 살고 있다는 걸 알 수 있었다.

물론 일이 많으니 피곤한 건 당연했다. 하지만 귀찮아하는 기색은 보이지 않아야 하는 것 아닌가. 더군다나 그녀의 말을 제대로 안 듣는 게 분명했다. 다음날 같은 이야기를 꺼냈는데 처음 듣는 것처럼 답했었다.

바쁠 테니, 거기까지는 그래도 참을 수 있었다. 하지만 어제는 통화하다가 승열은 드르렁드르렁 코 고는 소리를 들려줬다.

어떻게 통화하다가 잠을 잘 수 있지? 더군다나 나랑 통화하는데?

그래, 피곤한 건 이해가 된다. 그녀도 밀려드는 공무와 결혼 준비 때문에 피곤한 건 마찬가지였으니까. 하지만 아무리 그래도 그녀는 심사숙고해서 꼬박꼬박 결혼 준비를 하고 있었고, 항상 정성을 들여 승열을 대하고 있었다.

그런데 승열은 대체 뭐란 말인가.

승열이 그녀를 사랑한다는 건 잘 알고 있었다. 하지만 결혼이 다가올수록 시간이 더욱 없어져 통화조차 힘들게 되자, 찬희는 마음 한구석에 자리한 불안이 손에 잡힐 듯이 다가오는 것을 느꼈다.

이게 바로 결혼 전 우울증인가.

십이 년 동안 짝사랑만 하다가 겨우 그에게 사랑을 고백 받고 아빠의 허락을 받아 결혼하게 된 만큼, 찬희는 마냥 좋은 일만 있을 줄 알았다. 하지만 갈수록 이런저런 상황에 치이자 불안해졌다. 더군다나, 승열만이 문제가 아니었다. 주변 사람들도 신경 쓰였다.

예상과는 달리, 승열의 형제들은 문제가 아니었다. 상견례 때, 마침 한국에 들어와 있는 승열의 모든 형제들이 다 모였었다. 제각각 다른 스타일의 일곱 마리 곰을 눈앞에 둔 찬희는 황홀하긴 했지만, 너무 긴장해서 당시에는 그런 생각을 하지 못했었다. 승열의 형제들이 자신을 좋아해 줄까, 그게 걱정됐었으니까.

다행스럽게도 승열의 형제들은 둔하디둔한 구제불능의 곰탱을 데려가 준다는 여자에게 무한한 호감만 보였었다. 더군다나 이철 형 사건에 대해 이야기를 들은 그들은 이미 사실을 알고 있는 승열, 승안, 찬희가 걱정했던 것과는 달리 잘 이겨내고 있었는데, 찬

희가 수사하다가 이철형에 의해 다쳤다는 사실과 승열 대신 일을
깔끔하게 처리하고 있다는 사실을 듣고 그녀를 완전히 자기 가족
으로 생각하고 있었다.

든든한 가족.

비록 시댁식구들이었으나, 외동딸인 찬희는 그들의 존재가 너
무 반가웠다. 새로운 형제들이 생긴 것이었으니까.

하지만 찬희가 그렇게 생각하며 마냥 그들의 존재를 좋아한 것
과는 달리, 엄마와 아빠는 생각이 달랐다. 확 결혼을 깨고픈 충동
이 여전히 없진 않았으나, 혹시 반대했다는 게 알려져 찬희가 좋
지 않은 시선을 받을까 저어한 우안리는 승열의 형제들 앞에서는
마음 넓은 장인어른으로서 아주 처신을 잘했다. 그러나 승열과 단
둘이 있을 때는 장인어른이라고 꼬박꼬박 부르며 이죽대는 승열
에게 씩씩대느라 바빴고, 상견례가 끝난 뒤부터는 시댁 형제들이
너무 많다는 사실을 걱정했다.

그 사실을 걱정한 건 엄마도 마찬가지였다. 아니, 시댁식구들에
대한 걱정은 오히려 엄마가 더 많이 했다. 장남이 아닌 건 다행이
었으나, 형제들이 너무 많다고. 아무리 지금은 좋아 보여도 나중
에 속 썩는 일이 생길 거라고.

찬희는 엄마의 충고가 현실적이라고 생각했지만, 깊게 생각하
지는 않았다. 그녀가 신경을 쓴 건 부모님의 시선이 아니라 다른
사람들의 눈이었다.

"박 검사 형이랑 동생이 대단하다면서? 집 한 채는 기본으로 해
줬겠지?"

“혼수는 얼마나 해가? 그런 집에 시집가려면 등골 좀 빠지겠네. 뭐, 그래도 검사장님 딸이니까 별로 요구하진 않겠다.”

“언제부터 사귀었어? 박 검사 이제 출세하는 거네? 검사장님 딸과 결혼이라.”

“사귄 지 얼마 안 되어서 일찍 결혼하네? 혹시…… 속도위반?”

직접 들은 건 아니었다. 아무리 그렇게 생각해도 감히 검사장의 금지옥엽인 찬희의 앞에서 그렇게 대놓고 말하는 사람은 없었다. 하지만 화장실 안에 들어가 있을 때나 사람들에 가려져서 엘리베이터를 기다릴 때, 찬희는 본의 아니게 그런 대화를 엿들 수밖에 없었다.

악의가 있어서 그런 말들을 주고받는 건 아닐 것이다. 아니, 검사장의 사위가 되는 승열에 대한 질투심은 있을 것이다. 하지만 그 이상의 상처를 주려고 일부러 그런 말들을 내뱉는 건 아닐 것이다. 그러나 찬희에겐 상처가 됐다. 그리고 그녀를 더욱 불안하게 했다.

난 이렇게 힘든데, 승열은 어째서 안심시켜 주지 않는 걸까.

삼 주하고도 한 주가 더 지나 결혼까지 삼 주도 채 남지 않았을 때, 승열의 스케줄 때문에 웨딩드레스를 맞춰야 하는 시간이 이틀이나 미뤄졌다. 정확히 언제 사진을 찍을 수 있을지 알 수 없게 되자, 생리 기간까지 겹친 찬희는 불안에 짜증까지 안게 되었다.

언제까지 내가 다 해야 되는 거야?

생리가 끝난 다음날, 짜증을 이기지 못한 찬희가 필요이상으로 싸늘하게 냉기를 발산한 나머지 조사를 받으러 온 용의자가 얼어

붙어서 나갔을 때였다. 휴대폰이 울렸다. 흘긋 휴대폰 액정을 본 찬희는 승열의 이름이 뜬 것을 발견했다.

웬일이지?

갑자기 왈칵 그에 대한 원망이 치솟는 동시에 보고 싶다는 생각이 강하게 들었다. 사실, 후자가 더 강했다.

찬희는 서둘러 휴대폰을 들었다.

[오늘 저녁에 시간 있어?]

승열이 저편에서 피곤으로 가득한 목소리로 말하고 있었다. 마음이 아릿하기도 했지만, 그래도 마냥 그가 불쌍하게 생각되지는 않았다.

"될 것 같아."

그가 부르면 쪼르르 나가는 건 자존심이 없어 보이긴 했지만, 그래도 찬희는…… 그가 보고 싶었다. 거대 곰이 자신을 안아서 따끈하게 데워주기를 바랐다.

[그럼 여덟 시에 보자.]

승열은 그대로 전화를 뚝 끊었다. 목소리를 더 들려주지 않는 점이 화났지만, 그래도 찬희는 아빠에게 허락 받은 뒤 거의 처음으로 하는 정식 데이트라 그런지 기뻤다. 어쩌면 결혼 전 마지막이 될 수 있는 데이트.

찬희는 기대에 기대를 거듭하며 여덟 시를 기다렸다. 승열에게 다시 전화가 온 건 약속 시간 십 분 전인 일곱 시 오십 분이었다.

[찬희야, 미안한데 한 시간만 늦출 수 있을까?]

"왜?"

바람 빠지는 풍선처럼 간만의 데이트에 대한 기대가 팍 쭈그러
들자, 찬희는 짜증을 숨길 수 없었다.

"일 때문이야?"

[음, 그렇기도 하고…… 암튼, 아홉 시에 되지? 그때 보자. 내가
데리러 갈게.]

"네가 집까지 데려다 주는 거야? 그럼 내일 나 출근은 어쩌고?
내 차 여기 주차장에 있어."

짜증이 치밀어 오르자 찬희는 그렇게 따지듯 물었다.

[아, 내일 출근이 걸리는구나. 그럼 내가 내일 아침에도 데리러
갈게. 아침에도 얼굴 보게 되어서 좋네.]

피곤할 텐데 내일 아침에도 데리러 오겠다니. 내가 그렇게 보고
싶은 거겠지?

찬희는 대번에 마음이 누그러졌다.

"아홉 시? 장소는 그대로야?"

[응. 밑에서 봐. 음, 찬희야.]

"응?"

[……아니야. 아홉 시에 봐.]

뭔가 모르게 아쉬워하는 듯한 승열의 목소리에 찬희는 고개를
갸웃거렸다. 그녀는 한 시간 동안 오늘 처리한 일을 확인하면서도
승열과 의논해야 할 목록에 대해 틈틈이 생각했다. 그리고 십 분
전, 의자에서 벌떡 일어났다.

오랜만에 승열을 본다.

찬희는 자신이 휘파람을 불 줄 알았다면 크게 불었을 거라고 생

각하며 더 예쁘게 할 화장을 할 생각으로 화장실에 들렀다. 잠시 칸 안에 들어왔을 때였다.

"어머, 진짜야?"

"그래. 박 검사 진짜 대단하지 않아?"

널리고 널린 게 박 검사지만, 뭔가 느낌이 왔다. 찬희는 문에 바싹 다가가 틈 사이로 밖을 살폈다. 승열의 사무실 근처 다른 사무실에서 일하는 여직원 두 명이 세면대 앞에서 잡담을 나누고 있었다.

"진짜 하루에 이십 건씩 처리하고 있단 말이야?"

"그래. 하루에 이십 건씩 하라는 검사장님이나 하고 있는 박 검사나 진짜 대단해."

이게 무슨 말이지?

"그렇게 우 검사가 좋나? 사랑의 힘인가 봐."

떠들던 두 직원은 부러움의 한숨을 쉬었다. 찬희는 더 기다릴 수 없었다. 그녀는 문을 벌컥 열고 나갔다.

"그게 대체 무슨 말이에요?"

─열일곱 번째 파일─
사건의 해결은 행복의 시작

승열은 안도의 한숨을 내쉬었다. 오늘도 이십 건을 다 해치웠다! 더군다나 겨우 아홉 시인데도 다 해내다니, 스스로 생각해도 대견했다. 의자에서 일어난 그는 기지개를 켰다. 온종일 책상에 파묻혀 뻣뻣해질 대로 뻣뻣해진 몸 여기저기에서 두둑 소리가 났다.

"괜찮으세요?"

옆에서 지켜보고 있던 마 계장이 소리에 놀라 물었다.

"괜찮아요. 요즘 수영을 안 했더니 이러네요."

설마 결혼 뒤에도 이러지는 않겠지.

결혼 허락을 받은 뒤 일이 물밀듯이 밀려들었다. 그리고 우안리의 전화가 한 통 왔다.

[그동안 펑크 낸 거 다 채우려면 하루에 이십 건은 처리해야 할 거다.]

우안리는 딱 그 말만 하고 통화를 끝냈다. 그리고 승열은 솟구치는 화는 누른 채 일에 몰두했다. 찬희와 연애하느라 일에 소홀했던 건 사실이니까. 더군다나, 그는 이제 검사장의 사위였다. 더 잘해보고 싶었다.

하지만 하루에 이십 건은 그야말로 그를 피로의 늪에 패대기친 것과 다를 바 없었다. 주로 하는 업무에 따라 다르지만 보통 검사들은 한 달에 이백 건, 즉 하루에 십여 건이 좀 안 될 정도의 사건을 처리한다. 그런데 그 두 배라니.

그렇게 되니, 승열은 매일 새벽에 출근했고 역시 새벽에 퇴근했으며 일요일에도 그건 마찬가지였다. 솔직히, 그는 미칠 듯이 바빴기에 지난 오 주간 어떻게 생활했는지 기억조차 흐릿했다. 찬희와 언제 여유를 갖고 만났는지도 잘 기억이 나지 않았는데, 사 주 정도 전에 있었던 상견례 정도만 기억났다.

이럴 정도로 바쁘니, 결혼 준비에 눈을 돌릴 수가 없는 게 당연했다. 그래도 매일 밤에 찬희와 꼬박꼬박 통화는 했는데, 그래서 그녀가 하는 말에 그러냐는 말밖에 하지 못했다.

화났을 것이다.

결혼 준비는 여자가 주로 알아서 하는 거라고 들었다. 하지만 그가 전혀 신경을 써주지 못하는 건 다른 문제였다. 함께 미래를 걸어갈 사이인데, 이렇게 손을 놓고 있게 되다니.

부아가 치밀어 오르기는 했으나 그래도 승열은 우안리에게 항의 한 번 하지 않았다. 지는 것 같았으니까. 사실 지는 것 같더라도, 찬희가 더 우선이니 말해도 될 것 같긴 했지만…… 아직까지는 버틸 수 있었다.

결혼 일주일 전까지만 이러자. 그전까지라면 거의 칠 주를 매일같이 이십여 건씩 처리한 건데, 그야말로 어마어마한 처리 능력이었다. 결혼 일주일 전부터는 펑펑 놀아도 될 정도랄까.

조금만 더 버티자. 그전에, 찬희부터 달래놓고.

사실, 오늘 만남의 목적은 달래는 게 아니었다. 찬희를 더 보지 못하면 죽을 것 같았으니까. 그리고 오늘 그는…….

승열은 뻐근한 어깨를 주무르며 엘리베이터를 탔다. 엘리베이터는 내려가다가 육층에서 잠시 멈췄는데, 승열은 찬희가 서 있는 것을 발견했다.

"어? 찬희야."

다른 사람도 서 있었지만 승열은 저도 모르게 함박웃음을 지으며 그녀를 맞았다. 찬희 또한 그에게 큰 미소를 지어주었다. 그녀가 그의 손을 꼭 잡고 주차장으로 가는 동안 놓지 않자 승열은 놀랄 수밖에 없었다. 아무리 곧 결혼할 거라지만 남들이 다 보게 손을 계속 잡다니.

문득, 승열은 찬희가 그녀의 사무실이 있는 칠층이 아니라 육층에서 탔음을 기억했다. 육층이라면…… 검사장님 사무실에 들렀다 온 건가?

"승열아, 잠깐만 옆에 주차해 봐."

검찰청에서 빠져나온 뒤, 찬희는 담담한 목소리로 요청했다. 승열은 순순히 도로가에 차를 세웠다.

"왜? 무슨— 읍."

승열의 말은 그를 덮치듯 몸을 날려서 키스하는 찬희에 의해 가로막혔다. 그녀의 나긋나긋한 몸이 그를 누르자, 승열은 그저 황홀할 뿐이었다.

내가 많이 보고 싶었나 보군.

승열은 그녀를 더욱 꼭 껴안은 뒤 열렬하게 키스에 응했다. 순간적으로 그녀를 완전히 안고픈 충동이 목 끝까지 치달아왔으나 그는 여기서 멈춰야 한다는 걸 알고 있었다. 안 그래도 꽤 늦었는데, 더 늦을 수는 없었으니까.

"보고 싶었어."

승열이 막 그만 가야 된다는 말을 하기 전, 그의 무릎에 걸터앉은 찬희는 진심을 속삭였다.

"정말 보고 싶었어, 승열아."

승열은 그녀를 더욱 꼭 끌어안았다.

"나도 보고 싶었어."

일하다가 뛰쳐나가 보러 갈지도 몰랐기에, 아예 생각조차 하지 않기 위해 얼마나 노력했던가.

승열은 그녀의 목 옆에 얼굴을 묻었다. 이렇게 품 안에 안고 있을 때면, 찬희가 세상에서 얼마나 소중한 존재인지 온몸으로 깨달을 수 있었다.

처음 만난 건 십이 년 전이지만, 사귀기 시작한 건 불과 석 달 전이었다. 백일 남짓의 시간 동안 어떻게 이렇게 갑자기 내 세상의 중심이 된 걸까.

"······이제, 괜찮을 거야."

찬희는 자그맣게 중얼거렸다. 한마디 했으니, 다시 아빠가 승열을 괴롭히지 못할 것이다. 아니, 괴롭히긴 괴롭히시겠지만 그런 식으로 일 폭탄을 투하하는 방법은 다시 쓰지 않을 것이다.

평소의 두 배로 일하게 만들다니.

여직원들에게 사실을 전해 들은 순간, 찬희는 너무 화가 나 검사장 사무실로 뛰쳐 들어갈 생각이었다. 그러나 가는 동안 생각이 바뀌었다.

아빠에게 화를 내봤자 승열에겐 도움이 안 될 테니까.

그래서 찬희는 방긋 웃으며 사무실 안으로 들어가, 퇴근 전에 아빠가 갑자기 보고 싶어서 왔다고 애교 부리면서 말했다. 그러고는 안마를 해드리며 우는 척하면서 딱 한 마디만 했다.

"아빠, 승열이가 너무 바빠서 제가 결혼 준비 다 하느라 너무 힘들어요. 승열이 일이 그렇게 많나 봐요?"

아빠는 안색이 확 변하면서, 승열이 그렇게 바쁜 줄 몰랐다고 변명하듯 말했었다. 그걸로 끝이었다. 승열은 내일부터는 정상적으로 일하게 될 것이다.

결혼하고 나서도 종종 승열에게 이런 식으로 불똥이 튈 것 같은데, 찬희는 돌파구를 찾은 것 같아 무척 기뻤다. 평생 이렇게 은근하게 끼어들 생각을 하니 사실 머리가 좀 아프기는 했지만.

"응? 뭐라고 했어?"

그녀의 중얼거림을 제대로 듣지 못한 승열이 되물었다. 찬희는 미소 지으며 고개를 저었다.

"아니야. 오늘 좀 늦게 들어가도 되는데⋯⋯. 효원이가 알리바이 만들어주겠다고 했거든."

아무리 곰탱이라고 해도 승열은 찬희가 자그맣게 흘리는 말의 뜻을 단번에 알아들었다. 너무 기쁘고, 당장 근처의 호텔로 들쳐업고 가고 싶었다. 하지만 오늘은 아니었다.

"일단, 밥부터 먹자."

승열은 모르는 척 찬희를 뒤로 밀었다. 찬희가 이렇게 딱 달라붙어 있으면 생각하기 어려웠으니까.

뭐야? 나보다 밥이 더 중요한 거야? 왜 이렇게 둔해? 무슨 뜻으로 말하는지 모르나?

찬희는 승열이 왜 자신에게 하루에 이십 건씩 처리했다는 사실을 말하지 않았는지 잘 알고 있었다. 아빠가 그렇게 심술을 부렸다는 걸 알려줘서 그녀를 실망시키고 싶지 않았을 것이다. 그리고 그녀가 아빠에게 화내지 않기를, 허락을 받기 전에 그러했듯 부녀 간에 더 이상 갈등이 더 이상 일어나지 않기를 바랐을 것이다.

그런 생각으로 그녀를 배려해 준 건 정말 감동을 느낄 만한 일이었다. 물론 통화하다 코를 골며 잔 건 아직도 용서가 안 되지만. 하지만 그런 감동은 둘째 치고 그녀의 은근한 제안을 이렇게 무시하다니! 아무리 둔해도 그렇지, 이런 부분까지도 둔할 줄이야. 결혼해서는 어쩌지?

찬희가 삼 주 뒤의 일을 고민할 때 승열은 그녀의 얼굴에 드러난 감정을 읽는 자신을 칭찬하면서도 차를 그곳으로 몰았다. 갈수록 긴장이 되었다.

"잠깐만."

승열은 찬희가 안전벨트 푸는 것을 보고는 일단 가만히 있으라고 한 뒤 운전석에서 내렸다. 그러고는 조수석으로 가 문을 열어주었다.

"고마워."

찬희는 깜짝 놀랐지만 미소를 지으며 그의 행동을 받아들였다. 승열은 조수석의 문을 닫아준 뒤, 찬희의 손을 잡고 건물 앞으로 걸어갔다. 찬희는 곧 알아보았다.

"여긴…… 저번에 예약이 차서 못 왔던 그 레스토랑이네. 맞지?"

"맞아, 토스카나 음식 전문 레스토랑이야. 토스카나는 이탈리아의 한 지방인데, 중북부야. 피렌체와 시에나가 있는 곳이래."

승열이 나오기 직전에 인터넷에서 찾아본 토스카나 지방에 대한 정보를 줄줄 늘어놓을 때, 문 앞에 서 있던 지배인이 허리를 숙여 깍듯하게 그들을 맞았다.

"어서 오세요."

"늦어서 미안합니다."

원래 예약 시간은 여덟 시 삼십 분이었다. 승열은 예약 시간보다 한 시간이나 늦은 것을 사과했다. 지배인은 아니라는 뜻으로 고개를 저으며 찬희에게 미소를 지어 보였다.

"들어가시죠. 준비는 다 되어 있습니다."

지배인은 찬희의 코트를 받았다. 찬희는 뭔가 다른 것 같다는

생각을 하며 지배인이 열어준 문 안으로 들어갔다. 짙은 금색으로
어두운 레스토랑은 걸어가는 통로 양옆으로 영롱한 빛을 발하는
촛불이 나열되어 있었다. 촛불들로 만들어진 길의 끝은 레스토랑
중앙에 있는 동그란 테이블 하나로 이어지고 있었는데, 테이블 주
변을 하트 모양으로 감싸고 있었다. 천장에 달린 하얀색의 조명을
한 몸에 받고 있는 테이블 위에는 매혹적인 장미 한 송이가 활짝
피어나 있었다.

"앉자."

테이블로 걸어오는 동안 놀란 표정을 감추지 못하던 찬희가 테
이블 옆에 서 있기만 하자, 승열은 직접 찬희의 의자를 뒤로 빼주
었다. 찬희는 고맙다고 중얼거리듯 말하고 앉은 뒤, 슬쩍 주변을
관찰했다.

온통 어두컴컴해서 잘 보이지 않았지만 레스토랑 안에 있는 손
님이 자신과 승열뿐이라는 건 확실했다. 지배인과 서빙을 하는 직
원 둘, 그리고 몇 걸음 떨어진 곳에서 감미로운 연주를 시작한 바
이올린, 피아노, 첼로 연주자들뿐이었다.

"주문은 미리 해놨어. 괜찮지?"

찬희는 뺨에 홍조가 피어오르기 시작했음을 깨달으며 살짝 고
개를 끄덕였다.

승열이 이런 이벤트를 하다니.

기대를 전혀 하지 않았던 만큼, 찬희는 말을 할 수 없을 만큼 너
무 기뻤다. 그녀는 오늘따라 더 멋져 보이는 승열에게 한껏 미소
를 지어주었다.

역시 이벤트 하길 잘했어.

찬희에게서 빛이 나자, 승열은 흐뭇한 마음을 감출 수 없었다.

이전에 승리에게 말했다시피, 사실 처음에는 할 생각이 없었다. 하지만 상견례 후 승리는 물론 찬희를 한식구로 생각하기 시작한 다른 형제들이 프러포즈는 꼭 하고 넘어가야 한다고 한 목소리로 말했고, 최근 들어 찬희에게 많이 미안해진지라 뭐라도 표현을 해야 할 것 같다는 생각이 들었다. 거기다가, 마 계장님은 이벤트를 하면 그 효과가 지속되어 그가 뭔가를 잘못할 경우 화를 덜 낸다는 삶의 충고까지 해주었다. 그리하여 승열은 예전에 받아서 구겨 둔 명함을 찾아 프러포즈를 예약하게 되었다.

상견례 후 일 때문에 미칠 듯이 바쁜 와중에도 집도 장만하고, 찬희에게 부담을 덜 주기 위해 웬만한 가구를 다 구입한 데다가 결혼반지를 맞추느라 상당한 지출을 한 상태였기에 사실 승열은 요즘 좀 허덕이고 있었다. 그렇기에 쓸 때는 써야 한다고 생각하는 그의 기준으로도 굉장히 비싼 이 레스토랑 전체를 세 시간 동안 빌리는 건 약간 부담되긴 했지만, 찬희가 저렇듯 환하게 웃는 걸 보니 돈 따윈 아무것도 아니었다.

승열은 씩 웃으며 찬희와 식사를 시작했다. 그는 찬희가 맛있게 식사하며 대화하는 모습을 흐뭇하게 바라보며 말했다.

"맛있지? 네가 좋아하는 음식으로 특별히 주문한 거야."

"어떤 거?"

승열은 웃으며 답했다.

"염소고기."

찬희는 순간 얼굴을 팍 쭈그리고 말았다. 그녀의 반응을 고스란
히 지켜본 승열이 잘못 봤나 싶어 눈을 비빌 때, 찬희는 간신히 경
악스런 심정을 추스르고 말했다.

"마, 맛있어."

"그렇지?"

눈을 비비고 나서 보니 찬희의 얼굴에 떠올라 있는 건 환한 미
소였다.

음, 내가 잘못 본 거였어.

승열은 그렇게 생각하며 다시 식사에 몰입했고, 찬희는 갑자기
느글거리는 속을 진정시키려고 애쓰며 염소고기는 외면한 채 간
신히 식사를 마쳤다.

디저트로 속을 시원하게 만들어줄 아이스크림을 기다릴 때, 미
소를 지은 직원은 공손한 태도로 위가 불룩하게 솟은 반짝이는 스
테인리스 뚜껑을 덮은 하얀 접시를 가져와 찬희 앞에 내려놓았다.

두근.

레스토랑에 온 순간부터 예상했던 순간이었다. 생각지도 않았
고, 기대하지 않았기에 더 황홀하게 기쁜 일.

찬희가 터질 것같이 박동하는 심장을 부여잡을 때, 직원은 뚜껑
을 열었다. 하얀 접시 중앙위에는 보기만 해도 눈부신 다이아몬드
반지가 빛을 발하고 있었다.

"손 이리 줘봐."

승열은 오른손으로 반지를 집고 왼손은 찬희에게 내밀었다. 찬
희는 조심스럽게 손을 내밀었다.

"오른손 말고 왼손."

승열은 찬희의 엉뚱한 행동에 긴장이 풀리는 것을 느끼며 피식 웃었다. 찬희는 허둥지둥 다시 왼손을 내밀었다. 승열은 침을 꿀꺽 삼킨 뒤, 가늘고 긴 찬희의 왼손 네 번째 손가락에 조심스럽게 반지를 끼워주었다. 곧 그는 머리를 긁적이며 말했다.

"크네."

반지는 엄지에 껴도 될 만큼 커서 헐렁거렸다. 찬희는 반지 중앙에 박혀 있는 커다란 다이아몬드가 주변에 내뿜는 화려한 빛에 홀렸지만, 곧 손가락이 무겁다는 현실을 깨달았다.

"치수는 줄일 수 있어. 고마워. 근데……."

너무 무거운데. 아무리 끼고 다니면 익숙해진다고 해도, 정도를 좀 지나치는 것 같았다. 그리고 일할 때 이렇게 엄청나게 번쩍이는 반지를 끼고 다니는 건 불가능하다는 생각도 들었다.

찬희가 차마 속마음을 이야기하지 못할 때, 승열은 그녀의 표정을 읽어냈다.

"마음에 안 들어?"

"아니야, 아니야. 정말 고마워. 프러포즈, 평생 잊지 못할 거야."

찬희는 방긋 웃으며 그의 손을 꼭 잡았다. 그녀의 그 말에 승열은 대번에 얼굴 가득 미소를 띠었다. 찬희는 그런 그를 쳐다보며 승열이 기분 상하지 않도록 몰래 세팅을 좀 바꾸든지 해야겠다고 생각했다.

"사랑해, 찬희야."

분위기에 취한 승열은 스스럼없이 고백했다.

"나도 사…… 윽."

느글거리다가 반지를 본 순간 가라앉았던 속이 갑자기 뚜껑이라도 열린 듯 확 치솟았다. 찬희는 벌떡 일어나 화장실 표시가 있는 곳으로 뛰어갔다. 간신히 늦지 않게 도착한 그녀는 변기에 염소고기를 모두 토해냈다.

"찬희야?"

등 뒤에서 승열이 다가오는 소리가 들리자, 찬희는 잽싸게 화장실 칸의 문을 닫았다.

"찬희야, 좀 열어봐. 괜찮아?"

"괘, 괜찮아. 잠깐만 나가 있어줄래? 부탁이야. 나가 있어줘."

이런 모습 따위 정말 보여주고 싶지 않았다. 그가 보이지도 않았지만, 찬희는 손을 휘휘 저으며 나가라고 손짓했다. 그리고 그 바람에 손가락에 헐렁하게 껴 있던 반지가 휙 날아가…… 변기 안으로 들어갔다.

으악!

찬희는 속으로 비명을 지르며 잽싸게 손을 뻗어 반지를 잡아챘다. 그러고는 변기를 내린 뒤, 밖으로 뛰어 나가 세면대 물을 틀었다. 곧 염소고기의 잔해는 씻겨 나갔지만, 찬희는 너무 황당하고 당황해서 숨이 잘 쉬어지지 않을 지경이었다.

정말 평생 잊지 못할 프러포즈였다.

영화나 드라마를 보면 이런 프러포즈를 하면 감동해서 울거나, 정말 로맨틱한 분위기가 되는데…… 현실은 이런 건가?

승열에게 미안했으나, 지금은 반지를 다시 끼고 싶지 않았다. 찬희는 옆에 있는 아주 고마운 가글로 입을 헹궈내고 조심스럽게 반지를 손끝으로 들고 나갔다. 여자 화장실 앞에 서서 기다리고 있던 승열의 표정은 아주 복잡해 보였다. 기쁜 것 같으면서도 약간 당황한 것 같다고 할까.

"찬희야, 혹시…… 혹시 아이…… 가진 거야?"

"응? 아니야, 아니야."

엊그저께 생리가 끝났고, 토한 이유가 너무도 확실했다.

찬희가 단호하게 고개를 젓자, 승열은 짧게 한숨을 쉬었다. 그의 표정은 여전히 복잡했다.

"음, 좀 아쉽네."

"아쉬…… 워?"

"응. 너 닮은 딸 정말 예쁠 것 같아."

승열은 찬희의 손을 꼭 잡으며 말했다. 찬희는 아까 변기 속에 집어넣은 손이라는 걸 기억해 내고는 옆으로 가서 다른 쪽 손을 잡았다.

"나가자."

승열은 찬희의 손을 잡아끌었다. 로맨틱한 공간이기는 했으나, 찬희는 방금 화장실에서 있었던 일이 기억나 두말 않고 그가 하자는 대로 밖으로 나왔다.

"갈 데가 있어."

설마 호텔인가?

기대가 되어야 하지만, 방금 구토한 것 때문에 사실 찬희는 승

열의 얼굴을 보기가 좀 그랬다. 게다가 토하고 나서 그런지 속이
좀 편해지기는 했으나, 대신 몸 전체가 좀 안 좋아지고 있었다. 집
에 가서 쓰러져서 자고 싶은 생각만 들었다. 더군다나 왼손에 끼
고 있는 반지는 너무 무겁고, 혹시 잃어버리기도 할까 봐 무서울
지경이었다.

오늘은 그렇고, 내일쯤에 이런 거대한 반지 말고 커플링을 맞추
자고 해야겠군.

찬희가 어떻게 꼬드겨야 하나 고민할 때, 승열의 차는 낯익은
곳으로 운전해 갔다.

"아, 여기 형…… 아니, 시아주버님 식당 근처지?"

결혼 전이었지만 호칭대로 불러야 한다고 생각했기에 찬희는
그렇게 불렀다. 익숙하지는 않았지만.

"아주버님 뵈러 온 거야?"

"아니, 다른 곳이 목적지야. 아, 다 왔네."

승열은 식당 근처의 아파트 단지로 차를 몰았다. 차가 멈추자
찬희는 승열을 따라 내렸다. 새로 지은 곳인 듯, 아직 입주하지 않
은 사람이 많은지 아파트 단지 여기저기에는 비닐이 그대로 남아
있었고 불이 켜져 있는 곳도 거의 없었다.

여긴 왜 온 거지? 누구 아는 사람이 살고 있나?

"십이층이야."

승열은 찬희의 손을 꼭 잡았고 찬희는 그의 얼굴에 기대감이 떠
올라 있는 것을 보았다. 뭘 기대하는 거지?

찬희가 무슨 영문인지 생각할 때, 십이층에 올라온 뒤 승열은

비밀번호를 눌러 문을 열었다. 새집 특유의 독한 냄새가 방문자들에게 강하게 다가왔다.

"아직 정돈은 다 안 됐어. 신발 신고 들어가야 해."

승열은 멈칫거리는 찬희의 손을 잡아끌었다. 그는 어제 설명을 들은 대로 문 건너편의 정면에 있는 버튼을 눌렀다. 찰칵하는 소리와 함께 불이 들어왔고, 기묘하게 장식된 조명이 부담스러울 만큼 눈부신 황금색으로 번뜩이기 시작했다.

"멋지지?"

"응? 응."

사실 들어오는 사람이 놀라게 입구에 이런 게 있을 필요가 있나 싶었지만 찬희는 그렇게 대답했다. 승열은 그녀의 대답에 만족한 듯 씩 웃더니 안으로 그녀를 이끌었다. 거실 바닥은 신발 자국이 있었지만, 비닐 아래의 바닥 장판이나 깨끗하게 도배가 된 벽지는 잘 모르는 찬희가 보기에도 아주 고급품으로 보였다. 그리고 야경이 한눈에 내려다보이는 거실에는 지나치게 커다란 텔레비전과 아주 값비싼 홈시어터 시스템이 설치되어 있었고, 중앙을 떡 차지한 화려한 문양의 소파는 앉는 게 무서울 만큼 어마어마한 가격인 게 분명해 보였다. 부엌에 있는 냉장고나 김치냉장고, 연결된 다용도실에 있는 세탁기 모두 높은 가격만큼이나 지나치게 커다랬다.

"방도 봐봐."

별로 내키지 않았지만 찬희는 세 개의 방과 욕실도 들여다보았다. 그곳들 모두 찬희로서는 정확한 가격을 짐작할 수 없을 만큼 비싸 보이는 가구와 장식품이 빼곡하게 들어차 있었는데, 모두 눈살이 찌푸려질 만큼 지나치게 화려했다.

"어때? 괜찮지?"

"음…… 우리 인테리어를 이렇게 하자는 거야? 집은 여기 아파트 단지로 한 거고?"

찬희는 대답하는 대신 돌려 물었다.

"여기가 우리 집이야."

승열은 칭찬을 기대하며 가슴을 앞으로 내밀고 다시 말했다.

"전에 분양한다고 해서 재테크 삼아 신청한 집이 있다고 했지? 생각해 보니 여기가 우리 집으로 딱이더라. 집, 그러니까 지금 내가 살고 있는 우리 형제들 집과도 가깝고 형 식당도 가까워서 걸어서 갈 수 있어. 그리고 여기 나중에 팔게 되더라도 값 많이 오를 거라 재테크에도 좋아. 저 그림도 유명한 화가 것이래. 나중에 값이 많이 오를 거라고 하더라."

찬희는 승열이 가리키는 침실의 침대 위에 걸려 있는 그림을 보았다. 보기만 해도 우울해지는 어두운 무덤 그림이었다.

아무리 재테크가 된다고 해도 그렇지, 무덤 그림이 있는 방에서 자고 싶단 말이야?

찬희는 비명을 지르고픈 충동을 꾹 누르고 물었다.

"저 가구들도 네가 다 한 거야?"

승열은 고개를 끄덕였다.

"인테리어 하는 사람한테 말해서 제일 좋은 걸로만 해달라고 했어."

막냇동생 승리에게 조언을 구할까 했지만, 최근에 승리가 바쁘고 그도 정신이 없어서 말하지 못했었다.

"찬희야, 혼수는 그냥 이불만 해와. 참, 우리 결혼 뒤에 일주일에 두 번씩 도우미 아주머니도 오시게 했어. 네 손에 물 안 묻히게 할 거야."

"승열아."

의기양양하게 말하는 그가 무엇을 기대하는지 찬희는 알았지만, 칭찬을 해줄 수가 없었다. 당황스럽고, 조금…… 화가 났으니까.

"네 배려는 고마워. 하지만…… 이건 좀 아니야."

"무슨 말이야?"

찬희가 감격하며 안기길 기대했던 승열은 그녀의 말에 멈칫했다.

"승열아, 난 이런 집은…… 원하지 않아. 그래. 최고급품은 좋지. 근데 집에 전혀 어울리질 않잖아. 이건 우리 집이잖아. 우리가 같이 살아갈 집. 우리가 같이 꾸며야 하는 거잖아."

자신을 생각하는 그의 마음은 잘 알았다. 그래서 승열과 함께 알콩달콩하게 신혼살림을 하나씩 고르러 다닐 기대가 어그러졌음에도 찬희는 화를 낼 수가 없었다.

"앞으로 우리 조금만 더 함께 생각하고 결정하면 어떨까? 우리, 앞으로 하나가 되는 거잖아."

찬희는 승열의 두 손을 꼭 잡은 뒤 그의 눈을 바라보며 속삭였다. 승열은 그녀가 무슨 말을 하는지 알아들었다. 그녀를 위해 배려해 준 것인데 반응이 이러니 사실 좀 속상하고 마음이 불편하긴 했다. 하지만 찬희의 말이 맞았다.

이전에는 '나' 였지만, 이젠 '우리' 다.

"미안해."

승열은 주저없이 사과했고, 찬희는 고개를 저었다.

"아니야, 아니야. 네 마음에 정말 감동했어. 고마워. 단지 약간만 조정하면 될 것 같아."

사실 약간이 아니었지만, 찬희는 부드럽게 속삭이며 그를 다독였다.

이런 것도 다 조정하면서 결혼 생활을 해야 되는 거구나. 그러고 보니, 승열은 돈 때문에 고생을 해서 그런지 재테크 부분에 너무 신경을 쓰는 데다가 최고급품을 아주 좋아하기도 했다.

찬희는 새삼 남편 될 사람의 성격과 취향을 다시 깨달았다. 음, 평생 이럴 텐데…… 좀 피곤하겠네.

그런 생각을 했지만 찬희는 그를 폭 안았다. 어떤 취향이든 간에 사랑하니까.

사실 찬희는 그에게 키스하고 싶었으나 아무리 가글을 했다고 해도 토한 지 삼십 분도 되지 않았는데 그럴 수 없었다. 그래서 찬희는 그의 손을 잡고 집 안을 돌아다니며 그에게 의식적으로 마구마구 칭찬을 해주었다. 속으로는 고쳐야 할 점을 열심히 손꼽았지만.

그렇게 하다 보니, 시간은 자정에 가까워졌다. 그래서 결국 이날은 이야기만 하다 헤어지게 되었다. 그리고 다음날, 승열은 앞으로 예전처럼 하라는 우안리의 전화를 받았고 이십여 건에 시달리기 전과 같은 사건 배당을 받았다. 승열은 고개를 갸웃거렸으나, 그동안 이십여 건씩 처리하다 익히게 된 정확도와 속도감으로 일을 처리하자 여유 시간이 생겼다. 덕분에 그는 찬희와 함께 본격적으로 결혼 준비에 돌입할 수 있었다.

예상과는 달리, 그닥 즐거운 일은 아니었다. 찬희를 매우 사랑하기는 했으나 몇 시간 동안 수십 벌을 벗었다 입었다 하면서 웨딩드레스를 못 고르는 찬희에게 조금 짜증이 나는 건 사실이었다. 웨딩촬영도 그랬다. 원래 승열은 사진 찍히는 걸 싫어하는 편인데, 추운데 여기저기 끌려 다니면서 활짝 웃음 지어야 하니 화가 안 날 수가 없었고 끝났을 때는 너무 피곤해서 아무것도 보이지 않을 정도였다.

그리고 찬희와 의견다툼도 있었다. 승열은 비행기를 아주 싫어하는 편인지라, 신혼여행은 근처인 일본으로 온천여행을 갈 생각이었었다. 그러나 찬희는 몰디브에 꼭 가보고 싶어했고, 그래서 피곤한 와중에 어디로 갈지 이야기를 하다가 날카롭게 반응하게 돼서 서로 싸우고 말았다.

결혼 준비가 이렇게 힘든 거구나.

결국 가까운 일본은 언제라도 갈 수 있지만 몰디브는 신혼여행이 아니면 절대 갈 수 없다는 승리의 조언에 따라 몰디브로 결정이 났다. 그 결정을 하면서 승열은 새삼 결혼 준비가 얼마나 힘든지 깨달았다. 그리고 결혼식 날짜가 다가올수록, 승열은 현실을 깨닫는 동시에 초조해지는 것을 느꼈다.

과연 찬희를 행복하게 해줄 수 있을까?

찬희는 그를 사랑한다. 그도 찬희를 사랑하고. 하지만 모래성이 스러지듯 확신이 갈수록 없어졌다.

찬희와 신혼여행지 때문에 말다툼을 하고 사소한 것에서 서로 좀 짜증을 냈긴 하지만, 시간은 흐르고 흘러 눈을 깜박여 보니 결혼식 당일이 되었다. 전날 저녁에 함이 들어올 때 옆에서 끊임없이 술을 강요했기에 승열은 주는 대로 마실 수밖에 없었다. 그래서 결혼식 당일, 승열은 지독한 두통을 앓으며 일어났다. 동생의 일그러진 얼굴을 본 승안은 잽싸게 꿀물을 타주었고, 소희는 숙취 해소약을 만들어 승열에게 넘겨주었다.

약을 먹었건만 승열은 여전히 정신이 없었다. 그리고 남의 일을 보듯 멍하니 주변 상황을 지켜보며 천천히 턱시도를 입었다.

찬희를 행복하게 해줄 수 있을까?

도망치고 싶은 건 아니었다. 사랑한다. 찬희를 사랑한다. 단지, 갑자기 확신이 없어졌을 뿐.

불안에 젖은 승열이 입을 헤 벌리고 있을 때, 막냇동생이 구원처럼 손을 내밀었다.

"오빠, 언니 봐봐. 무지 예뻐."

승리는 그를 신부대기실로 데려갔다. 웨딩 촬영을 하면서 완전하게 화장을 하고 드레스를 입은 찬희를 보긴 했었다. 하지만 이 결혼식장은 신부가 화장하는 장소가 따로 있기에 드레스를 입은 찬희를 이전에 보기는 했지만 오늘 그는 아직 드레스를 입은 찬희를 보지 못하고 있었다.

신부대기실은 큰 편이었지만 안에는 우안리와 찬희의 친구들이 있었기에 복작복작했다. 승열은 대기실 중앙에 눈부신 흰색의 드레스를 입고 있는 여자를 본 순간, 눈이 머는 것 같았다.

"승열아."

찬희는 활짝 웃으며 곧 영원의 서약을 할 남자를 불렀다. 결혼 준비를 하면서 그랬듯이 지금 식장에 서 있는 게 믿겨지지 않을 만큼 그녀도 정신이 없긴 했다. 하지만 지금 넋이 나간 얼굴로 자신을 뚫어져라 바라보는 승열을 본 순간, 찬희는 다시 깨달았다.

이 남자와 결혼한다. 평생을 함께 걸어간다.

"어…… 어……."

승열은 붕어마냥 입만 뻐끔뻐끔 벌리다가, 비척비척거리며 찬희에게 걸어왔다. 그는 찬희의 손을 덥석 잡았다. 벨벳의 장갑과 네 번째 손가락 위에서 빛나는 커플링이 만져졌다.

프러포즈를 한 며칠 뒤, 찬희는 그에게 그 큰 다이아몬드 반지는 보관해 두고 커플링을 하자고 제안했었다. 결혼반지가 마음에 안 든 건가 싶었으나, 찬희가 '네가 준 반지도 너무 마음에 들지만 일할 때는 끼기 힘들거든. 난 일할 때든 어느 때든 네 사랑의 증표인 반지를 끼고 싶어. 내가 네 여자라는 확실히 증거잖아. 그리고 너와 같은 커플링을 껴서, 우리가 서로 사랑하는 사이라는 걸 사람들한테 자랑하고 싶어' 라는 말에 홀랑 넘어가 똑같은 커플링을 했다.

도저히 찬희의 얼굴에서 시선을 뗄 수가 없는 가운데, 승열은 찬희가 끼고 있는 반지를 손끝으로 매만졌다.

찬희는 잠시 이 반지를 빼야 했다. 결혼식을 올리는 중간에 다시 끼게 될 것이다. 승열은 그사이의 시간이 너무 안타까웠다.

"찬희야……."

승열은 온 마음을 다해 고백했다.

"사랑해. 정말로."

"응……."

그의 고백에 익숙해질 때도 됐건만, 찬희는 아직도 심장이 미칠 듯이 뛰는 것을 느꼈다. 그녀는 주변 상황도 다 잊고 그의 가슴에 손을 얹고 키스하기 위해 얼굴을 들었다.

"안 돼요! 화장 망쳐요!"

승리가 불쑥 끼어들어 둘째 오빠 부부를 말렸다. 그제야 승열과 찬희는 주변에 다른 사람도 있다는 걸 깨닫고 얼굴을 살짝 붉히며 물러났다.

"으이그……."

딸의 러브신을 지켜본 우안리는 다시 한숨만 내쉬었다. 여전히 유쾌하진 않았다. 하지만…… 저 곰탱이가 그의 금지옥엽에게 혼이 나간 표정을 짓는 걸 보니, 조금쯤은 곰탱이가 괜찮게 보이긴 했다.

망할 놈. 미워하게 두질 않는군.

우안리가 그렇게 툴툴거릴 때, 곧 직원이 다가와 곧 식이 시작된다는 사실을 알렸다. 승열은 사회를 맡은 친구에게 끌려가듯 가면서도 끝까지 찬희를 바라보았다. 식이 시작된 뒤, 그는 제단 앞에서 찬희를 기다렸다.

"신부 입장입니다~!"

눈부실 만큼 아름다운 찬희가 점점 더 그에게 다가오고 있었다. 그의 세상은 찬희로 가득했지만, 문득 영화를 보듯 눈앞에 무언가가 스쳐 지나갔다.

"승열아, 난……."

찬희의 단정한 얼굴이 스러지면서 두 눈에서는 눈물이 뚝뚝 떨어졌다.

"난 너 좋아해. 처음 봤을 때부터 좋아했어. 그러니까……. 그러니까 오늘 밤은……."

찬희의 눈물이 그의 입술에 떨어졌다. 승열은 혀끝으로 눈물방울을 핥았다. 짭짜름하고…… 달콤했다.

"마지막으로…… 오늘 밤만 가질래. 네가…… 갖고 싶어."

승열은 눈을 깜빡였다. 떠오른 영상이 무엇인지 깨달은 그는 미소를 지은 뒤 성큼 앞으로 걸어가 찬희 앞으로 갔고, 내켜하지 않는 우안리에게 감사를 표한 뒤 찬희의 손을 잡았다. 온기가 이어졌다. 그리고 이전에 그러했듯이, 그 다음부터 그는 찬희만을 바라보았다.

그의 미래. 아니, 그의 미래만이 아니었다.

눈앞에 모든 게 그려졌다. 결혼 후에 데이트는 자주 못하겠지만, 한침대에서 잠들 것이다. 가끔은 싸우겠지만 그는 찬희에게 이길 수 없으니 무조건 용서를 빌게 될 테고, 찬희와 그는 화해 기념으로 사랑을 나눌 것이다. 그러다 아이도 갖게 될 것이고, 아이를 함께 키워가면서 여러 가지 고민도 많이 할 것이다. 몇 번의 실수를 거치겠지만 결국엔 시간이 모든 것을 해결해 줄 것이다.

그의 미래. 그녀의 미래. 그들의 미래.

"……해도 사랑하겠습니까?"

승열은 미소 지으며 자신있게 그렇다고 외쳤다. 그리고 몇 초 뒤 같은 대답을 들었고, 그렇게 그들은 함께 미래 속으로 걸어 들어갔다.

―에필로그―

"미우야, 아빠 뽀뽀."

승열은 딸에게 뺨을 내밀었다. 이제 겨우 칠 개월에 들어섰건만 아빠의 말을 알아들은 미우는 쪽쪽 뽀뽀를 한 뒤 오동통한 팔을 뻗어 아빠의 목에 찰싹 달라붙었다. 승열은 의기양양하게 방금까지 미우를 안고 있던 사람에게 자랑했다.

"보셨죠? 미우한테는 아빠가 최고예요."

"미우야, 할아버지 뽀뽀."

우안리는 콧방귀를 뀐 뒤, 아까 승열이 그런 것처럼 손녀에게 뺨을 내밀었다. 미우는 아빠에게 그런 것처럼 뺨에 쪽쪽 뽀뽀를 한 뒤 다시 할아버지에게 쏙 안겼다.

"이것 봐봐. 네 녀석이 최고긴 뭐가 최고야."

잠시 쫄아 있던 우안리는 가슴을 펴고 당당하게 말했다. 승열은 이를 갈았지만 딱히 더 할 수 있는 말이 없었다. 그런 그가 씩씩거리고 우안리가 사랑하는 손녀를 더욱 꼭 안을 때 통화를 마치고 거실로 나온 찬희는 혀를 찼다.

"이젠 그런 걸로도 싸우세요?"

"싸우긴 뭘 싸워."

"그런 거 아니야."

우안리와 승열이 입을 모아 그렇게 대답할 때, 할아버지의 품에 얌전히 안겨 있던 미우는 엄마를 보자마자 몸을 바동거리며 두 팔을 뻗었다.

"어마, 어마."

"응, 그래."

찬희는 옹알거리듯 말하는 딸을 안아 들었고, 미우는 아까와는 비교가 안 될 만큼 해맑고 큰 미소를 지으며 본드가 접착되듯 엄마에게 찰싹 달라붙었다.

그렇게 잘해주는데 왜 내가 아니라 외할머니와 엄마를 더 좋아하는 걸까?

승열과 우안리는 말없이 툴툴거렸고, 그들의 마음을 읽은 찬희는 피식 웃어버렸다.

"무슨 전화였어?"

승열은 잠시 생각하는 듯하다가, 얼굴을 살짝 찌푸리며 이어 질문했다.

"혹시 거기서?"

찬희는 고개를 끄덕였다.

"한 시간 전에 사망했대."

"흠……."

승열은 길게 한숨을 토해냈다. 사 년 반 전, 긴 수사 끝에 찬희는 이철형이 뺑소니로 위장해서 사람을 살해하는 악독한 연쇄살인범이라는 사실과 두 건의 살인을 더 저질렀다는 사실을 밝혀냈다. 이철형은 사형을 선고 받았으나, 암묵적으로 사형을 집행하지 않았기에 사실상 무기징역이었다.

이철형에게 희생당한 피해자들의 가족들은 이철형이 사형당하지 않는다는 사실을 안타까워하고 분노했었다. 그러나 다른 사람들과는 달리 승열은 겉으로는 어떤 의견도 표하지 않았다. 하지만 찬희는 그의 뒷모습에서 깊은 감정을 읽어냈고, 그림자를 볼 때마다 그를 안아주며 위로해 주었다. 그리고 승열은 그런 그녀에게 곁에 있어줘서 고맙다고 말했다.

시간이 흐르면서, 승열은 가슴속에서 차츰차츰 그림자를 지워나갔다. 그러던 어느 날인 몇 달 전, 찬희는 교도소 측으로부터 이철형의 건강이 급격하게 나빠지고 있다는 연락을 받았다. 그리고 어제, 곧 운명할 것이라는 소식도 들었다.

"이제…… 끝났네."

승열은 한탄하듯 내뱉었고, 찬희는 천천히 고개를 끄덕였다.

"확실하게 끝났군."

도장을 찍듯 말한 사람은 우안리였다. 우안리는 눈을 가늘게 뜬 채 미간을 살짝 찌푸리고 있었는데, 승열 또한 같은 표정이었다.

어두운 분위기를 떨쳐 버리기 위해 찬희는 웃으며 가볍게 말했다.

"두 사람 정말 비슷해요."

"뭐가?"

"뭐가?"

우안리와 승열은 동시에 내뱉었다.

"방금 표정도 그렇고 이런저런 면이요. 정말 비슷해요."

밖에서는 다른 사람들을 벌벌 떨게 할 만큼 카리스마를 자랑해도 딸 앞에서는 못 말리는 팔불출이 되는 점이나 아무리 바빠도 가족을 중요하게 여기는 점은 같았다.

결혼한 지 오 년이나 됐는데도 여전히 만나기만 하면 근엄한 검사답지 않게 어린애처럼 투닥투닥거렸지만, 가끔 찬희는 아빠와 승열이 부자(父子)로 보였다.

"너 지금 욕하는 거냐?"

"욕하는 거 맞지?"

대번에 눈초리를 위로 쭉 찢고 험악하게 소리치는 것까지 똑같았다. 찬희는 고개를 절레절레 저었다.

정말 부자 같다니까.

그러고 보니, 나중에 딸 결혼 반대하는 것도 똑같이 하는 거 아니야?

지난 일이라 그런지 많이 흐릿해졌기는 하지만 찬희는 아빠가 얼마나 반대했는지 기억하고 있었다.

승열이도 나중에 미우가 결혼할 때 그렇게 기를 쓰고 반대하려나?

먼 훗날의 일이긴 하지만, 찬희는 눈앞에 선했다. 승열은 이미 유일한 여자 형제인 막냇동생 승리의 결혼에 바로 그 모습을 보였다.

바로 어제, 승리는 해 넘어가기 직전에 결혼식을 올렸는데 승리의 남편인 대경은 승열을 포함한 승리의 오빠들에게 결혼 허락을 받기 위해 이루 말할 수 없을 만큼 큰 고생을 했다.

사실, 승열에게는 아무 말도 하지 않았지만 찬희는 대경을 마음껏 괴롭히는 승열을 보면서 아빠와 똑같이 한다는 생각을 했었다. 자기가 당했을 때는 까맣게 잊고 똑같은 행동을 하는 걸 보니 솔직히 웃음도 나왔었다.

하여간 아빠랑 똑같다니까.

"이건 모욕이야."

"장인어른만 기분 나쁜 줄 아세요? 저도 기분 나빠요."

찬희가 잠시 다른 생각을 하는 사이, 우안리와 승열은 역시나 서로 열심히 입씨름을 하고 있었다.

"너 언제까지 장인어른, 장인어른 그럴 거야?"

"아니, 그럼 장인어른더러 장인어른이라고 하지, 뭐라고 해요? 저번에 말한 대로 영감님이라고 해드려요? 영감님, 영감님~"

승열은 이죽거리며 잽싸게 일어나 장인에게서 떨어졌다.

"이놈이!"

발끈한 우안리는 손에 잡힌 휴대폰을 그대로 던졌다. 승열은 아주 가볍게 휴대폰을 잡았다.

"운동 좀 하셔야겠어요? 예전보다 힘이 약해지셨네."

"뭐가 어쩌고 어째?"

우안리가 버럭 소리를 내지를 때, 승열은 잠시 사라졌더니 다시 돌아왔다. 그는 쿵쿵 걸어오더니 우안리 앞에 카드 두 개를 턱 내려놓았다.

"이건 뭐야?"

"넷째가 이번에 스포츠센터랑 찜질방 겸용 건물 하나 만들었거든요. 가족들한테 거기 카드 다 돌렸어요. 그거 내밀면 시설 다 이용 가능해요."

금색으로 번쩍번쩍한 카드에는 VIP라고 써 있었다.

"이 근처니까 장모님이랑 같이 다니시면서 힘이나 기르세요."

"뭐, 주니까 받으마."

남편이나 아빠나 쑥스러움을 감추느라 일부러 퉁명스럽게 말하는 게 똑같았다. 찬희는 다시 웃다가 손목시계를 보았다.

"벌써 시간이 이렇게 됐네. 승열아, 슬슬 가자."

"너는 아직도 남편을 이름으로 부르니?"

왕숙희가 다가와 딸을 타박했고, 찬희는 눈을 굴리며 변명하듯 말했다.

"항상 이름만으로 부르는 건 아니에요."

결혼 초에는 쉽게 호칭을 바꿀 수 없을 거라고 생각했었지만, 결혼 후 자연스럽게 '자기' 나 '여보', 혹은 '미우 아빠' 라는 말이 나왔다.

"호칭은 그렇다고 치자. 근데 왜 아직도 반말이니? 남편한테는 존댓말을 써야지. 더군다나 넌 박 서방보다 한 살 적잖아."

"엄마, 가끔 엄마가 내 엄마가 아니라 승, 아니, 박 서방 엄마 같아."

"네 엄마이기도 하고 박 서방 엄마이기도 한 거지."

"역시 장모님이 최고예요."

승열은 씩 웃으며 숙희의 손을 덥석 잡았다. 숙희가 호호 웃으며 쑥스러워할 때, 찬희는 잽싸게 빠져나갈 준비를 했다.

"엄마, 아빠, 미우 부탁드려요."

"그래. 좋은 시간 보내."

미우는 엄마만큼이나 좋아하는 외할머니에게 찰싹 달라붙었다. 우안리는 툴툴거리면서 손녀를 어떻게 자신의 품에 데려올지 궁리하는 표정을 지었고, 승열은 문 앞까지 미우에게 시선을 놓지 못하다가 딸에게 다시 뽀뽀를 받은 뒤에야 밖으로 걸음을 옮겼다.

"괜찮겠지?"

승열이 자꾸 뒤돌아보자 찬희는 피식 웃으며 그의 팔짱을 꼈다.

"엄마랑 아빠가 잘 봐주시는 거 알잖아."

"그건 그렇지. 근데 바로 보고 싶네."

승열이 딸이라면 사족을 못 쓰긴 했지만, 찬희도 남편의 마음을 이해 못하는 건 아니었다.

그들의 외동딸, 미우는 결혼 사 년 만에 가진 아이였다. 딱히 승열과 말을 나눠본 건 아니지만 아마도 유일한 아이가 될 것이다. 귀하디귀한 금지옥엽.

아이를 갖기에 적은 나이는 아니었으나, 찬희와 승열은 일 년 정도는 신혼을 즐길 생각이었다. 그러나 결혼한 지 반년 정도가 흘렀을 때, 경향(京鄕) 교류의 인사 법칙에 의해 승열과 찬희 둘 다 지방으로 발령이 났다. 찬희의 경우 대전의 홍성지청으로 가게 됐으나, 승열의 경우 하필 제주지검으로 발령이 나버렸다. 그리하여 주말부부로 지낼 수밖에 없었는데 너무 바쁘고 정신이 없어 아이에 대해서는 생각조차 하질 못했었다.

지방에 내려간 지 일 년이 후딱 지나간 가운데, 둘은 각각 광주 목포지청과 창원 진주지청으로 발령이 났다. 비교적 거리가 가까워져서 정신이 조금 들었을 때, 우안리와 왕숙희에게 실컷 잔소리를 듣고 찬희와 승열은 더 나이 들기 전에 아이를 가져야 한다는 걸 깨달았다. 그때부터 열심히 노력했으나, 아이는 쉽게 들어서지 않았다. 그러다 이 년이 더 흘러 승열이 다시 서울중앙지검으로, 찬희가 서울동부지검으로 발령이 나서 올라올 때 드디어 임신이 되었다. 그리고 서울로 올라온 다음해 늦은 봄에 찬희는 미우를 낳았다.

미우의 탄생에 가장 기뻐한 건 우안리였다. 모두가 예상한 대로 61세에 검찰총장이 됐다가 정년인 63세, 즉 찬희와 승열의 결혼 사 년째에 은퇴한 우안리는 여기저기에서 와달라는 청을 다 물리치고 숙희와 함께 집 안에 들어앉아 손녀만 보았다. 덕분에 승열과 찬희는 육아에 대해 안심할 수 있었다.

중앙지검이 집에서 가까웠기에 승열이 미우를 장인어른에게 맡긴 뒤 출근했다가 퇴근할 때도 미우를 집으로 데려오는 게 평일 하루의 일과였다. 주말에는 찬희와 승열이 함께 미우를 보면서 집

에서 퍼지다시피 쉬었는데, 이런 상황이 되풀이되다 보니 정신이
하나도 없어서 부부끼리만 시간을 가질 기회가 없었다. 그리하여,
다섯 번째 결혼기념일이기도 한 이번 주말은 둘이서 오붓하게 지
내기로 했다.

"나도 미우 보고 싶은데. 그럼 그냥 예약 취소할까?"

찬희는 은근하게 물었다. 딸이 걱정되고 보고 싶었기는 하나,
승열은 아내의 그 말에 정신을 차렸다.

"아니야, 아니야."

승열은 씩 웃은 뒤 아내의 손을 잡았다. 미우를 갖기 전에는 아
무리 미칠 듯이 바빠도 일주일에 한 번 이상은 꼭 사랑을 나누었
었다. 하지만 찬희가 임신한 순간부터 승열은 아이가 다칠까 봐
찬희에게 손도 못 댔었다. 그리고 미우를 낳은 뒤에는 일과 육아
에 너무 정신이 없어서 한 달에 두 번도 하기 힘들었다.

마지막으로 언제 했더라?

두 달 전 일요일 정오쯤에 미우가 자는 틈을 타서 번개처럼 했
던 게 기억났다. 물론 평소에 여기저기 만지작거리기는 했으나,
그것만으로는 충분하지 않았다. 오늘은 결혼기념일이고 호텔도
예약해 놨으니 끝을 봐야지.

승열은 흐흐거리면서 웃다가 차에서 내리는 아내의 엉덩이를
툭 쳤다. 찬희는 밉지 않게 그를 흘겨보면서 함께 호텔로 들어갔
다. 데스크 앞에는 뭔가 모르게 쑥스러워하는 커플이 서로 멀찍하
게 떨어져 서 있었다.

나도 오 년 전에 저랬었나?

기억력이 타의 추종을 능가하는 찬희였지만, 승열과 처음 이 호텔에 왔을 때는 사실 잘 기억나지 않았다. 남자와 처음으로 왔다는 사실이 너무 떨렸고, 오로지 승열만 보였기 때문이었다. 그리고 제대로 경험을 하는 것도 그때가 처음이었고.

처녀 아닌 처녀였던 오 년 전과는 달리, 현재 그녀는 남자와 오 년이나 함께 살아온 유부녀였다. 아이도 낳아본, 그야말로 아줌마 중에 아줌마.

결혼 후, 찬희는 승열과 종종 집밖의 장소인 일반 호텔이나 러브호텔을 방문했다. 처음에는 생일이나 결혼기념일 같은 특별한 날에만 그랬었는데, 서로 다른 지방으로 발령이 난 뒤부터는 검사들이 지방에서 근무하면 제공 받는 좁고 불편한 관사(官舍)에서 뭔가를 하기가 그랬기에 자연스럽게 자주 가는 장소가 되었다.

"여긴 오랜만이네."

엘리베이터 앞으로 가며 승열은 아내에게 말했다. 처음 사랑을 나눈 이후로 한 번도 와본 적이 없었다. 사실, 그동안 다닌 화려한 러브호텔에 비하면 이 호텔은 조용한 편이라 그닥 끌리지 않았었다. 하지만 오늘은 결혼기념일이었다. 아주 특별한 날.

"근데 오늘⋯⋯."

엘리베이터 문이 열렸고, 승열은 이어 말하려다 안에 있는 이십 대 초반 커플이 열렬하게 프렌치키스를 주고받는 것을 발견했다. 그는 한쪽 눈썹을 치켜뜨면서 찬희와 함께 탔다. 커플은 노골적으로 자신들을 구경하고 있는 승열과 찬희에게는 시선 하나 주지 않고 딱 달라붙은 상태로 몇 층 위에서 내렸다.

"요즘 애들은 대단하네."

찬희는 감탄하며 이어 말했다.

"우리가 저 나이일 때는 밖에서 저러는 건 생각도 못했잖아."

"옛날에도 저 애들은 저랬을걸? 우리는 저 나이에 연애를 안 했잖아. 공부하느라 못한 거긴 하지만. 그러고 보니 좀 아쉽다. 처음 만난 입학식 때부터 사귀는 건데. 그랬으면 우리도 저 나이 때 저랬으려나?"

찬희는 승열의 말에 눈을 데구루루 굴렸다.

"표정이 왜 그래?"

"그때 자기는 날 몰랐잖아."

결혼한 지 오 년이나 지났지만 찬희는 그에게 첫눈에 반했다는 사실과 그 술병에 보드카를 섞었다는 사실을 벙긋도 하지 않았다. 뭐, 일부러 이야기할 필요는 없지 않은가?

"모르긴 뭘 몰라. 미인이라 기억하는걸."

"미인?"

"응. 우리 마누라, 전에 처음 봤을 때 미인이라고 생각했지. 그러고 보니 처음 본 지 십칠 년이나 흘렀네."

오호라.

찬희는 카드키로 호텔 방문을 열면서 장난스럽게 말했다.

"자기, 나 좋아했지?"

"뭐?"

"미인이라는 말은 한 번도 들은 적이 없거든. 그런데 처음 봤을 때 날 미인이라고 생각하다니, 나한테 반했던 거 아니야?"

찬희는 남편의 대답을 기다리지 않고, 룸 안으로 들어갔다. 편안한 가족이 쉬어가는 듯한 분위기는 오 년 전과 같았다.

"오 년 전 그 방이네?"

딱 두 가지가 달랐다. 침대 위에 장미 꽃잎들이 로맨틱하게 흩어져 있었고, 테이블 위에 하트 모양의 작은 케이크와 샴페인이 든 크리스털 컵 두 개가 농익은 분위기를 발하며 그들을 맞이하고 있었다.

"신경 썼네, 우리 아저씨?"

찬희는 빙글 뒤돌아 남편을 바라보았다. 승열의 얼굴은 뭐랄까, 어떤 생각이 떠올라 있었다.

"왜 그래?"

결혼한 지 오 년이었다. 긴 시간은 아니지만, 짧은 시간도 아니었다. 승열이 극도로 피곤할 때면 코를 골면서 잔다거나—살의를 느끼면서 옆방에서 잘 수밖에 없다—텔레비전을 볼 때는 무의식중에 발가락을 꿈틀거린다거나, 갈은 팥은 좋아해도 통팥은 싫어한다거나, 거짓말을 할 때면 말이 살짝 느려진다는 것 같은 사소한 습관과 버릇을 알 수 있게 된 시간이었다. 그리고 무슨 생각을 하고 있는지, 어떤 감정을 느끼고 있는지 파악할 수 있는 시간.

그런데도, 찬희는 지금 남편이 무슨 생각을 하고 있는지 알 수가 없었다. 가끔 저런 묘한 표정을 지을 때가 있는데, 그걸 볼 때마다 무슨 생각을 하는지 물어보려고 했지만 하지 못했었다.

"무슨 생각을 하는 거야?"

"음, 우리가 스무 살 때부터 사귀었으면 더 좋았을 거라는 생각을 했어.”

승열은 씩 웃으며 다가와 찬희를 번쩍 들었다가 내려놓았다.

“그랬다면 정말 좋았을 텐데.”

그는 아내의 입술에 쪽하고 가볍게 뽀뽀했다. 찬희는 그의 목에 팔을 두르며 질문했다. 아까보다는 진지하게.

“정말 나 처음부터 좋았던 거야?”

“처음 봤을 때 미인이라고 생각한 건 사실이야. 하지만 처음부터 좋았다…… 는 건 아닌 것 같아.”

승열은 솔직하게 말했다. 지난 오 년간, 그는 아내에게 거짓말을 하면 항상 들키곤 했다. 거짓말 탐지기라도 달려 있는 게 아닌가 의심까지 할 정도로 사소한 것 하나에도 거짓말을 할 수가 없었다.

“하지만 말이야, 다행이라고 생각해.”

승열은 다시 씩 웃으며 찬희의 두 뺨에 손을 올렸다.

“그날 밤 함께 있게 된 상대가 자기라서 정말 다행이라고 생각해. 로또보다 더한 행운이야.”

진심이었다. 지금 ‘자기’ 라고 말할 수 있는 상대가 찬희라는 건 다행이었다. 만약 다른 여자였다면 어땠을까? 불행했을 확률이 더 컸지만, 어쩌면…… 더 행복했을 수도 있다. 승열은 그것을 모르지 않았다. 하지만 그는 다른 여자는, 다른 행복은 원하지 않았다. 찬희와 미우를 사랑했고, 결혼으로 인해 새로 얻은 가족들에게 만족했다. 가끔 장인어른은 복장 터질 때가 있지만.

“우리 마나님, 내가 정말 사랑하는 거 알지?”

승열은 부드럽게 아내에게 입을 맞추었다. 곧 키스는 깊어졌고, 찬희는 남편을 더욱 꼭 껴안았다.

결혼한 뒤 사랑한다는 고백은 아주 많이 들었다. 출근할 때나 가끔 오래 못 볼 때 전화로도 자주 하곤 했다. 인사처럼 너무도 익숙해진 말. 하지만 가끔 이렇게 가슴이 뭉클해질 만큼 그 말이 절실하게 다가오는 때가 있었다.

"나도 사랑해."

결혼한 후 여러 번 싸웠다. 승열은 치약을 중간부터 짰고, 변기 뚜껑을 내려놓지 않는 데다가 술을 한 번 마시면 심하게 취할 때까지 마시곤 했는데, 주로 그런 문제를 찬희가 잔소리하다가 짜증 날 만큼 싸웠었다. 이건 평생 싸울지도 모르는 부분이었다.

하지만 싸움이 사랑을 희석시키는 건 아니다. 물론 죽도록 미울 때가 있긴 하지만 그건 순간일 뿐, 순간 이상의 것 즉 영원은 바로 함께 있다는 그 점이었다. 그리고 서로 사랑한다는 점.

"나도 정말 사랑해, 낭군님."

찬희는 그렇게 말한 뒤, 키스를 끝내고 남편의 가슴을 툭 뒤로 밀었다.

"샤워부터 해야지?"

"쳇."

승열은 툴툴거렸지만, 먼저 샤워를 하지 않으면 아내가 절대 응하지 않는다는 것을 잘 알고 있기에 함께 샤워실로 갔다. 승열은 하나씩 옷을 툭툭 벗어 아무렇게나 바닥에 던졌다가 아내의 매서운 눈길을 받고 잽싸게 다시 주워 들어 샤워실 벽에 부착되어 있는 옷걸이에 잘 걸었다. 찬희는 그제야 눈에 힘을 준 것을 풀고 옷을 벗기 시작했다. 그녀 또한 옷걸이에 옷을 잘 건 뒤에 알몸으로 남편과 함께 샤워실 안으로 들어갔다.

"아저씨, 요즘 근육이 줄었네요?"

찬희는 물을 뿌린 뒤 타월로 남편의 몸을 닦아주며 말했다. 결혼한 뒤로, 다른 유부남들이 그렇듯이 승열도 확실히 살이 좀 붙었다. 그래도 여전히 멋지고 늠름한 그녀의 곰탱이 남편이었지만.

"아줌마, 이건 뭐야?"

승열은 다소 두툼한 찬희의 뱃살에 손을 얹으며 장난스럽게 물었다. 찬희는 남편의 손을 찰싹 쳤지만, 승열은 껄껄 웃으며 뱃살을 살짝 꼬집었다. 그의 손길은 밑으로 내려가면서 더욱 부드럽고 은밀해졌다. 그러나 그는 아내가 신음을 흘릴 때가 되자 잽싸게 손을 뺐고, 수건으로 몸을 닦는 데 주력했다. 찬희가 욕실에서 사랑을 나누는 걸 안 좋아한다는 걸 알고 있기에.

사실 처음에는 좋아했었다. 결혼 일 년째에 둘은 아주 타올라서 장소를 가리지 않고 열심히 했었다. 그러던 이 년째 초반에, 그날따라 흥분을 이기지 못한 승열이 그녀를 샤워실 벽에 박아버릴 듯이 아주 격하게 했었다. 찬희의 엉덩이는 그야말로 시퍼렇게 멍들어 버렸고, 멍이 사라지기 전까지 찬희는 아주 고생했었다. 그 뒤로 절대로 샤워실처럼 딱딱한 곳에서 절대 사랑을 나누지 않았다.

"우리 마나님, 이 돌쇠가 침대로 모시겠습니다."

승열은 키득거리는 찬희를 번쩍 들고 장미 꽃잎으로 장식된 침대로 날아갈 듯 뛰어갔다. 여유로운 유부남인 그는 이제 안다. 어디를 어떻게 애무해야 아내가 절정에 오르는지. 그래서 승열은 민감한 부분만 능숙하게 집중 공략했고, 찬희 또한 마음껏 신음을 내지르며 그를 열렬하게 맞았다. 물론 그녀도 이제 안다. 그가 자신의 신음에 더 흥분한다는 것을.

"오늘은 밤새면서 하자."

첫 번째 사랑 나누기가 끝난 뒤 여운을 즐기며 승열은 느긋하게 말했다. 그동안 제대로 못했으니, 오늘은 끝을 봐야지.

"신혼 때를 능가하는 신기록을 세워보는 거야."

승열은 굳건하게 말하며 아내의 엉덩이를 조몰락거렸다. 사랑을 나누는 것 자체도 좋았지만, 그는 이렇게 가슴 위에 아내를 눕히고 엉덩이를 만질 때도 너무 좋았다. 찬희 또한 이때가 좋았다. 행복하고, 행복한 시간이었으니까.

이 남자는 나를 처음부터 사랑하지 않았다. 미인이라고 생각했다는 건…… 조금 관심은 있었겠지만, 그 이상은 아니었다.

하지만 오 년 전부터 승열은 그녀를 사랑하기 시작했다. 아주 깊게, 아주 넓게.

찬희는 쉽게 미래를 그려볼 수 있었다. 그녀에게 아빠가 그랬듯이, 미우가 자랄수록 승열은 딸에게 홀딱 빠져 과보호를 할 것이다. 그리고 그녀처럼 커리어 부분도 잘 쌓아갈 것이고, 아내와 남편으로서 행복하게 잘살겠지.

물론 다른 커플이 그렇듯이, 그리고 이제까지 그래 왔던 것처럼 사소한 걸로 좀 싸우긴 하겠지만.

음, 확실히 보드카 섞길 잘했어.

아직도 그녀의 남편은 그녀가 옥수수차를 녹차보다 더 좋아하는 건 몰랐다. 산양고기를 질색하는 건 알고 있지만.

그래도…… 행복하다. 그리고 앞으로도 행복할 것이다. 그러면 된다.

보드카 섞은 건 절대 말하지 말아야지. 근데 사실, 승열이 알고 있는 게 아닌가 하는 생각도 들긴 했다.

뜨거운 기억으로 가득한 신혼여행에서 돌아왔을 때, 지금은 미우의 친구로 낙찰이 된 '여리'를 신혼집으로 가져왔었다. 그때 승열은 엄마한테서 곰인형의 이름이 '여리'라는 걸 듣더니 표정이 요상해졌었다. 예의 그 '읽을 수 없는 표정'을 지었는데, 언젠가 술에 관해 이야기하다가 보드카 이야기가 나왔을 때도 같은 반응을 보였었다.

혹시 알고 있는 게 아닐까?

그런 생각이 들긴 했지만, 승열은 결혼한 지 오 년이 흘렀음에도 아무 언급도 하지 않았다. 예전에 그녀가 그를 오랫동안 짝사랑해 왔다는 것을 아빠가 말한 것도 물어보지 않고 있었다.

모르는 거겠지.

찬희는 그렇게 결론을 지었다. 뭐, 사실 안다고 해도 달라질 건 없었다. 그렇겠지?

"마나님."

찬희가 이런저런 생각에 빠져 있을 때, 승열은 엉덩이를 조몰락거리던 손을 올려 아내의 가슴을 덥석 쥐었다.

"신기록 세울 준비는 다 됐지?"

"좋아."

찬희는 빙긋 웃으며 다시 한 번 보드카를 섞길 잘했다고 생각했다. 그리고 승열은 그날 밤 함께 있어서 다행이라고 생각하며 다시 한 번 아내와 사랑을 나누었다.

―작가후기―

　향연 시리즈의 ‘7남매 이야기’ 는 여러 종류의 곰들이 와글거리는 만큼, 각각 다른 스타일로 쓰려고 생각하고 있습니다. 숭열이 살짝 등장했던 〈붉은 밤〉을 출간한 뒤, 다음은 어떤 글로 써볼까 생각하다가 ‘훗날에도 정말 잘먹고 잘살았다’ 는 느낌이 강한 이야기가 써보고 싶어졌습니다. 현재진행형으로 계단을 올라가듯 차근차근히 과정도 그리고 싶었는데, 그런 생각으로 쓰기 시작한 게 바로 숭열과 찬희의 이 이야기입니다.

　연애 초창기의 감정 이야기라고 할 수 있는데, 자료 수집을 위해 많은 분들의 이야기를 들으면서 즐거웠습니다. 프러포즈 이야기는 다섯 분께 들었는데, 그 다섯 분 모두 감동받아서 눈물이 나오기보다 미리 상황이 짐작되고 웃음이 나왔었다는 말을 들었습니다. 정말 감동받는 사람도 있겠지만 현실은 그런 거구나, 라는 생각이 들었고요.

　사람마다, 상황마다, 연애마다 모두 다르겠지만, 연애는 즐겁기도 하지만 숱한 오해를 거듭해서 짜증과 답답함도 느끼는 게 아닐까 싶기도 합니다. 향연 시리즈 남자 주인공들 가운데 최강의 둔곰인 숭열과 2% 부족한 여우인 찬희의 이야기는 마냥 알콩달콩한 게 아니긴 하지만, 즐겁게 읽어주셨으면 하는 소망을 가져봅니다.

검사의 임무에 대한 찬희의 구체적인 발언 같은 자료는 〈판사 · 검사 · 변호사가 말하는 법조인〉, 〈헌법의 풍경 -잃어버린 헌법을 위한 변론〉, 〈안검사의 일기〉, 〈나 이제 자유인 되어〉 이 네 권의 책과 인터넷을 참조했습니다. 그리고 사실, 구치소에서 찬희와 승열 둘만 이철형을 대면하는 것과 대면하면서 벌어지는 일 같은 건 실제로는 있을 수 없는 일입니다. 글에서는 관련 사건을 수사할 수도 있다고 썼습니다만, 실제로는 자신, 가족, 지인 등이 관련된 사건은 형평성이 문제가 되기에 수사할 수 없게 되어 있다고 합니다. 이런 사실 등에 대해 알아보다가 검찰청에 질문 메일을 보냈었는데, 친절하게 답변해 주신 홍보기획관실 검사 분께 감사드립니다.

한국로맨스소설작가협회분들. 특히 새벽까지 저한테 시달리시는 효진님, 비연님, K언니, 앞으로도 잘 지내보아요. 치노님과 제목 지어준 JM님, 아모이님, 연재할 때 열심히 모니터해 주신 분들, 그리고 청어람 편집자분들께 감사의 인사를 드립니다.

— 2008년 봄, 수룡 이수림.